OLIGARQUE

ELENA B. MOROZOV

OLIGARQUE

roman

BERNARD GRASSET
PARIS

Design et illustration de couverture : Atelier Mook

ISBN 978-2-246-82611-8

Tous droits de traduction, de reproduction et d'adaptation réservés pour tous pays.

© *Éditions Grasset & Fasquelle*, 2022.

PROLOGUE

Perm, cimetière Bakharevski, jeudi 22 mai 1975

Le gros monsieur tendit la main pour lui caresser la joue. Le petit garçon serra un peu plus fort la jupe noire de Maria.
«Anatoly Semionovitch, merci de nous honorer de votre présence. Elle est pour nous un grand soutien.»
Anatoly Semionovitch Smirnov se racla la gorge. Il cherchait ses mots. Évitant le trou béant où gisait le cercueil, son regard se porta vers les réconfortantes cheminées de l'usine, formes familières qui se découpaient au loin dans le ciel printanier. Mai n'était décidément pas un mois pour mourir. Pendant sa brève allocution, qu'il avait cherché à rendre digne et émouvante, le chant vif des oiseaux cachés dans les bouleaux n'avait cessé de le contredire. Smirnov avait hâte de rejoindre son vaste bureau. Il était depuis plus de dix ans l'ingénieur en chef de la Permski Kabelny Zavod, première usine de fabrication de câbles du pays. Fierté de la ville de Perm, elle fournissait

aussi bien les secteurs de l'énergie et de la métallurgie que de la construction. Ce n'était pas la première fois que Smirnov représentait le directeur à l'enterrement d'un ouvrier. Mais il lui en voulait de s'être défaussé de cette corvée. La situation était d'autant plus inconfortable que l'enquête sur l'accident était encore en cours. Et il savait que parmi les ouvriers qui l'entouraient, beaucoup se demandaient pourquoi diable le coupe-circuit n'avait pas empêché l'explosion.

« Maria Fiodorovna, Piotr Mikhaïlovitch Yurdine était un travailleur exemplaire. Nous lui étions très attachés. Votre mari et vous-même faites preuve d'une grande générosité envers son fils. Ce pauvre garçon n'a pas eu vraiment de chance dans la vie jusqu'à présent. Mais vous pouvez compter sur nous. Nous ferons le maximum pour vous aider. Jusqu'à sa majorité. »

« Grisha, remercie Anatoly Semionovitch.

— Allons, allons, laissez-le tranquille, ce petit bonhomme. »

L'enfant, qui n'avait pas laissé échapper une larme depuis le début de la cérémonie, le mettait mal à l'aise. Il ne devait pas avoir plus de 7 ou 8 ans, des coups de ciseaux malhabiles avaient laissé des crans dans sa chevelure mais, sous la frange sombre et raide, les yeux bruns qui vous fixaient étaient sans âge. Ils exprimaient une rage et des reproches que nul autre, dans le groupe plein de déférence qui se pressait autour de Smirnov, n'osait formuler.

Dans son épais costume noir, sans doute emprunté dans l'urgence à un jeune voisin, trop grand pour lui et trop chaud pour la saison, il était resté muet depuis le début de la cérémonie.

« Malheureusement, je vais devoir vous quitter. »

L'ingénieur s'adressait maintenant à Nikolaï Makarov.

« Nikolaï Leonidovitch, j'ai exprimé ma gratitude à votre femme. La direction de l'usine est à vos côtés. La pension de Yurdine vous sera versée directement et sans attendre. Je sais ce que représente une bouche de plus à nourrir. »

Il n'en savait rien mais personne n'aurait imaginé le contredire.

Nikolaï Makarov s'inclina respectueusement.

« Merci, Anatoly Semionovitch. Yurdine était mon meilleur ami depuis le service militaire. Nous avions servi ensemble comme sous-mariniers. Il aurait fait la même chose pour moi. Depuis que sa mère n'est plus en état de s'occuper de lui, Grisha passe l'essentiel de ses journées avec nous. Il est attaché à notre petite Lena, pour qui il est déjà comme un frère. Lui faire une place dans notre famille est la meilleure solution. »

Un silence gêné avait suivi l'allusion à la santé défaillante de Nadia Yurdina. L'hôpital psychiatrique de Perm, où elle était internée depuis plus de trois ans, n'avait pas jugé bon de la laisser sortir, même quelques heures, pour l'enterrement de son mari.

« Son comportement est imprévisible, ce serait prendre un grand risque. »

L'ingénieur en chef jeta un coup d'œil indifférent à la fillette brune aux yeux bleus qui se tenait deux pas derrière ses parents. Puis il entreprit de serrer les mains qui se tendaient autour de lui, accentuant la pression de ses doigts pour simuler l'émotion qu'il ne ressentait pas.

Perm, appartement des Makarov, lundi 16 juin 1975

« Je m'inquiète pour lui, Nikolaï. Il ne s'exprime plus que par monosyllabes. L'école me demande de le garder à la maison mais rester seul toute la journée, en attendant devant la fenêtre le retour de Lena, n'est pas une solution. Il faut que tu parles à la directrice. »

Maria chuchotait, craignant que, malgré l'heure tardive, Grigori, qui dormait dans le salon du minuscule appartement, n'entende leur conversation.

« Ils lui laissent le temps de récupérer. C'est normal. Et tu sais mieux que personne qu'il a toujours été un gamin renfermé et secret. Mais je passerai la voir demain après l'usine.

— J'ai peur qu'il ait hérité de la fragilité de sa maman.

— Maria, cet enfant vient de perdre son père, et sa mère est internée. On serait secoué à moins. »

Le lendemain soir, Makarov rentra avec un paquet sous le bras, recouvert de papier kraft et entouré d'une ficelle. Lena sautillait d'excitation.

« Grisha, viens voir ! »

Makarov laissa à la petite fille le plaisir de déballer le plateau en bois du jeu d'échecs. Il retira sa casquette à carreaux, ses grosses chaussures aux semelles cloutées et se lava les mains au robinet de la cuisine, tandis que Maria lui apportait une assiette, un bocal de cornichons marinés et du pain noir. Ainsi pouvait-il patienter jusqu'au dîner.

« Ma chérie, je suis aussi passé à l'école. La directrice est prête à reprendre Grisha dès la semaine prochaine. »

« Non, tu te trompes, la reine est toujours sur sa couleur », s'exclama Grigori en déplaçant la pièce.

Nikolai retenait son souffle.

« Mon grand, viens t'asseoir en face de moi et montre-moi ce que tu sais faire.

— Et moi ? gémit Lena.

— Tu peux faire équipe avec Grisha. Vous ne serez pas trop de deux pour me battre. »

Ce soir-là, Maria se blottit contre son mari dans leur lit étroit.

« Merci, mon chéri. Il s'est vraiment animé pendant la partie. Cela faisait si longtemps que je ne l'avais pas vu ainsi.

— Oui, je me suis souvenu que Yurdine lui avait appris à jouer. Il était fier des progrès de son fils. »

PREMIÈRE PARTIE

La défense Ragozine

Viatcheslav Vassilievitch Ragozine
(1908, Saint-Pétersbourg - 1962, Moscou)

La défense Ragozine est une ouverture dynamique et tranchante, qui permet aux Noirs d'obtenir un jeu actif. Ainsi, le joueur qui n'a pas a priori l'avantage peut le prendre d'entrée.

I.

Perm, Institut polytechnique, lundi 23 mars 1992

Grigori roulait avec application une cigarette entre ses doigts. Si on manquait de tout à Perm en ce début d'année, les garçons trouvaient encore à s'approvisionner en tabac au magasin de l'usine. La nuit était tombée mais Grigori et ses camarades, Oleg Leto et Maxim Kazmanov, étudiants en dernière année de l'Institut polytechnique de Perm, le plus réputé de l'Oural, étaient toujours en train de discuter dans le grand amphithéâtre désert.

Personne n'aurait séché la leçon hebdomadaire du grand Smirnov, et leur journée s'était donc conclue par un cours magistral de deux heures consacré à la physique des métaux. Âgé de 67 ans et sujet à des crises de goutte qui le faisaient boiter, surtout au cœur de l'hiver, il continuait pourtant d'assumer les fonctions d'ingénieur en chef de la Permski Kabelny Zavod et y régnait en maître. Le cheveu gris et rare, des yeux noirs enfoncés dans un visage bouffi et couperosé, Smirnov compensait son physique lourd et ingrat par son humour, son éloquence et des compétences reconnues jusqu'à Moscou. Les étudiants savaient que, pour être recrutés dans les meilleurs départements de l'usine, notamment au bureau d'études, il fallait avoir été repéré par Smirnov. La palette qui s'offrait aux jeunes ingénieurs de l'Institut était large : défense, pétrole, chimie, bois, agro-alimentaire. Les usines bénéficiaient de la production des centres sidérurgiques de l'Oural oriental et la Kama, important affluent de la Volga, avait depuis des siècles conféré à Perm une position stratégique vers la mer Blanche et la Baltique, comme vers la mer d'Azov, la mer Noire ou la Caspienne. Mais pour ces garçons, nés et élevés dans une grande ville industrielle, la Permski Kabelny Zavod représentait la voie royale.

À l'Institut, Grigori Yurdine était l'un des premiers de sa promotion. Il brillait d'ailleurs dans tout ce qu'il entreprenait. Rapide, méthodique, précis, il était devenu un joueur d'échecs reconnu de la région, participant dès l'âge de 11 ans aux tournois amateurs de la ville, puis de *l'oblast* de Perm. Maria découpait chacun des articles mentionnant son nom dans le quotidien *Zvezda*, qui relatait parfois les compétitions locales. Son préféré était accompagné d'une photo de Grigori à 19 ans. Le portrait, saisi sans artifices un jour d'été, avait capté le magnétisme de ce beau garçon brun au teint velouté, au front haut et bombé, aux sourcils nettement dessinés, dont le regard noisette ombré de longs cils et les lèvres pleines et légèrement boudeuses exprimaient une pointe de mépris. Maria l'avait collé dans l'album de vacances familial, recouvert d'un simili cuir rouge. Il trônait sur la table basse en verre du salon et les voisines invitées à partager une tasse de thé au milieu des tâches ménagères se devaient d'admirer la photo. Grigori plaisait aux femmes comme aux hommes. S'il acceptait les marques d'intérêt, il les payait rarement en retour. Mais le jeune homme avait aussi appris à user de son charme. Aussi faisait-il partie des étudiants qui, à la fin de la leçon, se massaient devant l'estrade, tandis que le professeur rassemblait péniblement ses papiers, puis les glissait dans sa sacoche de cuir usée, floquée des sigles de l'OKB-19, le bureau d'études expérimentales de Perm. On murmurait dans les gradins que cette sacoche lui avait été offerte par le légendaire Pavel Solovev, dont le réacteur double flux D20P avait équipé le Tupolev TU-124. Grigori avait su, par ses excellents résultats, ses questions pertinentes et sa cour efficace, entrer dans les bonnes grâces de Smirnov. Il bénéficiait notamment du privilège de l'accompagner jusqu'à sa ZIL, voiture réservée aux dignitaires dont le chauffeur en uniforme patientait en bas des marches de l'Institut.

« Merci pour votre présentation de l'entropie métrique de Kolmogorov. C'était passionnant.

— Content que le cours vous ait plu, Yurdine », répondit Smirnov, en le fixant avec une lueur d'ironie. Car, même s'il appréciait le jeune homme, il enseignait depuis trop longtemps pour nourrir la moindre illusion sur le désintéressement de ses disciples.

« J'avais beaucoup d'admiration pour Andreï Nikolaïevitch. Je me souviens du discours qu'il a prononcé à Moscou en 1986, lorsqu'il a reçu le prix Lobatchevski. C'était sa dernière grande intervention publique. Magistrale. Au fait, Yurdine, passez me voir à l'usine un de ces jours. Nous pourrons parler de votre avenir. Prenez rendez-vous avec Natacha Yossipova. Mon autre secrétaire est incapable de noter correctement quoi que ce soit. »

Après le départ de Smirnov, Grigori avait regagné l'amphithéâtre, où ses camarades Maxim et Oleg l'attendaient. Le gardien de l'Institut tolérait qu'ils restent à l'intérieur après les cours. Même si l'endroit était mal chauffé et les seuls panneaux lumineux réservés aux issues de secours, on y était toujours mieux que dans la rue, par $-15°C$.

« Qu'est-ce qui t'arrive ? Grisha, tu as l'air préoccupé », l'interrogea Maxim. Tout comme Oleg, il admirait Grigori, qu'ils escortaient fidèlement. Maxim était un jeune homme à la stature imposante, aux larges épaules tombantes et aux grands yeux pâles dans un visage mou. Élève médiocre, il ne devait qu'à la mansuétude de ses enseignants de passer chaque année dans la classe supérieure. Ses camarades, inspirés par l'emblème de Perm, ce plantigrade qui flottait sur le drapeau de l'Institut, l'avaient surnommé *medved*, l'ours de Grigori. D'un tempérament placide, il exécutait sans broncher les ordres de Grisha, comme ce jour d'automne où celui-ci, sans raison apparente, lui avait ordonné de sauter dans le lac de retenue du barrage de la Kama, juste à l'extérieur de la ville. Mais si Maxim acceptait tout de Grigori, il était aussi capable d'accès d'humeur et les étudiants de l'Institut polytechnique prenaient garde à ne pas le provoquer. Oleg était bien plus chétif. Ses yeux inquiets, son nez fin et osseux accentuaient encore ses traits creusés. Nerveux et vif, il ne parvenait à maîtriser l'agitation de ses mains en perpétuel mouvement qu'en manipulant les bouts de gomme ou les trombones qui remplissaient ses poches. Il connaissait Grigori depuis l'école primaire et aimait à dire qu'il était son plus vieil ami, ce à quoi les mauvaises langues répondaient qu'il était surtout son homme à tout faire.

« J'ai reçu une lettre de Lena. »

Maxim et Oleg savaient l'affection qui unissait Grigori à sa sœur, étudiante à Moscou. Lena avait obtenu, quatre ans plus tôt, une bourse pour le MGIMO. Ce jour-là, on avait organisé une belle fête chez les Makarov. Ce n'était pas tous les jours qu'un enfant de Perm était admis au prestigieux Institut d'État des relations internationales, qui formait non seulement les diplomates mais aussi l'élite de la haute fonction publique, des banques ou encore des médias.

Grigori alluma sa cigarette roulée avec le vieux briquet tempête que Nikolaï Makarov lui avait offert pour ses 16 ans, l'un des rares objets laissés par son père. Dans la nuit qui enveloppait désormais l'amphithéâtre, le regard de ses amis convergeait vers l'extrémité incandescente dont la lueur s'accentuait à chaque aspiration.

« Je vais devoir faire un saut à Moscou. »

Pour justifier un trajet aller-retour de plus de quarante heures, il fallait une bonne raison, mais ses camarades avaient appris à ne pas insister.
« Tu as assez d'argent pour le train ?
— Oui, Maman a pris mon billet. »
C'est ainsi que Grigori appelait Maria depuis son adoption officielle par les Makarov à l'âge de 10 ans, après la mort de sa mère, jamais sortie de l'hôpital psychiatrique.
« Elle me l'a donné en cachette, car mon père n'aurait pas compris. Mais elle ne me refuse rien. Je pars demain soir. Vous expliquerez à l'Institut que j'ai attrapé la grippe. Je compte sur vous. Pas d'inquiétude, je ne serai pas absent longtemps. »

Au cours du dîner, pris dans l'étroit séjour qui avait été sa chambre jusqu'au départ de Lena pour Moscou, Grigori raconta à Nikolaï et Maria son bref échange avec Smirnov.
« Sa Grandeur m'a demandé de prendre rendez-vous avec elle à l'usine pour parler de l'avenir. »
Il se resservit une grande louche de *bortch* brûlant. Maria y avait ajouté du porc, acheté au magasin de l'usine, qui avait miraculeusement reçu un arrivage. La soupe épaisse, à laquelle les betteraves donnaient une belle couleur bordeaux, avait été préparée avec des pommes de terre, du chou, des carottes, de l'ail, des oignons, ainsi qu'avec quelques tomates. Oignons et tomates avaient longtemps été un sujet de débat entre Maria et sa belle-mère, la vieille femme soutenant sans en démordre que

seuls les Ukrainiens en mettaient dans le *bortch*. Mais Maria, qui tenait la recette de sa famille, avait tenu bon avec un doux entêtement. Et, comme on le lui avait également appris, elle utilisait le lendemain les restes du jour, afin de donner plus de goût à la soupe.

« Surtout, ne lavez pas la casserole », rappelait-elle chaque soir lorsque son mari et son fils l'aidaient à débarrasser. Cette recommandation était superflue, leur modeste contribution les conduisant rarement jusqu'à l'évier. Maria servait son *bortch* avec de la *smetana*, son mari ayant un faible pour cette crème fraîche fermentée, un peu aigre. Ce soir-là, Nikolaï n'en avait pourtant pris qu'un bol, lui préférant les *posikunchikis*, demi-lunes de pâte dorée, fourrées à la viande émincée et à l'oignon, que Maria achetait une fois par semaine au coin de la rue. Ils étaient si bons ! Et puis, le vieil homme édenté qui patientait dans le froid pour vendre ces pâtés préparés par sa femme lui faisait pitié.

« Grisha, tu sais que je n'aime pas qu'on appelle Anatoly Semionovitch "Sa Grandeur", maugréa Nikolaï. Pourquoi lui manquer de respect ? C'est un homme honorable, l'usine lui doit beaucoup, peut-être encore plus dans ces temps difficiles. Et tu pourrais t'attirer des ennuis.

— *Papchka*, c'est pour rire. Que veux-tu qu'il m'arrive ? On n'envoie plus les gens au Goulag pour ça, tu sais ! Au fait, j'ai pris mon billet pour Moscou. Je pars demain soir.

— Je ne comprends toujours pas pourquoi tu y vas. À quelques mois de ton examen final, c'est déraisonnable.

Est-ce à cause de Lena ? Elle semblait pourtant en grande forme dans sa dernière lettre.

— Cela m'inquiète, mon chéri, renchérit doucement Maria. Qu'est-ce que tu nous caches ? »

Le ton fatigué et soucieux de sa mère attristait Grigori. Les traits de son charmant visage, dont les années avaient accentué les ridules autour des yeux et à la commissure des lèvres, étaient déformés par de furtives crispations. Maria souffrait depuis longtemps d'un mal de dents et Nikolaï ne cessait de la pousser à consulter le dentiste de l'usine.

« Maria, quand on a la chance, grâce à la Permski Kabelny Zavod, d'avoir encore gratuitement accès à des médecins compétents, pourquoi s'en priver ? »

Mais elle différait sans cesse sa visite, en raison d'une terreur enfantine du dentiste.

« Je me demande ce que Smirnov va me proposer », répliqua adroitement Yurdine. Il savait que rien n'intéressait plus son père adoptif que d'échafauder des projets à son sujet.

Maria et Nikolaï étaient nés à Perm. Leurs parents s'y étaient installés en 1941, lorsque, face à l'invasion allemande, le pouvoir soviétique avait organisé un gigantesque exode industriel et choisi cette ville de l'Oural pour y concentrer son appareil productif, si nécessaire à l'effort de guerre. On l'avait alors rebaptisée pour quelques années Molotov, en l'honneur du bras droit de Staline. L'accès à Perm, hérissée de barbelés, était strictement contrôlé et son existence n'était mentionnée sur aucune carte. Les parents du couple fabriquaient des chars. Quant à Nikolaï, il était passé contremaître à la Permski Kabelny Zavod à force d'un labeur et d'une loyauté sans faille. Il espérait que Grigori poursuivrait l'ascension familiale en devenant chef d'atelier. Avec le soutien de Smirnov, il avait toutes les chances d'être embauché au bureau d'études de l'usine. Ce serait un bon départ.

II.

Dans le train de Perm à Moscou, mardi 24 mars 1992

Après avoir rangé dans son portefeuille son billet de troisième classe, Grigori cherchait à composer au mieux avec l'inconfortable banquette du wagon lorsque la *provodnitsa* s'arrêta devant lui. La préposée au bien-être des voyageurs était une grosse femme à la chevelure blonde, sans doute décolorée à l'eau oxygénée, qui devait avoir une quarantaine d'années, mais aux traits prématurément vieillis par la rudesse de la vie et de trop nombreux voyages.

« Tu vas jusqu'à Moscou ?
— Oui. J'ai déjà montré mon billet au contrôleur.
— Ne t'inquiète pas, je n'en ai pas besoin. Tu n'as pas d'autres bagages, juste ce sac de sport ? Que vas-tu faire à Moscou ? »

Grigori n'aimait pas les questions indiscrètes mais il gardait de ses nombreuses années de Faucon de la patrie, puis de Pionnier et enfin de Jeune communiste, un respect mâtiné d'une certaine défiance face à un uniforme.

« Rendre visite à ma sœur. Je rentre dans deux jours.

— Écoute, dit-elle en baissant la voix pour ne pas être entendue des rares voyageurs, tu me fais penser à mon fils et cela me ferait de la peine s'il voyageait assis pendant plus de vingt heures. Il reste des couchettes en deuxième classe. Quand ils seront tous installés, je viendrai te chercher. Mais sois discret, hein ! »

La *provodnitsa* tint sa promesse et lui fit signe une demi-heure plus tard, lui prêtant même le linge nécessaire pour faire son lit. Dans cette voiture *platzkart*, sans compartiments et qui ressemblait à un dortoir, il était préférable de ne pas craindre la promiscuité. Mais chacun connaissait sa place et les usages étaient établis. Les voyageurs s'étaient déchaussés en entrant et portaient leurs pantoufles, comme à la maison. On partageait un odorant poulet cuit au four, sorti de son papier gras, et des œufs durs, tout en sirotant du thé servi dans des *podstakanniks*, ces verres protégés d'un support en métal pour ne pas se brûler les doigts. Grigori, le plus jeune voyageur du wagon, fit plusieurs voyages jusqu'à la chaudière pour rapporter de l'eau chaude, en faisant attention à ne pas s'ébouillanter quand les secousses du train le projetaient contre la paroi.

Lorsque chacun s'installa enfin pour la nuit, il sortit de sa veste la lettre de Lena. Il se demanda ce qui l'avait inquiété le plus dans ce courrier. Ce n'était pas son ton enflammé. Il connaissait les excès de sa sœur. Elle ne savait rien faire à moitié et s'engageait tout entière. Mais cette fois, cela paraissait plus sérieux. Lena avait été recrutée en marge de ses études comme interprète par une équipe de la Banque mondiale et de l'université de Harvard, récemment arrivée à Moscou. Un vrai miracle, qui avait pris la forme d'une affiche punaisée sur le tableau des petites annonces du MGIMO. C'était un job bien payé qui lui laissait assez de temps pour suivre ses cours. Les Américains travaillaient à un programme de privatisations de masse pour le gouvernement et Lena traduisait leurs documents en russe. Mais elle ne s'étendait pas sur ce point. Sa lettre était consacrée à un Français de 30 ans, Charles de Tretz, qui faisait partie de l'équipe de la Banque mondiale.

« Grisha, il s'appelle Charles. Tu te souviens des *Trois Mousquetaires* et d'Athos? Le livre t'avait ennuyé mais tu ne t'es jamais vraiment intéressé à la littérature pendant le lycée. C'est toujours moi qui terminais tes compositions. Charles est tout le portrait du comte de la Fère. Héritier d'une grande famille française, très beau, avec un je-ne-sais-quoi de mélancolique, de courageux, d'intelligent – tout le monde se tait quand il parle. Je ne pensais pas tomber si passionnément amoureuse et je n'imaginais pas qu'il puisse s'intéresser à moi. Je suis si heureuse, Grisha! Il s'agit de sa dernière mission pour la Banque mondiale, il s'installera ensuite à Londres, où il a été engagé par une importante compagnie d'assurances. C'est un fonctionnaire français, il a promis de m'aider pour les papiers et le visa. Je sais la peine que je vais faire à nos parents, mais je crois qu'ils comprendront. C'est la chance de ma vie. »

Grigori, avec une moue d'impatience, glissa la lettre dans une poche de sa veste, qu'il avait soigneusement

pliée au bout de sa couchette. Décidément, Lena, emportée par son romantisme, se prenait pour Cendrillon. Le jeune homme sortit de son sac de sport un carnet bleu marine sur lequel il se mit à griffonner. Son voisin de couchette, un vieil homme aux yeux élargis par ses lunettes d'écaille, posa son journal pour le dévisager avec curiosité.
« Tu dessines, mon gars ?
— J'en suis bien incapable, grand-père.
— Et alors, tu fais quoi ?
— Je rejoue une partie d'échecs. »
Le vieux haussa les sourcils, interrogateur. À contrecœur, Grigori poursuivit.
« Je rejoue la partie qui a opposé à Bruxelles, il y a quelques mois, Ivanchuk et Youssoupov. Youssoupov n'a joué qu'un seul coup sur l'aile dame lors des vingt derniers coups! Je cherche à comprendre à quel moment Ivanchuk a commis une erreur.
— Pff, tu es une tête, toi », grommela le vieux, qui avait perdu tout intérêt pour la conversation.
Une heure avant Moscou, Grigori remit ses draps à la *provodnitsa*, qui arpentait le wagon au cri de « *Vernitie bielie!* », « Rendez le linge! », et qui le gratifia d'un clin d'œil.

Moscou, gare de Yaroslavskaya, mercredi 25 mars 1992

Arrivé au petit matin, par –5°C, il s'arrêta devant un kiosque à proximité de la station de métro. On y trouvait du tabac, de la bière et un écriteau peint à la main précisant qu'on pouvait y faire réparer ses chaussures et dupliquer des clefs.

« Des *papirossi*, s'il vous plaît », demanda-t-il en désignant du menton les cigarettes. Pour aller *proiezd* Vladimirova, quelle station ?

— Tu descends à la Loubianka, mon garçon. Tu sortiras tout près de la place Rouge et de l'hôtel Rossiya. Tu ne peux pas le rater, c'est le plus grand de la ville. Redemande ton chemin quand tu seras rendu. »

Grigori s'engouffra dans le métro. Il ne connaissait pas Moscou. Il y avait juste passé quelques jours quatre ans auparavant, à la fin de l'été. Avec ses parents, il avait aidé Lena à s'installer. Par chance, elle avait pu emménager dans le *kommounalka* de son oncle et de sa tante, un appartement partagé, comme il était d'usage à Moscou, entre trois familles. Tante Sima, la sœur de Nikolaï, n'avait pas d'enfant, alors que ses colocataires en comptaient plusieurs. Elle avait fait valoir qu'elle avait droit à une place en plus et on avait accepté, bon gré mal gré, d'installer un canapé-lit dans la salle à manger, la seule pièce qui pouvait encore accueillir un couchage. En échange, Lena s'était engagée à surveiller les devoirs des plus jeunes. Grigori s'était demandé avec amusement comment Lena la délicate, qui se plaignait parfois de l'exiguïté de leur appartement de Perm, s'habituerait à son nouveau logement moscovite, où il lui faudrait partager la salle d'eau, la cuisine et le salon avec des inconnus. Mais elle avait fait face sans se plaindre, se levant très tôt pour prendre une douche, ce qui lui assurait suffisamment d'eau chaude.

Dans le vaste métro moscovite, la succession interminable des escaliers mécaniques vous entraînait toujours plus profond. Grigori contemplait le marbre et l'or qui s'exhibaient à profusion. Les dirigeants communistes qui l'avaient imaginé en 1935 avaient voulu tout à la fois créer des abris anti-bombardements et éblouir les visiteurs, surtout les étrangers. Sa modernité et sa magnificence se voulaient un hommage éclatant à la gloire du Parti des travailleurs. Si le métro de Moscou demeurait sans équivalent, Grigori dévisageait ses concitoyens avec ironie et se demandait ce que les pères de la patrie en auraient pensé. L'*Homo sovieticus* n'était plus que l'ombre de lui-même. L'homme et la femme assis face à lui avaient tous deux le teint gris et les cheveux ternes, des dents abîmées faute de soins, et leurs visages fermés n'exprimaient que la lassitude. Ils regardaient droit devant eux, par-dessus son épaule, comme si Grigori était transparent. Sur leurs genoux étaient empilés des sacs en tissu et en plastique. Comme aux pires moments de la Grande Guerre patriotique, il fallait se tenir prêt à profiter des mises en vente-surprise – bananes ou savons par exemple – qui pouvaient se produire au cours de leurs trajets. L'enthousiasme suscité moins d'un an auparavant par la chute de l'URSS paraissait bien loin. Machinalement, Grigori repoussa à légers coups de talon le vieux sac de sport qu'il avait glissé sous son siège et qui contenait des bocaux de cornichons au sel et des sprats, ces petits poissons fumés dont Lena raffolait et que Maria lui avait confiés.

Devant l'adresse indiquée par Lena, Grigori se demanda s'il ne s'était pas trompé. L'entrée n'était pas gardée, ce qui paraissait inconcevable pour un bâtiment public, abritant qui plus est le Comité de la propriété d'État (GKI), en charge des privatisations. Après s'être perdu entre les étages, où on ne semblait décidément pas faire attention à lui, il poussa la porte d'une vaste pièce qui lui fit l'effet d'une ancienne salle de bal. Une trentaine de personnes y travaillaient. Tous avaient conservé leurs manteaux car ici, pas plus que dans le reste de l'immeuble, il n'y avait de chauffage. Les bureaux étaient disposés les uns en face des autres et, au centre, trônaient les deux seuls ordinateurs du Comité, de grosses machines sans doute réservées aux chefs. Grigori aperçut Lena. Elle était assise à l'une des tables, un peu à l'écart et concentrée sur un épais document. Les mains protégées par des mitaines, elle soufflait régulièrement sur le bout de ses doigts pour les réchauffer.

« Grisha, qu'est-ce que tu fais là ? Est-ce qu'il est arrivé quelque chose de grave à la maison ?

— Non, ne t'inquiète pas. Je voulais juste te faire une surprise. Mais je ne savais pas comment te joindre par téléphone. Peux-tu t'absenter une heure ou deux ?

— Attends-moi dans le couloir. Je préviens Charles et je te rejoins. »

Par la porte ouverte, Grigori vit sa sœur s'approcher d'un homme en pleine discussion avec l'un de ses collègues. Son élégance tranchait avec la décontraction américaine et la naphtaline russe. Il posa sur Lena un regard souriant. Des cheveux châtains et drus au naturel savamment entretenu, un visage légèrement halé : d'une carrure sportive, il respirait la santé, ce qui était presque choquant dans la grisaille ambiante. À ses côtés, Lena paraissait mal fagotée, flottant dans son manteau terne et trop grand pour elle. Une petite fille émerveillée qu'on ne dédaigne pas de lui adresser la parole.

« Grisha, nous avons deux heures, et Charles est d'accord pour nous retrouver ce soir. Il sait que tu arrives de Perm et il a très envie de faire ta connaissance. Rendez-vous au bar du Metropol à 19 h15.

— Très chic, répondit laconiquement Grigori. Dis-moi, c'est quoi ce rouge à lèvres ? *Papchka* serait furieux. C'est pour ton Français que tu te maquilles ?

— Tu n'as pas fait tout ce chemin pour une dispute. J'ai passé l'âge et on n'est pas à Perm. Offre-moi plutôt une cigarette. »

À l'exception de ses lèvres au carmin appuyé, Lena ne portait pas de maquillage. Ses cheveux bruns coupés aussi courts qu'un garçon et son teint pâle faisaient ressortir ses yeux myosotis. Un elfe charmant perdu dans la grande ville. Grigori lui tendit l'une des *papirossi* achetées le matin.

« Et maintenant, où va-t-on ?

— On pourrait s'arrêter un moment à l'hôtel Intourist. »

Ils remontèrent la rue Tverskaïa, vide de tout commerce, comme le reste de la capitale. Les rares passants marchaient vite, tête baissée sous leurs chapkas, pour laisser le moins de prise possible au vent qui mordait leurs visages. L'Intourist, grand bloc de béton armé de vingt-deux étages, avait été construit en 1970 pour accueillir à proximité du Kremlin, avec un chic tout soviétique, les hôtes du régime. Désormais, il n'attirait plus que les spéculateurs et les prostituées en quête de devises.

« Asseyons-nous là, suggéra Lena, en pointant deux fauteuils abîmés dans le recoin d'un salon. Personne ne viendra nous déranger.

— C'est vraiment dégueulasse, souffla Grigori en suivant des yeux un cafard qui progressait le long du mur.

— Il paraît qu'il y a même des rats dans les chambres. Mais on sera tranquilles. Raconte-moi plutôt ce que tu fais à Moscou. Et parle-moi des parents.

— *Mama* et *Papchka* vont bien, ne t'inquiète pas. Maman a mal aux dents mais on n'arrive pas à la traîner chez le dentiste. *Papchka* travaille toujours aussi dur à l'usine, peut-être encore plus qu'avant car les derniers mois ont été difficiles. Quant à moi, Smirnov m'a à la bonne et j'ai des chances d'être recruté au bureau d'études. À la fin d'un cours, le vieux m'a demandé de passer le voir à l'usine.

— C'est formidable. Tu le mérites tellement! Dis-moi, quelles nouvelles d'Anastasia Lemonova? Vous sortez toujours ensemble?

— De temps en temps. Je crois que je suis en train de me lasser. Elle devient insistante.

— Grisha, c'est une chic fille. »

Le cendrier posé sur la petite table qui séparait leurs deux fauteuils continuait à se remplir. Les cigarettes fumées par Lena étaient reconnaissables à leurs traces de rouge à lèvres.

« Parle-moi de Moscou.

— La vie y est difficile. Mais les deux autres familles du *kommounalka* sont plutôt sympas et je m'entends bien avec les enfants. Karl, le plus jeune, m'a écrit un poème l'autre jour.

— Comment vont Sima et l'oncle Pavel ?

— Ils se font beaucoup de soucis. Cela fait quatre mois que Sima ne touche plus rien à la crèche. Quant à Pavel, c'est pire. Son dernier salaire remonte à juillet. Heureusement que j'ai trouvé ce travail avec les Américains. Je suis payée chaque semaine, et en dollars.

— Tu sais, la vie à Perm n'est pas simple non plus.

— Maman m'a écrit qu'on vendait encore de la viande au magasin de l'usine. Et puis, avec le printemps, les jardins potagers vont vous donner des légumes. Ici, même au marché central, tous les étals sont vides. Mes dollars me permettent de rentrer dans les *Beriozka*. Si tu savais les gens que j'y croise. Des femmes en fourrure qui n'ont pas l'air de souffrir beaucoup. De toute façon, on n'y trouve pas grand-chose non plus. Mais, grâce à tante Sima, nous avons accès au magasin de la crèche. Quand je rentre avec un sac, j'essaie d'être discrète. Certains commencent à avoir faim dans l'immeuble.

— Et avec ton Français, c'est sérieux ?

— Tu es ici pour lui, hein ? Oui, c'est très sérieux. Il est merveilleux, si différent de tous ceux que j'ai connus. Si attentionné depuis notre première conversation, en janvier. Comme notre ministre Chubaïs travaille jusqu'à pas d'heure, les interprètes doivent assurer des permanences. C'était mon tour. Quand je suis descendue, à 1 heure du matin, je n'avais plus de métro et la neige tourbillonnait. C'est alors que Charles est sorti. Il a droit à un chauffeur du ministère. Tout le long du trajet, il m'a posé des questions sur Perm, sur ma famille. J'étais si fière et si touchée. Nous avons continué à nous voir. Nous nous retrouvons maintenant chez lui. Nous restons discrets, bien sûr, à cause du travail. Charles occupe un petit appartement dans un immeuble qui appartient à l'ambassade de France, à côté de la Résidence, sur la Bolchaïa Iakimanka. Tu te rends compte, son père est général et ses ancêtres ont servi les rois de France depuis Louis XIV !

— Petite Lena, je t'adore, mais tu ne crois pas que tu vas un peu vite ?

— Écoute, tu le verras ce soir et tu me diras sincèrement ce que tu penses. Je t'en prie, Grisha, fais un effort pour être sympathique. Je lui ai si souvent parlé de toi. »

À 19 heures précises, Lena et Grigori pénétrèrent dans le bar Chaliapine du Metropol. La restauration de cet hôtel qui, à l'époque pré-soviétique, était considéré comme le meilleur de Moscou, s'était achevée en 1991, après cinq ans de travaux menés par une co-entreprise fino-russe. Sous la grande verrière, le bassin dont la fontaine surmontée d'un angelot doré éclaboussait le marbre, les gigantesques bouquets de fleurs dans leurs vases en cristal, la blancheur des nappes, l'épaisseur des tapis et des tentures replongeaient le visiteur dans un faste impérial.

« Vous devez avoir une réservation au nom de Charles de Tretz ? »

Devant le maître d'hôtel qui les avait accueillis d'un froncement de sourcils, Lena s'était efforcée d'articuler très distinctement. Il les escorta jusqu'à leur table.

« Je vous laisse la liste de nos cocktails. Si vous ne le connaissez pas encore, je vous recommande le "Maître et Marguerite". »

Le menu prenait soin de rappeler aux ignorants que Boulgakov évoquait l'hôtel Metropol dans son chef-d'œuvre.

« Je suppose que ton Français nous invite ?

— Arrête de l'appeler comme ça », s'impatienta Lena en répondant d'un signe de tête au léger salut que lui adressait la jeune femme qui s'installait avec une amie à une table voisine.

« Qui est-ce ? »

Il trouvait que l'inconnue avait une allure folle, avec son jean délavé rentré dans des bottes à hauts talons et son élégant manteau de fourrure en renard gris, qu'elle déposa dans les bras du maître d'hôtel, dévoilant un T-shirt blanc très ajusté.

« Alexandra Grouchenkova. Elle étudie aussi à l'Institut, mais dans le département Journalisme. Tu vois le genre : star de la promo. Je suis étonnée qu'elle m'ait seulement reconnue. Ah, j'oubliais, son père est une huile du ministère des Affaires étrangères. »

Tretz les rejoignit. Il semblait chez lui et, alors que la traversée de la salle avait été un supplice pour Grigori, le Français y prenait un plaisir évident.

Il déposa un baiser sur la joue de Lena, puis s'assit face à son frère.

« Je suis désolé de vous avoir fait attendre », commença-t-il en russe. Manifestement, il ne maîtrisait de cette langue que les rudiments nécessaires au quotidien.

« C'est nous qui sommes confus, Charles, répondit Lena en anglais. Grisha n'a pas pu se changer. Cela ne te dérange pas ? »

Grigori en voulut à sa sœur de s'excuser de sa tenue.

Mais Charles faisait déjà mine de se relever pour accueillir la jeune femme au T-shirt blanc, qui s'approchait.

« Lena, comme c'est inattendu de te retrouver ici, je n'ai pas le souvenir de t'y avoir croisée souvent », s'amusa-t-elle d'une voix chantante tandis qu'elle ne quittait pas le Français des yeux.

« Alexandra, je te présente Charles de Tretz, avec qui je travaille au Comité de la propriété d'État. Charles, je ne crois pas que tu connaisses Alexandra Vladimirovna Grouchenkova. Nous nous sommes rencontrées à l'Institut. Et voici mon frère, Grigori.

— *Otchen rad*», marmonna ce dernier, mais Alexandra ne lui jeta pas un regard pendant les quelques minutes où elle resta debout à côté de leur table. Son parfum, sa façon de caresser d'une main ses cheveux négligemment relevés, son assurance face au Français avec lequel elle plaisantait le fascinaient.

« Je crois que j'ai croisé son père à l'ambassade, hésita Charles après son départ. Je la trouve vraiment sympathique.

— Alors, vous travaillez pour la Banque mondiale ? »

Grigori s'était lancé dans un anglais moins fluide que celui de sa sœur, à l'accent prononcé, mais convenable. Même dans les dernières années d'agonie du régime, les communistes avaient su préserver la qualité des écoles soviétiques.

Charles de Tretz ne rechignait jamais à parler de lui. Avec la modestie qui sied aux gens bien élevés, il expliqua que, diplômé de Polytechnique – eh oui, lui aussi était ingénieur – et de l'ENA – une école qui ressemblait un peu au MGIMO –, il avait rejoint l'Inspection générale des finances, un commando d'élite de Bercy.

« Mes parents étaient désespérés, sourit-il, dans ma famille, c'est l'armée, la diplomatie ou les ordres. En choisissant la finance, je devenais quasi infréquentable. Depuis que je suis à la Banque mondiale, ils peuvent au moins raconter à leurs amis que je travaille pour une institution internationale, c'est moins vulgaire. »

Tandis que Lena riait trop fort à ses traits d'esprit, Grigori fixait le Français.

« Ils savent que, dans quelques mois, j'aurais rejoint DexLife à Londres. Alors ils en profitent. Un fils employé d'assurances, je crains qu'ils ne me renient.

— Tu sais, Grisha, Charles est en contact permanent avec Vassiliev, le directeur de cabinet de Chubaïs.

— J'essaie de lui apporter un regard sur le monde différent de celui de nos amis anglo-saxons », répondit négligemment Charles.

Une fois lancé, Charles aimait aller au bout de ses présentations. Il en avait mis au point différents formats. La version courte lui permettait de décrire en quelques phrases, lors d'un cocktail et devant un public majoritairement féminin, ce qu'était le futur programme de privatisations de masse, la version la plus longue était réservée à l'ambassade et au chef de la mission économique, qui la retranscrivaient ensuite en de substantiels télégrammes chiffrés : « Je retiens d'un utile entretien avec Charles de Tretz les éléments suivants… » Charles choisit pour le frère et la sœur une version intermédiaire.

La Banque mondiale, épaulée par le Harvard Institute for International Development, conseillait Boris Eltsine et le gouvernement Gaïdar dans la mise en œuvre de « la plus grande réforme de la propriété jamais entreprise ». Charles adorait cette expression, qu'il tenait de l'ambassadeur de France.

« Les Américains appellent cela de la coopération économique mais leurs intentions sont évidentes. Avec quelques centaines de millions de dollars investis dans une assistance ciblée à Chubaïs, ils s'offrent la possibilité de changer un pays et une place de choix pour leurs entreprises quand les affaires reprendront. Peu subtil mais efficace. »

Tretz aimait adopter la posture du haut fonctionnaire blasé, posant un regard d'entomologiste sur le monde. Sentant qu'il avait éveillé l'intérêt de Grigori tandis que Lena buvait ses paroles, il poursuivit sur un ton désormais professoral.

« Quand on se souvient de l'intensité de la rivalité russo-américaine, il est paradoxal de penser qu'aujourd'hui les Américains conseillent leurs ennemis pour réussir leur transition économique. Mais les élites russes sont bluffées par les ressources et le prestige intellectuel des États-Unis. Elles se pâment devant un type comme Jeffrey Sachs, le professeur star de la délégation de Harvard. Le vrai gourou de la thérapie de choc, c'est lui, avec des formules comme "vous ne pouvez pas sauter un abîme en deux bonds". Chubaïs souhaitait privatiser comme en Europe occidentale dans les années 1980 mais il a dû y renoncer. La faiblesse de l'épargne rendait impossible la vente rapide de dizaines de milliers d'entreprises. Nous lui avons donc recommandé de suivre l'exemple tchèque de privatisations de masse. Des *vouchers* – des coupons si vous préférez, ajouta-t-il devant le regard interrogateur de Grigori – seront distribués à la population. Chacun pourra les utiliser pour acheter les actions des entreprises privatisées. S'ils n'y croient pas, ils pourront toujours les revendre. Enfin, nous n'y sommes pas encore. Pour l'instant, nous travaillons comme des damnés au projet de loi que nous espérons faire voter en juin. Heureusement que Lena est là pour nous aider. »

Avec un sourire un brin condescendant, il posa une main propriétaire sur le genou de la jeune femme.

« Oh, ma chérie, il faut que je file si je veux arriver à temps pour mon dîner. Un vrai pensum. Garçon, vous mettrez cela sur ma note. Lena, on se retrouve ensuite à l'appartement? Je devrais y être vers 23 heures. »

Puis, se tournant vers son frère: « Grigori, je suis ravi d'avoir fait votre connaissance. Lena parle si souvent de sa famille. Je vous souhaite bien des choses pour votre examen de fin d'année. C'est le dernier, n'est-ce pas? »

Et, satisfait de l'à-propos de sa marque d'attention, il tapota la joue de Lena, serra négligemment la main de Grigori et gratifia d'un sourire étincelant la belle Alexandra tandis qu'il quittait le bar.

« Si je me dépêche, je peux attraper le train qui part de Yaroslavskaya à 22 h 34. Tu m'accompagnes jusqu'à la gare? J'ai compris que tu avais quartier libre jusqu'à 23 heures, lâcha ironiquement Grigori tandis qu'ils quittaient le Metropol.

— Dis-moi, comment l'as-tu trouvé?

— Lena, ce type vit à des années-lumières de notre monde. Il parle de privatisations de masse mais que sait-il de la Russie, de nos vies? Rien. Son existence a toujours été facile. Une trajectoire rectiligne, de père en fils, que dis-je, d'arrière-arrière-arrière-grand-père à arrière-arrière-arrière-petit-fils. Mon Dieu, il va travailler pour une compagnie d'assurances à Londres. Voilà le grand risque qu'il est prêt à prendre dans la vie ? Tu sais, Lena, je pense qu'il nous méprise. Nous l'amusons, nous allons bientôt faire partie de sa collection personnelle de souvenirs hauts en couleur, avec lesquels briller dans les réceptions de l'ambassade. Tu te rends compte, il a rencontré des Russes, des vrais, et même pas de Moscou !

— Grigori – Lena n'utilisait son prénom complet qu'en de rares circonstances –, tu gâches tout, tu veux absolument le salir. Pourquoi te montrer odieux quand quelqu'un est heureux autour de toi ? Je me disais que, peut-être, pour une fois, tu pourrais te réjouir pour moi.

— Écoute, je ne voulais pas te blesser. Pardonne-moi. Ne nous séparons pas sur une dispute. Mais promets-moi de faire attention. Je ne le sens pas, c'est tout. »

III.

Perm, Permski Kabelny Zavod, lundi 20 avril 1992

Maria avait consciencieusement repassé, le dimanche matin, le costume de Grigori pour son entretien avec Anatoly Smirnov. Une veste et un pantalon gris anthracite, taillés dans un tissu épais et de bonne qualité, qui avaient longtemps appartenu à Nikolaï. Plusieurs fois élargi pour s'adapter à la carrure de son mari, qui s'était épaissie au fil des années, le fidèle costume avait connu un sort contraire lorsque Maria avait constaté qu'elle ne pouvait plus en relâcher la taille et les épaules. Il fallait maintenant lui trouver un autre propriétaire.

Si Grigori avait pris rendez-vous avec la secrétaire de Smirnov dès son retour de Moscou, l'entretien, pourtant fixé deux semaines plus tard, avait quand même été reporté à plusieurs reprises. Grigori avait compris le message. Dans l'emploi du temps surchargé de l'ingénieur en chef, il était quantité négligeable. Quand il laissait son esprit vagabonder, ce qui ne lui arrivait pas souvent, il imaginait le jour où ce serait lui qui ferait attendre le grand homme.

Grigori patientait maintenant dans une antichambre dont les murs présentaient fièrement les photos en noir et blanc des cinq ingénieurs en chef qui avaient précédé Smirnov depuis la création de l'usine, en 1957. Il savait que les deux secrétaires avaient laissé leur porte ouverte pour le surveiller du coin de l'œil. La première était là dès 6 h 30 et veillait à ce que tout soit en ordre pour l'arrivée du patron. Sa collègue la rejoignait à 8 h 30 et assurait la fermeture du bureau à 20 heures. Ainsi l'ingénieur en chef avait-il toujours une collaboratrice à disposition. Grigori observa les deux femmes. Elles devaient avoir environ 40 ans et, comme presque toutes les Russes de leur génération, les cheveux teints dans la baignoire de la maison. L'une avait choisi un roux flamboyant. L'autre, plus enveloppée, avait opté pour le blond américain des magazines abandonnés par la première délégation allemande à avoir visité l'usine quelques mois plus tôt. La rousse se limait les ongles avec application. Une feuille de papier glissée dans le chariot de sa machine à écrire lui permettrait de se remettre au travail sitôt qu'elle entendrait le pas lourd de Smirnov. Sa collègue, après avoir nonchalamment proposé un rafraîchissement à Grigori et esquissé un haussement d'épaules devant sa réponse négative, s'activait devant la bouilloire électrique pour se préparer un thé. Les deux femmes avaient vite jaugé leur visiteur. Un étudiant de l'Institut venu pour un entretien d'embauche, beau garçon certes, mais ce n'était pas la peine de se mettre en quatre.

Alors que Grigori patientait depuis un bon quart d'heure, une sonnette stridente retentit dans le bureau des secrétaires.
« Vous pouvez y aller. »
La blonde s'était levée pour lui tenir la porte capitonnée. Derrière, une seconde porte s'ouvrait sur le royaume de Smirnov.
La pièce d'une quarantaine de mètres carrés lui parut immense, comme la très longue table de réunion en bois clair. Au fond, le bureau de l'ingénieur en chef. Assis dans un vaste fauteuil, une carte d'état-major de l'*oblast* derrière lui, Smirnov désigna une chaise. Les deux téléphones posés sur la table étaient à portée de l'auguste main, le blanc pour les discussions ordinaires, le rouge, qui ne sonnait qu'exceptionnellement, quand le gouverneur, le maire de la ville ou quelque sommité moscovite appelaient l'ingénieur en chef. Dans le cendrier en granit se consumait lentement une cigarette que Boris Eltsine, du haut de son portrait accroché en bonne place, semblait surveiller.
« Yurdine, merci d'être venu. Asseyez-vous là. Comment se passent vos révisions ? »
Grigori répondit poliment, attendant que Smirnov entre dans le vif du sujet.
« J'ai bien réfléchi, Yurdine. Je vous ai observé ces derniers mois. Vous êtes un bon élément. Un garçon solide, doué. Il y a quelques années, je vous aurais proposé de commencer au bureau d'études. Mais les temps changent et nous devons nous adapter avec eux. Je souhaite vous

affecter au département Trading. Lemonov, en qui j'ai toute confiance, doit partir à la retraite à la fin de l'année. Dire qu'il est entré à l'usine la même année que moi ! Cela ne me rajeunit pas. J'ai besoin de quelqu'un de sûr dans ce département. Nous subissons trop de ruptures d'approvisionnement en ce moment, en particulier en aluminium. C'est un casse-tête quotidien. Sans stocks, je peux renvoyer tout le monde à la maison. C'est le nerf de la guerre. Enfin, si le passage de relais avec Lemonov se passe bien, vous pourrez lui succéder.

— Anatoly Semionovitch, je suis très honoré, bien sûr, par votre proposition. Mais, vous savez, je suis un ingénieur dans l'âme. Je pensais vous être utile au bureau d'études. Je ne connais rien à l'achat et à la vente de matières premières. »

Grigori, dont le visage trahissait rarement les émotions, peinait à dissimuler sa surprise et son humiliation. Cela faisait des générations que les meilleurs élèves de l'Institut rejoignaient le bureau d'études. Certes, il n'y avait aucune règle écrite, mais être ainsi écarté vers un département mineur !

« Pfff… Yurdine, je suis certain que vous apprendrez vite. J'ai besoin de vous au Trading, pas au bureau d'études. Vous vous y plairez, vous verrez. C'est là que les choses se passent désormais. Et vous savez, c'est une division que je supervise directement. Bien sûr, si vous ne souhaitez pas travailler à l'usine, je le comprendrai. Mais Nikolaï Makarov m'avait laissé entendre que vous étiez prêt à nous rejoindre. Et puis, je me souviens bien de votre père, Piotr, un excellent ouvrier, une perte pour nous tous. J'ai toujours eu envie de faire quelque chose pour son fils. Enfin, Yurdine, vous y réfléchirez. J'attends votre réponse d'ici la fin de la semaine et j'espère qu'elle sera positive, car j'aurais plaisir à travailler avec vous. Vous savez qu'en ce moment les candidats sont nombreux et que les places sont rares. Si le Trading ne vous intéresse pas, il faut que je puisse rapidement proposer le poste à un autre étudiant. Allez, Yurdine, je ne vous retiens pas plus longtemps.»

D'un geste bref accompagné d'un hochement de tête en guise d'au revoir, l'ingénieur en chef lui signifia son congé.

Grigori salua avec difficulté les deux assistantes qui levèrent à peine les yeux sur lui. Comme un cauchemar, il se repassa en boucle le bref entretien alors qu'il quittait l'usine. À quelle occasion avait-il pu déplaire pour se trouver ainsi rétrogradé au milieu des anonymes? La déception de Maria et de Nikolaï serait immense. Yurdine pensait aussi aux réactions à l'Institut. Il n'y avait pas que des amis et sa disgrâce ferait des heureux.

IV.

*Perm, salle des fêtes de la Permski Kabelny Zavod,
samedi 13 juin 1992*

Cela faisait plusieurs semaines que Maria se démenait pour préparer en cachette l'anniversaire de Nikolaï. Elle avait discrètement réservé la salle des fêtes de l'usine, accessible aux familles, convié leurs proches en leur faisant jurer le secret, prévu un petit orchestre pour qu'on puisse danser jusque tard dans la nuit, et organisé le retour surprise de Lena le temps d'un week-end. Le buffet avait nécessité des trésors d'ingéniosité afin que, malgré la pénurie, elle puisse offrir à Nikolaï, pour ses 50 ans, ses plats préférés. Les bouteilles de vodka avaient été plus faciles à trouver.

Maria avait relevé en chignon ses cheveux bruns. Chaque mois, les mèches gris argent, qu'elle hésitait à teindre car son mari l'en dissuadait, étaient un peu plus présentes, notamment près des tempes. Elle s'était maquillée et portait une robe mauve en soie légère à plusieurs volants, empruntée à une voisine. Les épaules recouvertes d'un châle en mousseline beige brodé de fleurs roses et rouges, elle pressait Nikolaï de se dépêcher. Elle avait prétexté un dîner donné par de vieux amis pour l'entraîner hors de la maison. En chemin, elle s'appuya sur son bras, redoutant de se tordre la cheville sur la chaussée défoncée. En temps normal, elle évitait de marcher longtemps avec de hauts talons mais ce soir, elle avait renoncé aux vieilles chaussures plates qu'elle échangeait discrètement, quand les circonstances l'exigeaient, contre la paire plus chic qu'elle portait dans un sac. Nikolaï, tout à leur conversation, n'avait pas conscience de ses efforts pour avancer à son rythme, tandis qu'elle maudissait ses nouveaux escarpins. Son mari continuait à lui parler de Grigori. Il s'inquiétait de le voir si taciturne depuis son rendez-vous avec Smirnov.

« À part les échecs et la boxe, rien ne semble vraiment l'intéresser. Avant, il sortait au moins avec Anastasia, la petite des Lemonov. C'était une chic fille qui le déridait un peu. J'ai l'impression qu'il a rompu. Mais il n'en parle pas et je n'ose pas lui poser la question. Vraiment, quelle misère que Smirnov ne l'ait pas pris au bureau d'études. Il le méritait pourtant. »

Leurs invités, arrivés un peu avant, les attendaient dans le noir. Lena, postée près des interrupteurs, éclaira d'un seul coup la salle et la cinquantaine de convives hurla « surprise », en criant et en riant de plaisir, tandis que violons et accordéon reprenaient *Dorogoï Dlinnoyou*. Mary Hopkin avait fait découvrir cette chanson aux Anglais en

1968, mais elle s'était gardée de leur expliquer que *Those Were the Days* avait d'abord été une chanson russe.

Le buffet était disposé sur des tables en formica recouvertes de tissus bariolés. «Surtout pas de nappes en papier!», avait supplié Maria, et ses amies avaient vidé leurs armoires. On avait ouvert les fenêtres en grand, car il faisait chaud. Dehors, les lilas, qui ployaient sous le poids de leurs fleurs odorantes, nimbaient la fête d'un parfum joyeux.

Nikolaï, ému, serrait le bras de sa femme tandis qu'il chuchotait à son oreille.

«*Spasiba, dorogaïa, spasiba sa vcio…*»

Quand Lena s'approcha, les paupières de son père se plissèrent derrière ses lunettes pour retenir des larmes qu'il n'osait laisser couler.

«Tu me fais une bien belle surprise, ma chérie. Tout ce chemin depuis Moscou, alors que tu as tant de travail! Merci, ma petite fille. Cela me touche tant.»

Il était près de 22 heures quand Lena entraîna son frère dehors.

«Viens, offre-moi une cigarette. Nous n'avons pas eu une minute à nous depuis le début de la soirée. Mais il y a tant de gens que je n'ai pas vus depuis des siècles! Dis donc, tes amis boxeurs ne t'ont pas raté», sourit-elle en parcourant la marque violacée qui meurtrissait sa pommette droite.

«Les échecs laissent moins de traces. Si ce soir, je te croisais dans la rue sans te connaître, je crois que je changerais de trottoir. Tu fiches la trouille.»

Grigori repoussa gentiment sa main.

«Tu es la reine de la soirée, Lena. Tu arrives de Moscou, dans quinze jours tu seras diplômée du MGIMO, et avec un job en or à la clef. Chargée de mission de Vassiliev, le directeur de cabinet du ministre lui-même! Ils ne devaient pas s'attendre à ça au ministère des Privatisations. Tu t'es bien débrouillée, petite sœur!

— Tu sais, c'est Charles qui a parlé de moi à Vassiliev. Il lui a expliqué que je m'étais parfaitement intégrée à l'équipe et qu'on pouvait me faire confiance. J'étais *up and running*, comme disent les Américains! Vassiliev l'apprécie beaucoup, alors il m'a prise à l'essai pour lui faire plaisir. Cela fait trois semaines maintenant et je crois qu'il est content de moi. Bien sûr, je ne l'ai pas prévenu que je partirai avant la fin de l'année pour l'Angleterre. La mission de Charles se termine. Il quitte la Russie dans quinze jours. Il va tout organiser pour que nous nous retrouvions là-bas. Obtenir un visa est compliqué mais on va y arriver. Et puis il m'a promis de faire au moins un aller-retour à Moscou dans l'intervalle. En attendant, j'essaye de mettre la main sur un téléphone pour que nous puissions nous parler tranquillement quand il sera à Londres.»

Lena écrasa sa cigarette et attrapa du bout des doigts des fleurs de lilas, qu'elle se mit à mâcher, comme du chewing-gum.

«Tu vas vraiment partir?

— Oui. Mais tu es le seul à qui j'en parle. Charles m'a fait promettre le secret. D'ici là, j'ai toujours un job idéal, qui fait rêver les étudiants du MGIMO. Alors qu'il est quasi impossible de trouver du travail à Moscou, j'ai rejoint l'équipe la plus *hype*, celle où tout se passe en ce moment. »

Elle fit quelques pas, hésitante, pour s'asseoir sur la vieille balançoire en plastique du terrain de jeux attenant à la salle des fêtes. Le soleil se couchait enfin.

« Grisha, il faut que je te raconte quelque chose. »

Grigori attendait, impassible, adossé au portique. La pointe de sa chaussure traçait mécaniquement des ronds dans le sable.

« Il y a quelques jours, Vassiliev m'a confié un dossier en urgence : trier par région la liste des entreprises qui vont être privatisées, car il devait la présenter à Chubaïs. Tu te souviens des informations que nous a données Charles au Metropol ? »

Grigori déterrait maintenant, toujours du bout du pied, une pomme de pin à moitié enfouie. Il hocha légèrement la tête.

« L'usine est sur la liste. »

Grigori regarda attentivement sa sœur.

« Tu es sûre de ce que tu dis ?

— Je suis sûre d'avoir vu le nom de la Permski Kabelny Zavod. Sera-t-elle vraiment privatisée, je n'en sais rien. Il y a tellement de comités qui se réunissent ensuite. Mais elle fait partie du projet. »

Lena poursuivit à voix basse.

« Grisha, pas un mot, et surtout pas aux parents. Ils vont sombrer dans la panique.

— Pourquoi m'en parler, alors ?
— Tu sais, ils m'ont évidemment fait signer des tas de papiers, des *non disclosure agreements*. Mais comment te laisser démarrer à l'usine sans te le dire ?
— Merci, petite sœur. Viens maintenant, rentrons, ils vont finir par s'inquiéter. »

À 23 h 30, certains invités commencèrent à prendre congé tandis que Maria tentait de les retenir.
« Ne partez pas tout de suite ! Il reste du *medovik* ! Au moins, emportez-en pour le petit déjeuner demain matin. Il sera encore meilleur ! »
On n'avait pas réussi à venir à bout de l'épais gâteau où des couches de crème au miel s'intercalaient entre des galettes, également au miel. Le tout recouvert d'airelles et de myrtilles sauvages de l'Oural. Lena chipotait de la pointe de sa fourchette dans la large part que Maria lui avait d'autorité attribuée.
« Mais Maman, c'est beaucoup trop !
— Mange, ma chérie, tu es toute maigre. Regarde-moi ça, on voit pointer tes omoplates ! C'est peut-être la mode à Moscou mais, si tu continues, tu finiras par tomber malade. »
Lena avait avalé deux bouchées pour lui faire plaisir. Assise à l'une des petites tables repoussées près des murs pour créer une piste de danse, elle était le centre de l'attention, beaucoup de convives cherchaient à comprendre la loi sur les privatisations adoptée deux jours plus tôt.

« *Papchka*, tu n'écoutes pas ce que je dis : oui, les *vouchers* qu'on va vous distribuer vaudront bien 10 000 roubles. Et oui, il y en aura pour chacun, y compris pour les enfants. Oui, même pour les soldats.
— Un mois et demi de salaire, ce n'est pas rien !
— Moi, je ne comprends pas. Tu payes 25 roubles pour t'enregistrer et on te remet un *voucher* de 10 000 roubles ? Ce n'est pas clair. »
Lena reprit patiemment.
« Mais non, il n'y a pas de piège. Chaque Russe doit pouvoir détenir une part de nos entreprises. C'est bien normal, c'est nous qui les avons construites !
— Pour ce que cela vaut maintenant, soupira Nikolaï. Moi, je préférerais du cash, même moitié moins que dix mille roubles, même le quart. Au moins, avec du véritable argent, tu peux acheter à manger. Mais avec une action ? Qu'est-ce que ça rapporte ? »
Un peu en retrait, Grigori avait sorti le carnet bleu marine dans lequel il consignait ses parties d'échecs. Mais il ne griffonnait pas, attentif aux arguments que Lena essayait de défendre sans succès.
« C'est une occasion historique. Le pays sera transformé !
— Ma petite fille, la vérité, c'est que notre pauvre Russie a déjà été mise sens dessus dessous. Pour le bien que cela nous a fait ! Tes Américains nous apportent de drôles d'idées ! »
Nikolaï prit la main de Maria et entraîna sur la piste sa femme aux pieds nus, dont les chaussures à talons hauts gisaient piteusement dans un coin.

Grigori les regardait avec une affection mêlée de compassion. Ces pauvres bougres avaient toujours cherché à bien faire, toujours appliqué les règles, toujours obéi aux consignes et porté haut les couleurs de l'URSS. Combien de fois avant de passer contremaître Nikolaï avait-il été distingué comme «l'ouvrier du mois»? Maria, toute fière, traînait alors les enfants jusqu'à l'usine pour admirer sa photo, affichée dans l'entrée de l'atelier principal. Dans la famille, on n'avait jamais raté une fête patriotique. Ces jours-là, on accrochait des fanions au balcon, on mettait ses plus beaux vêtements et on allait applaudir les festivités, surtout quand les deux enfants défilaient pour l'occasion. Jamais Nikolaï n'avait remis en question le régime. De bons citoyens, des âmes loyales et fidèles. Et voilà que leur monde s'effondrait sous leurs yeux. L'URSS avait constitué un empire, tenu tête aux Américains, fait la course aux étoiles, enregistré tant de succès militaires, scientifiques, sportifs, l'URSS les avait nourris, leurs parents s'étaient battus pour elle, mais l'URSS avait sombré. Et ils ne comprenaient pas ce qui arrivait. Grigori caressait machinalement la couverture de son carnet. Lui n'avait jamais vibré au son de l'hymne soviétique. Il avait appris à faire semblant. Le communisme, dont il connaissait par cœur les rites et le catéchisme, était une religion qui l'avait toujours laissé insensible. Il ne croyait qu'en ses propres forces, en cette faculté dont il faisait sa principale qualité: saisir les opportunités quand elles se présentaient. Sa seule loyauté était envers Maria et Nikolaï, qui lui avaient épargné l'orphelinat. Sa seule affection allait à sa sœur Lena. Enfin, il savait compter. Il avait appris très tôt, et pas seulement en jouant aux échecs. L'URSS avait formé le bon élève, sa chute lui offrirait peut-être l'occasion de son ascension.

V.

Perm, Permski Kabelny Zavod, lundi 6 juillet 1992

Pour son premier jour à l'usine, Grigori fit le trajet avec Nikolaï. Il était 8 heures du matin et le soleil était déjà haut. Le jeune homme avait réglé son pas sur celui de son père, qui saluait en chemin ses collègues et les lui présentait.

« Là-bas, près du réverbère, c'est Petrov. On a longtemps travaillé sur la même chaîne. Pas toujours assidu mais un vrai camarade. »

Ils approchaient de la grille d'entrée.

« Tiens, voilà Alexeï Lemonov, le fils de ton nouveau patron. Il est au département Comptabilité.

— Même quand je fréquentais sa sœur, nous n'avions aucun atome crochu. »

Alexeï l'interpella en souriant. « Mais c'est Grigori ! Je n'y crois pas, ils t'ont mis au Trading, avec mon père… Quelle dèche pour la star de l'Institut ! »

Il avait pris soin de parler assez fort pour être entendu des hommes qui franchissaient les portillons d'entrée. Grigori avait une conscience aiguë des rapports de force. C'était sa seule façon de penser le monde, qu'il s'agisse de mesurer ses chances devant un échiquier, sur un ring de boxe ou dans la vie. On n'était plus à l'Institut où son aura était incontestable. Il recommençait à zéro. Ce matin-là, il n'était qu'un jeune homme parmi d'autres et c'est dans un département de deuxième ordre qu'il entamait sa première journée à l'usine. Il devait réagir aussitôt, ou il mettrait des mois à remonter la pente. Grigori marcha sur le comptable et le plaqua contre la grille en l'étranglant d'une main.

« Écoute-moi bien, tu me cherches encore une fois et je te casse la gueule pour de vrai. Tu piges ? »

Nikolaï s'était élancé mais son fils avait déjà relâché sa prise et Lemonov essayait de reprendre son souffle.

« Mais qu'est-ce que tu fais ?! »

Grigori s'éloigna d'un pas tranquille. Autour d'eux, les ouvriers reprenaient leurs conversations.

« Eh ben, il est pas là pour rigoler, le petit de Makarov. »

Il fit un signe de la main à son père : « Je te retrouve ce soir, *Papchka*. Ne t'inquiète pas. On aura le temps de parler, va. Passe une bonne journée. »

Grigori se dirigea vers le bâtiment des bureaux, où il devait se présenter à 8 h 15 précises. Les nouveaux venus, trahis par leur allure un peu gauche et leur tenue apprêtée, étaient déjà rassemblés. L'usine avait fait depuis plusieurs années le choix d'accueillir en même temps ses jeunes recrues, ce qui permettait d'organiser une semaine d'intégration commune. À la grande époque, ils étaient plusieurs centaines à participer à ces sessions, mais une trentaine seulement cette année. Les secrétaires de direction, mobilisées pour l'occasion, versaient dans des gobelets en plastique du thé noir qu'elles proposaient d'allonger avec un peu d'eau chaude. Puis elles commencèrent à pousser leur petit troupeau vers l'auditorium, où les attendait le discours de bienvenue du directeur. Cette salle aveugle de cent cinquante places n'avait pas été rénovée depuis le début des années 1970. Les fauteuils étaient râpés et tachés. Les tablettes ne se dépliaient plus ou retombaient brutalement. Les spots du plafond traçaient un cercle de lumière crue autour du pupitre placé au centre de l'estrade. De chaque côté, des chaises étaient réservées aux cadres de l'usine. À gauche, le drapeau de la ville de Perm, à droite celui de la Russie, repris à Pierre le Grand quelques mois plus tôt et auquel on avait encore du mal à s'habituer après la faucille et le marteau.

Les assistantes demandèrent sans trop de ménagement qu'on remplisse les premiers rangs pour que l'auditorium ne semble pas déserté. Mais, même ainsi, l'assistance avait l'air désespérément maigre.

Youri Andreïevitch Jouliov, directeur de la Permski Kabelny Zavod depuis trois ans, attendit que chacun ait pris sa place, que les responsables des départements aient trouvé leurs chaises – leurs noms y étaient scotchés pour éviter tout accroc au protocole – et, surtout, que l'ingénieur en chef soit confortablement installé. Alors, après s'être raclé la gorge et avoir rapidement tapoté le micro, il se lança dans l'histoire triomphale de l'usine.

Bientôt quinquagénaire, le directeur avait une certaine éloquence, acquise par sa fréquentation assidue des réunions du Parti. Il ne connaissait pas grand-chose à la production de câbles et on se moquait de son diplôme d'ingénieur obtenu dans un institut subalterne, pourtant fièrement encadré dans son bureau au milieu de photos où il posait auprès de telle ou telle sommité. « C'est qui le gars à côté de Jouliov… », s'amusaient les ouvriers quand une nouvelle pièce s'ajoutait à la collection. La dernière, où il avait réussi à se glisser tout près de Eltsine dans les manifestations qui avaient secoué Moscou l'année précédente, avait suscité beaucoup d'ironie. D'autant qu'elle avait subrepticement supplanté le cliché où le même directeur applaudissait à tout rompre un discours de Gorbatchev, en 1987. « Ce n'est pas la girouette qui tourne, c'est le vent », plaisantèrent les plus jeunes lorsque Gorbatchev disparut définitivement. Mais Jouliov n'en avait cure. Comme beaucoup d'anciens communistes, il avait su rallier le nouveau pouvoir en restant imperméable aux médisances.

Il balançait sa grosse tête de gauche à droite pour embrasser son public du regard. Sa voix grave prenait des accents dramatiques pour retracer l'épopée de l'usine depuis sa création. À intervalles choisis, il se tournait avec déférence vers Smirnov, « le plus grand ingénieur en chef que la Permski Kabelny Zavod ait eu la chance de compter », « celui sans lequel nous ne serions pas le numéro un incontesté dans le pays... ». Le plus grand ingénieur en chef opinait légèrement de la tête, l'ombre d'un sourire narquois flottant sur ses lèvres, tandis qu'il buvait les compliments directoriaux.

Grigori, assis à l'extrémité du troisième rang, observait la scène. Le vieil homme détenait le véritable pouvoir. Le directeur n'était qu'un pantin, bon à faire des discours et à courber l'échine devant les personnalités locales, un homme de l'ancien monde qui s'écroulait, mais qu'il cherchait vainement à retenir en récitant les exploits du passé. Grigori croisa le regard de Smirnov et il lui sembla que son imperceptible clignement des yeux lui était destiné.

Après les discours et un parcours commenté de l'usine, que les recrues connaissaient pourtant très bien – tout enfant de Perm l'avait déjà visitée, parfois à plusieurs reprises, beaucoup avaient un proche qui y travaillait ou y avait travaillé –, chacun fut appelé à rejoindre son département. Ignorant les deux garçons qui se dirigeaient vers le bureau d'études en bombant le torse, Grigori se rendit au Trading. Andreï Lemonov le reçut sans le faire attendre. Son bureau, un modèle réduit de celui de l'ingénieur en chef, était imprégné d'une forte odeur de tabac. Les quintes de toux qui le saisissaient à intervalles réguliers ne l'empêchaient pas de rallumer une cigarette avec le mégot incandescent de la précédente. Maigre, le cheveu gras, la peau cireuse tirée sur les os du visage et des yeux fiévreux, Lemonov avait un air de cadavre.

« Ah Grigori, je suis heureux de te revoir ! Tu vas nous être bien utile. Je sais que mon fils Alexeï et toi ne vous entendez pas du tout. Ce n'est pas un mauvais bougre. Mais il est très impétueux. Jusqu'à ton arrivée, il pensait être le seul favori de Smirnov. Et il ne t'a pas pardonné ta rupture avec sa sœur. Ah, vous les jeunes, vous avez le sang chaud. Mais tout cela passera. J'espère que vous deviendrez bons amis. J'aimais bien ton père, Yurdine. Un gars courageux. Quelle tristesse ! Il était jeune et en bonne santé. Tu veux du thé, du café, une cigarette ? »

Lemonov parlait sans arrêt, sauf quand sa toux rauque et sifflante le forçait à reprendre son souffle.

« Le patron t'a dit que je partais à la retraite ? La vérité, c'est que ma retraite sera courte. C'est le crabe. Je ne sais pas si Anastasia t'en a parlé quand vous sortiez ensemble. À l'époque, on n'était pas sûrs du diagnostic. Aujourd'hui, je sais que la tumeur a envahi le poumon gauche. Il ne me reste que quelques mois. Ce que je te raconte n'est pas un secret. Et si je t'en parle, c'est parce que je n'aurai pas beaucoup de temps pour jouer au professeur. Mais si tu es aussi rapide que le patron l'affirme, ce sera facile. Smirnov, c'est un grand monsieur. Cela fait trois ans qu'il a repris la responsabilité du département. Et c'était essentiel. Au Trading, nous sommes le sang qui irrigue l'usine. Si nous ne sommes pas capables de l'alimenter en fer, en cuivre, en aluminium, en zinc…, elle s'arrête. Ces derniers temps, c'est un bordel noir. Tous les circuits d'approvisionnement sont désorganisés. La loi de la jungle. On se tire la bourre pour passer devant les petits camarades. Chacun pour soi. Si on veut préserver l'usine, faut être malin. »

Grigori écoutait sans l'interrompre ce flot de paroles. Il ne détourna pas non plus le regard quand Lemonov sortit de sa poche un mouchoir souillé de taches de sang et dans lequel il cracha après une quinte un peu plus forte.

« Le toubib me fait la leçon : j'ai trop fumé et il faudrait que j'arrête. Mais qu'est-ce qu'on en a à foutre. Crever pour crever, autant se faire plaisir. Allez, viens, Yurdine. Je vais te présenter l'équipe. »

VI.

Perm, datcha des Makarov, dimanche 26 juillet 1992

Grigori s'essuya le front et jeta un coup d'œil à sa montre. Midi. Il faisait terriblement chaud mais Maria, quelques mètres plus loin, poursuivait méthodiquement sa cueillette sans ralentir le rythme. Elle s'attaquait aux framboisiers après avoir ramassé des fraises et des haricots verts.

Comme Nikolaï n'était pas libre ce dimanche matin, Grigori lui avait proposé de l'accompagner jusqu'à leur datcha, située en banlieue, à vingt kilomètres de la ville. En fait de datcha, c'était une maisonnette en béton, entourée d'un minuscule jardin que les Makarov, comme nombre de leurs voisins, cultivaient pour améliorer l'ordinaire. Elle avait d'abord appartenu aux parents de Nikolaï et la famille était heureuse de l'avoir conservée. Maria s'y rendait en tram chaque week-end à partir du printemps, tandis que son mari et son fils se relayaient pour lui prêter main-forte.

Maria, sentant le regard de Grigori posé sur elle, lui souriait, la main en visière pour protéger ses yeux du soleil.

« J'aime tellement venir ici, profiter du jardin et respirer. Et puis, je suis heureuse de cueillir ces fruits et ces légumes pour vous. Cette année, si je trouve assez de sucre, je ferai des confitures de framboise. Je peux au moins vous nourrir convenablement. Pas comme Lena à Moscou. Tu te rends compte, c'est presque la famine là-bas ! Quelle misère. Si on m'avait dit que la faim serait de retour en Russie… Au fait, mon chéri, j'ai trouvé la dernière lettre de ta sœur bien sombre. Quel contraste avec sa bonne humeur de juin, à l'anniversaire de *Papchka* ! Elle ne t'a rien dit ? »

Grigori sourit à sa mère.

« Tu connais Lena, Maman. Des hauts et des bas, plusieurs fois par jour. C'est son caractère. »

Et il reprit ses travaux.

Lena n'était pas en forme et Grigori savait pourquoi, même s'il ne pouvait en parler. Dans sa dernière lettre, elle s'inquiétait du silence de son Français. Elle avait d'abord trouvé des excuses à Charles, si occupé par son installation à Londres et son nouveau travail. Elle avait même incriminé les réseaux téléphoniques, mais était désormais à court d'idées pour justifier des semaines sans aucun signe de vie. De son écriture nerveuse, elle alternait enthousiasme et désespoir, serments amoureux et réflexions amères. Elle avait également ajouté ce post-scriptum : « Tu te souviens de notre conversation près de la balançoire pendant la soirée d'anniversaire de *Papchka*? Mes informations se confirment. »

L'usine allait donc être privatisée. Grigori repensa à la semaine écoulée. Comme Lemonov le lui avait demandé, il avait travaillé sur les tableaux hebdomadaires d'approvisionnement en aluminium.

« Il faut que tu t'y mettes maintenant. Je te l'ai dit, on n'a pas beaucoup de temps. »

Mais les chiffres avaient laissé Grigori perplexe. Il était donc retourné à l'usine le samedi et n'avait eu aucun mal à récupérer les classeurs des années passées, stockés dans l'armoire de la secrétaire de Lemonov. Celle-ci en conservait la clef dans un tiroir de sa table de travail, au milieu des tampons à encre et des trombones. Dans la chaleur moite du petit bureau qu'on lui avait attribué à côté du chef du département, Grigori s'était plongé dans le tas de documents. Page après page, il consigna méticuleusement tous les chiffres dans un nouveau carnet: depuis trois ans, on commandait des quantités identiques à l'usine d'aluminium de Kamensk-Ouralski, elle-même alimentée par les mines de bauxite de Severouralsk, mais le pourcentage jugé défectueux à la livraison ne cessait de croître. De 4,5 % en janvier 1989, il était passé aujourd'hui à près de 20 %. Les pénuries associées étaient de plus en plus fréquentes et interrompaient régulièrement la production.

Grigori alluma une cigarette tandis que Maria posait deux assiettes sur la petite table blanche en plastique qu'on laissait dehors. Elle rapprocha les chaises de jardin, qui, bien que frottées à la Javel, gardaient une couleur verdâtre.

« Mon chéri, cela fait presque un mois que tu as commencé à l'usine. Tu es content de ton travail ? *Papchka* m'a dit que Smirnov t'avait demandé de passer le voir pour connaître tes impressions.

— Oui. C'est prévu la semaine prochaine.

— Tu ne me réponds pas. Es-tu content de ce que tu fais ? Je sais combien tu as été déçu. Mais tu sais ce que ma mère disait ? "Si la vie n'a pas de sens, c'est qu'elle en a plusieurs." Tu finiras par trouver ta voie, mon chéri. »

Grigori haussa légèrement les épaules.

« Ce n'est pas le sujet, Maman. J'ai l'impression d'être un passager du *Titanic*. On est en train de couler mais on fait semblant de ne rien voir. La musique continue à jouer. Cela ne peut plus durer très longtemps.

— Grisha, tu me fais peur quand tu parles comme ça.

— Tu le dis toi-même : notre pays crève de faim.

— J'aurais tellement voulu une vie plus facile pour Lena et pour toi, mon chéri. Pour nous, ce n'est pas grave. *Papchka* et moi, nous n'avons plus besoin de grand-chose. Mais je me fais du souci pour vous.

— Ne t'inquiète pas, *Mama*. Tout ira bien et je m'occuperai de toi. »

Elle lui prit la main, qu'elle caressa doucement. C'était un de ces gestes tendres qu'elle avait pour lui quand il était enfant. Du bout de ses doigts, elle effleurait son poignet, son index glissant le long des veines bleutées. Ce contact le calmait et il s'endormait ainsi, Maria assise au bord de son lit, sa main dans la sienne.

« J'ai confiance en toi, Grisha. Petit, tu avais déjà cette énergie si rare. Cela te rendait difficile. Tu n'en faisais qu'à ta tête. Certains soirs, *Papchka* n'en pouvait plus ! Mais c'est une chance, mon chéri. Cette force va te porter. Fais-en bon usage. »

Il lui caressa brièvement la joue.

« Merci *Mama*. Si tu as terminé, il vaudrait mieux qu'on rentre. Regarde les nuages là-bas. Avec cette chaleur, on est bons pour un orage dans moins d'une demi-heure. »

Il l'aida à rassembler leurs affaires.

Moscou, Comité de la propriété d'État (GKI), lundi 27 juillet 1992

Lena agita une fois de plus l'éventail coloré qui ne la quittait plus depuis le début de ce mois de juillet étouffant, mais elle le reposa rapidement. Elle ne parvenait qu'à brasser de l'air chaud et son joli chemisier en soie bleu marine, un des derniers cadeaux de Charles avant son départ, était déjà trempé. Il n'était que 10 heures mais la poussière du bureau lui paraissait d'autant plus irrespirable que la succession de nuits trop chaudes et sans sommeil, hantées par son silence, la laissait épuisée. Elle avait encore perdu du poids. Quarante-sept kilos sur la vieille balance du *kommounalka*. Et personne pour s'en émouvoir. Maria était loin, Grisha aussi. Tous ceux qu'elle aimait et à qui elle aurait pu se confier étaient là-bas, dans l'Oural.

Marina entra sans frapper dans la pièce dont la porte avait été laissée grande ouverte pour créer un courant d'air. Quand elle s'était installée dans ce bureau adjacent à celui de Vassiliev, Lena était pleine d'enthousiasme et si fière de quitter le grand espace commun où elle avait travaillé plusieurs mois comme traductrice. Cela ne l'empêchait pas d'y repasser de temps en temps quand, par miracle, une urgence ne la retenait pas pendant le déjeuner. Elle pouvait alors rejoindre ses anciens compagnons à la cantine du sous-sol, où régnait selon l'heure une intense odeur de désinfectant ou un parfum de *kacha*.

« Lena, comment vas-tu ? Tu as une petite mine. »

Marina déposa devant la jeune femme une pile de parapheurs. Ancienne assistante de Charles, elle faisait désormais partie du pool affecté au service de la Banque mondiale et appréciait peu d'avoir été reléguée dans l'équipe commune. Un patron bien à soi, qui plus est ce Français qui avait tant d'allure et toujours le sourire, c'était nettement mieux. Lena ne lui accordait qu'une confiance modérée car l'ex-secrétaire de Charles avait une réputation de commère. Heureusement, si Marina l'avait soupçonnée d'entretenir une relation avec lui, elle n'avait jamais pu en obtenir la confirmation.

« Tu sais, je viens d'apprendre un truc marrant. »

Lena leva vers elle un regard plus lassé qu'interrogateur. Les histoires de Marina ne l'intéressaient pas. Il en fallait cependant bien plus pour décourager cette dernière.

«J'ai été contactée par la nouvelle assistante de Charles à Londres. Elle avait besoin de ses derniers bulletins de salaire. Une histoire d'impôts. Tretz est tellement dans la lune qu'il n'arrivait plus à mettre la main dessus. J'en ai profité pour lui demander de ses nouvelles.»

Marina s'interrompit pour ménager ses effets. Son interlocutrice était désormais suspendue à ses lèvres. Lena n'avait jamais eu le talent de son frère pour masquer ce qu'elle ressentait.

«Tu seras étonnée d'apprendre qu'il est en pleine forme et particulièrement joyeux depuis que sa femme et ses deux enfants l'ont rejoint. Il ne m'avait jamais parlé d'eux et je ne me souviens pas qu'il portait une alliance. Ce mari si heureux de retrouver sa famille supportait très bien son célibat à Moscou, tu ne trouves pas?»

Lena ferma les yeux un instant, les mains crispées sur les parapheurs.

«Lena, tu es toute pâle. Tu veux que j'aille te chercher un sucre et de l'alcool de menthe? J'ai l'impression que tu vas t'évanouir.

— Marina, sors de ce bureau. J'ai du travail.»

L'autre haussa les épaules et tourna les talons tandis que Lena sentait une violente migraine comprimer ses tempes.

VII.

Perm, Permski Kabelny Zavod, jeudi 30 juillet 1992

Assis dans l'antichambre d'Anatoly Smirnov, les yeux clos, Grigori inspira profondément. Il se concentrait comme avant un tournoi d'échecs. Les bruits extérieurs lui parvenaient de manière assourdie. À chaque inspiration, il sentait son thorax se dilater. Pour ne plus entendre la sirène entêtante d'une voiture de police, il fixa son attention sur le parcours d'une minuscule bulle d'air qui allait gonfler ses alvéoles pulmonaires. 300 millions d'alvéoles par poumon, deux poumons, que multiplie la surface totale entre l'air et le sang d'une alvéole, soit 0,125 mm². Son esprit calculait à toute allure. 75 m² de surface si l'on dépliait le tout. De quoi tapisser le bureau de Smirnov, celui de ses secrétaires et l'antichambre en prime. Sa pensée bifurqua en un instant de ses propres poumons à ceux de Lemonov et au cancer qui les dévorait. Il rouvrit les yeux et reprit son carnet. Il y avait noté ses amorces en style télégraphique.

Chaque mot allait compter. Il devrait retenir l'attention de l'ingénieur en chef dès le départ. Ne plus le lâcher. Une ouverture dynamique et tranchante, comme celle qu'il avait utilisée dans un tournoi trois mois plus tôt. La variante moscovite d'une défense sicilienne, ou bien était-ce une Ragozine ?

Au signal de Natacha Yossipova, la secrétaire aux cheveux blond platine, il pénétra dans le bureau du grand homme.

Il attendit que celui-ci lève les yeux de ses papiers et lui fasse signe de s'asseoir.

« Yurdine, cela fait presque un mois que vous nous avez rejoints. Est-ce que tout va bien au département Trading ? Vous vous y plaisez ?

— Beaucoup. Lemonov et l'équipe m'ont très aimablement accueilli. Je suis désolé qu'il nous quitte bientôt. »

Les yeux sombres de Smirnov, comme rétrécis derrière leurs paupières graisseuses, se fixèrent sur lui.

Grigori cala ses épaules contre le dossier de sa chaise. Il sentait le contact du bois dur. Le silence lui parut interminable, dix secondes ne s'étaient pourtant pas écoulées.

« Lemonov m'a confié le soin d'établir les tableaux de bord hebdomadaires. Je sais que vous en êtes destinataire mais j'ai tenu à vous apporter le dernier moi-même. »

Smirnov ne bougea pas tandis que le jeune homme déposait les deux feuillets sur son bureau.

« L'aluminium mis au rebut représente encore cette semaine plus de 20 % de ce que nous avons commandé à l'usine de Kamensk-Ouralski. Je me suis demandé comment Lemonov pouvait tolérer une telle négligence de nos fournisseurs. Nous n'avons jamais renégocié les prix. Nous n'avons jamais cherché à nous approvisionner ailleurs alors que la situation n'a cessé de se dégrader depuis trois ans. Et puis j'ai compris que cet aluminium n'était pas perdu pour tout le monde. »

Le visage de Smirnov n'exprimait rien mais il ne quittait pas le jeune homme des yeux.

Grigori convoqua l'image mentale de la minuscule bulle d'air pour poursuivre sans se laisser troubler par ce regard fixe.

« Si mes calculs sont exacts, vous avez dû gagner plusieurs millions au cours des trois dernières années, dont il faut déduire ce qui a été versé au patron de l'usine de Kamensk-Ouralski, à l'équipe du Trading et à divers intermédiaires. Le schéma est assez simple : une partie de l'aluminium que nous payons n'arrive jamais mais est détournée pour être revendue à des tiers. La comptabilité du Trading impute ces pertes à la ligne "rebut". Le désordre ambiant est tel que personne ne pose de questions, et d'autant moins que cette équipe est placée sous votre supervision. C'est pour cela que vous m'avez envoyé au Trading. Le meilleur élève de votre promotion pour remplacer votre homme de confiance, qui a déjà un pied dans la tombe. Je vous y serai plus utile qu'au bureau d'études. Vous pourrez continuer ainsi quelque temps. Cependant le marché des matières premières, en Russie comme à l'étranger, devient difficile. Le prix de l'aluminium a été divisé par deux depuis que les entreprises russes ne sont plus contraintes de vendre exclusivement sur le marché intérieur. Je ne doute pas que vos contacts internationaux soient de qualité. Mais j'ai mieux à vous proposer. »

Smirnov demeurait impassible.

« Mon jeune ami, beaucoup ont fini au Goulag pour moins que ça. Votre outrecuidance vous perdra.

— L'usine va être privatisée. Il faut que nous la rachetions. »

L'ombre d'un sourire passa sur le visage de Smirnov.

Après avoir longuement hésité, Natacha Yossipova entrouvrit la double porte du bureau. Elle connaissait les habitudes de son patron et savait qu'il n'aimait pas être dérangé. Mais il était enfermé avec le jeune homme du Trading depuis plus de deux heures. Il ne répondait pas à l'interphone et avait deux rendez-vous en attente. C'était maintenant le directeur de l'usine lui-même qui souhaitait le voir. Natacha Yossipova fut prise d'une forte envie de tousser en entrant dans la pièce, comme si les deux hommes avaient fumé sans discontinuer.

« Anatoly Semionovitch, je suis confuse de vous interrompre mais le directeur...

— Ma petite, je n'y suis pour personne. Racontez ce que vous voulez. Je ne veux pas être dérangé. Ouste. »

Natacha Yossipova sortit à reculons, aussi ébranlée par le caractère incongru de la consigne que par la scène dont elle venait d'être témoin. Yurdine, en bras de chemise et armé d'une craie, était en train d'écrire sur le tableau noir dont Smirnov se réservait habituellement l'usage. Ce dernier, toujours assis dans son vaste fauteuil directorial, n'avait pas daigné tourner la tête à son arrivée.

Au cours des deux heures écoulées, Grigori avait exposé avec méthode le projet mûri depuis le soir de juin où il avait appris la privatisation de l'usine. La fraude au département Trading et l'implication probable de Smirnov lui avaient offert la clef de l'opération. S'il parvenait à convaincre l'ingénieur en chef, ils avaient tout pour réussir : des informations de première main, dont personne n'avait encore connaissance dans la région, une compréhension parfaite des schémas mis en œuvre et l'accès aux ressources financières nécessaires. Non seulement la manne des prélèvements en aluminium, mais également la crédibilité de Smirnov auprès des banquiers.

«Il faudra organiser une réunion avec la Sberbank. C'est la seule institution financière crédible depuis qu'elle rassemble toutes les caisses d'épargne du pays. Je sais que vous connaissez son directeur régional.»

Smirnov acquiesça d'un rapide mouvement de tête.

«Nous allons avoir besoin de leur argent pour acheter les *vouchers*.

— L'achat de ces fameux *vouchers* reste pour moi, vous l'avez compris, la grande inconnue de l'opération.

— J'ai confiance dans notre campagne de porte-à-porte. Je fais mon affaire de trouver une vingtaine de gars pour quadriller la région. Comme personne n'a de travail en ce moment, ce ne sera pas difficile. Uniquement des jeunes du coin, et sans casseroles. Je pense à deux de mes anciens camarades de l'Institut polytechnique, Oleg Leto et Maxim Kazmanov. Notre équipe raflera les *vouchers* à moitié prix. Les gens manquent de tout et ils ont tellement peur de l'inflation qu'ils seront ravis de s'en débarrasser. Pour les irréductibles, nous organiserons des réunions publiques. Dès que la privatisation de l'usine sera connue, sans doute à l'automne, vous annoncerez que vous êtes candidat à son rachat pour sauver les emplois de Perm. Si quelqu'un peut remettre la Permski Kabelny Zavod à flot, c'est vous !

— Vous êtes un flatteur, mon jeune ami, souffla ironiquement Smirnov.

— Je suis lucide. Personne ne sait aujourd'hui à qui faire confiance. Voilà bientôt trente ans que vous vous occupez de l'usine. Vous êtes l'une des sommités scientifiques du pays. J'organiserai les réunions. Vous pourrez vous contenter d'intervenir au début pour décrire le projet que nous portons. Ensuite, j'expliquerai que les ouvriers de la Permski Kabelny Zavod, leurs familles, leurs amis, tous ceux qui croient en l'avenir de notre belle région, peuvent investir leurs *vouchers* dans un fonds que nous créerons pour la circonstance : "la Coopérative des ouvriers de Perm". Avec un nom pareil, nos camarades ne seront pas trop perdus. Le fonds pourra détenir jusqu'à 30 % du capital de l'usine mais sans droit de vote.

— Vous avez vraiment pensé à tout…

— Il faudra aussi travailler la valorisation de l'actif. »

Le regard de l'ingénieur en chef s'était fait interrogateur. Smirnov maîtrisait parfaitement la physique des métaux, mais la finance, à la différence de Yurdine, ne l'avait jamais intéressé. Jusqu'à maintenant.

Grigori poursuivit patiemment :

« Oui, il nous faut réduire la valeur de l'usine pour obtenir le prix le plus bas possible. Ses performances récentes sont mauvaises, elles doivent être pires encore pour que sa valeur s'effondre.

— Étrange sauvetage qui consiste à abîmer d'abord ce qu'on veut acheter.

— Disons que c'est ma définition de la destruction créatrice. »

Yurdine reposa la craie contre le tableau noir, puis rajusta ses manches, qu'il avait roulées sur ses avant-bras.

« Sans doute avez-vous besoin de quelques jours pour réfléchir. Cependant, je crois que c'est une opportunité unique. Comme il s'en présente une fois par siècle, et encore. »

Smirnov hocha la tête.

« En tout cas, vous êtes très convaincant, Yurdine. »

Grigori attrapa sa veste et se dirigea vers la porte.

« Je vous laisse avant que votre secrétaire ne craque pour de bon.

— Une dernière chose. Nous n'avons pas évoqué ce que vous espériez personnellement de ce projet. »

Grigori ne ressentait aucune gêne. Il n'avait plus devant lui ce formidable professeur dispensant son savoir aux étudiants déférents de l'Institut polytechnique, mais l'ingénieur en chef Smirnov, maillon nécessaire de sa stratégie de conquête, avec lequel il traiterait en égal.

« Je serai votre associé. À 50/50, naturellement. »

Tandis qu'il sortait du bureau, le vieux Smirnov écrasa son dernier mégot dans son cendrier en granit.

« Je suis heureux de ne pas m'être trompé sur votre compte, Grigori. »

C'était la première fois qu'il l'appelait par son prénom.

VIII.

Perm, appartement des Makarov, mercredi 5 août 1992

La lettre était destinée à Grigori. Maria l'avait posée en évidence sur la table basse du salon, à côté de l'album-photos en simili cuir rouge. Elle avait évidemment reconnu l'écriture de Lena et attendait impatiemment que son fils rentre de l'usine. Sans qu'elle sache pourquoi, Maria trouvait à ce courrier une apparence inquiétante, tout en cherchant à se raisonner: cette lettre n'avait rien d'exceptionnel – Lena écrivait à son frère deux à trois fois par mois – et l'extrême chaleur mettait ses nerfs à vif. Le thermomètre du balcon marquait 38°C et on avait beau vivre dans la pénombre, volets et rideaux fermés, rien n'y faisait.

«Plus je vieillis, moins je supporte cette température», confia Maria à sa voisine, venue partager le matin une tasse de thé.

«Avant, j'arrivais à convaincre Nikolaï de prendre des vacances en août. Oh, de brèves vacances. On emmenait les enfants randonner dans le parc Basegi. C'était si beau!

On campait près de l'Usva ou de la Lysva, avec l'impression d'être seuls au monde. Et quelle fraîcheur! Nikolaï préparait un feu de camp le soir et il était bienvenu. Je ne suis pas une grande marcheuse mais, pour que les enfants profitent de la nature, j'étais prête à faire des kilomètres. Et puis, Grisha était devenu si attentionné en grandissant. Quand il sentait que j'étais fatiguée, il prenait mon sac à dos, sans rien dire, et le portait avec le sien.»

Maria avait ouvert l'album rouge pour montrer ses photos de montagne à l'aimable voisine, qui les connaissait déjà.

«On a continué après le départ de Lena à Moscou. Chaque été, elle rentrait toujours pour quelques semaines et les enfants nous demandaient d'aller marcher avec eux. Malheureusement, cette année, rien n'est plus comme avant. Lena a dû rester à Moscou, Grisha vient de commencer à l'usine et ses premières vacances attendront. Quant à Nikolaï, il n'a pas le cœur à cela. Il se fait tant de souci pour la Permski Kabelny Zavod. Il dit aussi que nous devons économiser.»

Maria observait le visage marqué de son fils. Lui aussi supportait mal les fortes chaleurs et il avait accepté avec reconnaissance l'eau glacée où avaient macéré des feuilles de menthe fraîche rapportées de la datcha. Ses traits se contractaient en découvrant comment Charles avait abandonné sa sœur.

«Tu avais raison, Grigori, une fois de plus. Comment ai-je pu être aussi naïve! Il n'avait aucune intention de m'emmener avec lui. Je l'ai amusé pendant son séjour, rien de plus. *A taste of Russia,* voilà ce que j'étais pour lui. Sans doute s'est-il imaginé qu'il était quitte : quelques cadeaux, sa recommandation à Vassiliev, des soirées dans de grands hôtels où la petite provinciale que je suis n'aurait jamais mis les pieds sans lui. Il n'a cessé de mentir, notre vie à Londres n'a jamais été qu'un leurre. Charles me répétait de ne pas m'inquiéter pour le visa. En effet, le visa n'était pas le problème. J'espère que cela me servira de leçon. Vassiliev est ravi de sa merveilleuse *chief of staff.* Il s'extasie devant ma disponibilité et affirme qu'il ne peut plus se passer de moi. La triste réalité, c'est que je préfère être noyée sous les dossiers au bureau que de rentrer au *kommounalka*, où personne ne m'attend. Prends soin de toi, mon frère chéri, et occupe-toi bien de *Papchka* et de *Mama*. Je compte sur toi pour ne rien leur dire.

PS : Essaye de mettre la main sur un téléphone. Il y a des choses que je ne peux t'écrire. »

Grigori reposa la lettre.

« Tout va bien, Maman, ne t'inquiète pas. Lena est fatiguée, parce qu'elle travaille trop et qu'il fait aussi chaud à Moscou qu'ici. Mais son patron l'apprécie et elle est heureuse. Elle vous embrasse et vous écrira bientôt. Bon, je file à la salle de boxe, Oleg et Maxim doivent déjà m'attendre.

— Tiens, je t'ai préparé un *buterbrod*.

— Hum, merci. Je le mangerai en chemin. Je ne serai pas de retour avant 22 h 30. Ne m'attends pas », dit-il en embrassant légèrement la joue de sa mère.

Nikolaï ouvrit la porte alors qu'il s'apprêtait à sortir.

« Grigori, il faut que je te parle. »

La mine grave de son père et l'emploi inhabituel de son prénom plutôt que de l'affectueux « Grisha » le mirent en alerte.

« On dit à l'usine que Lemonov s'en va et que c'est toi qui le pousses dehors pour prendre sa place.

— *Papchka*, tu m'as appris à ne pas écouter les racontars. Lemonov est malade et il faut qu'il prenne soin de sa santé. C'est ce que lui recommandent les médecins et l'usine fait preuve de sollicitude en lui versant une rente dont Smirnov s'est assuré qu'elle serait confortable.

— Grigori, ne me prends pas pour un imbécile. Nous savons tous que Lemonov va mourir. Il n'a aucune chance de guérir. Il a tout donné à l'usine et à ses camarades. L'écarter maintenant serait inhumain. Souviens-toi qu'il t'a reçu chez lui quand tu sortais avec sa fille. Il paraît que Smirnov t'écoute. Demande-lui de repousser de quelques mois ta nomination à la tête du Trading. »

La voix de Grigori se fit plus dure.

« *Papchka*, l'usine n'est ni une œuvre de charité, ni un sanatorium. Tu n'as pas l'air de mesurer à quel point les choses vont mal. Le Trading part à vau-l'eau et Lemonov n'est plus capable de le diriger. Crois-moi, la question n'est pas de témoigner de la compassion à un seul homme, mais de sauver l'entreprise et ses emplois. Rien n'empêche les camarades qui le souhaitent de rendre visite à Lemonov. Mais chez lui. »

Nikolaï le regarda tristement.

Grigori se contenta d'attraper son sac de sport.

« Maman, je file. »

Oleg et Maxim patientaient au fond de la cour, devant l'entrée du club de boxe dont le nom, Arbat, se détachait en lettres ocre sur le crépi jaune sale, qui s'écaillait en larges plaques. La salle ne payait pas de mine mais était connue des amateurs de la région comme l'une des meilleures. On y pratiquait la boxe anglaise et la savate française, dont la popularité avait grandi en URSS dans les années 1980. Le fondateur de l'Arbat avait fait ses classes au *Sozvezdie*, le mythique « Constellation » de Saint-Pétersbourg, rebaptisé par la presse « la forge des champions ». Oleg et Maxim, adossés au mur, se demandaient pourquoi leur camarade leur avait donné rendez-vous à 21 heures, alors que le club était fermé.

« J'ai une clef, indiqua sommairement Grigori en réponse à leurs regards interrogatifs. C'est le patron de la salle, Anton, qui me l'a confiée pour que je puisse m'entraîner après l'usine.

— Grisha, on va crever de chaud à l'intérieur. Il doit faire au moins 40°. Tu es sûr de vouloir boxer maintenant ? »

Oleg triturait nerveusement un de ses éternels trombones. Sa voix était geignarde.

« Allez, on entre. »

Maxim précéda Oleg, qui le suivit en rechignant. La salle, étroite et sombre, sentait encore la sueur. Ils s'assirent face au ring, sur les tapis de sol entassés le long du mur. Grigori resta debout.

« J'avais besoin de vous parler sans qu'on soit dérangés. J'ai un travail à vous proposer. La paye ne sera pas formidable au début mais, vu les circonstances, c'est mieux que rien. Et si nous réussissons, je vous promets que vous ne le regretterez pas. »

Maxim écarquillait ses grands yeux pâles.

« Tu peux compter sur nous, mon ami, ajouta Oleg.

— Cela exige une discrétion et une loyauté totales. Et j'ai confiance en vous. »

Les deux jeunes gens hochèrent la tête.

« Vous vous souvenez des *vouchers* que Lena avait évoqués à la soirée d'anniversaire de *Papchka* ?

— Oui, répondit Oleg. J'ai entendu à la radio qu'ils avaient même l'intention d'en donner aux enfants. Cent quarante-sept millions de Russes, cent quarante-sept millions de *vouchers*.

— C'est bien ça. À partir d'octobre, contre 25 roubles, chacun pourra aller chercher son *voucher* à la Sberbank. Je veux en récupérer le maximum. Vous devez donc recruter une vingtaine de démarcheurs. Vous irez sonner à toutes les portes, en commençant par les quartiers pauvres, ce sera plus facile. Sur le papier, chaque *voucher* vaudra 10 000 roubles, mais il est hors de question de payer cette somme. Vous offrirez le quart du prix et pourrez monter jusqu'à la moitié. En contrepartie, vous réglerez cash. Vous pourrez même proposer des dollars aux réticents. Vu l'inflation, cela devrait vous permettre d'emporter le morceau. »

Maxim approuva.

« Tu m'étonnes ! Depuis qu'ils ont expliqué que les prix étaient libres, ça devient dingue. Chaque jour, tout est plus cher que la veille.

— Mais est-ce que c'est légal de racheter des *vouchers*? Pourquoi en rafler autant? Et comment vas-tu récupérer tous ces dollars?

— Oui, Oleg, c'est légal. Je ne peux pas encore vous en dire plus, mais ne vous inquiétez pas, c'est pour la bonne cause!»

Maxim sourit.

«Grisha, on te fait confiance. Et, s'il le faut, on ratissera la région pour te ramener ces *vouchers*.»

Oleg lui tendit son paquet de cigarettes, en même temps qu'il s'apprêtait à en allumer une.

«Pas pour moi. J'ai arrêté de fumer.»

Ses camarades le regardèrent avec plus d'étonnement encore qu'en apprenant qu'ils allaient se lancer dans la chasse aux *vouchers*.

«Cadeau de Lemonov. L'entendre cracher ses poumons dans le bureau voisin m'a vacciné.»

IX.

Perm, siège régional de la Sberbank, jeudi 3 septembre 1992

Grigori Yurdine et Anatoly Smirnov furent introduits dans le bureau du directeur régional. Un nouveau logo vert foncé, symbole d'opulence, ornait les murs. Suivant la manière dont on le regardait, il évoquait une tirelire utilisée à l'époque impériale ou bien une pièce de monnaie.

Le directeur régional était une relation de Smirnov et un simple coup de fil avait suffi à obtenir ce rendez-vous.

Grigori avait méticuleusement préparé l'entretien, y apportant le même soin qu'à tout ce qu'il avait entrepris ces dernières semaines. À l'usine, il occupait désormais le bureau de Lemonov. Indifférent aux regards réprobateurs de l'équipe, il s'y était installé le lendemain de son départ. Ce bureau était notamment équipé d'un téléphone. Deux fois par semaine, à 20 heures, Grigori appelait sa sœur. À cette heure-là, l'usine était vide et le patron de Lena s'absentait pour dîner en famille. Lena tenait son frère au courant des moindres détails du programme de privatisations. Sa proximité avec Vassiliev lui donnait accès à tous les documents et elle était informée heure par heure de l'évolution des décisions. Ses sentiments à l'égard des Américains de Harvard et de la Banque mondiale avaient changé. Au début, le brio de leurs démonstrations l'avait enthousiasmée, elle les jugeait maintenant doctrinaires et irresponsables. Ces jeunes diplômés qui ne connaissaient que le monde académique avaient trouvé en Russie un terrain de jeux pour une expérience grandeur nature. Eux qui n'avaient à leur actif que quelques publications mineures imaginaient déjà les livres qu'ils pourraient tirer de cette croisade en faveur de l'économie de marché. Ils écrivaient l'Histoire !

« Des rats de laboratoire, voilà ce que nous sommes pour eux. Leur obsession est de réduire toutes les formes d'opposition. L'autre jour, comme ils craignaient un blocage des politiques locaux, ils ont imaginé leur confier la privatisation des très petites entreprises et des boutiques. Bien sûr, ils ont particulièrement insisté sur un point : le produit des ventes reviendra à ces mêmes autorités. Aucun sens de l'intérêt général, juste le souci d'acheter des opposants qu'ils ne savent pas contrôler autrement. »

Grigori écoutait sa sœur sans l'interrompre. Depuis l'abandon de Tretz, elle semblait en vouloir à la terre entière. À ses débuts au GKI, elle éprouvait des scrupules à partager avec lui des informations confidentielles, mais les lui livrait aujourd'hui sans réticence. Grigori était parfois obligé de la rappeler à la prudence. Si Vassiliev ou les Américains doutaient de sa loyauté, les conséquences seraient lourdes. Au mieux, Lena perdrait son travail ; au pire, elle serait jetée en prison à l'issue d'un procès sommaire.

Grigori avait rapidement compris le parti qu'il pouvait tirer du souci gouvernemental de contourner des oppositions en apparence irréductibles. C'est avec cet objectif que le pouvoir prêtait une oreille attentive aux exigences de l'Union russe des industriels et des entrepreneurs, un puissant lobby fondé par Arkadi Volski. Cet ancien communiste bon teint avait été l'assistant d'Andropov lorsque celui-ci avait succédé à Brejnev à la tête de l'URSS, mais il avait senti le vent tourner assez tôt pour rendre sa carte du Parti après le putsch avorté contre Gorbatchev. Smirnov connaissait Volski, parce que ce dernier était un interlocuteur incontournable sur les questions d'industrie lourde, jusqu'au sein du comité central du PCUS. Par l'intermédiaire de l'ingénieur en chef, Grigori avait commencé à fournir à Volski des propositions, toutes destinées à renforcer le contrôle des dirigeants en place dans les usines, par exemple quelle part leur garantir et combien pour les ouvriers, que les anciens directeurs rouges se faisaient fort de contrôler. Jusque tard dans la nuit, Grigori rédigeait des notes fiévreuses recommandant que le management et les ouvriers puissent représenter ensemble jusqu'à 51 % des droits de vote.

Honoré que le grand Smirnov ait tenu à se déplacer, le directeur régional de la Sberbank ne prêta tout d'abord aucune attention au jeune homme qui accompagnait l'ingénieur en chef. Les trois hommes étaient installés dans la partie salon du bureau. Des tasses de thé et des gâteaux secs avaient été cérémonieusement servis par l'assistante du directeur, heureuse elle aussi de croiser une des gloires de Perm.

« Comme vous le savez, cher ami, le gouvernement a demandé aux dirigeants de nos entreprises de préparer un plan de privatisation pour chacune d'entre elles. C'est une lourde responsabilité », soupira l'ingénieur en chef en sortant de sa veste son paquet de cigarettes.

Le banquier lui tendit obligeamment son briquet et approcha un cendrier, orné également du nouveau logo de la Sberbank.

« Oui, une lourde responsabilité, répéta Smirnov en chef. Je me suis demandé s'il était bien raisonnable à mon âge de me lancer dans une pareille affaire, ou s'il n'était pas temps de passer la main. Ces défis nouveaux sont faits pour des hommes jeunes.

— Anatoly Semionovitch, que dites-vous là ! Plus que jamais, dans ces périodes difficiles, nous avons besoin de personnalités de votre trempe, expérimentées et solides, pour nous guider.

— J'ai fini par me rendre à cette évidence, approuva le grand homme, qui n'avait jamais réellement songé à prendre sa retraite.

« Mon collaborateur ici présent, Grigori Yurdine, a fait beaucoup pour me convaincre. C'est l'un de mes anciens étudiants, et sans doute le meilleur. Je m'appuie sur lui depuis qu'il nous a rejoints. »

Smirnov avait la réputation d'être avare en compliments. Le directeur régional considéra donc plus attentivement l'objet de ces éloges. Le jeune homme assis en face de lui, qu'il avait pris pour un porte-serviette, était resté jusqu'alors impassible. Ce garçon brun à la peau mate et à l'allure sportive esquissa un sourire.

« Vous avez raison, Monsieur le directeur régional. Dans la tempête, nous avons terriblement besoin d'hommes comme Anatoly Semionovitch.

— Bon, les présentations étant faites, enchaîna Smirnov, laissez-moi vous éclairer sur la raison de notre présence. Il ne s'agit rien de moins que de sauver l'usine. »

Smirnov roda ensuite les arguments qu'il utiliserait dans les réunions publiques. Il en parlait souvent avec Grigori et s'entraînait à tester des slogans mais aussi les points forts de son argumentation pour juger de leur effet. Parfois, il commençait par le passé glorieux de la Permski Kabelny Zavod. D'autres fois, il préférait mettre l'accent sur les emplois en jeu, ou bien il flattait la fibre patriotique de son futur auditoire en soulignant la prééminence nationale de l'usine. Le banquier l'écoutait avec révérence.

« Aussi, conclut l'ingénieur en chef, ai-je décidé d'investir personnellement dans l'entreprise. C'est le meilleur gage de ma confiance dans notre capacité à la redresser. Notre savoir-faire est réel, le marché international nous est désormais ouvert, et l'inflation, qui pénalise si lourdement notre peuple, contribue à déprécier notre taux de change face aux monnaies occidentales. Ce qui nous rendra très compétitifs devant la production étrangère.

— Un tel engagement vous honore, Anatoly Semionovitch. Comment pouvons-nous vous être utiles ?

— Hélas, vous connaissez les émoluments d'un ingénieur en chef. Ils sont confortables, certes, mais mes capacités propres sont limitées. Je souhaite donc souscrire un emprunt, ainsi que le jeune Yurdine ici présent, pour investir dans la Kabelny. Bien entendu, nous vous donnerons en garantie nos actions de l'usine. J'y ajouterai l'ensemble de mes modestes économies, en tant qu'apport personnel. »

C'était Yurdine qui avait convaincu l'ingénieur en chef de cette tactique. Grigori était devenu un familier de la maison Smirnov et l'épouse de l'ingénieur en chef, passé sa première surprise de voir son mari accueillir chez lui l'un de ses anciens étudiants, le recevait désormais bien volontiers. Ces soirs-là, ils rentraient de l'usine dans la ZIL. On dînait sous les pins qui ombrageaient la terrasse, puis madame Smirnov s'éloignait discrètement tandis que les deux hommes poursuivaient leurs discussions interrompues le temps du repas. Grigori avait fait valoir qu'emprunter à la Sberbank était à la fois plus discret et plus adapté financièrement. Ainsi, l'ingénieur en chef n'aurait pas besoin de mobiliser les devises obtenues illégalement en vendant de l'aluminium. Tout le monde se serait en effet étonné qu'il dispose de sommes aussi importantes, qui plus est en dollars. En revanche, avait insisté Grigori, il pourrait utiliser ses réserves pour rembourser le moment venu l'emprunt contracté auprès de la banque. Ce serait une manière efficace de les blanchir. Il n'aurait qu'à les déclarer comme les dividendes de son investissement. En outre, les périodes d'hyper-inflation étaient avantageuses pour les emprunteurs. Même avec un taux d'intérêt élevé, on remboursait moins que le capital. Smirnov écoutait avec intérêt le jeune homme. Oui, l'époque était faite pour des hommes nouveaux, et Yurdine en était un.

Le banquier de la Sberbank hocha la tête.
« Dans la transition si extraordinaire que vit notre pays, c'est notre devoir d'accompagner ce type de projets. J'ai d'ailleurs reçu il y a quinze jours des instructions en ce sens de notre maison mère. Au vu de votre réputation, le dossier sera examiné avec la plus grande bienveillance par le comité central de crédit. Vous pouvez être certain que je mettrai tout mon poids dans la balance. De quel montant parle-t-on ? »

Sur un geste de Smirnov, ce fut Grigori qui répondit.
« Comme vous le savez, Monsieur le directeur, la décision a été de partir de la valeur nette comptable enregistrée dans les livres à fin juillet pour toutes les entreprises qui seront privatisées. Au regard de leur nombre, des centaines de milliers de compagnies, difficile de faire intervenir chaque fois des conseils financiers pour les valoriser. Cela aurait été très long et trop coûteux.

— Puisque les dirigeants des entreprises ont été chargés des plans de privatisation, poursuivit Smirnov avec componction, il fallait que personne ne puisse douter de leur honnêteté. Des responsables peu intègres, et il en existe malheureusement, auraient pu tenter de minorer artificiellement leur valeur pour proposer ensuite de les acheter à vil prix. Imaginez le préjudice pour nos concitoyens. »

Grigori sourit intérieurement en écoutant la leçon de déontologie. Il se souvenait de leur déception quand Lena lui avait appris cette mesure du GKI. Le jeune homme avait admiré le stratagème, même s'il en était victime. De toute façon, vu l'état de la Permski Kabelny Zavod, les comptes de juillet ne pesaient pas lourd.

« La valeur nette de l'entreprise à cette date représente environ 12 millions de dollars, précisa Grigori. Nous souhaitons en contrôler 51 %. Pour cela, nous rachèterons des *vouchers*, probablement à un prix inférieur à leur valeur faciale. Au total, je pense que un million et demi de dollars devrait suffire. »

Smirnov opina, s'arrachant péniblement à son fauteuil de cuir, sans laisser au banquier le temps de répondre.

« Oui, cela devrait suffire. Cher ami, je vous abandonne le jeune Yurdine pour discuter des détails. On m'attend à l'usine. N'hésitez pas à m'appeler si vous avez la moindre question. »

Son ton décidé ne laissait planer aucun doute : rien ne devait venir perturber ce qui n'était pour lui qu'une simple formalité.

X.

Perm, appartement des Lemonov, samedi 24 octobre 1992

Alexeï Lemonov se retourna dans son lit, enfouissant son visage dans l'oreiller pour retarder le moment de reprendre pied dans la réalité et la journée difficile qui s'annonçait. Elle ne pourrait être pire que la veille. Il avait enterré son père après des semaines d'une longue agonie pendant laquelle il avait dû écouter, impuissant, ses quintes de toux épuisantes. Smirnov était présent à la cérémonie, accompagné de Yurdine, qui le suivait comme son ombre. Alexeï avait eu un haut-le-cœur à sa vue, chacun savait le rôle qu'il avait joué pour écarter son père. Mais les participants s'étaient montrés charitables.

« C'est bien qu'il soit là, c'est un bel hommage à son ancien patron alors qu'il a tant à faire. »

Alexeï entendait sa mère dans le couloir de l'appartement. Elle s'était arrêtée dans la salle d'eau. Maintenant la cuisine. Et sa voix fatiguée : « Tu es réveillé, mon Aliocha ? » Alexeï égrenait mentalement ses tâches du week-end, trier les affaires de son père, lire la lettre qu'il lui avait laissée, répondre aux messages de condoléances, payer les pompes funèbres...

En soupirant, il enfila un T-shirt et un pantalon de jogging avant de rejoindre la cuisine, où sa mère et sa sœur Anastasia terminaient leur petit déjeuner.

« Les enfants, merci d'être là. Comment aurais-je fait toute seule ? Votre père aurait été fier de vous, tout comme je le suis. »

De retour dans sa chambre, Alexeï ouvrit la lettre. L'écriture lui était familière, mais plus petite que d'habitude et par endroits presque illisible, tant son père avait dû lutter contre la douleur.

« Aliocha, mon grand fils, tu as maintenant la responsabilité de la famille. Je sais que je peux compter sur toi. Les années qui viennent seront sans doute difficiles pour la Russie. C'est pourquoi j'ai voulu vous mettre à l'abri. Je détiens 400 000 dollars sur un compte de la Kaiser Partner Privatbank AG au Liechtenstein. Ils savent que tu es désormais leur unique interlocuteur. Pas besoin de te déplacer. Tu n'auras qu'à demander Albert Uebersax. Voici le numéro du compte : LI 21 08810 0002324013AA. Pour y accéder, tu devras répondre à trois questions : le nom de jeune fille de ma mère, celui de l'arbre que j'ai planté au fond du jardin de tes grands-parents pour tes 10 ans, et le livre préféré de ta sœur quand elle était petite. J'imagine tes interrogations sur cet argent qui tombe du ciel. Je le dois à l'aluminium de l'usine. Avec la complicité de notre fournisseur habituel, l'usine de

Kamensk-Ouralski, nous en vendons une partie à l'étranger depuis la libéralisation des exportations de matières premières, il y a trois ans. Les acheteurs nous payent en dollars sur des comptes au Liechtenstein. Ma part vous revient désormais. Tu te demandes sûrement comment une telle opération a pu se monter dans le plus grand secret. Je te mettrais en danger en te le racontant. Aliocha, emmène ta mère et ta sœur loin de Perm et commencez une nouvelle vie ailleurs. Je pars avec cet espoir. Détruis cette lettre après l'avoir lue et avoir appris par cœur la référence du compte. Ton père qui t'aime. »

Les crises et l'approche de la mort avaient-elles pu troubler l'esprit du défunt ? Mais si la lettre disait vrai ?

Hésitant, il repassa une tête dans la cuisine.

« Maman, je sors prendre l'air, et je dois téléphoner à l'étranger. Peux-tu m'avancer un peu d'argent ? »

Perm, Permski Kabelny Zavod, lundi 26 octobre 1992

Calé dans son fauteuil directorial, Anatoly Smirnov observait debout face à lui le jeune comptable, qu'il avait convoqué en début d'après-midi. Cela faisait déjà plusieurs jours que Yurdine lui avait conseillé de rencontrer le fils Lemonov.

« Avant de mourir, d'une façon ou d'une autre, son père lui a forcément parlé de nos affaires. Que sait-il exactement ? Nous devons en avoir le cœur net, Anatoly

Semionovitch. Vous faisiez une totale confiance à Andreï Lemonov, mais pouvons-nous compter sur son fils ?

— Vous n'appréciez pas beaucoup le jeune Alexeï Lemonov, n'est-ce pas ? »

Yurdine avait pris son temps pour répondre.

« Il m'indiffère. Mais je n'aime pas m'en remettre au hasard. Nous jouons une partie trop importante pour tout risquer sur un inconnu. »

Smirnov trouva que le fils Lemonov avait un air arrogant.

« Au nom de l'usine, je vous réitère nos condoléances, Alexeï. Votre père était l'un de mes collaborateurs préférés. Si vous avez besoin de passer du temps avec votre famille, n'hésitez pas à prendre quelques jours. Je réglerai les questions d'intendance avec le directeur. »

Alexeï Lemonov n'avait pas fermé l'œil depuis qu'il avait lu la lettre de son père, deux jours auparavant. La banque au Liechtenstein n'avait rien d'un mirage, pas plus qu'Albert Uebersax, l'aimable banquier de Vaduz, le compte ou les trois questions. Alexeï, hésitant, avait rapidement raccroché. Ses projets n'étaient pas encore arrêtés mais il le recontacterait prochainement. Comment son père avait-il mis sur pied une pareille affaire ? En réalité, il aurait été incapable de monter seul une telle escroquerie, comme le confirmait sa lettre posthume. Et voilà que Smirnov le convoquait pour prendre de ses nouvelles. L'ingénieur en chef n'était pourtant pas réputé pour son empathie.

« Votre père était un homme loyal. »

Alexeï fit une première tentative.

« Certes. Secret aussi. Au fond, connaît-on jamais vraiment les membres de sa famille ? »

Smirnov plissa les yeux.

« Parfois, il vaut mieux ne pas pousser trop loin les recherches. »

Alexeï s'enhardit.

« D'autres fois, au contraire, on s'enrichit en menant l'enquête. »

Il marqua une pause avant de jeter une de ses cartes maîtresses sur le bureau de Smirnov.

« C'est d'ailleurs ce que m'a suggéré Albert Uebersax. »

Smirnov attrapa une cigarette et prit tout son temps pour l'allumer.

« Voyez-vous, Lemonov, il faut être reconnaissant envers la Providence lorsqu'elle vous sourit. Savoir en profiter et garder ses bienfaits pour soi. La discrétion est une vertu cardinale. Votre père n'a jamais dévié de cette ligne de conduite. Avez-vous hérité de sa loyauté ? Je ne doute pas que monsieur Uerbersax ait insisté sur ce point. »

Alexeï se sentait pousser des ailes.

« Je crois être un homme discret et je n'ai évoqué avec personne, pas même ma mère ou ma sœur, ce que mon père m'a confié. Je peux rendre de précieux services. Je sais que vous allez racheter l'usine avec votre associé, Grigori Yurdine. Tout le monde en parle dans l'*oblast*. Sinon, pourquoi son équipe quadrillerait-elle la région pour acheter des *vouchers* ? Sans compter ces réunions publiques qu'on annonce pour bientôt. Vous voilà maintenant dans la peau d'un sauveur. Anatoly Semionovitch, je ne sais pas exactement ce que vous avez en tête, mais je veux être des vôtres. »

Les yeux froids de l'ingénieur en chef fixaient un point au-dessus de la tête d'Alexeï, comme si ce dernier était transparent.

« Manifestement, vous n'avez pas hérité du bon sens de votre père. Lui savait rester à sa place. C'est une vertu indispensable à la survie. Souvenez-vous, ceux qui prospèrent ne sont pas les plus forts. Ce sont avant tout ceux qui savent s'adapter à leur environnement, en particulier lorsqu'il est mouvant. »

Alexeï mobilisa toute l'assurance dont il était capable pour répondre au grand homme.

« Anatoly Semionovitch, je vaux Yurdine. C'est un garçon intelligent mais je le suis aussi. J'étais l'un des meilleurs de ma promotion. Je vous répète que je peux vous être utile et que je saurais alors garder vos secrets.

— Je ne suis pas sûr de vous avoir bien entendu.

— Je serais désolé que des rumeurs ternissent la réputation d'une sommité de Perm. »

Smirnov écrasa sa cigarette dans le cendrier de granit.

« Lemonov, vous pouvez disposer. Je crois que nous avons terminé. »

XI.

*Perm, résidence du gouverneur de l'oblast,
vendredi 27 novembre 1992*

C'était l'une de ces soirées qu'affectionnait Boris Kouznetsov, le gouverneur de la région de Perm, nommé par Eltsine l'année précédente. La désignation de cet ancien directeur d'une compagnie de transport fluvial était le fruit d'un compromis entre communistes et démocrates de l'*oblast*. Kouznetsov était terne et consensuel. Il avait réuni ce soir-là une douzaine de personnalités, qui partageaient après dîner un verre de vodka et les nouvelles du moment. Leurs épouses conversaient autour de sa femme, dans un angle opposé du vaste salon. Une manière efficace de mener ses affaires et de se tenir informé, pensait le gouverneur. Smirnov était venu avec son protégé, qui ne le quittait plus. Depuis trop longtemps déjà, les silhouettes des deux hommes, dos aux convives, se découpaient sur la porte-fenêtre qui ouvrait sur le jardin.

« Grigori, Lemonov se fait terriblement pressant. Cet après-midi, il a réclamé un nouveau rendez-vous à mon assistante. Natacha Yossipova, d'ordinaire fort discrète, n'arrive plus à cacher son trouble. Et comment pourrait-il en être autrement ? Quatre demandes en un mois déjà ! Et sur un ton si insistant, quasi menaçant, qu'elle est à deux doigts d'appeler la sécurité. C'est insupportable. »

Kouznetsov, qui continuait d'observer les deux hommes, les vit se retourner à l'entrée du directeur régional de la Sberbank. Ce dernier alternait sourires et légères inclinaisons du buste, en bon courtisan. Bien sûr, Kouznetsov se devait d'être informé de tout, y compris des secrets bancaires. Il n'était d'ailleurs pas étranger à l'accord de l'établissement de crédit. Quand le GKI l'avait appelé pour connaître son avis, il avait marqué son soutien au rachat par Smirnov. Un îlot de stabilité dans un monde qui partait à la dérive... Il s'approcha des trois hommes en souriant.

« Anatoly Semionovitch, vous êtes notre Lev Yachine. »

Dans la bouche de ce grand amateur de football, la comparaison avec le mythique gardien de but du Dynamo était le plus beau des compliments.

« Je me réjouis que vous veniez au secours de notre si précieuse entreprise. Je sais que vous organisez une réunion publique dans quinze jours pour présenter votre projet. Ce sera un honneur pour moi de vous écouter et de vous soutenir.

— Cher Boris, je suis touché par l'amitié que vous me témoignez. Avec le jeune Yurdine, nous allons faire de notre mieux pour offrir une cure de jouvence à la Permski Kabelny Zavod.

— Nous comptons sur vous, Anatoly. Et sur vous aussi, bien sûr, jeune Yurdine. Au fait, mon cher ami, un de vos collaborateurs a appelé aujourd'hui pour solliciter une audience. Son nom m'échappe mais je me souviens que ma secrétaire a parlé d'un comptable. Un comptable bien mystérieux. Il a refusé de lui expliquer ce dont il retournait mais assuré qu'il s'agissait d'une affaire de la plus haute importance. Êtes-vous informé de sa démarche ? »

Smirnov arbora un sourire rassurant.

« Non, pas vraiment. Mais s'il est bien comptable, il s'agit sans doute d'Alexeï Lemonov. Un employé sympathique mais qui traverse une mauvaise passe. Depuis la mort de son père, il y a un mois, son comportement est erratique. Il lui faut un peu de temps pour se remettre. Ensuite, tout rentrera dans l'ordre. J'en suis certain.

— Anatoly Semionovitch, je reconnais bien là votre humanité. Je vais demander à mon assistante de le faire patienter. En attendant, reprenez un verre de cette vodka. Elle m'a été offerte par l'un de mes bons amis de Moscou. Il paraît que c'est la préférée de notre président. »

Yurdine, assis à la droite du chauffeur, raccompagna les Smirnov jusqu'à leur domicile. Tandis que Madame Smirnov montait se coucher, les deux hommes poursuivirent leur conversation dans le salon.

« Je vous avais mis en garde contre Lemonov ! Comment ose-t-il contacter Kouznetsov ?

— Vous n'avez donné suite à aucune de ses demandes d'association. Il passe donc à la menace supérieure.

— Grigori, il faut s'assurer que cela ne se reproduise plus, vous m'entendez. Vous devez régler ça. »

Perm, quartier de Novobrodovski, samedi 28 novembre 1992

Oleg Leto et Maxim Kazmanov faisaient du porte-à-porte. La nuit était tombée depuis le milieu de l'après-midi et donnait un aspect encore plus lugubre aux rues défoncées. Des flaques d'eau géantes s'étaient formées entre les tas de neige sale qui fondaient après quelques jours de redoux. Des chiens errants emboîtaient parfois le pas aux deux garçons, avant de s'éloigner d'un grognement quand ils agitaient d'un air menaçant leurs bâtons.

D'ordinaire, Oleg et Maxim ne faisaient pas équipe mais se répartissaient l'encadrement des nouveaux.

« Vous devez prospecter à deux. Si possible, un garçon et une fille. Cela fait moins peur. Quand vous sonnez, répondez poliment aux questions. Bonjour Monsieur, bonjour Madame. Sinon, vous resterez devant la porte. Une fois à l'intérieur, tombez la casquette et acceptez la tasse de thé qu'on vous propose. Vous voilà dans la cuisine, où vous pourrez dérouler tranquillement votre argumentation. »

Leur petite troupe comptait désormais une vingtaine de jeunes démarcheurs. Déterminés, ils allaient jusqu'à se faire passer pour des employés du gouvernement chargés des privatisations.

« Comment, vous n'avez pas encore récupéré votre *voucher* ? Il faut vous dépêcher, c'est très important et cela vous est dû. »

Des rabatteurs battaient la semelle près de la succursale de la Sberbank pour repérer ceux qui sortaient avec leurs bons. Le nom de Smirnov, ce mythe vivant, ouvrait lui aussi les portes. Et puis, on parlait des retraites bloquées, des arriérés de salaires, de la hausse des prix. Avant de proposer le sésame qui permettait d'acheter du pain : de l'argent liquide. La réputation de la troupe s'était installée dans Perm par le bouche à oreille. Telle vieille femme qui avait cédé son *voucher* en parlait à sa voisine pour l'inciter à faire de même.

« 4 000 roubles maximum par bon cette semaine. Cela représente déjà deux mois de loyer. C'est suffisant », avait ordonné Yurdine. Tous les dimanches soir, on faisait les comptes dans la salle de boxe et l'on planifiait la semaine suivante.

Si Maxim et Oleg avaient fait équipe ce jour-là, c'est parce que Grigori leur avait demandé de venir à la salle le soir : « J'ai besoin de vous voir seuls. »

« À ton avis, qu'est-ce qu'il veut ? », demanda Maxim à Oleg.

Leurs rapports avaient évolué depuis qu'ils avaient été recrutés. Sans jamais élever la voix, Grigori s'était imposé comme le patron. Les deux hommes ne s'y trompaient pas. Ils devaient obéir sans poser de questions mais leur statut de premiers lieutenants apaisait leurs frustrations. Non seulement ils étaient les mieux payés de la bande mais aussi les seuls à qui Grigori s'adressait directement. Une part de son prestige rejaillissait sur eux.

« Je ne sais pas, mais il ne faut pas tarder. Nous avons raté le dernier bus et nous sommes bons pour quarante minutes de marche. Allez, encore deux portes et on file. »

Ils étaient arrivés en avance. Pas question de faire attendre Grigori. Les trois garçons s'installèrent dans leur coin habituel, près de la pile de vieux tapis de sol.

« Bonne journée ? leur demanda Grigori.

— Oleg aurait préféré une coéquipière. Il prétend que les doubles mixtes obtiennent de meilleurs résultats. »

Yurdine ne releva pas.

« Je voulais vous parler de Lemonov.

— Lemonov, le comptable de l'usine ? Je ne l'ai pas vu depuis une éternité. À l'époque où sa sœur était ta petite amie, nous avons passé quelques soirées ensemble... »

Oleg fit la moue.

« Pour être honnête, je ne l'aimais pas beaucoup.

— Eh bien, il ne s'est pas arrangé. J'ai besoin que vous vous occupiez de lui.

— C'est-à-dire ?

— Foutez-lui la trouille. Je ne veux plus l'avoir dans les pattes.

— Et tu veux qu'on se débrouille comment ?

— J'y ai déjà réfléchi. Je vais lui demander de passer me voir ici. C'est vous qui l'accueillerez et qui lui expliquerez que j'ai dû faire face à un imprévu. Mais que je vous ai demandé de le conduire jusqu'à un nouveau lieu de rendez-vous. En réalité, vous roulerez jusqu'à Perm 36.

— Mais c'est à cent bornes et c'est hyperangoissant. »

Ce Goulag, fermé cinq ans auparavant et désaffecté depuis, faisait partie de l'immense réseau carcéral de cent cinquante camps qui ceinturaient Perm et qui avaient accueilli jusqu'à cent cinquante mille prisonniers au milieu du XXe siècle. On parlait aujourd'hui de le restaurer pour en faire un lieu de mémoire, ce que beaucoup à Perm ne comprenaient pas.

« Je vous prêterai une voiture. L'endroit me paraît tout à fait indiqué. »

Oleg et Maxim n'eurent pas besoin de se concerter.

« Comme tu veux, bien sûr, Grisha. »

XII.

Perm, club de boxe Arbat, mercredi 2 décembre 1992

Oleg et Maxim attendaient devant la salle. Il n'était encore que 18 h 30 et la nuit était déjà tombée. Depuis qu'ils s'étaient mis d'accord sur la marche à suivre, les hommes de main de Grigori restaient silencieux. Oleg, encore plus nerveux qu'à l'accoutumée, faisait les cent pas en soufflant dans ses gants de cuir usés. Maxim restait adossé au vieux 4 × 4 que leur avait prêté Yurdine. À coups de talon, il tassait la neige de ses chaussures cloutées. Son épais manteau et sa chapka fourrée accentuaient sa ressemblance avec l'ours auquel il devait son surnom.

«Grisha nous a quand même demandé un drôle de truc», marmonna Oleg en allumant une cigarette. Son camarade ne répondit pas. Une silhouette s'approchait dans la rue déserte.

«Où est Grigori?»

Le ton d'Alexeï Lemonov ne témoignait pas d'une grande considération pour les lieutenants de Yurdine. Oleg prit son air le plus avenant.

« Alexeï, Grigori est coincé par un imprévu, mais il nous attend sur place.

— Qu'est-ce que c'est que cette histoire ? »

Lemonov agitait un bout de papier sous leur nez.

« Grigori m'a écrit de le retrouver ici. Et c'est vous qu'il envoie ? Il se prend pour qui ? Allez, je me tire.

— Alexeï, ne t'énerve pas. Grigori nous a demandé de passer te chercher. Je crois que c'est au sujet de ta conversation avec Smirnov. Alexeï, s'il te plaît ! »

Lemonov haussa les épaules. Puis il s'installa à côté d'Oleg, qui avait pris le volant.

Ils roulèrent silencieusement durant quelques brefs instants.

« Où va-t-on ?

— À Tchoussovoï.

— Qu'est-ce que Yurdine fabrique à Tchoussovoï ?

— Smirnov l'a chargé d'une mission urgente. »

Le comptable haussa les épaules.

« Il va m'entendre, cela n'a aucun sens. »

Le silence s'installa dans la Lada Niva tandis qu'ils quittaient la ville. Le chauffage marchait mal et une forte odeur d'essence imprégnait l'habitacle.

Lemonov ferma les yeux. Ces deux idiots ne savaient à peu près rien. Pas la peine d'essayer de leur soutirer quoi que ce soit. En tout cas, il avait bien fait d'insister. Ou

Smirnov et Yurdine en faisaient leur partenaire, ou il ruinerait leur projet en dénonçant leurs malversations.

Soudain, Lemonov prit conscience qu'on avait dépassé Tchoussovoï.

« Pourquoi on ne s'arrête pas ? Vous m'avez dit que Yurdine nous attendait là-bas.

— C'est un peu plus loin », grogna Oleg.

Les phares du véhicule éclairèrent brièvement un panneau indicateur.

« Mais qu'est-ce qu'on fout à Koutchino ? »

La voix de Lemonov était moins assurée. Comme chaque habitant de Perm, il savait, sans jamais y être allé, qu'il n'y avait rien à voir à Koutchino. Rien que le camp abandonné. Les feux du 4 × 4 éclairaient désormais des barbelés et des palissades bloquées par des parpaings et surmontées de miradors.

« Je peux savoir ce qu'on fait ici ? »

Cette fois, ce fut Maxim qui lui répondit.

« Ta gueule, Alexeï. Beaucoup de gens sont morts ici. Alors, arrête de faire le malin. »

La neige s'était remise à tomber et le véhicule avançait plus lentement. Oleg stoppa le moteur devant la guérite qui marquait l'entrée. Seuls les phares demeuraient allumés pour tenter de percer la nuit épaisse. On n'y voyait rien.

Maxim sortit le premier et ouvrit la portière du passager. Il tenait un couteau.

« Descends !

— Qu'est-ce qui te prend ?! Où est passé ce connard ? »

Maxim l'attrapa par l'épaule.

« Je vais t'apprendre à manquer de respect à Grigori. Allez, avance ! »

Et il poussa le comptable vers l'intérieur du camp.

Lemonov progressait avec difficulté dans la neige. La torche électrique d'Oleg, qui les suivait, n'éclairait que faiblement le chemin.

Une partie du camp avait été détruite depuis sa fermeture, en 1987. Oleg serra les dents. Il imaginait ces dizaines de milliers d'hommes qui s'étaient épuisés, visages décharnés, à abattre les grands arbres des forêts de l'Oural. Animaux humains mastiquant des racines et broutant de l'herbe, au printemps, pour tromper leur faim. Devant lui, Maxim envoyait une bourrade dans le dos du comptable chaque fois que celui-ci semblait hésiter. Oleg ne reconnaissait plus son camarade. Quand ils étaient venus repérer les lieux, il était encore le placide et pacifique *medved*, l'ours débonnaire. Dans cette nuit glacée, il lui apparaissait maintenant comme un être fantastique, une force de la nature.

Ils entrèrent dans l'une des quatre baraques, dont la porte avait été démolie. Des débris de bois jonchaient le sol. Lemonov, terrifié, s'enfonça dans un coin de la pièce. Maxim marmonna : « Écoute-moi bien, pauvre mec. Maintenant, tu vas te tenir à carreau. Fini d'emmerder Grigori ou Smirnov. Tu n'as pas le niveau. Considère qu'il s'agit de ton premier et dernier avertissement… »

Maxim s'arrêta net. La torche d'Oleg, qui avait déjà donné des signes de faiblesse, venait de s'éteindre.

« Oleg, merde, rallume-la ! »

Plongés dans le noir, ils entendaient les bruits de pas du comptable. À tâtons, Maxim chercha à l'agripper, mais il avait déjà réussi à gagner la porte.

« Oleg, il se tire. Je l'ai perdu. »

Pour toute réponse, Maxim entendit le fracas d'une chute et un cri. Son camarade s'était étalé sur le sol.

« Putain, Maxim, je crois que je me suis foulé la cheville. Je ne peux plus avancer. Il faut que tu le rattrapes.

— Mais je ne sais pas où il est!

— Il ne peut sortir du camp que par la route. Tu retournes à la voiture et tu attends. Tiens, prends les clefs. »

Maxim attrapa le trousseau et essaya de retrouver son chemin jusqu'à la guérite, en suivant les traces que la neige n'avait pas recouvertes.

Il fallut près de vingt minutes à Oleg pour rejoindre l'entrée. Sa cheville droite le faisait souffrir chaque fois qu'il posait le pied par terre. La douleur était telle que, malgré le froid, des gouttes de sueur perlaient le long de sa nuque. Le silence et la nuit le terrifiaient. Il redoutait que des loups ne soient à sa poursuite. Personne à la guérite. Le 4 × 4 avait disparu. Oleg sentit la panique le gagner. Il se mit à hurler le prénom de son camarade. Au bout d'un moment, un long gémissement lui répondit, un peu plus loin sur la route, vers la droite. C'est par là qu'ils étaient arrivés. En boitant, il parvint jusqu'à la voiture, à moitié enfoncée dans un tas de neige, sur le bas-côté. Agenouillé près du véhicule, Maxim tenait sa tête dans ses mains. Sa forte carrure semblait avoir diminué.

« Mais qu'y a-t-il ? souffla Oleg. Où est Alexeï ?

— Un accident, gémit Maxim, c'est un accident. Tu dois me croire.
— Bon Dieu, mais de quoi parles-tu ? »
Maxim tendit le bras. Le corps du comptable gisait dans la neige.

Perm, jeudi 3 décembre 1992

Grigori fronça les sourcils quand il découvrit ses deux camarades devant chez lui, au petit matin, l'attendant sur le trottoir d'en face. Ce fut sa seule manifestation de surprise. Rien qu'à leurs gestes inquiets, il comprit que le scénario mis au point avait dû mal tourner, et il laissa son père, avec qui il faisait habituellement le trajet, le précéder sur le chemin de l'usine.
« Alors ?
— Un accident », balbutia Oleg tandis que Maxim, le teint verdâtre et les yeux vagues, regardait ailleurs.
Grigori ne bougeait pas, attendant la suite.
« Il s'est enfui. La neige tombait à gros flocons et on n'y voyait rien. Il a été renversé par la voiture.
— Comment va-t-il ?
— Il est mort. »
Grigori ne broncha pas.
« C'est de ma faute, j'étais au volant. »
Maxim essayait de se tenir droit.
« Où est le corps ? »

La voix de Grigori venait de changer, soudain tranchante.

« On ne savait pas quoi faire. »

Oleg était au supplice.

« On l'a…. Nous avons repéré un puits à l'entrée du camp. On a jeté le corps tout au fond. Tu sais, personne ne pensera jamais à fouiller Perm 36. L'endroit est complètement abandonné. Et il a neigé toute la nuit. Nos traces ont été effacées depuis longtemps. »

La voix de Grigori était toujours aussi impérative.

« Je lui avais envoyé un mot avant notre rendez-vous. »

Maxim s'empressa de répondre.

« Oui, il nous l'a montré. Comme je ne voulais prendre aucun risque, j'ai retourné ses poches avant de nous débarrasser du corps.

— Bien. Balancez tout. Attention : rien dans les poubelles. Le papier, vous le brûlez sans alerter tout le quartier. Ne jetez rien devant témoins, c'est compris ? Bon, à vos familles maintenant. Que savent-elles exactement au sujet de votre petite virée ?

— Pas grand-chose, se rassura Oleg. J'avais prévenu ma mère que je travaillerais tard et qu'ils ne devaient pas m'attendre pour dîner. Ils ne m'ont posé aucune question. »

Maxim renchérit d'une voix lasse.

« C'est pareil pour moi.

— Bien. Vous ne dites rien à personne, intima Grigori. À personne, vous m'entendez ? Ni à vos parents, ni à vos petites amies, ni à vos copains ou à vos collègues. Il va y avoir une enquête. Je ferai en sorte que vous ne soyez pas inquiétés. D'ici là, ne changez rien à vos habitudes. Vous pouvez

poursuivre la collecte des *vouchers*. Je reprendrai contact avec vous au sujet de la réunion publique du 15 décembre. C'est la première, on ne peut se permettre aucune erreur. Le service d'ordre doit être entièrement mobilisé.
— C'est tout ?»
Oleg était incrédule.
« Grisha, il est mort !
— Que veux-tu que je fasse ? Vous avez salement merdé. Maintenant, si vous ne voulez pas finir votre vie en prison, faites ce que je vous ai demandé. Au cas où vous seriez interrogés sur Lemonov, souvenez-vous : votre camarade ne s'est pas remis de la mort de son père. La police devra ouvrir une enquête mais, vu ses moyens, elle ne s'échinera pas à rechercher un comptable dépressif qui a probablement quitté Perm. De toute façon, sans corps, il s'agit d'une simple disparition. Allez, je vais être en retard à l'usine et ce n'est pas la bonne journée. »

Alors que ses deux camarades repartaient de leur côté, Grigori attrapa le bras d'Oleg.
« Surveille Maxim. Il a l'air rudement secoué. Je compte sur toi pour qu'il ne fasse pas de bêtises. Il y en a eu suffisamment. »

Perm, Permski Kabelny Zavod, lundi 7 décembre 1992

Assis à son bureau, Smirnov, une cigarette entre ses doigts jaunis, poursuivait la lecture des notes étalées devant lui sans parvenir à se concentrer sur son projet d'intervention à la première réunion publique. Il ne cessait de repenser au coup de téléphone de Jouliov et attendait avec impatience l'arrivée de Grigori. Le directeur avait reçu la visite de deux policiers enquêtant sur la disparition du comptable, que personne n'avait revu depuis mercredi soir. La désorganisation des équipes était telle qu'on ne faisait pas grand cas de ces absences. Mais la mère de Lemonov avait donné l'alerte. Jouliov, le directeur de l'usine, avait dû prévenir l'ingénieur en chef du même ton sans relief qu'il employait pour lui raconter les nouvelles du jour, lui signalant en passant que son protégé serait interrogé. L'inimitié entre Yurdine et Lemonov était de notoriété publique et Smirnov avait eu beaucoup de mal à cacher son inquiétude.

« Ah, Grigori, plus personne n'a de nouvelles de Lemonov. Des policiers vont interroger le directeur et ses collègues. Vous en faites évidemment partie. »

Grigori demeura impassible.

« Je suis à leur disposition. »

Smirnov le fixait de ses petits yeux sombres.

« Savez-vous quelque chose ?

— Rien du tout. Après notre conversation chez Kouznetsov, j'avais prévu de m'expliquer avec Lemonov mais je n'en ai pas eu l'occasion. Entre nous, s'il a décidé de quitter Perm, bon débarras.

— Grigori, s'il était arrivé quelque chose, vous me le diriez ?

— Jamais je ne trahirais votre confiance. »

Smirnov soupira.

« Bien, espérons que les événements ne perturberont pas notre réunion publique. Côté logistique, tout avance comme prévu ?

— Absolument. La salle des fêtes de l'usine sera pleine. Depuis hier, j'ai fait coller des affiches dans tous les quartiers de Perm et notre petite équipe va tracter chaque jour dans le tram et le centre-ville. Nous nous sommes assurés qu'entre les ouvriers de l'usine et les élèves de l'Institut, nous aurons le public nécessaire. Nous disposerons aussi d'un service de sécurité. *Zvezda* m'a confirmé qu'ils publieraient un grand article dans leur édition de jeudi. Et vous connaissez la puissance de ce quotidien. Enfin, le jour J, la radio sera sur place. Cette première réunion va être un formidable succès. »

Smirnov sourit.

« Parfait. J'aurais besoin que vous relisiez une nouvelle fois mon intervention. En l'état, elle dure près d'une heure, ce qui me paraît un peu long si nous voulons répondre aux questions de la salle.

— Ce sera avec plaisir. Mais ne craignez pas de couper : le public retiendra surtout votre présence et votre engagement.

— Au fait, j'ai eu une longue conversation avec Kouznetsov. Le gouverneur a convenu avec moi que notre cher Jouliov n'avait pas tout à fait la carrure pour diriger l'usine en ces temps difficiles. Il va réfléchir à d'autres missions pour lui. Tout cela en douceur, bien sûr. »

Grigori hocha la tête, attendant la suite.

« Je prendrai la présidence du conseil d'administration de la Permski Kabelny Zavod. Mais il nous faudra un dirigeant exécutif. Quel âge avez-vous ?
— Bientôt 25 ans.
— Vous êtes très jeune, bien sûr. Mais, si je vous appuie, personne n'osera remettre en cause votre légitimité. D'ailleurs, cette nomination s'impose. Vous allez devenir un actionnaire important de l'usine !
— Ce sera un honneur, Anatoly Semionovitch. »

Perm, appartement de Makarov, lundi 14 décembre 1992

Maria avait préparé le dîner et elle attendait nerveusement que son mari et son fils rentrent de l'usine. Elle continuait à mettre chaque soir le couvert de Grigori, même si celui-ci prenait de moins en moins souvent ses repas à la maison. Comme toujours quand elle avait besoin de se détendre, Maria feuilletait son album-photos. Elle s'était disputée avec sa voisine alors qu'elles revenaient ensemble du magasin de l'usine. La vieille femme aimait les rumeurs, et notamment celles dont Grigori était devenu la vedette. On commentait son ascension rapide, les faveurs de Smirnov, ses *vouchers*, son ambition et, maintenant, son interrogatoire par la police.

Tamara ne s'était pas montrée très subtile.

« Quand même, cette disparition est étrange. Il paraît que Grigori et le comptable avaient des différends. On raconte qu'ils s'étaient battus lors du premier jour de ton fils à l'usine.

— Tamara, si tu crois que je vais te laisser insulter mon fils.

— Ne te fâche pas, Maria! Je ne fais que répéter ce que tout le monde dit. Grigori ne laisse pas indifférent, voilà tout. Mais il faut qu'il fasse attention. On commence à le craindre, c'est sûr, mais il n'a pas que des amis. »

Maria lui avait tourné le dos. Et, maintenant, elle était seule, réfugiée dans son petit salon, son album sur les genoux.

Elle irait le lendemain à la réunion publique. Et elle serait le premier soutien de son fils.

XIII.

*Perm, salle des fêtes de la Permski Kabelny Zavod,
mardi 15 décembre 1992*

Yurdine avait tenu parole : la salle des fêtes était bondée. Smirnov, qui patientait à l'arrière de sa confortable berline, observait l'effervescence qui régnait devant le bâtiment. Les jeunes membres du service d'ordre pressaient les retardataires d'entrer. On avait trouvé des chaises pour quelques anciens et pour les invalides mais, à ces rares exceptions près, tout le monde était debout. On se saluait et l'on pointait du doigt les personnalités présentes au premier rang, que les photographes de *Zvezda* mitraillaient de leurs flashes.

« Tu as vu, même Kouznetsov est venu ! »

Maria et Nikolaï se tenaient gauchement au bout d'une rangée. De loin, ils avaient aperçu Grigori serrer la main du directeur régional de la Sberbank et répondre à des journalistes. Oleg, le camarade de leur fils, était venu leur proposer de meilleures places à proximité de l'estrade mais ils avaient refusé, par timidité.

Grigori jeta un coup d'œil à sa montre. On allait démarrer avec quinze minutes de retard sur l'horaire annoncé, le temps de laisser l'impatience monter.

« Maxim, Oleg, je vais chercher Smirnov. Assurez-vous que l'allée centrale est dégagée. Je veux qu'il progresse entre deux haies d'honneur. Attention, dès qu'il franchit le seuil, vous lancez les applaudissements. »

Grigori ouvrit la portière de la ZIL.

« Anatoly Semionovitch, tout est prêt. La salle n'attend que vous. »

Les acclamations qui saluèrent l'ingénieur en chef étaient à la hauteur des efforts de la petite équipe. L'enthousiasme des étudiants de l'Institut, préposés à la claque, semblait contagieux. Il fallut de longues minutes avant que Smirnov puisse commencer son discours. D'autant que chacun de ses remerciements déclenchait une nouvelle salve d'applaudissements.

L'ingénieur déroulait brillamment son intervention. Mais il prenait soin de ménager des pauses pour laisser à l'assemblée le temps d'exprimer son soutien. Des décennies d'enseignement et de conférences devant les industriels les plus importants du pays avaient forgé un excellent orateur. Tour à tour solennel, martial, émouvant et drôle, il exprimait avec une sincérité feinte, digne des plus grands acteurs, son attachement à l'usine. Il mettait également en scène l'énergie qu'il déploierait s'il parvenait à la racheter avec le soutien de la communauté des citoyens de Perm.

Le gouverneur Kouznetsov appréciait le spectacle en connaisseur. Il se pencha vers son voisin de droite. Ce président du soviet régional avait su garder son poste en dépit de la disgrâce des communistes depuis le début de l'ère Eltsine. Kouznetsov, malgré le tumulte, préféra chuchoter : « Une chance que Smirnov n'ait pas d'ambition politique. Nous aurions du souci à nous faire ! »

Mais un murmure qui montait du fond de la salle attira son attention. Une femme entre deux âges, vêtue de noir et appuyée au bras d'une jeune fille, tentait de se frayer un chemin dans la foule. Ceux qui reconnaissaient dans ce triste duo la mère et la sœur du jeune comptable s'écartaient pour les laisser accéder à l'estrade. Smirnov, emporté par son exorde énergique, n'avait pas repéré le mouvement de l'auditoire. Il attendit que le déchaînement des vivats se tarisse pour passer aux questions et trouva judicieux de commencer par la femme en noir et son air implorant. Grigori tenta d'intervenir mais on lui avait déjà tendu un micro.

« Anatoly Semionovitch, vous me connaissez depuis longtemps. Je suis la femme d'Andreï Lemonov et la mère d'Alexeï. Pardonnez-moi de prendre la parole. Je vous supplie de m'aider. Mon mari est mort et mon fils a disparu. Avec ma fille, nous n'avons plus rien. Plus rien sinon l'espoir que vous nous aiderez à retrouver Alexeï. Je vous en prie, Anatoly Semionovitch. »

Les regards se portaient sur Grigori, désormais sur l'estrade, à côté de l'ingénieur en chef.

Smirnov répondit avec une grande douceur.

« Ekaterina Ivanovna, je comprends votre peine et votre angoisse. Chacun d'entre nous ressent intimement votre douleur et la partage. La mort prématurée d'Andreï, ce collègue si apprécié, a été tellement injuste ! Et maintenant, c'est Alexeï dont nous n'avons plus de nouvelles ! Je suis à vos côtés dans cette épreuve. Soyez forte, Ekaterina Ivanovna, soyez forte, car je connais votre courage. Nous ferons tout ce qui est en notre pouvoir. »

Il fit signe à Maxim et Oleg qui contemplaient la scène.

« Jeunes gens, merci de les raccompagner et de veiller sur elles jusqu'à ce que Ekaterina Ivanovna se sente mieux. »

Les lieutenants de Grigori escortèrent les deux femmes. Habilement, Smirnov en avait profité pour donner la parole à des spectateurs éloignés, détournant ainsi l'attention de la foule.

Le malaise qui avait étreint la salle des fêtes se dissipait.

Moscou, Comité de la propriété d'État,
jeudi 17 décembre 1992

« Grisha, tu es toujours là ? »

Lena s'impatientait à l'autre bout du fil.

« Tu sais, je suis crevée et j'ai hâte de rentrer. Je passe des journées de dingue au bureau, donc si tu ne m'écoutes pas, il vaut mieux raccrocher.

— Lena, arrête. Ne t'énerve pas. Tout le monde est fatigué. Tu sais bien que ce que tu racontes m'intéresse.

— Alors pourquoi être si désagréable ? La réunion publique s'est bien passée ! Vous avez les *vouchers*, le prêt de la Sberbank, le soutien du gouverneur, et tu vas être nommé directeur de l'usine ! Que veux-tu de plus ? C'est cette enquête de police qui te soucie ?

— Non, non, ce n'est rien. Une simple formalité. Quand un type disparaît, les flics interrogent ses relations. C'est juste la procédure. Allez, on s'en fout, continue. Tu en étais à la privatisation de La Bolchevique, la biscuiterie de Moscou.

— Oui, réussir à boucler l'opération le 10 décembre n'était pas gagné. C'est la première de cette taille. Plus de deux mille salariés. On l'a choisie pour le symbole car chacun connaît ses biscuits. Les Américains ont fêté ce succès une partie de la nuit. Et, mardi, pendant ta réunion publique, c'est Eleks, la compagnie d'électronique de la région de Vladimir, qui a été mise aux enchères. La première du complexe militaro-industriel.

— Le prochain test à Perm, c'est toujours la cimenterie Zelenogorsk ?

— Oui, le 29 décembre en principe. Tout le monde suit le dossier de près, car une boîte étrangère, les Ciments français, veut participer aux enchères. Ils en veulent 15 %.

— Et pour la Kabelny, du nouveau sur la date ?

— Depuis trois jours, tout est bloqué. On ne vire pas un Gaïdar sans conséquences.

— Ton ministre, est-ce qu'il risque de sauter avec lui ?

— Non, la cote de Chubaïs n'a cessé de monter depuis sa nomination comme vice-Premier ministre. Enfin, c'est ce qu'affirme mon patron.

— Vassiliev est son dircab. Je l'imagine mal te dire autre chose.
— Tout le monde sait que Eltsine l'apprécie!
— Pourvu que la lune de miel dure jusqu'à la fin de l'hiver.
— Dès que les premiers tests seront terminés, on passera aux privatisations de masse et la *Kabelny* est en haut de la liste. Bon, je dois y aller. Embrasse les parents pour moi. Je n'arrive pas à croire que je ne serai pas avec vous pour fêter la fin de l'année.
— Et ce sera la deuxième fois. Mais on se rattrapera. Prends soin de toi, petite sœur. »

Perm, Permski Kabelny Zavod, vendredi 12 février 1993

Grigori poussa la porte du bureau du directeur. L'assistante qui gardait l'entrée esquissa un geste mais elle le laissa passer sans rien dire. Tout était à la même place. Seules avaient disparu les photos sur lesquelles Jouliov posait aux côtés des sommités politiques du pays. Pour le reste, les deux téléphones, le blanc et le rouge, comme dans le bureau de Smirnov, la carafe d'eau et son verre en cristal, les épais fauteuils en cuir, tout était exactement comme dans son souvenir. Grigori inspira profondément. Un paquet occupait le centre de la table de réunion.
« Ouvrez-le, Monsieur le directeur! »
La voix de Smirnov, entré derrière lui, le fit sursauter.

« Grigori, c'est pour vous. Un cadeau de ma part. »

C'était une montre *Raketa*, la célèbre marque soviétique. Conçu dans les années 1970, ce modèle se distinguait par son cadran : au lieu des douze heures habituelles, il en comptait vingt-quatre. Grigori admira le mécanisme, qui comprenait également un compas solaire.

« Une montre m'a paru le cadeau idéal pour un jeune homme pressé. Celle-ci est en outre une vraie montre d'ingénieur, pensée pour les explorateurs polaires, les cosmonautes, les sous-mariniers ou les pilotes de bombardiers supersoniques. Ludmilla Voynik faisait partie de l'équipe qui l'a inventée et j'ai eu la chance de faire sa connaissance.

— Anatoly Semionovitch, je suis vraiment très touché. Je ne sais comment vous remercier. Je vous dois déjà tant.

— Allons, mon garçon, vous avez dû comprendre que je n'étais pas très sentimental. »

Smirnov se laissa tomber dans l'un des grands fauteuils de cuir.

« Jouliov gardait des bouteilles de cognac dans le placard de droite, oui, celui-là. »

L'ancien directeur avait eu la délicatesse d'abandonner sa réserve personnelle, Grigori remplit deux verres mais ne rangea pas la bouteille, certain qu'ils ne s'arrêteraient pas à cette première étape.

« Vous étiez mon meilleur élève et vous ne m'avez pas déçu. J'ai toujours aimé enseigner. Bien sûr, il y avait le prestige du titre, la proximité avec l'élite des ingénieurs et l'obligation de poursuivre mes recherches pour rester au niveau. Ma femme prétend que c'est aussi parce que nous n'avons pas d'enfants. Elle a peut-être raison. J'aime le contact avec les étudiants. Imaginer ce qu'ils pourraient devenir. Tous ne m'intéressent pas. De temps en temps, l'un d'entre eux se révèle. C'était votre cas. Bien sûr, le talent ne suffit pas. Vous avez eu la chance d'être là au bon moment.»

Grigori resservit à l'ingénieur en chef un verre de cognac.

«Ce que nous avons réussi ces dernières semaines est remarquable. Je me suis d'abord demandé d'où provenaient vos informations. Comment le fils d'un contremaître de Perm pouvait-il accéder aux cercles moscovites les plus hauts placés ? Vous avez une sœur, n'est-ce pas ? Ne vous inquiétez pas, c'est votre mère qui m'en a parlé. C'était en décembre, à la fin de notre première réunion publique. Elle était si fière que sa fille travaille au GKI. Au fait, il va falloir recruter un nouveau comptable. La police locale va clôturer l'enquête. Il s'agit donc d'une disparition. Ce pauvre Alexeï était fragile.»

Les deux hommes continuaient à vider leurs verres de cognac. Grigori ferma les yeux. Il aurait aimé graver dans sa mémoire l'odeur des cigarettes de Smirnov, la brûlure de l'alcool, le regard déférent de la secrétaire, le crissement des fauteuils en cuir. Mais il demeurait insatisfait.

«Vous pensez être arrivé ? Ce n'est que le commencement. Croyez-moi, nous rachèterons d'autres usines. Je ne suis plus tout jeune mais j'ai encore quelques bonnes années devant moi. Nous allons faire de grandes choses ensemble, Grigori!»

DEUXIÈME PARTIE

Le mat de Réti

Richard Réti
(1889, Pezinok - 1929, Prague)

Le mat de Réti demande la participation des pièces de l'ennemi, qui doivent bloquer leur Roi sur quatre des cases qui l'entourent. Le mat est donné par un Fou avec l'aide d'une Dame ou d'une Tour.

I.

Portofino, chapelle San Sebastiano, dimanche 22 juin 2008

Après un long passage en pente douce à flanc de colline, le chemin franchissait la crête et laissait voir tout à coup un paysage apprivoisé : le village blotti sur une petite baie en forme de croissant de lune, les maisons ocre et terre de sienne agglutinées sur le port, quelques terrasses cultivées et, tout autour, les chênes, les frênes et les oliviers qui cascadaient des collines. Juste en face, à quelques centaines de mètres, pins parasols et cyprès se détachaient sur la mer en une ligne crénelée. Yurdine se retourna pour admirer une fois encore la côte sauvage, celle qu'il préférait. Les montagnes tombant dans la mer, les pins accrochés à la falaise, défiant les lois de la pesanteur, les rochers blancs affleurant sous le maquis des genêts et des cistes, le ciel immense, strié par les longues bandes de nuages effilochés.

Il avait quitté le bateau avant le lever du jour. Un scooter l'attendait, comme il l'avait demandé à Sergueï.

À 5 heures du matin, le géant blond était posté sur le quai les clés à la main. Huit ans déjà qu'il marchait silencieusement dans l'ombre de l'homme d'affaires. Quand Grigori Yurdine l'avait enrôlé comme garde du corps, Sergueï venait de fêter ses 22 ans, ne pouvait présenter aucun des diplômes requis pour entrer au *Federalnaïa Sloujba Bezopasnosti*, le célèbre service de sécurité intérieure, seulement des épaules de nageur de compétition et un mutisme reposant. Il avait gagné au fil du temps la confiance de son employeur. Préposé aux missions délicates, il convoyait régulièrement famille et invités, aussi bien que des enveloppes qu'il savait remplies de billets.

Le moteur du scooter couvrait le bruit de la mer en contrebas. L'air était encore frais le long de la corniche. Grigori roulait rapidement sur la route déserte et ne mit qu'une demi-heure à rejoindre le village de San Rocco. La voie s'interrompait devant les falaises et la mer. Il faisait encore nuit quand il démarra sa course dans les escaliers qui longeaient l'église.

Pendant plus de trois heures, il courut seul sur les chemins escarpés de la presqu'île, entre ciel et mer. Sans s'arrêter, sauf dans les montées les plus raides, ou au pied des barres rocheuses, qu'il franchissait à l'aide des chaînes scellées dans la pierre. Il voulait éprouver son corps et ne penser qu'au rythme de sa respiration, et aux pas qu'il fallait faire pour éviter de trébucher sur le sentier irrégulier et parfois mal tracé.

Il n'avait pas pleuré quand Lena lui avait annoncé la nouvelle. Il entendait encore sa voix brisée, entrecoupée de sanglots, qu'il avait eu bien du mal à interrompre.

« Grisha, Maman est partie, elle est partie toute seule, je n'étais même pas là pour lui dire au revoir… »

Sa mère était morte dans sa maison de Perm, pendant son sommeil. C'était l'infirmière préposée aux soins quotidiens qui avait donné l'alerte.

« Grisha, je ne me le pardonnerai jamais, tu comprends ? Vendredi, j'étais invitée à une soirée. Une soirée sans importance. J'avais prévu de passer le dimanche à Perm. Au téléphone, je l'avais trouvée un peu fatiguée, mais elle m'avait rassurée, tout allait bien. »

Yurdine, qui appelait affectueusement Maria « *maya malenkaya Mama* », « ma petite maman », se sentait coupable de l'avoir parfois oubliée au profit de ses affaires, qui l'avaient éloigné de Perm. Le désordre de la Russie post-soviétique lui avait ouvert tant d'opportunités, à Moscou puis à Londres. En quelques années de risques calculés, profitant méthodiquement de l'anarchie ambiante, il avait construit un groupe automobile et aéronautique doté de ses propres banque et compagnie d'assurances. On pouvait facilement racheter les entreprises de l'ère soviétique, mal gérées, pour des sommes dérisoires. Tous les moyens étaient bons pour convaincre les vendeurs, mais il fallait ensuite les moderniser, les redresser et les intégrer à son groupe. Yurdine délaissait sa mère, mais lorsqu'il trouvait quelques minutes pour lui téléphoner, elle lui réservait toujours un accueil égal, sans jamais un reproche pour ses intermittences – « Tu es si occupé, Grisha. Fais attention à toi, ne t'épuise pas au travail. » S'il lui parlait peu, elle n'était jamais absente de ses pensées. Sans doute la croyait-il immortelle, attendant son appel, rivée à son téléphone. Et il se reposait sur sa sœur, qui laissait rarement passer une journée de silence et se rendait régulièrement à Perm les samedis et dimanches. Ce jour-là, comprenant qu'il n'entendrait jamais plus la voix de Maria, il se demanda d'où lui venait son indifférence foncière envers autrui, même pour ceux qui l'aimaient et auraient tout donné pour lui. Comment, devant cette voix douce et frêle, de plus en plus fragile, n'avait-il pas compris, en dépit de ses protestations, que la maladie était en train de l'abattre ? Plusieurs fois, il avait promis de revenir quelques jours à Perm, incapable cependant de tenir ses engagements. De son côté, elle avait toujours refusé de le retrouver à Moscou, mais avait fini par s'installer dans la maison qu'il lui avait offerte.

« C'est si beau, Grisha, mais tellement grand. Et je ne connais personne dans ce nouveau quartier. »

Il savait qu'il trouverait à sa gauche l'endroit idéal pour une pause. Une placette minuscule, un parvis de petits galets arrondis, à l'ombre de la chapelle San Sebastiano. En posant son sac sur le banc le plus ombragé, il vit déguerpir un chat des rues qui reniflait prudemment une bouteille d'asti abandonnée, aux trois quarts vide. Il but longuement à sa gourde, tira de son sac une barre énergétique qu'il mâcha lentement. En s'asseyant, appuyé contre la fraîcheur du mur, il ressentit d'un coup la fatigue. Il posa sa tête contre le crépi, ferma les yeux et respira profondément.

Il s'endormit. Cinq minutes de sommeil profond. Quand il rouvrit les yeux, la baie resplendissait dans la lumière du matin. Il pouvait voir son bateau, ancré à l'écart, à quelques encablures de la côte. Le *Koroleva* était un long navire effilé, un seul mât très haut gréé en sloop – une grande voile et un foc. De discrètes superstructures surmontaient la coque, noire au-dessus de la ligne de flottaison, blanche en dessous et barrée d'une ligne dorée qui courait presque jusqu'à la proue. Yurdine aimait ce grand voilier qu'il trouvait plus élégant que ces yachts massifs et clinquants qui encombraient souvent la marina. Il songea qu'Alexandra et les garçons devaient avoir terminé leur petit déjeuner, pris sur le pont ensoleillé.

La veille, Alexandra avait respecté son chagrin et son désir de rester seul. Il avait cependant appris la nouvelle à ses deux fils. À 7 ans, Vladimir avait quelques souvenirs de sa grand-mère. Pour Piotr, en revanche, de deux ans son cadet, Maria Makarova n'était qu'un nom. Yurdine avait prévu de regagner Perm le lendemain. Alexandra et les petits le rejoindraient pour les obsèques, qui auraient lieu mercredi. Mais il n'avait pas annulé sa course matinale.

Lui qui détestait l'ostentation avait pourtant fait de son mariage avec Alexandra, huit ans plus tôt, une démonstration de force. Exit, le petit Grisha de Perm, étudiant modèle et joueur d'échecs doué. Exit, le jeune directeur général de la Permski Kabelny Zavod, ombre pensante et agissante du président Smirnov. Exit, l'homme sans scrupules, expert en manœuvres d'intimidation et prêt à tous les coups bas pour agrandir son royaume. Et que se taisent à jamais ceux qui savaient comment la richesse venait aux jeunes ambitieux sans naissance dans la Russie post-communiste ! Bienvenue à Grigori Piotrovich Yurdine, fondateur et actionnaire principal de Perama. On attribuait à cette expression finnoise qui signifiait « Terre lointaine » l'origine du nom de Perm. Le vieux Smirnov avait ainsi baptisé leur société commune : « Vous porterez les couleurs de Perm aux confins du monde, mon cher Grigori. » L'ingénieur en chef s'était pris d'affection pour Yurdine, qui était devenu le fils qu'il n'avait pas eu. À la mort de son mentor, emporté par un cancer quelques mois avant le mariage de Grigori, Yurdine avait hérité de ses parts dans le groupe qu'ils avaient construit ensemble. Smirnov avait copieusement arrosé l'administration fiscale et Grigori n'avait payé qu'une misère en droits. Milliardaire en dollars, homme d'affaires en vue de la nouvelle génération, il était devenu le gendre de Vladimir Gruchenkov, diplomate influent, conseiller de Boris Eltsine, puis Premier vice-ministre des Affaires étrangères de la Fédération de Russie. La veille de la cérémonie, deux mille personnes s'étaient rassemblées au Bolchoï, dont Yurdine finançait généreusement la rénovation, pour applaudir quelques classiques du répertoire national. Pas de cérémonie religieuse, mais une soirée à l'hôtel Metropol, parce que c'était au bar Chaliapine qu'il avait vu Alexandra pour la première fois, avec Lena et Charles de Tretz. Sa jeune femme ne s'en souvenait pas et Yurdine avait fait jurer à Lena de garder le secret. Alexandra n'avait invité que leurs proches, elle appelait ainsi les sept cents invités. Tout ce qui comptait à Moscou dans le petit monde de l'économie et de la finance était venu payer son tribut à Grigori Yurdine. « Vous m'avez impressionné », lui avait glissé en souriant son beau-père. Ses parents adoptifs, complètement perdus parmi ces inconnus venus pour leur fils, n'avaient pas quitté leur table de la soirée, sauf pour une valse écourtée à l'ouverture du bal. Grigori avait insisté pour danser avec Maria, et Lena avait convaincu son père de les suivre sur la piste.

Yurdine se souvenait que, lors de leur première rencontre, Alexandra lui avait semblé aussi désirable qu'inaccessible. Belle, sophistiquée, brillante et assurée, si différente des filles qu'il fréquentait à Perm. Tretz pouvait séduire une femme comme elle, pas lui. Pas encore. Quand il la revit quelques années plus tard, au cours d'un dîner donné par Vladimir Gruchenkov en l'honneur d'un ministre français de passage à Moscou, il repéra immédiatement l'apparition du bar Chaliapine. Il avait accepté l'invitation de Gruchenkov avec l'espoir que les pères conviaient peut-être leurs filles aux réceptions officielles. Surtout quand leur progéniture travaillait à la direction de l'Information et de la Presse du ministère. Si jamais elle n'était pas là, il pourrait toujours s'échapper rapidement. Il n'avait que faire de la France et de son ministre socialiste.

La réception se tenait dans les jardins du petit palais Morozov, où le ministre accueillait ses hôtes étrangers. Yurdine arriva avec un peu de retard. Une vingtaine de personnes se tenaient déjà près du buffet dressé sous un auvent de toile blanche. Du haut des marches qui descendaient vers la terrasse, Grigori observait Alexandra. Un verre de champagne à la main, elle semblait prêter la plus grande attention à son interlocuteur, un homme encore jeune au front largement dégarni. Les cheveux mi-longs, elle portait une robe de cocktail noire, serrée à la taille, deux pans croisés sur sa poitrine très décolletée et, pour tout accessoire, un ras-de-cou en grosses perles, noires elles aussi. Yurdine s'arrêta un instant pour saluer Gruchenkov, qui était venu à sa rencontre.

« Cher Grigori, comme c'est aimable à vous d'être venu ce soir ! Suivez-moi, je vais vous présenter. Monsieur le ministre, Grigori Yurdine, l'un de nos jeunes entrepreneurs les plus talentueux.

— Je suis très heureux de vous rencontrer, Monsieur Yurdine. J'ai beaucoup entendu parler de vous. Notamment de vos investissements dans l'Oural. Je ne me trompe pas ? »

Le ministre connaissait ses fiches sur le bout des ongles. Yurdine serra la main tendue pendant que Gruchenkov continuait les présentations.

« Ma fille, Alexandra. »

Yurdine s'inclina.

« Bonsoir, Mademoiselle. »

Le ministre reprit.

« Avez-vous des projets en Europe, Monsieur Yurdine ?

— À Londres. Pour l'instant. Si seulement la France avait un régime fiscal aussi attractif... »

Gruchenkov afficha un sourire de circonstance et changea aussitôt de sujet.

« Vous savez que le ministre est l'une des étoiles montantes de la politique française. Notre ambassadeur lui prédit un grand avenir ! »

Et, se tournant vers le Français :

« Il est persuadé que vous serez le prochain Premier ministre. »

Le ministre esquissa un sourire, sans quitter Alexandra des yeux.

« Surtout, que votre ambassadeur reste discret sur mon avenir. »

Il quitta l'anglais pour le français, à l'attention d'Alexandra.

« Là-bas, tout le monde croit que je rêve de rester ministre délégué aux Affaires européennes, rien de plus. »

Alexandra sourit et répondit, toujours en français.

« Je vous souhaite toute la réussite du monde, Monsieur le ministre. »

Elle se tourna vers Grigori.

« Cet homme est trop sûr de son charme. Sortez-moi de là ! Je vous rassure, il ne parle pas un mot de russe... »

Yurdine ne cilla pas et se pencha légèrement vers le Français.

« M'autorisez-vous à vous enlever un instant mademoiselle Gruchenkov, Monsieur le ministre ? J'aimerais lui présenter quelques amis. »

Elle s'éloigna au bras de Grigori.

« Merci ! Vous me sauvez la vie. Il ne m'aurait pas lâchée.
— Êtes-vous toujours aussi directe ?
— Ne me dites pas que je vous ai choqué ?
— Non, pas du tout. Votre père peut-être ?
— Ne vous inquiétez pas, il a l'habitude. Je reprends une coupe de champagne et vous m'expliquerez ce que vous faites ici. En général, les invités de mon père ne sont pas aussi jeunes… »

Alexandra lui avait ouvert un autre monde. Sa famille, ses amis étaient si différents des siens. Il n'était pas seulement tombé amoureux d'une image au bar du Metropol, mais aussi, même s'il lui était plus difficile de l'admettre, d'un univers dont il était exclu et auquel Tretz avait naturellement accès. Il avait adoré l'aisance que donnaient à Alexandra la naissance et le confort, le désir qu'elle suscitait chez les hommes. Il ne se lassait pas d'arriver le premier au restaurant et de surprendre les regards qui se posaient sur elle à son passage. Puis elle s'asseyait en face de lui, toujours avec ce même geste des mains pour remonter ses cheveux et les rejeter sur ses épaules. Pourtant, au fil des années, ce nouveau monde dont il avait appris tous les codes avait cessé de le fasciner. Et entre eux, le désir ne suffisait plus. Il leur manquait d'avoir été amis avant d'être amants et l'admiration mutuelle qui fait durer les relations amoureuses. Leur union ne reposait plus désormais que sur des intérêts réciproques. Grigori pouvait compter sur le soutien de son beau-père et Alexandra goûter une liberté et un niveau de vie qu'elle n'avait jamais connus auparavant. Pour leurs deux fils, ils s'en étaient entièrement remis aux bons soins des nurses qui s'étaient succédé après la naissance de l'aîné.

Depuis cinq ans, ils partageaient leur vie désaccordée entre Moscou et Londres. Une grande villa cachée au fond d'un parc abritait leur existence moscovite. Au début, Grigori passait l'essentiel de son temps en Russie. Puis il avait commencé à s'intéresser à la capitale britannique, centre financier puissant et peu réglementé, fiscalement accueillant. Alexandra avait encouragé le mouvement. Pour les *boarding schools*, ce qu'on faisait de mieux, assurait-elle, en matière d'éducation, mais aussi pour la vie londonienne. À Moscou, où les kidnappings n'étaient pas un mythe, ils ne sortaient plus sans voiture blindée et gardes du corps. Londres, en tout cas le quartier cossu où ils vivaient, leur garantissait l'anonymat, la possibilité de se promener et de dépenser sans être reconnus. Alexandra passait maintenant plus de temps en Angleterre qu'en Russie. Grigori avait acheté une maison à Kensington, dans le centre de la capitale. Alexandra s'était mis en tête de l'agrémenter de deux niveaux supplémentaires, creusés en sous-sol afin d'abriter un garage pour cinq voitures, une cave à vin, un cinéma, une piscine et une grande salle de sport. Le chantier bruyant et poussiéreux avait fini par incommoder le voisinage. L'effondrement d'un conduit d'égout leur valut une pétition déposée auprès du maire d'arrondissement. Yurdine avait trouvé la supplique de ses voisins très modérée au regard des nuisances qu'il leur faisait subir. La famille avait évidemment déménagé pendant les travaux dans un très grand appartement loué à prix d'or près de Holland Park.

« Fais-leur un chèque pour leurs bonnes œuvres, et ils nous laisseront tranquilles », avait décrété Alexandra. La conversation avec le maire du Royal Borough de Kensington et Chelsea avait été autrement désagréable. L'élu conservateur se présentait pourtant comme un zélote de l'investissement étranger, censé apporter la prospérité à la ville et à ses habitants pour les siècles des siècles.

« Nous sommes heureux que vous apparteniez à notre communauté, cher Monsieur Yurdine, et nous savons combien vous contribuez à son bien-être. Mais il faut aussi que la communauté vous accepte. Et au point où nous en sommes, le mieux serait d'en vite finir avec vos sous-sols, en tout cas avant que votre permis de construire n'expire. »

Yurdine s'était engagé à ce que le gros œuvre soit terminé dans les trois mois et avait remis son carnet de chèques dans sa poche.

Au fond, il n'était à Londres qu'un oligarque russe parmi d'autres, à la fortune tout aussi mystérieuse. On acceptait volontiers leur argent tout en les rendant responsables de l'explosion des prix. Un oligarque ! Yurdine détestait ce mot. Il ne faisait la loi nulle part, sinon dans son groupe, n'avait jamais occupé aucune position politique et se tenait aussi loin que possible du pouvoir. Il n'avait jamais émis la moindre opinion, ni sur Eltsine, ni aujourd'hui sur Poutine, même s'il ne refusait jamais de rendre un service. Il ne devait qu'à lui-même sa réussite, à son audace et à son ambition. Et peut-être à une froideur calculatrice qui séduisait ses partenaires avant de les effrayer. Il ne se trouvait pas moins de mérite qu'à ces hommes d'affaires anglais ou américains accueillis à bras ouverts dans les cercles les plus fermés. Lui n'avait d'autre choix que d'en forcer la porte. Il avait donc entrepris de séduire la City et de saisir la première opportunité, ayant compris que la finance, qui régnait en maître à Londres, s'y confondait avec les cercles du pouvoir. C'est ainsi qu'il avait acquis Swire Bank, petit établissement privé en pleine déconfiture, et convié un ancien ministre aux quatre réunions annuelles de son conseil d'administration. Sans le flegme accumulé pendant sa carrière de diplomate, Lord Hurt n'aurait pu s'empêcher de sursauter en apprenant le montant de ses jetons de présence. Était-ce le remords suscité chez lui par plus d'argent qu'il n'en avait jamais gagné auparavant ? Toujours est-il qu'il se prit au jeu, ouvrant généreusement et avec succès son carnet d'adresses au Russe. À une exception essentielle près : il avait échoué à lui obtenir un rendez-vous avec Sir Ansquith Peel Vanguard, président du Riders, le plus fermé des clubs privés, dont les élus, des hommes uniquement, préféraient rester anonymes. On racontait que plusieurs membres de la famille royale y étaient assidus et que l'un des jeunes princes y avait enterré sa vie de garçon. Eton, puis Cambridge ou Oxford étant des sésames indispensables, les étrangers se comptaient sur les doigts d'une main. Trente-cinq votes favorables étaient nécessaires pour être admis, une boule noire suffisait pour être exclu. La liste d'attente était longue comme un jour sans pain et certains impétrants avaient patienté dix ans avant d'accéder au saint des saints, proche de Piccadilly. Ces difficultés avaient exacerbé l'intérêt de Yurdine. À Oxford, Lord Hurt avait chanté avec le jeune Peel dans le chœur de Christ Church, mais ce dernier n'avait pas jugé ce compagnonnage suffisant pour s'infliger de dîner avec un parvenu russe. Encore moins pour envisager son admission. Lord Hurt avait informé Yurdine de l'échec de son ambassade, en termes peu amènes pour Sir Ansquith Peel Vanguard, soudain jugé aussi snob que son patronyme était interminable. Grigori était pourtant arrivé à ses fins grâce à l'entremise de son ami Fabio Tersi, banquier de son état, dont l'ex-femme s'était remariée à un aristocrate britannique membre du fameux club. Si Fabio avait obtenu cette exceptionnelle faveur, c'était, expliqua-t-il, parce que cet Ansquith était vaguement amoureux de Bianca, comme d'ailleurs la plupart des hommes à Londres. Comme lui, Fabio, l'était encore dix ans après qu'elle l'avait quitté.

C'est encore Fabio qui avait déniché le bateau, construit par Allay Yachts, chantier naval néo-zélandais spécialisé dans les grands voiliers. Le commanditaire ukrainien du bateau s'étant évanoui dans la nature avec ses millions, Fabio avait eu vent de la situation par un de ses amis, banquier suisse, dont l'établissement avait fait l'avance des fonds.

« Grigori, j'ai une grande nouvelle pour toi. Ton bateau t'attend en Nouvelle-Zélande. Plus de cinquante mètres de long et dix de large, un seul mât, mais qui n'en finit plus, et une grande voile de deux mille cinq cents mètres carrés. Cinq cabines et un équipage de neuf personnes. »

Et comme Fabio ne faisait jamais les choses à moitié, en tout cas lorsqu'il s'agissait de son ami Yurdine, ce dernier avait obtenu le *Koroleva* à un très bon prix.

« Le chantier n'est pas tout à fait terminé, mais leur client s'est évaporé. Si tu es d'accord, je prends contact pour toi, tu paies cash la fin des travaux. Pas besoin de t'embêter avec des plans et d'attendre des années. J'ai tout vérifié, la banque n'a aucun droit sur le bateau : leur contrat était bancal. Mon ami suisse est effondré, ils n'ont en garantie qu'un portefeuille de titres qui n'est même pas géré par sa banque, mais par des Tchèques qui ont déjà prêté de l'argent à l'Ukrainien. Avec les mêmes titres ! Et ils n'ont pas la moindre idée de l'endroit où se planque leur débiteur. Voilà ce qui arrive quand on fait des affaires avec des gens qu'on ne connaît pas. Moi, si je pouvais, Grigori, je ne ferais des affaires qu'avec toi, tu le sais. »

Yurdine ne pouvait s'empêcher d'arborer un large sourire chaque fois qu'il pensait à Fabio Tersi. Pilier européen des fusions-acquisitions chez Goldman Sachs, la plus prestigieuse des grandes banques américaines, ce Milanais de bonne famille, diplômé laborieux de la Bocconi mais polyglotte hors pair, était un entremetteur inlassable : instinctif plutôt qu'analytique, chasseur de deals plutôt que *rainmaker*. Son sens aigu des situations et un culot sans limite le rendaient capable de décrocher les mandats les plus improbables. Au football, il aurait été avant-centre, buteur avide d'occasions, au bon endroit au bon moment, plutôt que milieu de terrain chargé de construire le jeu de son équipe. Toujours de bonne humeur, en tout cas avec ses clients, il semblait ne s'offusquer de rien et son entrain en faisait, depuis son divorce, un compagnon de fête et de vacances recherché. Fabio Tersi était aussi énergique que superficiel. Grigori considérait quant à lui qu'il était aussi inutile à l'intérêt général qu'il pouvait être utile aux intérêts particuliers.

Il l'avait rencontré à Moscou en 1998. Le sémillant Fabio, responsable du bureau russe de sa banque, étrennait son premier poste de partner. Leur relation avait d'abord été strictement professionnelle : l'Italien lui présentait de temps à autre des dossiers d'acquisition, pour l'essentiel localisés hors de Russie. Yurdine avait accepté de le recevoir parce qu'il représentait un nom célèbre de la haute banque, puis pour ses compétences indiscutables. Sans oublier sa faconde et son allant. Alexandra, qui trouvait Fabio amusant, avait pris l'habitude de le compter parmi ses invités réguliers. Dans le grand livre des contacts scrupuleusement établi pour ses supérieurs par chaque partner, et mis à jour lors d'un entretien annuel, Fabio qualifiait Grigori Yurdine de client « très proche », ce qui voulait dire qu'ils passaient des week-ends ensemble, qu'il connaissait sa femme et qu'il pouvait l'appeler pour lui demander des nouvelles de ses enfants.

Leurs relations avaient pris un tour nouveau à l'occasion d'une mésaventure qui, sans l'intervention de Grigori, aurait certainement coûté sa réputation à Fabio, sinon son emploi. L'Italien avait ses habitudes au Titanic. Cette boîte moscovite à la mode au début des années 2000, toute proche du stade Dynamo, était fréquentée par de nombreux hommes d'affaires. Un soir de mai, Tersi y avait rencontré Marina et Katia, très jeunes, séduisantes et court vêtues. Le top en strass comme le chemisier en satin près du corps étaient bien un peu voyants, mais Fabio avait immédiatement accepté de prolonger la soirée chez un ami des sœurs, qui donnait une fête dans son appartement de Khamovniki. Marina, la plus âgée, lui demanda si le taxi pouvait d'abord s'arrêter chez elles afin qu'elles se changent. La nuit tint ses promesses, tout à la fois juvénile et scandaleuse, comme le banquier l'avait craint et espéré. Le surlendemain, il reçut au bureau une enveloppe marquée « personnel ». Elle était remplie de photographies couleurs, ainsi que des photocopies de deux cartes d'identité : la plus âgée des jeunes filles n'avait pas 18 ans. Le texte en russe qui accompagnait l'ensemble ne laissait aucun doute sur les intentions de l'expéditeur. Fabio savait que son employeur ne goûterait guère cette tentative de chantage, même si Jeff Bleenweek pouvait plus qu'à son tour faire des blagues d'une vulgarité triste.

Goldman mettait volontiers en avant l'éthique irréprochable de ses partners dans des codes de conduite que Tersi n'avait jamais pu lire jusqu'au bout. De toute façon, on attendait d'eux qu'ils se dévouent corps et âme à la banque, en vrais moines-soldats de la finance. Courir le jupon n'était pas bien vu, il valait mieux avoir femme et enfants, tous à la maison de préférence. Quant à passer ses soirées à coucher avec des mineures, ce n'était certainement pas au programme. Dans l'intervalle, le maître chanteur avait précisé ses exigences : Jeff et le lieutenant général de la police seraient les prochains destinataires des photos, à moins que le contrat de conseil négocié depuis des semaines avec Rustat, l'un des grands conglomérats énergétiques du pays, ne soit signé dans les soixante-douze heures. Fabio comprit que son montant dépasserait ses espérances les plus folles, n'aurait aucun rapport avec ce qu'il était en droit d'attendre, mais comporterait une rétrocommission exorbitante qu'il lui appartiendrait, à lui, Fabio Tersi, partner d'une banque américaine à la réputation sans tache connue, de reverser à quelques dirigeants de l'entreprise russe.

C'était la première fois que Fabio devait affronter une telle situation. Pour lui, les affaires étaient un jeu, à l'image de l'existence. Il acceptait de travailler beaucoup parce que la banque l'amusait et lui procurait les gratifications nécessaires à qui veut vivre une vie légère. Il s'inventa une maladie, annula tous ses rendez-vous et resta enfermé dans son appartement pendant deux jours. Prévenir la police était évidemment une erreur, qui l'enfoncerait. Le plus simple était de céder, un petit artifice comptable qui passerait inaperçu. Mais alors se dressait devant lui le mètre quatre-vingt-dix de Paul Leaggy, directeur financier, comptable et homme à tout faire de la succursale russe de la banque. Et Fabio se rappelait que Leaggy, à qui il n'avait jamais accordé la moindre attention, ce qu'il se reprochait amèrement aujourd'hui, jouissait d'une réputation de rigueur qui expliquait qu'on l'ait envoyé dans ces contrées lointaines. Il s'imaginait l'inviter à dîner, le combler de faveurs surprenantes ou, même, le piéger à son tour pour s'en faire un complice. Puis il lui apparaissait que seules les subtilités des normes comptables devaient procurer du plaisir à ce Leaggy qui, sans aucun doute, devait mener une vie toute franciscaine. Sans compter qu'il connaissait mal Rustat et qu'il ne voyait pas comment aborder les dirigeants du conglomérat sans déclencher des représailles incontrôlables. Quant à expliquer ses mésaventures à Jeff, Fabio y songeait autant qu'à se suicider.

Il passa une nouvelle fois en revue son carnet d'adresses, à la recherche d'un sauveur. La famille était exclue, ses amis ne l'aimaient pas assez et ses relations d'affaires ne lui devaient rien de bien important. Il s'arrêta sur Yurdine. Il était le seul que Fabio connaissait aussi bien parmi ceux qui comptaient. Et Grigori lui avait confié entretenir d'excellentes relations avec le patron de Rustat.

Fabio Tersi se confessa dans le bureau de Yurdine, au crépuscule du deuxième jour de sa retraite volontaire, aidé par quelques *shots* de vodka descendus presque coup sur coup. Un de ses amis était en difficulté, un sinistre chantage sexuel, on lui demandait de se compromettre. Grigori pouvait-il le conseiller ? Car Fabio n'avait pas l'habitude de ce genre d'affaires. Yurdine l'écouta attentivement, posa quelques questions, conclut qu'il pouvait s'en occuper. C'était à Rustat qu'il fallait s'adresser, et lui savait à qui et comment. Quelqu'un là-bas faisait du zèle, le grand patron n'était probablement pas au courant et, s'il l'était, il avait de toute façon une dette envers Yurdine. Que Fabio lui remette l'enveloppe. Fabio n'hésita qu'un instant : au moins lui offrait-il une porte de sortie, cela mettrait fin à son insupportable rumination.

« Mon ami t'en sera infiniment reconnaissant, Grigori. »

Yurdine secoua doucement la tête en un geste de négation, mais sans quitter Fabio des yeux, qui resta un moment silencieux, puis reprit, à voix plus basse :

« Je t'en serai infiniment reconnaissant.

— Moi non plus je n'ai pas l'habitude de laisser mes amis dans l'adversité, Fabio. Et tu es mon ami.

— Je n'oublierai jamais ce que tu fais pour moi, Grigori. »

Yurdine ne donna aucune explication lorsqu'il l'appela le lendemain pour l'informer que tout était réglé et que les documents compromettants avaient été détruits. Il arrivait parfois à Fabio de se demander si ce n'était pas Grigori lui-même qui était à l'origine de toute l'affaire. Peu importait au fond. Il avait compris qu'il serait dorénavant l'obligé de Yurdine. Il était ainsi devenu son informateur privilégié. Le Russe pouvait tout connaître, y compris ce qu'il n'était pas censé savoir. Fabio n'avait jamais eu besoin d'être rappelé à l'ordre.

Fabio était passé la veille pour déjeuner sur le bateau, avec sa compagne du moment.

« Je fais un saut à Portofino pour le week-end. Tu verras, Annabella est très charmante, je suis sûr qu'elle plaira à Alexandra. »

Le déjeuner avait été servi sur le pont, des antipasti puis un large plat de pâtes, sur une jolie table ronde en verre fumé, protégée du soleil par une grande toile couleur crème. Un bardolino léger et délicat détendit les esprits et assouplit la conversation. À son deuxième verre, Fabio avait célébré ce « petit Jésus en culotte de velours », précisant que c'était une expression empruntée à ses amis français. Annabella, quinze ans de moins que Fabio, était anglaise, une jolie brune dont Yurdine comprit qu'elle travaillait dans la mode, ou bien les relations publiques, il ne savait plus. Elle s'anima en s'amusant avec Alexandra à un tour d'Europe des plus beaux hôtels.

« Nous sommes descendus au Splendido. Difficile de faire plus raffiné. Le jardin en terrasses est parsemé de lauriers-roses et de bougainvillées, la piscine est immense. Notre chambre est juste là. »

Elle pointa le doigt vers la grande bâtisse allongée qui dominait le village.

« Fabio a fait des folies.

— Grigori, notre suite est presque aussi belle que ton bateau. Et puis je peux faire un jogging dans ma chambre, pas besoin de courir sur la route. »

Tersi, jovial et détendu, riait de bon cœur de ses propres saillies.

« Grisha, tu es le seul Russe abstinent que je connaisse. Alexandra, où cache-t-il sa réserve de vodka?

— Malheureusement nulle part, Fabio. »

Yurdine demanda doucement en russe : « Malheureusement?

— Tu es si parfait, mon chéri... »

Alexandra avait répondu en anglais.

Fabio jugea plus prudent de changer de sujet et s'adressa aux enfants.

« Vladimir, tu regardes le foot ce soir?

— Oui, maman est d'accord pour les matchs de l'Euro.

— Tu sais que les Pays-Bas sont très forts, ils ont battu l'Italie, alors que nous sommes champions du monde. Mais je soutiens la Russie.

— Nous avons Pavlioutchenko! C'est le meilleur buteur.

— Grisha, ton fils est déjà un *aficionado*. Bravo aux écoles anglaises! »

Alexandra éclata de rire.

« Merci plutôt à Panini! J'ai acheté des milliers de cartes pour essayer de finir l'album, mais il nous manque Ibrahimovic et Iniesta. »

Yurdine intervint avec sérieux.

« Il serait temps qu'il commence à faire des échanges avec ses camarades d'école. Ne lui donne pas de poisson, apprends-lui plutôt à pêcher.

— Voilà que Grisha cite Mao ! Je savais bien que tu étais une taupe communiste ! s'esclaffa Fabio en levant son verre.

— De nous deux, tu es le seul véritable capitaliste, Fabio. Dis-moi, comment se porte Goldman ?

— J'étais à New York mercredi pour rencontrer mes boss. Tu as vu les résultats que nous venons de publier. En baisse, mais positifs. Pas comme Lehman : 3 milliards de dollars de pertes... On avait déjà gagné beaucoup d'argent l'année dernière. Cela fait des mois qu'on écoule des subprimes. La banque a décidé de shorter le marché. »

Annabella tenta de couper court à la discussion.

« Mon chéri, nous sommes en week-end... Mais si tu dois absolument parler travail, que ce soit au moins de manière compréhensible !

— Tu as raison, darling. En fait, c'est très simple. Mes patrons vendent des actifs parce qu'ils pensent que leur valeur va baisser. Ils sont les meilleurs au jeu du mistigri. Leur valet de pique ? Les subprimes. Des crédits accordés à des Américains modestes pour acheter des maisons trop chères. Au début, tout va bien : les taux sont fixes, et comme on ne commence à rembourser le capital qu'au bout d'un an ou deux... Ensuite, l'histoire se corse : comme prévu par le contrat, les taux deviennent variables et les échéances du capital commencent à tomber. Les malheureux ne peuvent pas rembourser ? Pas grave, la banque saisit les maisons, entre-temps les prix ont monté, elle peut les revendre plus cher, toujours à crédit, à d'autres Américains fauchés qui ne pourront pas rembourser non plus. Il faut donc deux conditions pour que le système prospère : que les prix de l'immobilier ne cessent de monter et que les taux restent bas. Eh bien, Annabella, c'est fini : les prix ont arrêté de grimper aux États-Unis, ce sont les taux d'intérêt qui partent à la hausse. De plus en plus d'Américains ne peuvent plus payer et les prêteurs se retrouvent avec des maisons pourries sur les bras. Et donc ma banque, qui raffolait de ces crédits quand tout allait bien, est en train de les revendre au plus vite parce qu'elle est persuadée qu'ils ne vaudront bientôt plus grand-chose. »

Alexandra l'interrompit.

« Fabio, tu nous ennuies...

— Moi je trouve qu'il est un très bon professeur, protesta Annabella en l'embrassant.

— Peut-être, mais son petit Jésus a pris du poids et il porte des jeans cloutés... Grigori, on va vous laisser entre vous. Je vais faire visiter le bateau à Annabella. Venez les enfants, montrez-lui votre cabine. »

Les deux hommes étaient restés seuls autour de la table. L'Italien sourit.

« Les choses sérieuses vont commencer... Tu n'aurais pas un bon limoncello pour terminer le repas ? Le soleil tape dur, un petit verre me ferait du bien. »

Yurdine fit un signe au maître d'hôtel.

« Tu as raison, Fabio. Un vent mauvais souffle depuis plus d'un an. Un jour, l'orchestre va quitter la salle, et il ne fera pas bon être sur la piste quand la musique s'arrêtera.

— Pour le moment, l'orchestre joue toujours. Je t'ai dit que j'avais conseillé Banco Santander pour le rachat d'ABN AMRO ?

— Félicitations… »

Fabio savoura son limoncello.

« Merci, Grigori, il est exceptionnel. Comment peux-tu ne pas aimer cela ? Enfin, peu importe. Où en étais-je ? Ah oui, ABN AMRO… L'OPA a été menée par un trio : Fortis, Royal Bank of Scotland, plus mes Espagnols de Santander. La plus compliquée de toutes mes opérations. Mais les Espagnols sont malins, ils viennent de revendre Banco Antonveneta, la filiale italienne d'ABN AMRO, à Monte dei Paschi. En empochant une plus-value de plusieurs milliards d'euros.

— Toujours le mistigri… Je suppose que tu les as aussi conseillés sur la revente ?

— Banco ! Tu vois, les danseurs ne manquent pas. »

Fabio avait posé son verre et agitait ses deux mains comme un marionnettiste. Yurdine se leva soudainement.

« Moi, je ne danse plus. J'ai revendu une partie de mes actifs russes à Andrakov, tu savais ça ? J'ai gardé la partie la plus rentable et la moins endettée, celle qui travaille pour l'aviation civile et pour la défense. Le produit de la vente est en cash, ou placé très court. Même si les marchés ont commencé à baisser, je ne crois pas que le moment soit venu d'acheter... Mais tu n'as pas fait tout ce chemin pour m'entendre t'exposer mes théories financières...

— Annabella rêvait de découvrir Portofino. Je suis toujours heureux de te voir. J'ai fait d'une pierre deux coups. »

Yurdine regardait Annabella discuter avec Alexandra, les pieds dans l'eau du jacuzzi.

« Annabella a l'air amoureuse.

— Je l'aime bien moi aussi. Elle prétend que je la fais rire... Je crois qu'elle est sincère et j'apprécie qu'elle me trouve drôle. C'est vrai que c'est toujours le cas au début. Après, elles finissent par se lasser de mon humour, à moins que ce ne soit le contraire. Mais on se quitte généralement bons amis. »

Fabio soupira, comme pour chasser une mauvaise pensée.

« Grisha, tu connais Emma Bareletti ?

— L'héritière d'Alberto Bareletti ? Je ne l'ai jamais rencontrée.

— Nous sommes très proches. Nous avons fait nos études ensemble à la Bocconi. Succéder à Alberto n'a pas été facile, tu peux l'imaginer. Elle avait rejoint le groupe familial deux ans avant sa mort, après avoir travaillé dans une société d'investissement à Londres. Elle est très douée, extraordinairement concentrée sur ce qu'elle fait. Tout sauf une dilettante. Un peu comme toi. »

Yurdine allait et venait, les mains dans les poches de son chino.

« Emma veut vendre sa participation dans Riverside Bank. Elle détient 5 % du capital, aux côtés d'une vieille famille anglaise, les Meriton. Son patriarche, Sir James, préside toujours la banque.

— Après avoir racheté Swire Bank, j'ai croisé Meriton dans des réunions de la British Banking Association. Nous nous sommes même trouvé un intérêt commun. Il s'est présenté comme un modeste pousseur de bois qui collectionne à l'occasion les jeux d'échecs. Il possède en réalité l'une des plus belles collections au monde. »

Le regard de Fabio brilla d'une légère ironie.

« Eh bien j'ai l'impression qu'il s'intéresse plus à sa collection qu'à la prestigieuse et discrète Riverside… D'après Emma, elle aurait cédé aux tentations du moment et serait en grande difficulté. D'un côté la banque que tu connais, celle qui gère l'argent de ses riches clients à Londres, à Zurich ou à Miami. Et la banque d'affaires indépendante, qui me fait concurrence, surtout en Europe. De très bons professionnels, élégants et bien élevés. De l'autre, la banque d'investissement, qui s'est développée depuis quelques années. Un peu de trading sur actions et sur obligations, un peu de dérivés, et surtout un gros compte propre, qui concentre tous les risques. D'après Emma, cette activité a pris de plus en plus d'importance, jusqu'à représenter une grande part des profits. Elle n'a pas confiance dans le type qui la dirige, un Français qu'ils sont allés chercher à New York. Je connais ce Lancenet, il a travaillé chez nous jusqu'au début 2000. Il avait la réputation d'être l'un des meilleurs traders de la banque. Emma considère que Lord Meriton a perdu la main depuis longtemps, c'est pourquoi elle veut sortir au plus vite. Grigori, arrête de tourner autour de moi, tu me donnes le tournis.

— Fabio, tu sais que je réfléchis moins bien assis. Explique-moi ce que font les Bareletti dans le capital de la Riverside. Comment sont-ils entrés ?

— James Meriton et Alberto Bareletti étaient très proches. Au début des années 1990, Alberto a convaincu James de racheter la banque privée qu'il détenait en Suisse et en Italie du Nord. Une belle petite affaire, avec une jolie clientèle d'entrepreneurs transalpins et des clients offshore à Zurich. Les Meriton ont payé, partie en cash, partie en titres de la Riverside. Voilà comment la famille Bareletti est devenue actionnaire de la banque des Meriton.

— Quels sont les autres actionnaires importants ?

— Rien qu'un fonds spéculatif américain, Whitefield. Il appartient à John Merrigan, qui a fait fortune en pariant à la baisse quand la bulle Internet a éclaté. Ce crétin arrogant pèse 4 %. »

Yurdine le fixa intensément

« Pourquoi me raconter tout ça ? »

Fabio soupira.

« Grisha, cette banque est un grand nom de la finance européenne. Je connais ton intérêt pour ces sujets. Et tu sais que je te dis toujours tout…

— La famille Bareletti a pensé à des acheteurs ?

— Emma veut vendre vite, mais discrètement. Une cession dans le marché n'est pas possible. La Riverside est cotée, mais il n'y a pratiquement pas de mouvements, en tout cas insuffisants pour absorber une participation de cette taille. Pas de mise aux enchères, qui attirerait l'attention. Elle veut donc traiter de gré à gré avec un grand institutionnel européen. Je lui ai soufflé un nom : DexLife. Tretz est très connu à Londres, mais il n'est directeur général que depuis un an, et il rêve d'opérations spectaculaires. En mettant la main sur l'une des plus anciennes banques de la City, cela en ferait un prince de l'establishment britannique. Tu connais Charles ?

— Je l'ai rencontré une fois, il y a bien longtemps.

— Emma m'a demandé d'établir le contact. J'ai demandé un rendez-vous à Tretz, que je dois voir début août à Londres.

— J'aimerais que tu me tiennes au courant. En détail.

— Bien sûr, Grisha. Même si tu n'appartiens pas à leur caste. Tu es un Russe de Perm, ils sont la crème de la finance britannique. C'est à peine s'ils daignent t'adresser la parole si ta famille n'est pas de la haute depuis dix générations, et encore... »

On frappa discrètement et Sergueï entra dans la pièce, un téléphone portable à la main : « Monsieur, c'est votre sœur, elle m'a dit que c'était urgent et que je devais absolument vous déranger. »

Yurdine sortait lentement de sa rêverie. Il remarqua en quittant son banc que la chapelle San Sebastiano était ouverte. Elle était constituée d'un unique espace, faiblement éclairé par deux fenêtres en demi-lune ouvertes de chaque côté, répliques étroites de celle qui surmontait la porte. La pénombre et la fraîcheur qui y régnaient contrastaient agréablement avec la lumière éblouissante du dehors et la chaleur déjà étouffante. Les fresques étaient effacées par endroits. Seuls quelques bancs faisaient face à l'autel revêtu d'une nappe fleurie de deux bouquets de chrysanthèmes. Derrière, au-dessus des boiseries qui recouvraient le mur jusqu'à mi-hauteur, se dressait une sculpture naïve de saint Sébastien attaché au poteau de torture et criblé de flèches. Yurdine avança jusqu'au fond en glissant silencieusement sur les carreaux noirs et blancs du pavement en marbre. Un tronc en métal attendait les offrandes des fidèles qui voulaient allumer une bougie en l'honneur du martyr. Yurdine pensa que s'il avait été un authentique oligarque, il aurait couru avec des dollars plein les poches, mais les siennes étaient désespérément vides.

Il recula de quelques mètres, s'agenouilla, posa la tête sur ses mains jointes et pria. Il pria le Dieu de sa mère adoptive. Elle avait cru toute sa vie, mais sans pratiquer, en se cachant des communistes et même de son mari. Grigori pria pour Maria, en espérant qu'elle était allée retrouver son Nikolaï au paradis, et pourquoi pas au paradis des communistes, car si Dieu existait il avait bien dû créer un paradis spécial pour ces croyants d'un autre genre. Il pria pour Lena, pour qu'elle cesse de se blesser aux aspérités de la vie. Il pria pour Alexandra. L'amour avait disparu et cet aveu le désespérait au creux de sa prière. Il pria pour ses enfants : saurait-il leur indiquer la route à suivre, lui qui poursuivait ses chimères de pouvoir et d'argent ? Et parce qu'il était Grigori Piotrovich Yurdine, il pria aussi pour la réussite de ses rêves matérialistes, demandant à ce Dieu à qui il s'adressait pour la première fois, sinon de l'aider, au moins de ne pas entraver le succès des projets qui lui permettraient, s'ils se réalisaient, de devenir enfin un prince au royaume des puissants. Il pensait que sa mère aurait approuvé cette supplique intéressée, parce qu'elle lui passait tout et qu'elle était fière de ses talents de joueur d'échecs. Cette prière était comme le coup anodin ou énigmatique qu'on joue en début de partie, en apparence sans descendance, mais riche en réalité d'une infinité de victoires.

II.

Londres, Kensington, mardi 5 août 2008

Il était 7 h 30 lorsque la vieille camionnette Leyland blanche de George Johnson se gara sur Upper Phillimore Gardens, sous le gros tube de plastique rouge qui servait à évacuer les déchets du chantier. Le «chantier du Russe», comme il l'appelait avec son contremaître. Ce chantier qui lui causait tant de soucis et allait lui faire perdre sa joie de vivre. La donneuse d'ordre était charmante et versatile. Elle avait des idées arrêtées mais qui duraient peu, et ses incessants revirements l'avaient obligé à des contorsions coûteuses. Il avait soigneusement préparé ce rendez-vous. Ce serait sa première rencontre avec le propriétaire, qui avait demandé à le voir rapidement. Johnson ne s'attendait pas à recevoir des félicitations. Arrivé très en avance, il répétait ses arguments, assis à côté de son chauffeur, un Sikh au turban d'un orange flamboyant. À 8 heures précises, une imposante limousine noire se gara derrière la camionnette. Johnson prit une profonde inspiration et descendit accueillir son client.

« Monsieur Yurdine, quel plaisir de vous rencontrer enfin ! Je vais pouvoir vous expliquer exactement où nous en sommes. »

Grigori le salua brièvement, puis désigna le turban du chauffeur : « Savez-vous que, chez les Sikhs, cette couleur est synonyme de courage, de sacrifice et de martyre ? »

George Johnson n'eut pas le temps de répondre qu'il n'en avait pas la moindre idée.

« C'est justement l'état d'esprit nécessaire quand on travaille avec vous, Monsieur Johnson. Pour supporter les retards, les malfaçons et les problèmes si nombreux que j'en viens à me demander si vous ne les créez pas pour le plaisir de prolonger ce chantier qui n'a déjà que trop duré. »

Johnson afficha une mine offensée.

« Monsieur Yurdine, vous savez bien que c'est plus compliqué que ça. Votre femme modifie sans cesse le cahier des charges. Elle demande maintenant que le sous-sol comporte, non plus deux niveaux, comme prévu, mais trois. Dans ces conditions, il est impossible de tenir les délais.

— Mais les deux premiers niveaux sont loin d'être terminés. Cessez d'accuser mon épouse d'être responsable de votre incurie. Nous avons signé un contrat. Qui prévoit des échéances, et des pénalités en cas de retard. J'ai demandé à mon avocat d'appliquer ce contrat strictement. D'après ses calculs, vous me devez déjà trois millions. »

Il fit un signe de la tête à Sergueï, qui récupéra sur le siège de la voiture une épaisse enveloppe.

« Trois millions ! Mais c'est impossible, il doit s'agir d'un malentendu…

— Monsieur Johnson, ce montant n'a rien d'un malentendu. Toutes les preuves sont dans ce dossier. Sa lecture vous rafraîchira la mémoire. Je veux bien vous laisser une dernière chance : si la première phase du chantier n'est pas livrée dans les deux mois, mes avocats s'occuperont de vous et, croyez-moi, ils vont se régaler. Je ne vous retiens pas plus longtemps, je crois que vous avez à faire. Bonne journée. »

Johnson regarda la Mercedes s'éloigner. Ce chantier se transformait décidément en cauchemar. Pour sa part, Grigori Yurdine avait cessé de penser à George Johnson à la seconde où Sergueï avait refermé la portière. Il ne pensait plus qu'à Roosevelt.

Londres, Cornhill Street, mardi 5 août 2008

Chez Perama, les projets d'acquisition étaient protégés par un nom de code. Chaque dossier portait le patronyme d'un président des États-Unis dont l'initiale était identique à celle de la cible. Si aucun président ne faisait l'affaire, ou s'il avait déjà été mis à contribution, on passait à la liste des États ; si aucun État ne convenait, on se rabattait sur les capitales. Ce système avait été mis en place par Martha Ardiessen pour éviter de perdre son temps à chercher des solutions absurdes. Aux nouveaux venus, elle expliquait toujours : « C'est bien clair ! Pas de noms qui commencent par Q, X, Y ou Z... »

Grigori avait repéré Martha pendant l'acquisition de Swire Bank. *Counsel* chez Cleary Gottlieb, elle représentait le vendeur. Il avait trouvé cette jeune femme bien plus efficace que le *partner* pour qui elle travaillait, ne parlant que lorsque c'était nécessaire, avec des arguments bien choisis. Yurdine l'avait invitée à déjeuner une fois le dossier conclu, lui proposant de prendre en charge chez Perama l'équipe de Londres et les acquisitions. Son groupe était en croissance, il avait de grands projets hors de Russie. Martha n'était pas seulement une excellente juriste, elle aimait les chiffres et l'on pressentait à son visage impassible qu'elle n'était pas du genre à perdre son sang-froid. À plusieurs reprises, Yurdine avait tenté d'en savoir un peu plus sur sa vie privée, mais elle s'en était tenue à une chronologie minimale : née au Danemark en 1965, elle vivait en Angleterre depuis que ses parents s'y étaient installés dix ans plus tard, elle avait fait des études remarquées à King's College, était entrée ensuite chez Cleary Gottlieb.

Elle n'avait cessé de le regarder droit dans les yeux en l'interrogeant sur Perama. Des questions si précises que Yurdine comprit qu'elle avait méticuleusement préparé leur discussion. Il lui avait fait parvenir le jour même une proposition en bonne et due forme, généreuse mais pas déplacée, parce qu'il avait l'intuition que Martha n'apprécierait pas l'excès. Une semaine plus tard, elle le rappelait. Si elle quittait Cleary alors qu'elle allait devenir partner, il devait l'associer au succès de l'entreprise. Très vite, il sut qu'il avait eu raison d'accepter. Méthodique sans manquer d'imagination, énergique mais calme, Martha avait pris en main le bureau de Londres, recruté quelques jeunes juristes et financiers aussi diplômés qu'astucieux, et s'était imposée sur tous les dossiers. Yurdine avait discrètement enquêté sur la vie privée de sa future collaboratrice. Sans mari ni enfant, sans partenaire régulier, la grande et mince Martha disparaissait chaque été au Danemark pendant un mois, seule entorse dans une vie dédiée à son travail.

«Riverside Bank? Vous êtes conscient que c'est une institution ici.»

Martha avait paru incrédule lorsque Yurdine lui en avait parlé pour la première fois. Ils étaient installés dans le bureau de Grigori, au dernier étage du petit immeuble discret, vaguement Art déco, de Perama: trois niveaux sur Cornhill, tout près de la Banque d'Angleterre, entre deux églises égarées au pied des tours. Debout, les mains dans les poches, Yurdine regardait par la fenêtre le clocher dentelé de Saint-Michel qu'on apercevait au-dessus de l'immeuble d'en face.

«Je sais parfaitement ce que la Riverside représente. Mais ce n'est pas seulement un symbole, c'est aussi une banque. Aujourd'hui, toutes les banques sont fragiles. C'est le moment de s'y intéresser. Si les Bareletti vendent leur participation, le capital va bouger.»

Martha sourit: «J'aime bien l'idée, Grigori. C'est juste que... C'est un gros morceau, non?

— Mettez l'équipe dessus. On déroule la méthode habituelle. Je veux tout savoir sur la Riverside et sur ses dirigeants, ce qu'ils montrent et ce qu'ils cachent. Sur les Meriton en particulier. Il va falloir creuser profond, ne pas s'arrêter aux apparences. »

Ce soir-là, en quittant Perama, Martha avait laissé une pochette rouge sur la table de travail de son patron. Au-dessous de l'étiquette dactylographiée en lettres majuscules (« Roosevelt – Vendredi 27 juin 2008 »), elle avait écrit sur un Post-it, de sa petite écriture serrée : « Grigori, pour un grand dossier, il faut un grand président. À demain. »

Depuis, Yurdine trouvait chaque matin à côté de sa tasse de café une chemise rouge. À l'intérieur, les analyses du jour classées par ordre d'intérêt. Articles de presse, notes d'analystes financiers, résumé de l'évolution du titre la veille, sans compter les réponses à ses questions ou des fiches demandées par Martha. En deux semaines, l'équipe était venue à bout de la partie la plus facile du travail : établir un portrait détaillé de la Riverside à partir de toutes les informations publiques disponibles. Activité commerciale, comptes et bilans des dix dernières années, statuts de la maison mère et des filiales, organigramme détaillé du groupe, biographies des administrateurs et des dirigeants, cartographie du réseau Meriton, évolution du capital et des cours de bourse, grands clients et dossiers de la banque d'affaires... Tout avait été désossé, scruté, recoupé et finalement regroupé dans un dossier de synthèse d'une vingtaine de pages, actualisé quotidiennement. Le portrait-robot ainsi dessiné se superposait parfaitement à la description faite par Fabio. La

Riverside regroupait en réalité deux entités qui n'avaient pas l'air de se parler beaucoup : d'abord la banque classique construite par la famille Meriton, bien sous tous rapports, gérée avec prudence, choisissant soigneusement ses clients, prenant peu de risque sinon quelques crédits à des familles fortunées ; ensuite la banque d'investissement, lancée trois ans plus tôt avec le recrutement de Paul Lancenet. Son activité ? Acheter des actifs sophistiqués en se finançant à court terme sur les marchés financiers. Un livre de 5 milliards d'euros d'après les calculs de Martha, ce n'était pas énorme en soi mais beaucoup pour la Riverside : plus de la moitié de son bilan, et il continuait à augmenter. Lancenet exploitait le catalogue des innovations financières apparues au début des années 2000, et notamment la titrisation des crédits immobiliers américains. Les communiqués de la Riverside à ce sujet étaient rassurants mais obscurs, et l'on ne pouvait se contenter ici des données officielles. Il fallait accéder à des sources internes ou privées, bien plus difficiles à trouver, mais cela, c'était la spécialité de Yurdine.

« Au programme de ce matin, pêche aux anciens. »
Martha venait de commencer son briefing matinal. La moyenne d'âge des trois juristes et des cinq analystes financiers qui constituaient toute l'équipe ne dépassait pas 30 ans. On piochait dans les corbeilles de muffins et de croissants. La journée serait longue. Ravi Ruparel, le plus brillant des analystes, avait levé un sourcil interrogateur derrière ses petites lunettes sans monture.

« Vous devez retrouver d'anciens employés de la Riverside. Des collaborateurs dont ils se sont séparés, en bons ou en mauvais termes. Et les faire parler de leurs années Meriton. »

Ravi eut un temps d'hésitation.

« Et comment s'y prend-on pour les faire parler ?

— À votre avis ? Mais on va les payer, Ravi. Pas la peine de transformer Cornhill en Guantànamo. Vous serez surpris des résultats. Certains vous livreront des informations sans contrepartie, parce qu'ils ont détesté travailler là-bas ; parce qu'on leur a manqué de respect ou qu'on les a virés. Attention : eux aussi devront être rétribués. D'autres seront plus réticents, mais vous saurez les persuader que notre seul but est d'aider une vénérable institution en difficulté. »

Une jeune femme demanda la parole.

« Mais s'ils parlent, ils prennent le risque de violer les clauses de confidentialité qu'ils ont signées ? C'est généralement le cas lorsque le départ est négocié.

— Joanna... Si j'avais besoin d'informations sur les dossiers que vous avez traités chez Clifford, ce n'est pas à vous que je les demanderais. Parce que je sais que vous ne m'en direz rien. Mais tout le monde n'a pas votre rigueur. Oui, nos informateurs devront s'asseoir sur leurs clauses de confidentialité. Mais, après tout, ce sera leur problème.

— Si nous les payons, nous prenons un risque juridique. Il existe sûrement une qualification pénale.

— Nos gorges profondes n'iront pas s'en vanter. Et puis réfléchissez, Joanna : si, pour finir, nous ne lançons pas d'offre, qui ira fouiller dans nos poubelles ? En revanche, si nous décidons d'aller de l'avant et que nous l'emportons, ces minuscules accrocs à la confidentialité ne remettront pas en cause notre victoire. Aucun risque. »

Joanna n'avait pas l'air convaincue.

« On pourrait nous faire chanter, Martha. Menacer de révéler que nous avons rétribué nos interlocuteurs pour les pousser à violer leurs engagements. Dans une bataille boursière, tous les arguments sont bons. »

Le regard de Martha se durcit.

« On ne fait pas chanter Grigori Yurdine, croyez-moi. Et si c'est une bataille qui s'annonce, alors il faut la préparer. »

Ravi s'était chargé des organigrammes de la Riverside, année après année, en traquant les mouvements, les changements de postes, les réorganisations, les disparitions. Joanna passait des coups de fil pour vérifier ses hypothèses. Avec une histoire toute prête au cas où leur interlocuteur serait toujours dans l'entreprise. Ravi avait décrété qu'il valait mieux que ce soit Joanna qui appelle, on répondait plus facilement aux femmes selon lui. « Parle pour toi », lui avait-elle rétorqué, cependant elle avait obtempéré. Assis à côté d'elle, le jeune homme ne ratait pas un mot, penché sur le haut-parleur et griffonnant pendant la conversation de petites notes illisibles qu'il lui passait nerveusement. Après des dizaines d'appels, ils avaient retrouvé la trace de cinq cibles potentielles. Ravi, envoyé en éclaireur auprès de la plus intéressante, un ancien adjoint au contrôle de gestion de la banque, était revenu dépité.

« Ils ont bien fait de le virer, Martha, ce gars-là est nul. Et son job sans aucun intérêt : il ne s'occupait que de l'analyse des coûts de la banque privée, rien de stratégique. »

Et puis Ravi avait découvert Nicola Moretti, dont il avait déposé théâtralement la photo sur le bureau de Martha : des lunettes cerclées d'écaille, un crâne largement dégarni. Martha avait levé les yeux :

« Qui est ce type ?

— Notre sauveur, Martha. L'homme qui détient probablement tous les secrets de la Riverside.

— Ravi...

— Bon, d'accord. Nicola Moretti, 62 ans. A quitté la Riverside en 2007, après quarante-cinq ans de bons et loyaux services. Gentiment poussé vers la sortie parce qu'il cassait les pieds à Lancenet, qui est vraiment devenu la star de la banque.

— C'était un contrôleur ?

— On ne peut rien te cacher. Le directeur adjoint des risques. Il a d'ailleurs la tête de l'emploi : admire son air sinistre !

— Ravi, épargne-moi tes commentaires.

— OK. Moretti était censé veiller au grain, alerter la direction générale si les types du business y allaient un peu fort. Un Suisse de Lugano. À 17 ans, il commence par la petite porte, un stage au guichet d'une banque suisse du coin, celle des Bareletti, la Banque du Lac. Puis il grimpe les échelons. Quand les Meriton rachètent la banque, en 1991, il est devenu banquier privé. Là, deux hypothèses : soit il n'est pas très doué comme banquier privé, soit il veut changer d'orientation, toujours est-il qu'il est muté à l'audit interne. Il y reste cinq ans, le temps de devenir responsable des risques pour la Suisse. Au début des années 2000, il est nommé directeur adjoint du département, c'est-à-dire le bras droit du responsable de la conformité et du juridique. Il s'installe alors à Londres et épouse une Anglaise en secondes noces. »

Martha contemplait la photo de Moretti.

« Bon, il ne reste plus qu'à confirmer. Tu l'appelles et tu lui expliques que nous recherchons un nouvel administrateur pour Swire Bank. Quelqu'un qui connaisse bien la banque privée sous l'angle des risques. Il a été repéré par notre cabinet de chasseurs de têtes et son profil expérimenté nous intéresse beaucoup. N'improvise pas, Ravi. Tu écris un script et tu me le montres avant de lui téléphoner. Moi, je contacte Russel Reynolds et je demande à Peyton de confirmer que nous l'avons mandaté pour un poste d'administrateur. Il me doit bien ça. Au cas où...

— Je sens qu'on va le ferrer, le petit Suisse. Martha, je te prépare un hameçon de premier choix. »

Moretti mordit si bien à l'hameçon que, quelques jours plus tard, il franchissait les portes de Perama.

« En tant qu'actionnaire unique de Swire Bank, nous portons une attention particulière au suivi des risques. » Cette phrase du script devait prévenir les questions de l'impétrant sur le choix du lieu. Martha était allée accueillir Moretti au rez-de-chaussée et l'avait trouvé devant la grande toile aux couleurs vives qui couvrait tout un pan de mur. Un portrait de femme vue de profil, dont le chapeau orange cachait les yeux. La main tendue de Martha l'arracha à sa contemplation.

« Bonjour, cher Monsieur. Je suis Martha Ardiessen, en charge du bureau de Londres de Perama. Je suis heureuse de vous rencontrer. Merci d'avoir accepté ce rendez-vous au pied levé, qui plus est un vendredi après-midi.

— Je suis assez libre de mon temps depuis que j'ai quitté la Riverside. »

Martha désigna la toile.

« Vous aimez ?

— Je la trouve un peu... comment dire ? Un peu étrange, oui, c'est cela. Surtout dans une entreprise. Mais je crois que j'aime bien.

— Alex Katz est l'un des artistes préférés de Grigori Yurdine, le président-fondateur de notre groupe. Toutes les œuvres que vous verrez dans ces bureaux ont été choisies par lui et font partie de sa collection personnelle. C'est un portrait de la femme du peintre, Ada. »

Martha désigna le grand escalier.

« Vous me suivez ? Je vous propose de prendre l'escalier, nous nous arrêtons au premier. »

Ils s'installèrent dans une salle de réunion dépouillée, à l'image de tout l'immeuble. Martha invita tout d'abord Moretti à décrire le plus précisément possible son parcours, ne l'interrompant que par de courtes questions.

« Pourquoi avez-vous quitté votre job de banquier privé ?

— Je ne vais pas vous raconter d'histoires. À l'époque, beaucoup de nos clients choisissaient Lugano pour le secret bancaire. La Suisse ne s'intéressait guère à l'origine des fonds et beaucoup d'argent nous était confié pour échapper aux regards. Celui d'une épouse trop curieuse, ou d'un partenaire en affaires qui n'a pas besoin de tout savoir… Et surtout, bien sûr, celui du fisc. Dans ces conditions, nos clients se contrefichaient de nos conseils de gestion. Ils gagnaient beaucoup sans rien déclarer, un déjeuner par an avec leur banquier suffisait à leur bonheur. Et encore, ils attendaient le dessert pour s'inquiéter vaguement de la performance de leur portefeuille. Pas très excitant.

— Vous avez dit : "à l'époque". Mais il me semble que le secret bancaire est toujours en vigueur.

— Plus pour longtemps, Madame. À mon avis, il appartient déjà au passé. La Suisse refuse d'ouvrir les yeux, mais le monde entier ne jure plus que par la transparence. Vous avez entendu parler de Bradley Birkenfeld ?

— Bien sûr. Ex-banquier d'UBS, arrêté aux États-Unis à sa descente d'avion. Une opération assez spectaculaire.

— Eh bien, il y aura un énorme scandale. Ce type chassait les clients aux États-Unis et leur faisait miroiter l'absence d'impôts en Suisse. Aujourd'hui il coopère avec la justice et UBS risque une amende de plusieurs centaines de millions de dollars. Il est vrai qu'ils n'avaient pas ménagé leurs efforts : la fraude porte sur des dizaines de milliards. Les États-Unis sont vraiment décidés à en finir avec ce système. Vous devez absolument en tenir compte pour l'avenir de Swire Bank.

— Nous n'avons pas d'activité en Suisse, Monsieur Moretti, et nous n'avons aucun projet de ce genre. Swire Bank est une banque exclusivement britannique et a vocation à le rester. »

Martha s'interrompit un instant.

« Au fond, vous n'aimiez pas votre travail de banquier privé.

— Cela ne me convenait pas. Je ressentais comme une gêne, l'impression d'être un imposteur. Vous comprenez ? C'est pourquoi je suis passé du côté de l'audit, puis des risques. Je ne sais pas si j'y ai excellé, mais j'étais bien meilleur que comme banquier privé. »

Martha laissa Moretti, qui s'animait peu à peu, raconter ses campagnes de contrôleur. Son amour pour ce travail scrupuleux était manifeste, tout comme son attachement à la banque et à la famille qui la dirigeait.

« Dans ces conditions, pourquoi être parti ? »

Martha avait posé la question très doucement.

« Parce qu'on me l'a demandé. Je n'avais commis aucune faute, non. Mais je devenais encombrant. Cela arrive parfois aux directeurs des risques. Notre rôle est un peu ingrat. C'est à nous d'annoncer les mauvaises nouvelles. Et quand tout a l'air d'aller bien, on ne vous croit pas.

— La vieille histoire du messager.

— Si vous voulez. J'étais inquiet des positions prises par la banque d'investissement sur le compte propre de la Riverside. Elles rapportaient beaucoup d'argent, mais il me semblait qu'on allait trop loin. J'avais beau être en permanence sur le dos de Paul Lancenet, en charge des investissements, il maniait le flou comme personne. J'ai alors alerté la direction générale, en demandant un audit détaillé sur cette activité.

— À quel moment ?

— Fin 2006. Dominic Frost, le directeur général, a approuvé ma démarche et m'a demandé un peu de temps pour agir. Quelques semaines plus tard, on m'a expliqué que les fonctions de contrôle étaient réorganisées : création d'un département spécialisé dans les risques de marché, confié à un nouveau venu, et nomination de mon adjoint à mon poste. Henry, le fils de Lord Meriton, qui dirige la banque privée, s'est chargé de m'annoncer ma mise à l'écart. Je pouvais rester à ses côtés comme conseiller, parce que la Riverside, m'a-t-il expliqué, avait besoin de mon expérience. J'ai préféré négocier mon départ. Franchement, je ne me voyais pas jouer les utilités. Ils ont été généreux et j'ai reçu une importante indemnité.

— Je suis sûre que tout s'est passé très courtoisement. Sans éclat de voix. Vous gêniez, vous avez été écarté. On peut résumer ce qui s'est passé comme ça, enfin je crois. »

Moretti avait détourné la tête et regardait par la fenêtre.

« Vous ne leur en voulez pas ?

— Cela dépend. Pas à la famille, enfin pas trop. Ce sont des gens dignes d'estime, qui ont perdu pied devant Lancenet. C'est à lui que j'en veux vraiment, ainsi qu'à la petite clique qui, en prenant son parti, a de fait pris le pouvoir. Lancenet a beaucoup d'influence auprès de James, le père d'Henry. Beaucoup trop à mon avis. »

Martha s'était levée pour faire quelques pas, les mains dans les poches de son pantalon. Une manie empruntée à Yurdine.

« Que pensez-vous de la situation de la banque aujourd'hui ?

— Que j'avais raison d'être inquiet. J'ai regardé les résultats publiés en mars : le bilan a encore grossi, mais la banque d'investissement a l'air d'être un peu moins rentable. Ils ont passé des provisions, pas grand-chose, mais c'est un signe. Ils ne publient pas de résultats au trimestre, seulement un chiffre d'affaires. Attention aux résultats de septembre. Le marché a raison d'avoir peur. Quels sinistres présages pour les Meriton ! »

Nicola Moretti semblait perdu dans ses pensées. Il secoua la tête.

« J'ai beaucoup trop parlé. Que vous importe la Riverside. À votre tour maintenant. Comment puis-je vous aider pour Swire Bank ? »

Martha réfléchissait à toute allure. Il ne servait à rien de mener Moretti en bateau.

« Ce n'est pas Swire Bank qui est l'objet de ce rendez-vous.

— Je ne comprends pas.

— Ce poste d'administrateur était un prétexte. Le conseil est au complet. En réalité, je voulais vous parler d'autre chose. »

Moretti perdait pied.

« Mais… de quoi exactement ? Vraiment je ne vous suis pas. Vous ne m'avez pas fait venir pour le seul plaisir d'évoquer ma carrière !

— Je comprends votre agacement, Monsieur Moretti. Mais accordez-moi encore quelques minutes. S'il vous plaît. »

Moretti avait posé sa mallette sur la table.

« Je vous écoute.

— La vérité, c'est que Perama s'intéresse à la Riverside. Comme vous, nous estimons qu'elle va mal, comme vous nous pensons que les résultats dissimulent la gravité de la situation. Après avoir travaillé sur les données publiques, et sur des éléments plus confidentiels, nous avons acquis la certitude qu'elle court au désastre.

— D'accord : votre patron espère faire une bonne affaire aux dépens des Meriton.

— Évincer la famille n'aurait aucun intérêt pour lui. Il a la détermination et l'argent, il lui manque la réputation nécessaire au contrôle d'une banque comme la Riverside. Il a donc impérativement besoin d'eux.

— Mais je viens de vous expliquer que je n'avais plus rien à voir avec la Riverside. Je l'ai quittée il y a un an.

— Vous pouvez nous aider à affiner notre projet.

— De quelle façon ?

— Comme vous venez de le faire. Tout simplement en nous parlant de la Riverside.

— Vous voulez dire en vous livrant des informations confidentielles ? Vous imaginez bien que l'indemnité que j'ai reçue avait une contrepartie : j'ai pris des engagements. Vos méthodes sont déplacées.

— En aucun cas nous ne vous réclamerons de telles informations, cela va de soi. Simplement du contexte, sur la banque, ses dirigeants, son organisation, les relations entre les uns et les autres. Vous occupiez un poste d'observation, et seules vos observations nous intéressent. Nous n'avons pris à ce jour aucune décision, mais nul doute que votre témoignage peut faire pencher la balance dans un sens ou dans l'autre.

— Je vous répète que je refuse de trahir les Meriton.

— Je vous donne au contraire l'occasion de les aider. Acceptez au moins de rencontrer Grigori Yurdine. Vous pourrez vous décider en toute connaissance de cause.

— Ce n'est pas si simple... J'ai servi loyalement la famille pendant presque vingt ans.

— Et au bout de vingt ans, on vous a jeté dehors parce que vous faisiez votre métier. Oh, avec beaucoup d'égards, n'est-ce pas ? Enfin, si vous appelez égards le fait de vous verser une somme d'argent importante, mais qui ne représente rien pour eux. Ils vous ont viré, Monsieur Moretti, parce qu'ils ont préféré faire affaire avec Lancenet. La minute d'après, ils vous avaient oublié. Vous, vous n'avez pas déjà oublié les gens avec qui vous avez travaillé pendant toutes ces années. Je me trompe ? Notre démarche n'est pas hostile, Nicola. Nous ne vous demandons rien d'illégal, et surtout pas, je le répète, d'enfreindre vos engagements contractuels. Prenez au moins le temps de la réflexion.»

Moretti resta silencieux un instant.

«Je ne sais pas trop. C'est un peu difficile pour moi, je n'ai jamais fait quelque chose comme ça…

— Nicola, les circonstances sont extraordinaires. Grigori Yurdine pense que nous allons au-devant d'une crise sans précédent. La Riverside va être très secouée. Son avenir est peut-être entre vos mains. Mais quelle que soit votre décision, reparlons de Swire Bank. Les hommes de votre qualité ne sont pas très nombreux.»

Une semaine plus tard, Nicola Moretti rappelait Martha pour lui faire part de son accord sur ce qu'il avait appelé sa participation au projet. Yurdine voulait être présent pour la première journée du débriefing, au moins en partie.

«Nous travaillerons dans la bibliothèque. Retrouvons-nous à 9 h 30.»

La vaste bibliothèque, située au dernier étage, donnait sur Cornhill par deux larges baies vitrées. Les étagères remplies de livres en faisaient un endroit chaleureux. Une toile aux teintes chaudes, qui représentait un méandre de la rivière Connecticut, ornait l'un des murs, au-dessus d'un petit meuble qui servait de bar. Quand Yurdine franchit la porte, Joanna était assise sur un grand canapé à côté de Moretti, et Martha et Ravi dans les fauteuils entourant la table de travail. Tous se levèrent à son entrée, Moretti les imitant avec un léger retard.

Yurdine serra la main du banquier.

« Asseyez-vous, cher Monsieur, je vous en prie. Je vous suis très reconnaissant d'avoir accepté de nous aider. Nous déjeunerons avec Martha dans mon bureau. Je laisse les sandwichs à nos jeunes gens. »

Grigori s'installa dans le fauteuil resté vide, juste en face de l'ancien banquier.

« Monsieur Moretti, je veux tout savoir de ce que vous savez. Qui fait quoi dans la banque, et comment. Le rôle de chacun. Tous les produits de la banque d'investissement. Tous les chiffres. N'omettez aucun détail, Nicola – je peux vous appeler Nicola ? Y compris les détails personnels. Je ne fais pas confiance au hasard. Le hasard est un mauvais guide. Martha et son équipe passeront avec vous le temps qu'il faudra. Ils sont mes tueurs de hasard : grâce à vous, nous allons reconstituer la Riverside de l'intérieur. Encore un mot avant de céder la parole à Martha. Je ne sais pas si nous ferons une offre, mais je suis convaincu du potentiel de cette banque. La période est troublée, beaucoup de ceux qui seraient des acheteurs naturels vont hésiter. Dans tous les cas, comme Martha vous l'a expliqué, j'aurai besoin des Meriton. Je suis riche, mais depuis peu, et je suis russe. À Londres, ce sont des circonstances aggravantes. Je ne ferai rien en tout cas qui puisse leur nuire, bien au contraire. Martha, c'est à vous. »

Le débriefing avait duré deux jours et demi. Moretti s'était peu à peu détendu au contact de l'équipe. Martha menait la danse, passant d'un thème à l'autre, veillant à ce que chaque question de sa longue liste soit traitée. Le deuxième jour, Ravi se livra à son numéro de surdoué, servi par son extraordinaire mémoire des chiffres. Moretti se prêtait au jeu : « Monsieur Ruparel va certainement nous rappeler le produit net bancaire de Riverside en 2007 ? »

Ravi ferma un instant les yeux.

« Je suis à votre service, cher Nicola : 2,4 milliards de livres, en progression de 13,2 % sur l'année précédente. Le meilleur cru à ce jour, 2008 sera bouchonné, trop de subprimes. »

Joanna et Ravi actualisaient la liste des questions au fil des réponses. Le directeur des risques était à l'évidence dépourvu d'imagination, mais méticuleux et attentif. Confronté aux montages inédits de Lancenet, il avait refusé de s'avouer dépassé et décidé de tout savoir des produits dérivés. C'est pourquoi son expertise était si complète. Avec Ravi, il décortiqua les notes en bas de page des états financiers publiés par Riverside. C'était dans leurs minuscules caractères qu'était dissimulée selon lui l'origine des difficultés à venir. Ravi était aux anges.

« J'ai de plus en plus d'estime pour ce Lancenet, il fait n'importe quoi, mais avec une certaine grâce. C'est un Houdini des précipices. »

Ils s'étaient quittés les meilleurs amis du monde. Moretti avait accepté le chèque de 150 000 livres que lui avait remis Martha, deux fois la somme initialement promise, et le whisky d'adieu proposé par Ravi. Tous avaient trinqué au succès de Perama.

« Permettez-moi, Madame Ardiessen. À Grigori Yurdine et à son équipe, si talentueuse, en souhaitant qu'il soit un jour le premier actionnaire de la Riverside. »

Londres, The Connaught, mardi 5 août 2008

Grand et massif, un visage rond comme une boule de bowling semée de boursouflures de graisse, d'épais cheveux noirs et le teint bien rose, Lord Ansquith Peel Vanguard avait inspiré une antipathie immédiate à Yurdine. Il parlait très vite, d'une voix de baryton, avec un accent d'oxfordien appuyé. Après soixante et quelques années d'une vie mal remplie de distractions bruyantes et d'activités professionnelles incertaines, financées avec patience par Lord Peel père, il affichait un air de contentement fatigué et bien nourri. Mais Yurdine se devait de faire bonne figure, car Peel était le président du *Riders Club*, l'autre objet de sa convoitise. Le Baron avait choisi le Connaught, où Hélène Darroze, la célèbre cheffe française, venait de poser ses fourneaux. Peel accueillit Yurdine d'un grand geste du bras pour l'inviter à s'asseoir à sa droite.

« Très cher, je suis absolument ravi de vous rencontrer. »
Il posa son verre pour serrer la main de son invité.

« Merci de me donner si généreusement de votre temps.

— Je ne peux rien refuser à Bianca di Capua. C'est une femme extraordinaire. Elle commande, j'exécute. Je suppose que vous connaissez son banquier de premier mari ? Elle a ensuite épousé Ridley, une très vieille famille ici, plus convenable que Fabio Tersi, entre nous. Question quartiers de noblesse... »

Yurdine opina en souriant. Ansquith Peel avait déjà repris.

« Ce restaurant est nouveau, il est aussi français. Tout ce que je déteste. C'est l'un de nos membres qui me l'a recommandé : Charles de Tretz. Charles va dîner avec nous. J'espère que cela ne vous ennuie pas. Mais je crois que vous vous connaissez. »

Yurdine dissimula sa contrariété.

« Je ne l'ai rencontré qu'une fois, il y a longtemps. Je suis étonné qu'il se souvienne encore de moi.

— Vous êtes trop modeste.

— Je le reverrai avec plaisir, bien sûr.

— Il vient de rejoindre le Riders. Nous boudons pourtant les Français depuis Napoléon, une rancune tenace. Charles est même au conseil. Vous savez qu'il est devenu très influent à Londres. DexLife, ce n'est pas rien. Ah, le voilà... »

Tretz s'arrêtait à chaque table pour saluer les convives ou leur glisser un mot aimable. Il n'avait pas changé depuis Moscou. Toujours le même air de gendre idéal, aussi svelte et souriant que quinze ans plus tôt, la peau lisse et sans rides, la chevelure bien drue et soigneusement peignée.

« Charles ! Quel bonheur de vous voir ! »

Tretz se fendit de son plus large sourire.

« Lord Peel, pour moi c'est d'abord un honneur... et un plaisir.

— Vous connaissez bien sûr notre ami Yurdine. Mikhaïl, c'est bien cela ? »

Le Russe regardait Tretz dans les yeux, en se demandant s'il se souvenait du Metropol.

« Grigori, m'autorisez-vous à raconter toute l'histoire à Percival ? Nous nous sommes rencontrés à Moscou, en 1992 je crois. Une période extraordinaire, dont je garde un vif souvenir. J'étais un petit fonctionnaire international qui aidait à mettre sur pied le programme de privatisations. Des temps agités, mais tout était possible. Notre hôte n'était pas encore le puissant président-fondateur de Perama. Je suis extraordinairement impressionné par votre parcours, Grigori. Un sans-faute, et rapidement exécuté qui plus est. »

Yurdine broya la main tendue. Et le chagrin de Lena, tout ce que tu avais fait croire à ma petite sœur, et la façon dont tu l'as laissé tomber, tu ne le racontes pas ?

« Vous avez une mémoire extraordinaire, Charles. Je suis comme vous, je n'oublie jamais rien. »

Le ton de Yurdine était glacial. Ansquith Peel se demanda si ce dîner à trois était une bonne idée. Mais il comptait sur Tretz pour faire le sale boulot à sa place, sans rechigner. Il fit signe au maître d'hôtel.

« Débarrassons-nous de la commande. Et pas de desserts, d'accord ? Lady Peel est repartie en croisade contre les kilos en trop. »

On attendit le café et les liqueurs – Lord Peel adorait l'armagnac – pour aborder enfin le sujet du jour. Jusque-là, la conversation avait rebondi de la chasse au duo formé par Poutine et Medvedev, qui avaient échangé leurs postes, et, bien sûr, à la crise financière. L'interdiction de la chasse au renard, sa véritable passion, était pour Percival la seule erreur de Tony Blair, qu'il considérait pour le reste comme un faux travailliste et un vrai tory. De son côté, Yurdine avait affiché un soutien sans faille au nouveau Premier ministre russe, au risque de paraître obtus. Il s'accorda ensuite avec Tretz pour juger que la crise ouvrait des opportunités, avant que ce dernier ne vante les mérites de sa dernière campagne de Russie, l'acquisition d'une participation de contrôle dans un réseau d'assurance dommages.

« Je veux réveiller DexLife, qui dort depuis trop longtemps. Nous avons accumulé un trésor de guerre, c'est le moment de l'utiliser. Pourquoi ne pas travailler ensemble, Grigori ? Je suis certain que nous pouvons faire encore mieux en Russie.

— Pourquoi pas, Charles. Les partenaires aussi fiables sont trop rares. »

Ce fut Tretz qui lança les hostilités.

« Nous sommes très flattés de votre intérêt pour le Riders, Grigori. Sincèrement flattés. Votre réussite est unanimement reconnue et vous êtes devenu un des grands philanthropes londoniens. »

Grigori s'attendait à ce qui allait suivre. Il ne perdait rien à accélérer le mouvement.

« Dois-je en conclure que vous êtes prêts à m'accueillir ? »

Tretz poussa un soupir.

« Si seulement c'était aussi simple. Grigori, l'unanimité du conseil est nécessaire. Vous avez mon soutien, bien entendu. »

Ansquith Peel sourit en levant son verre d'armagnac.

« Et le mien !

— Avec de tels parrains, je ne vois pas ce qui pourrait poser problème…

— Le conseil compte trente-trois autres membres. Et il suffit d'une boule noire. Je parle sous le contrôle de Percival.

— Tu sais bien que je ne contrôle pas grand-chose. Un président impotent, voilà ce que je suis… mais je t'écoute. »

Tretz prit un ton amical et protecteur.

« Grigori, je crois que le conseil n'est pas mûr. Vous n'êtes parmi nous que depuis trop peu de temps. Or Londres ne se livre pas facilement. Je sais de quoi je parle, il m'a fallu des années. Ne brûlez pas les étapes. »

Lord Peel renchérit.

« Reparlons-nous dans un an ou deux, Grigori. Je ne doute pas que vous serez élu par acclamation. »

Yurdine insista pour le seul plaisir de jouer jusqu'au bout le philistin.

«Je suis prêt à prendre le risque dès maintenant.

— Ce serait une erreur, Grigori. Nous sommes en Angleterre, vous ne réussirez pas à la hussarde. Faites-nous confiance, attendez, suivez les règles pour une fois. Cela vaut mieux. Après un échec, vous seriez blacklisté pour longtemps.»

Grigori répliqua froidement.

«Je vous l'ai dit, je vous fais une confiance absolue, Charles. Vous le savez bien.»

Il se tourna vers Ansquith Peel.

«Sir Percival, je m'en remets à votre jugement. Nous en reparlerons donc une autre fois. En attendant, je prendrais bien un verre d'armagnac, moi aussi. Vous m'accompagnez pour un deuxième tour?»

Yurdine mit un point d'honneur à ne lâcher Peel et Tretz qu'après leur avoir fait goûter à un échantillon représentatif de la collection des deux cent cinquante armagnacs du restaurant. Il observait les deux hommes lutter contre la fatigue sans oser l'interrompre. Une toute petite vengeance, qui ne lui procura qu'une satisfaction médiocre, certainement pas à la mesure de son ressentiment.

Tersi l'appela sur le chemin du retour.

«Fabio, que puis-je pour toi?

— Grisha, je sais qu'il est tard, mais j'ai promis de te tenir au courant.

— Vas-y.

— Tretz a l'air très accroché à la Riverside. Je l'ai vu en Corse cet été, dans sa maison de Sperone. Nous nous sommes à nouveau parlé ce matin. Il a constitué une petite équipe chargée de ce qu'il appelle les opérations spéciales. De mon côté, je travaille directement pour Emma Bareletti, sans intermédiaire. Le dossier est simple : Riverside est cotée, l'information est publique, aucune diligence particulière n'est nécessaire. Il suffit de se mettre d'accord sur le prix.

— Tu as une idée de la suite ?

— Pas vraiment. Je sais seulement que Charles et Emma sont convenus de se voir début septembre en Italie. Je sens que je vais faire ce deal, Grisha. Pas le deal du siècle, du vite fait bien fait, mais Tretz me sera reconnaissant de lui en avoir parlé le premier. Si je me débrouille bien, je peux m'en faire un client.

— Tu es vraiment le meilleur, Fabio. Merci en tout cas pour le coup de fil. À très vite, mon ami.

Londres, Hyde Park, mercredi 6 août 2008

Grigori inspira profondément. Sa course matinale d'une dizaine de kilomètres lui avait fait du bien. Une manière d'évacuer la frustration du dîner et les brumes persistantes des armagnacs du Connaught. Il ajusta ses écouteurs en composant le numéro de Lena.

Sa sœur décrocha immédiatement, la voix vibrante d'excitation.

« Grisha, c'est incroyable que tu m'appelles maintenant. C'est de la télépathie. Tu ne devineras jamais ce qui m'arrive !

— Je suis tout ouïe...

— Toi d'abord. Comme dit *Mama*, quand Grisha téléphone, c'est important. »

Grigori ne répondit pas tout de suite.

— Pardon, Grisha, j'ai dit cela sans y penser. *Mama* était si contente quand tu l'appelais. Cela fait juste quelques semaines qu'elle nous a quittés et je n'arrive pas à m'habituer à l'idée qu'elle est morte. Vas-y, et je te dirai ce qui m'arrive après.

— J'ai vu un revenant.

— Mais encore ?

— Charles de Tretz.

— Mon Dieu, cela fait si longtemps. J'ai lu dans le journal qu'il avait réussi à grimper tous les échelons de sa fameuse compagnie d'assurances. Cela doit le ravir. Il y avait aussi des photos où il posait avec sa femme à une réception. Quelle idiote j'étais ! Un vrai salaud. Tu sais que mon psychanalyste pense qu'il est en partie responsable de l'échec de mon mariage avec Ivan ?

— Pardon ? »

Lena éclata de rire.

« Je vais t'épargner les détails de ma thérapie. Je ne suis pas sûre que ce genre d'approche t'intéresse tellement. Ivan est comme toi. Il considère que c'est inutile de se triturer les méninges. Nuisible, dit-il. Enfin, surtout depuis que je lui ai annoncé que je le quittais.

— Lena !

— Oui. Je lui en ai parlé la semaine dernière. Je ne le supporte plus.

— Mais tu as pensé à ta fille ? Marina n'a que 12 ans…

— Ce n'est pas Marina que je quitte. Mais mon mari. Et puis, franchement, es-tu le mieux placé pour donner des leçons de félicité matrimoniale ?

— C'est cela, la grande nouvelle que tu voulais m'annoncer ?

— Non. C'est bien plus joyeux ! Je suis à Saint-Pétersbourg et je sors de chez mon éditrice de Limbus Press. Elle a adoré *La Promesse*. Elle pense qu'il y a très peu de chose à reprendre et que le texte a le potentiel d'un grand livre. Tu te rends compte ! Ta sœur va publier son premier roman. Nous sommes trop justes pour le salon de Moscou en septembre. Mais pour la foire internationale du livre de Saint-Pétersbourg, en avril prochain, on peut vraiment figurer en bonne place !

— Bravo, je suis fier de toi. Tu ne m'as jamais dit de quoi il était question.

— Comme si tu t'intéressais à la littérature, Grisha. J'en parlais parfois avec *Mama*. Elle aimait que je le lui raconte. Je t'enverrai mon texte avec plaisir. Il faudra juste que tu te montres indulgent envers ta petite sœur. Et puis, je ne sais pas si cela te plaira car tu me trouveras sans doute trop critique sur l'état du pays.

— Eh bien, j'ai hâte de le lire ! Il faut que je file, Lena. Une chance de te revoir à Londres dans les prochaines semaines ?

— Peut-être pourrais-je y passer quelques jours avec Marina. Cela nous changerait les idées pendant les vacances. Elle sent que cela ne va pas fort entre son père et moi. Je te le confirme. Je t'embrasse, Grisha. Prends soin de toi. »

III.

Cernobbio, hôtel Villa d'Este, samedi 6 septembre 2008

« Les nouvelles sont mauvaises d'où qu'elles viennent... »
Tretz chantonnait en descendant le grand escalier de marbre de la Villa d'Este. Il adorait cet hôtel au bord du lac de Côme. Le monde allait très mal, mais lui se sentait merveilleusement bien. Arrivé la veille, tard dans la nuit, avec le jet de DexLife, il avait retrouvé sa suite habituelle, à l'angle du deuxième étage, et son balcon qui donnait sur la rive. Au petit matin, Charles avait assisté au lever du soleil. L'eau était comme l'argent et le ciel honnête et rose.

Quoi qu'il arrive, il passait le premier week-end de septembre au forum Ambrosetti. Depuis 1975, cet autre Davos réunissait chefs d'État, grands patrons, responsables d'institutions internationales, économistes, scientifiques. Mais un Davos plus intime, où la neige et le ballet des hélicoptères auraient cédé la place à la douceur des grands lacs au début de l'automne, aux parfums de jasmin et au luxe discret de la Villa d'Este.

Tretz traversa le lobby, déjà très animé alors qu'il était à peine 9 heures. Il voulait prendre un espresso en terrasse avant de retrouver Emma Bareletti.

« Charles de Tretz ? »

Le cordon jaune autour du cou distinguait les journalistes. Près de quatre cents d'entre eux couvraient l'événement, dont ce barbu en costume clair. Tretz s'arrêta net. Il n'était pas mécontent d'être reconnu.

« Adrian Michaels, correspondant du *Financial Times*. Je viendrai vous écouter cet après-midi, mais je me demandais si vous accepteriez une interview après votre intervention ? Nous sommes installés dans les jardins, c'est très agréable. Dix minutes, pas plus, sur la situation économique et les marchés.

— Malheureusement je ne serai pas disponible. Ni à 16 heures, Adrian, ni plus tard. Pas pour une interview en tout cas. Mais nous pourrions prendre un verre et refaire le monde, en "off" bien sûr.

— Avec plaisir.

— 17 h 30 au Canova ? »

Tretz salua Michaels d'un petit geste de la main et poursuivit son chemin. L'année précédente, alors qu'il n'était encore que directeur financier de DexLife, il aurait parcouru en quelques minutes le court trajet qui le séparait de sa table préférée, à l'ombre apaisante d'un marronnier, près des poteaux d'amarrage aux spirales rouges et bleues. Cette année, il lui fallut une bonne demi-heure pour répondre aux sollicitations des curieux, comme l'un de ses homologues italiens au patronyme interminable, président du conseil d'une grande compagnie d'assurances, qui l'avait toujours élégamment ignoré. Puis il passa quelques minutes avec Enrico Letta. Cet habitué des lieux, ancien collaborateur de Romano Prodi et étoile du parti démocrate, avait été à 32 ans le plus jeune ministre de l'histoire italienne. Letta, qui parlait un français parfait, attrapa son bras pour le présenter à un ponte de la Banque centrale européenne, entouré de quelques détracteurs.

« Vous allez devoir baisser les taux, et plus vite que vous ne le croyez. »

Charles, un brin solennel, renchérit sur le président d'une major britannique du pétrole.

« La Banque centrale a fait une erreur historique en les remontant en juillet dernier. Quand Nicolas fait pression sur Jean-Claude, il est parfaitement dans son rôle. La situation est trop dangereuse. »

Les prénoms utilisés pour désigner Sarkozy et Trichet avaient impressionné. Tretz quitta le petit groupe, satisfait de son effet.

Le dirigeant de DexLife s'ennuyait. Ces raseurs allaient lui faire perdre sa bonne humeur. Un quart d'heure déjà, alors que la réunion aurait pu être expédiée en cinq minutes. Il s'agissait de préparer la table ronde de l'après-midi. « La crise est-elle derrière nous ? » : Tretz devait répondre à cette question aux côtés de José-Manuel Barroso, président de la Commission européenne, et de Giulio Tremonti, ministre des Finances de Berlusconi.

Des invités prestigieux représentés ce matin par des membres de leurs cabinets, un jeune technocrate allemand et un vieux fonctionnaire italien, tous deux chauves et portant les mêmes lunettes rectangulaires. Tretz, qui n'écoutait que d'une oreille, avait déroulé son pitch en quelques phrases : la crise financière n'était évidemment pas terminée, le système était loin d'être stabilisé et une crise économique suivrait, il fallait s'y préparer.

« Vous êtes trop pessimiste, Monsieur de Tretz. Les prix du pétrole baissent, le dollar monte, l'économie américaine se reprend un peu. Nous avons bon espoir que les choses s'améliorent. »

L'Italien vantait la solidité de son secteur bancaire pendant que l'Allemand décrivait l'approche « résolument volontariste » de la Commission européenne. Sa voix déraillait dans les aigus quand il avait l'impression de dire quelque chose d'important.

Charles s'agaça. Si ce jeune prétentieux savait ce qu'il se passait en ce moment même à New York... Ce week-end, le secrétaire américain au Trésor, Henry Paulson, devait mettre la dernière main aux nationalisations des deux agences de prêts hypothécaires qui contrôlaient la moitié des crédits immobiliers dans le pays. Un sauvetage à 200 milliards de dollars pour Fannie Mae et Freddie Mac, comme les appelaient familièrement les Américains. Tretz tenait l'information de Tom Grayson, un ancien de la Banque mondiale avec qui il était resté en contact depuis ses années à Washington. Tom avait fait du chemin et il était devenu le *Chief Operating Officer* de Goldman, le numéro deux de la banque en quelque sorte. Tretz l'appelait presque tous les jours pour prendre la température de Wall Street. Tout se jouait là-bas. Ils s'étaient parlé vendredi soir à la fermeture des marchés. Tom avait l'air surexcité, lui qui affectait de n'être surpris par rien, et Tretz avait compris que la situation empirait à vue d'œil.

« Cela tourne bizarre ici, Charles. Tu sais que Freddie Mac est notre client ? Leur patron est venu pitcher des investisseurs chez nous. Plusieurs jours de meetings pour rien, personne ne veut y mettre un sou. Résultat des courses : le Trésor et la Réserve fédérale vont passer à l'action. C'est pour ce week-end, les administrateurs sont convoqués samedi. On leur a prodigué un bon conseil : profil bas. Vous signez en bas à droite sans protester, c'est la fin du voyage, et merci de faire une croix sur vos indemnités. »

Tretz avait réussi à l'interrompre par une question sur Lehman Brothers.

« Lehman ? Dick Fuld est comme fou, il cherche du capital, mais, comme Freddie, Lehman ne trouvera rien. Fuld n'a pas compris qu'il allait devoir vendre au rabais, il croit encore sauver sa tête avec un pigeon qui accepterait de mettre de l'argent en le laissant gérer. Merrill Lynch cherche aussi un acheteur. Le problème, c'est que le service de réanimation de la Réserve fédérale est maintenant plein à craquer, si tu vois ce que je veux dire. »

Tretz ne voyait que trop bien. Personne n'imaginait qu'un des grands noms de Wall Street puisse faire faillite, mais, à écouter Tom, plus rien n'était impossible.

Le collaborateur de Barroso continuait de pérorer. Charles l'interrompit brusquement.

« Vous parlez sans savoir. La situation est catastrophique. Je n'emploierai pas ce vocabulaire tout à l'heure mais, à vous qui exercez des fonctions officielles, je peux le dire sans fard. J'espère pour lui que votre patron ne va pas se contenter du filet d'eau tiède que vous lui avez préparé. Bon, vous n'avez plus besoin de moi. Nous nous reverrons peut-être tout à l'heure. »

Il quitta la table sous le regard interloqué des deux fonctionnaires.

Quelques minutes plus tard, il sirotait son *espresso lungo* à petites gorgées, seul sur la terrasse qui faisait face au lac. Tretz se sentait invincible. Le jeune patron d'une des plus grandes compagnies d'assurances du Royaume-Uni regorgeait de projets pour DexLife, à commencer par la Riverside. Petite banque, mais tellement prestigieuse, aux mains d'incapables arrogants. Ces Meriton l'avaient laissée aller à vau-l'eau. Trop de mariages entre cousins… Mais il faudrait se montrer vigilant. Ils avaient de vraies difficultés. Surtout ne pas surpayer. Il déroulait dans sa tête le dossier préparé par son équipe, qu'il avait lu dans l'avion. Aucun doute, il saurait convaincre Emma Bareletti.

Son portable sonna. Tretz ajusta ses oreillettes puis décrocha.

« Charles ?

— Comment va mon informateur préféré ?

— Je vais bien, mais l'ambiance à la Riverside est irrespirable...

— Fais vite, je suis entre deux réunions.

— Je n'en ai pas pour longtemps. Mais tu dois savoir que les commissaires aux comptes ne veulent pas certifier. Le vieux Lord ne le sait pas encore. Le directeur général essaie de négocier avec eux. Les auditeurs ont formulé des réserves sur la valorisation de certains actifs du compte propre. Ils veulent qu'on augmente les provisions. Tu devines les conséquences sur les résultats.

— Très bon, ça. Merci pour l'info.

— Je ne t'ai évidemment rien dit, Charles.

— Je suis la discrétion faite homme, tu me connais. À très vite. »

Il raccrocha en regardant pensivement un Riva accoster le ponton de l'hôtel, se frotta les mains avec un air de contentement, et prit la direction de la salle de réunion où il devait retrouver Emma. Au diable les raseurs ! Et à nous deux, ma belle ! Mais avant, un petit coup de fil à la communication.

« John ? La Riverside peinerait à faire certifier ses comptes. Je ne verrai aucun inconvénient à ce que l'information circule largement. Faites ce qu'il faut pour qu'elle soit mise sur le tapis dans la semaine. Mardi, idéalement. Et sans qu'on puisse remonter vers DexLife. Mais vous savez faire ça... Merci, John, à lundi. »

Emma Bareletti contemplait le portrait de Caroline de Brunswick placé dans le salon où elle attendait Charles de

Tretz en compagnie de Fabio Tersi. Avant de devenir un hôtel, la villa avait en effet appartenu un temps à l'éphémère reine d'Angleterre.

« J'ai beaucoup de souvenirs ici, tu sais, Fabio. Ce tableau a longtemps été accroché dans le grand couloir. Alberto s'en amusait. Il nous rappelait en riant que c'était la reine d'Angleterre et nous devions faire une révérence chaque fois que nous passions devant. Mon frère et moi venions ici la première semaine des vacances d'été. Mon père restait parfois pour la soirée. Nous allions dîner à la Véranda, sans notre gouvernante. Il commandait des spaghettis à l'ail et à l'huile. Dans un restaurant gastronomique… mais on ne pouvait rien lui refuser. »

Fabio semblait ému.

« Les Italiens adoraient ton père, tu sais. Ils en étaient fiers. Comme ils sont maintenant fiers de toi.

— Tu es gentil. Mais c'est toi qui m'as appris la devise du banquier d'affaires : "Il n'est pas de chaussure qui ne puisse absorber une quantité illimitée de cirage."

— Je suis sincère, Emma. Nous nous connaissons depuis trop longtemps. Tu as réussi quelque chose de formidable. »

Emma le reprit sans aménité.

« Je n'ai rien réussi du tout. Bon, que fait ton Tretz ? Il est en retard. »

Emma avait déjà fait plusieurs fois le tour du salon et examiné toutes les gravures. Ses longs cheveux blonds, son visage poupin et ses fossettes au coin des lèvres quand elle souriait lui attiraient une sympathie et une confiance immédiates. Si ses tenues recherchées claquaient la grande marque, elle les portait bien. Aujourd'hui, une robe bleu pétrole zippée sur le devant de haut en bas, et une veste de tailleur d'un bleu lavande plus clair.

Tout en elle dégageait une énergie dépourvue de narcissisme. Ses équipes redoutaient ses emportements glacés mais la respectaient sans réserve. Elle était certes moins charismatique que son père, mais aussi solide, et plus concentrée, plus persévérante. Emma s'était juré de faire mieux qu'Alberto, pas seulement de lui succéder. Elle venait d'avoir 40 ans quand l'Aston Martin Virage de son père avait percuté un arbre sur une route de Toscane. L'enquête avait conclu à un accident. Alberto avait l'habitude de rouler à tombeau ouvert et il avait suffi de quelques secondes d'inattention.

Le drame avait ému le pays tout entier. Fabio avait raison, les Italiens adoraient autant le chevalier d'industrie que le séducteur ou le sportif accompli. Devenu une icône, il célébrait les noces dorées de la métallurgie et des revues glamour. Les quotidiens économiques le désignaient comme le « stratège de l'année » quand les journaux de mode s'extasiaient sur son mépris des conventions – il affectait ainsi de porter ses montres de luxe sur ses manches de chemise. Ses obsèques furent donc un événement national.

Le testament d'Alberto tenait en quelques lignes manuscrites écrites à l'encre violette, une seule page déposée chez son notaire dans une enveloppe scellée à la cire.

« S'il devait m'arriver quelque chose, je confie à Emma le soin des entreprises familiales, à charge pour elle de garantir à ma femme Anna le maintien de son train de vie. »

Anna était sa seconde épouse et ses relations avec sa belle-fille étaient détestables. Emma avait suivi à la lettre les instructions de son père. Sa belle-mère avait pu continuer à vivre plus que confortablement et la jeune femme avait pris la tête du groupe Bareletti. Après ses études, elle avait choisi de faire ses armes à Londres, sans rien devoir à ses origines. Emma était devenue partner d'un fonds d'investissement respecté. Elle n'avait accepté de rejoindre la firme familiale qu'une fois parfaitement aguerrie. Deux ans à découvrir l'entreprise auprès d'Alberto, qui admirait sa fille et avait partagé avec elle tous ses secrets. Au vertige qui l'avait saisie après l'accident avait rapidement succédé une insatiable soif d'action. Avec une idée directrice obstinée : diversifier le patrimoine familial, beaucoup trop concentré dans la métallurgie. En sept ans, Emma avait ramené à un peu moins d'un tiers la participation de la famille dans Bareletti Industrie et avait commencé à investir le produit des cessions dans des secteurs plus porteurs.

« Penses-tu que j'ai raison de vendre ? Après tout, la Riverside est peut-être capable de traverser la crise. »

Fabio avait levé les yeux de son portable.

« Emma, je raisonne toujours en banquier d'affaires. Si tu trouves un acheteur, il faut vendre. Personne ne peut prévoir l'ampleur de cette crise. Si j'en crois New York, elle peut être énorme.

— Alberto accordait toute sa confiance à James. Moi, je trouve qu'il a perdu la main. Il est incapable de contrôler Paul Lancenet. Ce type qu'ils sont allés chercher dans ta banque, Fabio. Les conseils d'administration sont pathétiques : je suis à peu près la seule à poser des questions, James avale tout ce que lui sert son petit prodige. Riverside a gagné beaucoup d'argent depuis deux ans grâce au Français, et leur cupidité les rend aveugles. Henry est le seul à partager mes doutes, mais il n'ose pas s'opposer à son père. Quant aux autres administrateurs, ce sont des potiches qui ne savent que s'ébaubir sur les résultats en comptant leurs jetons de présence. J'en veux aux Meriton. Ils ne font pas bien leur travail. »

Précédé d'un coup discret frappé à la porte, Charles de Tretz entra sans attendre d'y être invité.

« Emma Bareletti ? Charles de Tretz. Je suis très heureux d'avoir enfin l'occasion de vous rencontrer. »

Il avait son sourire d'homme à l'aise. Emma lui tendit la main.

« Le plaisir est partagé. »

Elle se tourna vers Fabio.

« Monsieur Tersi m'assiste dans cette affaire.

— Pour être honnête, j'espérais un tête-à-tête. »

Emma sourit.

« D'homme à homme, en quelque sorte ? Fabio, je vais commencer la réunion avec monsieur de Tretz. Tu nous rejoins ensuite. »

Son métier avait développé chez Fabio des dispositions très supérieures à la moyenne pour avaler des couleuvres. Le client était roi, Emma ne voulait pas laisser penser à Tretz qu'elle craignait de l'affronter seule, il s'effaça donc de bonne grâce avec une mine faussement gourmande.

« *Ma certo !* Le coin fourmille de clients en puissance. À tout de suite. »

Emma invita Tretz à s'asseoir en face d'elle et reprit la conversation en français.

« Je vous écoute. Fabio m'a dit que vous aviez une proposition à me faire.

— Absolument. C'est très simple. Au début de l'été, il m'a fait part de votre souhait de céder votre participation dans la Riverside.

— Fabio aurait dû être plus précis : à ce stade, il ne s'agit que d'une réflexion.

— Il l'a été, ne vous inquiétez pas. C'est pourquoi nous avons beaucoup travaillé.

— J'avais compris, cher Monsieur. Je sais que DexLife est une institution sérieuse. J'attends donc un prix, un nombre de titres, un calendrier. Compte tenu de leurs relations, James Meriton et mon père n'ont jamais signé de pacte d'actionnaires, aussi incroyable que cela puisse paraître. Les titres sont libres de droit, je peux les vendre sans formalités. »

Tretz se raidit imperceptiblement. Il n'avait pas prévu de se découvrir si vite.

« Je vois, pas de formalités. Bon. DexLife vous propose 88,4 millions pour la totalité de vos titres. 5,11 % du capital, 6,17 livres par titre. La transaction aura lieu à ma main entre le 15 et le 30 septembre, avec un préavis de vingt-quatre heures. Suis-je assez précis ?»

Emma ne répondit pas immédiatement. La proposition de Tretz était supérieure aux prévisions de Fabio qui escomptait au mieux le dernier cours de bourse : l'action Riverside avait clôturé à 5,98 livres le 5 septembre, après avoir perdu plus de 30 % de sa valeur depuis le début de l'année.

Tretz perçut sa surprise et poussa son avantage.

«Ce qui représente une prime de 3,2 % par rapport au dernier cours. Pour une banque, c'est une offre qui, vu les circonstances, mérite d'être examinée sérieusement. Vous savez comme moi que la chute va continuer.

— Mais vous, vous savez comme moi que vous avez besoin de ma participation pour prendre le contrôle. J'attends donc une offre qui ressemble plus à une prime de contrôle.

— Votre bloc ne fait que 5 %. Seul, il ne suffit pas.

— Vous m'avez très bien comprise. Je pourrais parfaitement appeler James Meriton en vous quittant et lui faire part de notre rencontre. Ma discrétion a un prix.»

Tretz réprima un rictus.

«Quelle élégance…

— Monsieur de Tretz, je vous invite à laisser l'élégance en dehors de nos tractations. Seuls les intérêts de ma famille m'importent. Si James Meriton est incapable de veiller aux siens, c'est son affaire, pas la mienne. Alors, qu'avez-vous à ajouter ?»

Tretz ne prit même pas le temps de réfléchir.

« Je suis prêt à aller jusqu'à 6,4 livres. C'était le cours de fin juillet.

— Ce qui représente tout juste 7 % de prime. Je veux 15 %. »

Cette fois, Tretz prit un air concentré. 15 % de prime sur 5 % du capital, ce n'était rien. S'il prêtait foi aux informations recueillies, le cours allait continuer de chuter, et il obtiendrait le reste du capital pour un montant très inférieur. Les calculs de son équipe démontraient que, jusqu'à 20 % de prime, l'opération restait une excellente affaire. Et il avait besoin de cette position pour porter le premier coup aux Meriton. Il enchaîna d'une voix un peu plus basse, comme s'il se parlait à lui-même :

« 15 % de prime pour un bloc de 5 % ? Dans un mois à peine, il aura perdu la moitié de sa valeur. »

Emma espérait n'avoir pas lancé la balle trop loin. Elle se leva.

« Je vous laisse quelques jours pour prendre une décision, monsieur de Tretz. Après tout, je ne suis pas demandeuse. »

Tretz se leva à son tour et lui tendit la main.

« 6,7 livres. Un peu plus de 12 % de prime sur le dernier cours. Mais à une condition.

— Laquelle ?

— Pas de signature aujourd'hui. Chacun de nous s'engage à garder notre deal secret pendant une semaine. Officiellement, nous n'avons aucun accord. *Paperwork* le week-end prochain, avec les avocats et tout le toutim.

Nous signons le 15 et lançons la communication après bourse. Un dernier point : ce jour-là, je veux être le premier à informer James Meriton. »

La main de Tretz était restée suspendue dans le vide.

« Je souhaite que Fabio Tersi soit mis au courant de notre arrangement. J'ai une totale confiance en lui. »

Charles éclata de rire.

« Plus qu'en moi, manifestement ! C'est d'accord. Vous pouvez me serrer la main, maintenant ! »

Tretz quitta le salon Brunswick le sourire aux lèvres. Il composa le dernier numéro qui l'avait appelé.

« Charles... Tu as besoin de quelque chose ? Je t'ai dit tout ce que je savais tout à l'heure.

— Simplement te dire de te tenir prêt. Le compte à rebours est enclenché. Ça va secouer à partir du 15. Tu n'auras pas à regretter de m'avoir aidé, mon petit.

— OK. J'ai compris.

— Allez, je t'embrasse. »

Et il se replongea avec délice dans la tiédeur bruissante des journées Ambrosetti de la Villa d'Este.

IV.

Londres, les bords de la Tamise, lundi 8 septembre 2008

« La maladie aime la graisse. » La petite phrase tournait en boucle dans la tête de Paul Lancenet, au rythme de ses foulées indécises. Mais quand parviendrait-il à régler son souffle ? Il n'était qu'à mi-parcours et se sentait déjà fatigué, la respiration saccadée, irrégulière. Il avait lu dans un magazine pour hommes qu'il fallait inspirer par le nez et souffler par la bouche, longuement, jusqu'à contracter les muscles abdominaux. Mais il faisait tout à l'envers, inspirait par la bouche, puis soufflait aussi bruyamment que brièvement, sans rythme, comme un moteur mal réglé. Il se demandait ce qu'il fichait là, à 6 h 30 du matin, à secouer sa carcasse fatiguée sur les bords de la Tamise. Seules la lumière de l'aube, qui soulignait sur le gris des nuages les contours du Parlement et de Big Ben, et l'immense zébrure plus claire au-dessus de Whitehall Gardens le consolaient un peu de cet exercice matinal et trop brutal.

C'est à Charles qu'il devait cette maxime sanitaire. Tretz n'en était certainement pas l'auteur, il n'avait jamais rien inventé d'original. Ce type était une éponge. Il absorbait, digérait, puis restituait sous une forme séduisante.

Leurs retrouvailles avaient eu lieu au début du printemps, à Canary Wharf, au sommet de la tour DexLife, quarante-deux étages de verre et d'acier sans âme ni style. Charles s'était rappelé à son bon souvenir après plusieurs années de silence ponctuées rituellement d'une carte de vœux standardisée : « Claire, Charles de Tretz et leurs enfants vous souhaitent une excellente année. » Suivait une longue liste de prénoms, Domitille, Sixte et consorts, photo souriante à l'appui.

« *Long time no see*, Paul. Que dirais-tu d'un déjeuner chez DexLife ? La table est plus qu'acceptable depuis que le chef est français. Et, au dernier étage, la vue est exceptionnelle. »

Tretz s'était montré étonnamment chaleureux, et lui avait donné le sentiment que, pour une fois, il l'écoutait. Il devait avoir besoin de quelque chose... Mais en quoi pouvait-il être utile au grand Charles de Tretz ? Au moment d'évoquer en préambule femmes et enfants, Paul avait fait de son mieux pour dissimuler le désastre de sa vie amoureuse depuis son divorce. Puis on s'était remémoré la vie à l'École et les États-Unis, où tous deux avaient passé quelques années, pour en arriver à la crise. Comment y échapper ? Charles n'avait pas caché à Paul son inquiétude. Très pessimiste sur la situation américaine, il ne doutait pas que le pire était à venir. Les banques dissimulaient la réalité de leurs comptes, quand elles ne l'ignoraient pas, par incompétence des dirigeants. DexLife en revanche ne lui inspirait aucune crainte.

« Mon prédécesseur était d'une prudence maladive. Il attendait toujours le dernier wagon du dernier convoi pour sauter dans le train en marche. Il n'a commencé à s'intéresser aux subprimes qu'en 2006, à la traîne, comme d'habitude. Je me souviens qu'il m'avait expliqué qu'on pouvait quand même s'en mettre plein les poches. En conséquence, il avait alloué un milliard à une nouvelle équipe basée aux États-Unis. Heureusement, HSBC nous a évité de grosses bêtises. Tu te souviens de son *profit warning* sur ses crédits immobiliers aux États-Unis, au début 2007. On a donc viré les gars qu'on venait d'embaucher et tout arrêté illico. Mon patron s'est répandu dans les médias pour faire son propre panégyrique : il avait deviné d'emblée les dangers de ces innovations financières et avait su en préserver DexLife. Quel prophète ! »

En écoutant Charles, Paul triturait nerveusement son pain dont il faisait de petites boulettes qu'il alignait à côté de son assiette. Lui, en effet, n'avait pas manqué le train : il avait misé 800 millions de livres sur les produits les plus risqués du marché immobilier américain. Des produits que leurs concepteurs, des traders new-yorkais qui ne parlaient que de ce qu'ils consommaient, avaient baptisé des noms voluptueux de vignobles célèbres : Médoc, Pauillac, Côte de Nuits… Lancenet se rendit soudain compte que Charles s'était tu depuis quelques secondes.

« Paul ? Tu as l'air bien pensif. Je me demandais comment la Riverside traversait la crise. Tu diriges la banque d'investissement, tu dois être en première ligne par les temps qui courent. »

Lancenet avait repris ses esprits.

« Pas vraiment, tu sais. La banque d'investissement est loin d'être centrale, ce n'est jamais que le compte propre de la Riverside. Chez nous, les activités nobles sont la banque d'affaires et la banque privée.

— Et pourtant, l'activité qui rapporte en ce moment, c'est la tienne. Je sais que tu représentes aujourd'hui quarante pour cent des profits. Contre dix en 2005… Je crois à cette grande loi indépassable de la finance : "Là où l'on fait beaucoup de profits, on prend aussi beaucoup de risques." Vu ce que tu pèses dans le résultat, tu dois faire prendre un paquet de risques à la Riverside. Je me trompe ? »

Son invité s'en était sorti par une question.

« Je te connais. Tu ne fais rien par hasard. Riverside t'intéresse ? »

Charles avait eu un petit rire content.

« Mais c'est une très jolie banque. De très belles positions dans la banque d'affaires, une clientèle de premier ordre dans la banque privée. Une réputation exceptionnelle dans des métiers pérennes. »

Son regard se perdait sur les toits de la City.

« En revanche, pour ton activité et sur le long terme, je m'interroge. Elle demande peut-être trop de fonds propres à la Riverside. J'imagine que son avenir dépendra

de l'évolution des marchés. Je suis persuadé que si la crise s'aggrave, vous aurez besoin d'argent frais. Mais, de nous deux, c'est toi l'expert. Tu connais le détail de tes positions. Rassure-moi, ils te surveillent un peu, là-bas ? Je suppose que vous avez testé des scénarios de stress ?
— Bien sûr. »
Charles n'avait pas insisté. Il avait changé de sujet et s'était montré intarissable sur ses exploits physiques et sur la nécessité de rester en forme, quoi qu'il en coûte. « Si tu ne le fais pas pour toi, fais-le pour ceux que tu aimes. » Cela lui allait bien, à Charles, lui qui n'aimait que lui-même. « Footing quotidien et gainage une fois par semaine. » Il en avait plein la bouche, de son gainage. Paul s'était un peu vanté en retour, lui aussi s'était mis à l'exercice. Petit mensonge, bien bénin. Rien à côté de ceux dont il abreuvait la direction des risques de la Riverside. En raccompagnant Paul jusqu'à son ascenseur personnel, Charles avait insisté : « Tu me tiens au courant ? Je suis sérieux, tu sais : si ça tourne mal, reviens me voir. Je crois que je peux t'aider. »
Paul n'avait rien promis.

Les deux hommes se connaissaient depuis la classe préparatoire. Ils s'étaient retrouvés dans la même chambre au lycée Sainte-Geneviève, à Versailles, en septembre 1978. C'était bientôt la fin des années Giscard, la droite avait gagné de justesse les élections législatives en mars. Paul arrivait tout droit de la droguerie Lancenet, rue de Bretagne, à Alençon. L'internat rassurait ses parents, il pourrait se concentrer sur ses concours. Le jeune homme était intimidé par un cumul de premières fois : Paris, le grand lycée privé, le dédain des élèves pour sa mention « Très Bien » au bac. Il s'attendait à être surclassé par une classe de cracks et fut presque surpris de se ranger très vite parmi les meilleurs. Il n'en tirait aucune vanité, son esprit était adapté à ce genre d'exercice, voilà tout. Mais il avait compris que ses résultats en mathématiques et en physique, un minimum de chance et un peu de travail, lui permettraient d'accéder aux meilleures écoles de la République.

En la personne de son cothurne, Paul avait rencontré pour la première fois quelqu'un que rien n'avait jamais intimidé. Charles possédait un physique avantageux et l'assurance que lui offraient sa particule et son arbre généalogique peuplé de maréchaux et de ministres. Le premier soir, alors que Tretz le saluait en posant son sac sur le lit resté libre, Paul avait comparé sa veste couleur rouille et son pantalon en flanelle marron, achetés pour les oraux du bac avec sa mère, avec le pull noué sur les épaules, le polo blanc, le pantalon de toile et les chaussures bateau de Tretz. Paul et Charles étaient devenus amis en dépit de leur proximité forcée. Paul enviait la capacité de séduction de son camarade, ses talents de danseur et son art de la rhétorique. Charles, quant à lui, admirait l'intelligence théorique de Paul, qui réussissait mieux que lui en travaillant moins. Il était conscient que ce fort en thème le tirait vers le haut. Il l'invitait donc chaque weekend, dans l'appartement parisien de ses parents ou dans le manoir familial du Vexin, pour des séances de révisions intenses. Sa mère trouvait ce jeune provincial fort mal dégrossi mais appréciait cette atmosphère d'émulation, qui avait porté ses fruits : les deux garçons étaient entrés ensemble à Polytechnique. Dans un dernier élan d'amour pour le savoir désintéressé, Paul, bien mieux classé, avait hésité quelques jours entre l'X et Normale. Il avait finalement cédé à la tentation de la réussite matérielle, moins un désir d'ascension sociale que celui de vivre dans le confort dont Charles disposait comme d'un dû. Si ce dernier était ataviquement libéral et de droite, Paul ne s'intéressait pas à la politique. Il avait voté Mitterrand par inadvertance en 1981, ses parents en avaient été navrés, il s'en était bêtement amusé.

Le deuxième déjeuner avec Tretz, c'était lui qui l'avait provoqué, à la fin du mois d'août. Après avoir essayé de vendre, en vain, quelques positions, il ne comptait plus sur un retournement du marché pour se refaire. Même les derniers de la classe, qui s'étaient obstinés jusqu'au début 2008 quand la plupart avaient déserté, avaient fini par renoncer. Quant aux rares irréductibles, ils avaient laissé dans les comptes un trou aussi profond que la fosse des Mariannes. Un trou impossible à combler sans aide extérieure. Pour réussir à traverser la crise en conservant ses actifs, il fallait pouvoir passer les provisions rendues nécessaires par l'évolution des cours. Autant de pertes supplémentaires. Paul faisait tout ce qui était en son pouvoir pour retarder ces échéances. Il n'avait pas hésité à modifier les paramètres de certains modèles de valorisation sans en informer la direction des risques. Mais il savait que les commissaires aux comptes finiraient par découvrir ses manipulations. Ce n'était qu'une question de mois. C'en serait alors fini de lui. Viré pour faute grave et sans indemnité, il risquait des poursuites pour abus de confiance. Sa seule issue était un adossement, la prise de participation minoritaire d'une compagnie plus solide comme DexLife. Fin avril, les deux anciens condisciples s'étaient retrouvés à Mayfair, au domicile de Charles, dans la lumière d'un grand salon dont les baies donnaient sur Hyde Park. Femme et enfants passaient le week-end à la campagne, mais la cuisinière avait laissé un repas froid : saumon fumé, blinis et crème fraîche, pouilly-fuissé bien frais et tarte aux pommes. Paul s'était ouvert à Charles d'une partie des menaces qui pesaient sur lui. D'une partie seulement, pour ne pas l'effrayer d'entrée.

Son hôte mangeait avec appétit.

« Paul, je ne comprends pas. Si j'ai là toutes les positions, elles ne collent pas avec tes profits des dernières années. Et il y a autre chose. Les actifs inscrits dans vos livres devraient consommer plus de capital que vous n'en avez. Ou bien je n'ai rien compris à Bâle 2.

— Avec Bâle 2, la réglementation autorise les banques à développer des modèles internes. Ce qui est très économe en capital.

— Ne me dis pas qu'une banque de votre taille a obtenu cette autorisation ?

— Notre modèle a été validé en présentant un historique de deux ans. »

Charles avait reposé son blini recouvert de crème pour s'essuyer les doigts.

« Deux ans sont un laps de temps beaucoup trop court.

— Peut-être, mais c'est ce qui s'est passé.

— De toute façon, voilà qui ne répond pas à ma première question : je pense que vos positions sont plus importantes que tu veux bien me le dire. Bien trop grosses pour la Riverside. Si le marché continue de plonger, vous allez passer un sale quart d'heure. »

Paul demeurait silencieux. Un silence éloquent pour Tretz, certain d'avoir touché juste. Mais il fallait l'épargner. Un allié dans la place était un atout inestimable.

« Écoute, Paul, si tu ne mets pas cartes sur table, restons-en là. Je ne peux risquer la réputation de DexLife que dans une transparence totale. »

Charles s'était resservi un verre de pouilly.

« Tu ne veux vraiment pas le goûter ? Il est fameux. Je sais que tu t'es mis à la course, mais un verre ou deux le week-end ne te tueront pas. Voilà ma proposition : si tu cesses de jouer au plus malin, j'examinerai ce dossier avec la plus grande attention. Je ne peux rien te garantir, sauf un engagement : je m'y investirai à fond. Tu sais tout. Prends le temps de la réflexion et sois tranquille : je n'avancerai pas d'un pouce sans toi. »

En sortant du tunnel qui débouchait sur les jardins de la Tate Modern, Paul aperçut le Millenium Brigde. Après la traversée du fleuve, la cathédrale Saint-Paul marquerait le terme de ses souffrances matinales. Depuis qu'il avait revu Charles, les prix avaient continué de dégringoler. Paul ne pouvait ni acheter, ni surtout rien vendre à des prix acceptables. Septembre s'annonçait terrible. Il espérait toutefois que le sauvetage de Freddie Mac et Fannie Mae, annoncé la veille par le Trésor américain, allait calmer les marchés. L'Asie était en forte hausse ce matin, de Hong-Kong à Singapour. Londres et New York leur emboîteraient sans doute le pas. Les communiqués officiels renouaient avec l'optimisme, comme celui de Dominique Strauss-Kahn : le FMI estimait que cette décision « allait contribuer à soutenir les marchés et, par conséquence, les perspectives économiques et financières ». Ça ou rien…

Même Bush junior s'était fendu d'un paragraphe. C'était bien le moins pour justifier que 200 milliards d'argent public soient engloutis dans d'obscurs établissements financiers. Mais Paul devinait entre les lignes que tous ces ténors de la finance internationale ne dormaient pas plus que lui. Hank Paulson, le secrétaire d'État américain au Trésor, avait lâché une évidence qu'il voulait rassurante mais qui l'avait glacé : « S'il reste de la valeur dans les actions de Fannie Mae et Freddie Mac, et dans certains scenarii très raisonnables c'est le cas, il est certain que le gouvernement américain ne perdra pas d'argent. » Dans la bouche de Paulson, l'ancien patron de Goldman Sachs, ces quelques mots suintaient de détresse, d'épuisement et de l'absence de toute anticipation.

Lancenet était obsédé par les autres scénarios, si peu raisonnables en apparence, pourtant si vraisemblables, ceux que Paulson n'avait pas abordés. Ceux-là mêmes qui précipiteraient la ruine définitive de la Riverside et des Meriton, l'exposant à la risée et à la vindicte publiques, peut-être à la prison.

Le trader ruminait son désarroi, alternant le pessimisme le plus noir et de violentes bouffées d'espoir. Et, comme chaque fois au même endroit, il avait changé la bande-son. Il terminerait son run sur le troisième mouvement de *L'Été* de Vivaldi, le *presto* en sol mineur qui lui donnait le sentiment d'être soudain invincible. Après tout, les marchés étaient imprévisibles. Peut-être le sauvetage de Fannie et Freddie leur suffirait-il. Mais éteindrait-il le feu roulant des questions de plus en plus pressantes des commissaires aux comptes, alarmés par ses dernières valorisations? La direction des risques avait réclamé une réunion au sommet sur les positions du compte propre, qui devait se tenir ce lundi chez Mark Johnson, le directeur financier, en présence de Henry Meriton. Non, Fannie et Freddie ne suffiraient pas à donner le change. Il fallait autre chose. Il n'avait plus le choix.

Milan, aéroport de Malpensa, lundi 8 septembre 2008

Au même moment, Fabio Tersi composait le numéro de Yurdine sur son portable. Grigori devait être réveillé depuis au moins une heure.

«Grisha? Je ne te dérange pas?

— Mes amis ne me dérangent jamais, Fabio. Toujours au bord du lac ?

— J'ai quitté la Villa d'Este à l'aube frémissante. J'attends mon vol. Et j'ai un deal de plus à mon compteur ! Au temps passé, c'est l'un de mes meilleurs. Je vais toucher 1,5 % du prix en bonne commission pour une vingtaine d'heures de travail.

— Fabio, tu sous-estimes ton rôle : sans toi, pas de contact entre Emma et DexLife.

— Si tu avais vu Tretz... sur son petit nuage. Mais Emma a bien négocié. 6,70 par titre.

— Pas mal.

— Grisha, l'affaire n'est pas encore publique. Je ne t'ai donc rien dit. Le Tretz veut en faire la surprise en personne au vieux Meriton lundi prochain.

— Pas très élégant de la part de ta cliente.

— La dure vie des affaires ! Ce n'est pas à toi que je vais apprendre les lois du genre. Tu aurais le temps pour un dîner cette semaine ?

— Pas cette semaine, mon Fabio. Ni la prochaine. Mais très bientôt, je te le promets.

— *Right !* Tu me sonnes et j'arrive. Comme d'habitude. »

Fabio prit son avion avec le sentiment du devoir accompli.

V.

Londres, salle des ventes de Christie's, mardi 9 septembre 2008

« Lot 26. Devant moi, à 50 000. »
La voix cristalline dominait le murmure de la salle. La commissaire-priseuse lança un regard à une batterie de jeunes gens bien mis. Chargés des acheteurs par téléphone, tous masquaient leur bouche d'une main pour plus de discrétion.

« 51 000, j'ai pris 51 000 au téléphone pour le 58. Allons, Monsieur, encore un effort et ce paravent en soie de la fin du XVIIe siècle est à vous. Ne soyez pas timide. »

À la souple manière d'un chef d'orchestre, la jeune femme désigna l'enchérisseur.

« J'ai maintenant 52 000 devant moi. Devant moi, à 52 000. Ah, un instant, John, vous avez une proposition à 55 000 au téléphone ? 55 000 au téléphone, toujours pour le 58. Vous en voulez, Monsieur ? Pas de nouvelle proposition ? À 55 000 nous sommes, est-ce bien vu ? Non ? 55 000 proposé au téléphone. »

Après un bref mouvement de la main, paume à l'horizontale, elle abattit le marteau d'un geste ferme.

«Adjugé, lot numéro 26 pour le 58 au téléphone.»

Yurdine remarqua que cette jeune femme imprimait un rythme plus rapide à la vente depuis qu'elle en avait pris les commandes. Parfaitement consciente des réactions suscitées par le léger décolleté de sa combinaison bleu marine, elle poursuivait avec entrain. La moindre de ses interventions, dont elle détachait les syllabes d'une voix musicale, semblait à Yurdine pleine de poésie. Il feuilleta rapidement le catalogue jusqu'à trouver son nom : Kathryn Walton. Une rapide recherche sur son portable lui fournit quelques compléments : 35 ans, formée au Trinity College de Dublin avant l'École du Louvre. Spécialiste des Arts décoratifs, elle était l'un des espoirs de la célèbre maison d'enchères britannique et pouvait aspirer à la diriger un jour.

Grigori consulta à nouveau le catalogue. La vente était consacrée au mobilier de la famille Denison, mais seul le lot n° 176 l'intéressait : un jeu d'échecs sur lequel avait joué Napoléon à Sainte-Hélène. Il relut la notice qui accompagnait une photo de l'échiquier et de ses pièces, disposées comme pour une partie. «L'Empereur jouait fréquemment avec ses familiers pour occuper ses soirées d'exil à Longwood. Ce jeu lui a été envoyé de Chine par Lord Elphinstone, pour le remercier des soins dispensés à son frère, grièvement blessé pendant la campagne de Belgique en 1815. L'Empereur l'offrit ensuite au Grand Maréchal Bertrand le 1er janvier 1817.»

Le catalogue racontait également, avec force détails, la manière dont il avait rejoint la collection particulière des Denison. Yurdine eut un sourire satisfait. Ravi avait fait du bon travail. Début juillet, Yurdine lui avait demandé d'éplucher le programme des ventes aux enchères.

« Trouvez-moi un échiquier exceptionnel, Ravi. Pour son histoire, ou pour sa facture.

— Appât, diversion ou cadeau de bienvenue ?

— Plutôt un coup latéral dans une stratégie d'approche.

— Un budget ?

— Nous aviserons en fonction de vos découvertes.

— Notre auditeur préféré sera ravi d'inclure cette somme dans les frais d'acquisition. S'agissant de titres de participations, amortissement sur cinq ans.

— Ravi !

— C'est comme si c'était fait, Monsieur. »

Le soir même, le jeune homme envoyait à Yurdine une courte liste assortie d'un bref commentaire.

« Je ne vois guère qu'un échiquier ayant appartenu à Napoléon qui puisse convenir – descriptif dans le document joint. L'empereur des Français a été défait par les Anglais, les Russes étaient du bon côté, l'objet est très beau. La pièce manquante ajoute une touche de mystère à la dimension historique. Cela reste moins cher qu'une banque d'affaires, et peut se révéler plus utile. » Ravi avait raison, cet échiquier ne déparerait pas la collection de Lord Meriton, qui saurait apprécier l'attention à sa juste valeur.

Son acheteur était au téléphone, avec le numéro 64, mais Yurdine avait voulu s'assurer par lui-même que l'échiquier ne lui échapperait pas. Il y aurait vu un mauvais présage. Cette très belle pièce pouvait être convoitée par un musée ou par d'autres collectionneurs, et pourquoi pas par Lord Meriton lui-même. Comme à son habitude, il demanderait à Christie's de ne pas révéler son nom. La vente avançait d'un bon pas grâce à Kathryn Walton, que Grigori ne quittait plus des yeux. Le lot 122 était encore un paravent, que la jeune commissaire-priseuse adjugea de nouveau au numéro 58. Le regard de Kathryn croisa celui de Yurdine, qui lui adressa une mimique amusée.

Une alerte sur son portable le ramena à son obsession du moment. « Le temps est compté pour Lehman ». David Faber, journaliste vedette de CNBC, couvrait la bourse de New York dans *Squawk on the Street*, son show quotidien. Korean Development Bank, pressentie pour une prise de participation, venait de rompre les discussions et Faber commentait la chute du cours. Le téléphone du Russe affichait 16 h 30. Il était 11 h 30 à New York et l'action Lehman avait déjà perdu 27 % en cent vingt minutes… L'accalmie qui, lundi, avait suivi les sauvetages de Freddie et Fannie était oubliée. Les rumeurs les plus folles circulaient sur une intervention du gouvernement américain, en attendant, les marchés replongeaient. On y était enfin. La Riverside s'apprêtait à jouer son existence. Tretz annoncerait lundi l'acquisition des parts de la famille Bareletti. Le Français, en position de force, surtout dans l'état de délabrement des marchés, devrait alors préciser ses intentions et ferait probablement une offre à Meriton dès le lendemain.

« Nous passons au numéro 176. Un lot exceptionnel que ce jeu d'échecs ayant appartenu à Napoléon, dont c'était l'un des passe-temps favoris. Trente et une pièces en ivoire, j'ai bien dit trente et une, de quatre à cinq centimètres chacune. Mise à prix à 100 000 livres. »

Derrière Kathryn, un écran affichait les enchères en livres, en dollars, en euros, en francs suisses, en roubles, en yens, en dollars de Hong-Kong et en renminbis. Yurdine envoya un texto à son acheteur : « Iouri, je suis dans la salle. À vous de jouer. »

« À ma droite, 105 000. Veuillez tenir votre numéro plus haut, Monsieur, je ne parviens pas à le voir. »

Un petit moustachu replet brandit au même instant son *paddle*, qui portait le numéro 33, et annonça « 180 000 » d'une voix de stentor. Le bourdonnement de la salle s'interrompit brusquement, avant de reprendre de plus belle. La commissaire-priseuse pouvait accepter ou refuser l'enchère, à son entière discrétion. Kathryn n'hésita pas une seconde, le numéro 33 était un habitué de la maison, qui intervenait pour le compte de clients de longue date. Sa décision fut d'autant plus rapide que le registre comportait un ordre d'achat passé quelques jours avant la vente. Pour le compte d'un certain Yurdine à 200 000 livres. Cela devenait intéressant…

« 180 000, je prends 180 000 devant moi. »

Iouri reçut au même instant un deuxième message : « Allez au-delà de mon ordre d'achat. À chaque fois 5 000 au-dessus de l'adversaire, sauf instructions contraires. »

Kathryn jeta un coup d'œil à Clarisse, l'assistante qui, au téléphone, devait traiter l'ordre de Yurdine. La jeune femme cligna les yeux de manière insistante.

« 185 000. J'ai pris 185 000 au téléphone, pour le 64. »

Le petit homme grassouillet fit un léger rictus, puis il s'exclama de la même voix puissante : « 280 000. » Il y eut quelques clameurs, des applaudissements, un ou deux « bravo ». La proposition excédait largement la fourchette haute de la mise à prix.

« J'ai maintenant 280 000 devant moi, toujours le numéro 33. On vous a bien entendu, Monsieur. Mais je vois que Clarisse a une proposition à 285 000 au téléphone, toujours le numéro 64. C'est bien cela, Clarisse ? 285 000 au téléphone, c'est bien vu. »

Les regards allaient de Clarisse au moustachu, qui souffla bruyamment.

« Vous enchérissez devant moi, Monsieur ? Le pas est de 5 000, mais vous nous avez habitués aux grandes enjambées. » L'homme resta silencieux et hocha légèrement la tête.

« 290 000 devant moi. À 290 000 nous sommes. Mais le numéro 64 offre 295 000 au téléphone, n'est-ce pas Clarisse ? Vous en voulez, Monsieur ? Oui, Monsieur en veut, nous sommes à 300 000 pour l'échiquier de l'Empereur. »

Les enchères grimpèrent ainsi de 5 000 en 5 000 jusqu'à 385 000. À 350 000, le moustachu porta son téléphone à son oreille pour ne plus le quitter. La salle retenait son souffle. Kathryn allait de l'un à l'autre, ne cessant de relancer les deux enchérisseurs. Yurdine, légèrement à l'écart, reçut un texto de Iouri avant les 385 000.

« Je continue ?

— Tant que je ne vous arrête pas. »

À 390 000, le petit homme se tassa dans son fauteuil. Yurdine composa le numéro de Iouri et chuchota.

« Le coup de grâce, Iouri, 490 000. »

« Que faites-vous au téléphone, Clarisse ? Je ne suis pas sûre de comprendre. Je vois que vous discutez avec votre client. Nous ne pouvons pas attendre, Clarisse, en voulez-vous ? Combien, Clarisse ? 490 000 livres sterling, est-ce bien vu ? 490 000 livres au téléphone, nous sommes pour le numéro 64. »

Elle s'adressa directement au porteur du *paddle* 33.

« Une proposition, Monsieur ? Non ? Pas de proposition ? Sans regrets donc ? Lot 176, adjugé, 490 000 livres, au numéro 64 au téléphone. »

La salle, qui s'était peu à peu remplie pendant l'enchère, explosa en applaudissements.

Contrairement à son habitude, Yurdine n'avait pas quitté immédiatement les lieux. Alors que le marteau s'écrasait une dernière fois, il se rapprocha de l'estrade où officiait Kathryn. Elle terminait une conversation avec le *paddle* 33 et il fut témoin malgré lui de sa déception.

« Le prix s'est emballé, je n'en reviens pas... Dire que Lord Meriton pensait tuer la vente à 180 000. On sait qui a acheté ? »

Kathryn secoua la tête.

« L'acheteur a demandé l'anonymat, Monsieur Willow. Je suis désolée de ne pouvoir vous en dire plus. Mais nous aurons bientôt d'autres pièces intéressantes, nous ne manquerons pas de vous en informer spécialement. »

Le petit homme s'inclina légèrement.

« Nous comptons sur vous. Merci beaucoup, chère Madame. »

« Madame Walton ? Grigori Yurdine. Puis-je vous parler un instant ? »

Kathryn lui tendit la main en souriant.

« Monsieur Yurdine, quelle surprise ! Vous êtes absolument partout. Avec un ordre d'achat, au téléphone et dans la salle. Vous semblez tenir beaucoup à ce jeu d'échecs ! Toutes mes félicitations, vous avez très bien mené les choses. Et pour tout vous dire, vous avez sauvé ma vente !

— Je vous ai observée, vous avez été remarquable. Cela doit être épuisant.

— Il suffit de rester concentrée.

— J'aimerais que l'échiquier me soit livré demain. Est-ce possible ?

— Bien entendu. Êtes-vous un de ces fanatiques de Napoléon ? Dans ce cas, vous devez savoir que nous avons vendu l'an dernier une lettre d'amour à Joséphine pour plus de 300 000 livres.

— Il s'agit d'un cadeau pour un collectionneur.
— Vous jouez, j'imagine ?
— Un peu, comme tous les Russes.
— Quand un Russe prétend jouer en dilettante, c'est qu'il joue très bien, non ?
— Disons que je me défends. Êtes-vous joueuse, vous aussi ?
— Non, pas du tout ! J'ignore même les règles. Je sais seulement que le Roi est l'enjeu de la partie, mais que la Reine est beaucoup plus forte que lui.
— Vous savez, seule la main du joueur gouverne le destin des pièces.
— Et la main de Dieu gouverne le joueur. »
Grigori fit son plus beau sourire.
« Et m'a fait vous rencontrer. Rien ne me ferait plus plaisir que de poursuivre cette conversation ailleurs que dans une salle de ventes, où je vous retiens d'ailleurs peut-être très inopportunément. Accepteriez-vous une invitation à déjeuner ?
— Pourquoi pas, Monsieur Yurdine. »
Yurdine s'inclina et effleura des lèvres la main de la jeune femme. Il songea que, pendant quelques minutes, il n'avait pas pensé à la Riverside.

VI.

Londres, siège de la Riverside, mercredi 10 septembre 2008

Bernard Hammer regardait les chiffres lumineux défiler sur l'écran de la cabine d'ascenseur, trop lentement à son goût. Il serrait dans ses mains une feuille de papier presque entièrement recouverte d'une écriture nerveuse. «Quelle déchéance…, murmura-t-il. Mais quelle déchéance! Et ce truc qui n'avance pas!» Enfin parvenu au quatorzième, il se précipita sur le palier. Mais il lui fallut plusieurs tentatives pour franchir à l'aide de son badge les grandes portes de verre. Il adressa un remerciement sarcastique aux deux incapables chargés de l'accueil, qui n'avaient pas esquissé un mouvement pour l'aider. À voix trop basse cependant pour gâcher la journée des huissiers. Le grand couloir de gauche, qui menait au bureau de Lord Meriton, était agrémenté de larges vitrines où le banquier exposait quelques-uns des trophées de sa collection de jeux d'échecs. D'exceptionnelles pièces médiévales en bois de cerf y cotoyaient un splendide échiquier de cristal bleu nuit, ou encore le jeu de campagne de Lord Nelson. Hammer lui-même était à l'origine de cette initiative. Il en avait eu l'idée dans les jours heureux, quand l'aménagement du nouvel immeuble de la Riverside, au cœur de la City, relevait de la direction de la communication. Lui qui mettait volontiers son équipe en garde contre les pièges de la précipitation commença à courir pour la première fois de sa vie professionnelle. Il est vrai qu'il tenait dans sa main une bombe dont il préférait qu'elle explosât dans le bureau de son patron plutôt que dans le sien.

Il arriva hors d'haleine devant l'imposante porte capitonnée. James Meriton était son seigneur et maître depuis qu'il avait rejoint Riverside après Oxford, jeune chargé de mission affecté à ce qu'on appelait alors les «affaires générales». Après avoir repris son souffle, Hammer frappa précautionneusement.

«Oui. Entrez. Bonjour, Bernard.»

Meriton invita son directeur de la communication à s'installer sur le canapé, puis il s'assit dans l'un des deux fauteuils qui lui faisaient face. Les immenses baies vitrées du bureau d'angle offraient une vue imprenable sur les murs crème de la Banque d'Angleterre, avant-poste de l'ancienne City de Londres. Le mobilier XVIIIe créait un étrange contraste avec l'architecture des lieux. Une fois n'est pas coutume, la table de travail était encombrée d'un grand désordre de dossiers.

«Gladys m'a informé que vous vouliez me voir toutes affaires cessantes. Qu'est-ce encore?»

Le ton était inhabituellement sec. En ce matin de septembre, on aurait donné son âge à James Meriton, 70 ans. Dans ses costumes sur mesure en flanelle grise, pochettes blanches parfaitement ajustées assorties à ses cheveux ondulés, le baron James se faisait violence depuis quelques jours pour conserver la figure avenante qui faisait sa réputation dans les milieux d'affaires. Toujours aux lèvres un sourire accueillant, Lord Meriton avait un air naturel de supériorité aristocratique mais qui n'indisposait pas, bien au contraire. Il partageait avec certains professionnels de la politique le don de faire croire à ses interlocuteurs qu'ils étaient les personnes les plus importantes au monde. Son visage aux traits réguliers conservait le hâle d'un long séjour estival à Corfou, mais Hammer fut frappé par la mine épouvantable de son patron.

« Monsieur le Président, je suis vraiment désolé de vous déranger.

— Au fait, Bernard, si vous voulez bien. Les journées sont trop courtes en ce moment pour se perdre en politesses. »

Hammer renonça à lire les gribouillis qui lui tenaient lieu de notes.

« J'ai reçu ce matin un appel du *Financial Times*. Patrick Wilkins veut publier demain un papier sur "les difficultés de la Riverside", c'est son expression. Il m'a tracé un tableau assez épouvantable de ce que serait notre situation. Selon lui, nos commissaires aux comptes ne sauraient approuver les comptes semestriels sans émettre de réserves. Wilkins m'a demandé si nous confirmions cette information. »

Lord Meriton accusa le coup dans un soupir.

«Il ne nous manquait plus que ça...»

Il baissa la tête, longuement, sans rien ajouter. La minute qui suivit parut à Hammer une éternité. Il finit par toussoter, gêné.

«Monsieur le Président, j'attends vos instructions. J'ai évidemment répondu à Wilkins que le *Financial Times* nous avait habitués à mieux qu'à de telles affabulations, vous voyez le genre. Mais il ne s'est pas démonté. J'ai préparé un démenti, sobre mais ferme. Je vous le montre?»

Meriton regarda Hammer avec commisération.

«Mon pauvre Bernard... Nous ne pouvons pas démentir. Wilkins a raison: les commissaires aux comptes refusent de certifier. Le directeur général discute avec eux depuis mardi pour obtenir la levée des réserves.»

Hammer était livide.

«Mais la société est cotée! Nous ne pouvons pas dissimuler une information qui impacte à ce point le cours de l'action. Et même si nous le voulions... Wilkins est au courant. Nous ne couperons pas à un communiqué.

— Un communiqué, Bernard? Pour confirmer que nos comptes sont faux?

— Eh bien...

— Ne perdons pas plus de temps, d'accord?»

Meriton regagna sa table de travail et appela son assistante, dont la voix résonna dans le haut-parleur.

«Oui, Monsieur le Président?

— Gladys, pouvez-vous demander à Dominic et à Henry de venir immédiatement, sans attendre notre réunion de 9 h 30 ? Merci. Bernard, vous restez, s'il vous plaît. »

Dominic Frost arriva aussitôt. Nommé directeur général cinq ans plus tôt, le sexagénaire avait mis fin à la règle, en vigueur depuis huit générations, selon laquelle la Riverside devait être dirigée par un membre de la famille. Le fils unique de James, Henry, n'avait alors que 35 ans et seulement quelques années derrière lui dans la banque d'affaires. Son père avait jugé qu'il devait poursuivre son apprentissage et que son intronisation était prématurée.

Frost avait débuté sa carrière dans le conseil en stratégie avant de rejoindre l'état-major d'une grande banque commerciale britannique, qu'il avait présidée pendant dix ans. Meriton avait misé sur son expérience pour former Henry. Et si, à 66 ans, James était encore loin de la retraite, il était heureux de déléguer la gestion quotidienne à un collaborateur solide. Frost avait une réputation d'homme à poigne et le gouverneur de la Banque d'Angleterre avait félicité Meriton pour avoir choisi « un grand professionnel et un grand ami ». Dominic, qui s'était lassé de sa vie de dirigeant de grande entreprise (trop de travail, trop de stress, pas assez d'argent…), s'était montré à la hauteur de sa réputation dès sa deuxième rencontre avec James. Chez les Meriton, la banque d'affaires marchait toute seule et la banque privée avait une réputation indiscutée. Mais tout cela ronronnait selon Frost. Bien calé dans l'un des fauteuils Chippendale du bureau présidentiel, il avait sorti de sa poche une feuille pliée en quatre, qu'il avait lissée soigneusement sur ses genoux.

« James, ces quatre graphiques résument, je crois, l'état de la Riverside.

— Quelques chiffres pour le portrait d'une vieille dame de deux cents ans, ce n'est pas très flatteur, Dominic.

— Ce n'est pas d'un historien dont vous avez besoin. »

En bon pédagogue il avait successivement posé son doigt sur chaque graphique.

« Regardez. *Primo* : une banque solide, avec beaucoup de capital excédentaire. *Deuxio* : de bonnes parts de marché dans ses deux activités. *Tertio* : une croissance très inférieure à celle du secteur depuis trois ans. *Quarto* : un établissement beaucoup moins profitable que ses pairs. »

Il marqua un temps d'arrêt.

« Je vais être franc, mon cher James. La Riverside possède une carrosserie de Ferrari, mais un moteur de Ford Fiesta. »

Dès sa nomination, Frost avait lancé ce qu'il appelait une « revue stratégique », aidé d'un bataillon de jeunes consultants. Tous avaient établi leur quartier général dans la grande salle de réunion de l'étage de direction, qui n'avait jamais connu pareille animation. Lord Meriton trouvait l'idée incongrue. À quoi pouvait bien servir un plan à cinq ans ? Un budget annuel était bien suffisant. Mais Henry approuvait Frost et James avait laissé faire avec un scepticisme souriant. Au bout de deux mois, le directeur général rendait sa copie : soixante planches couvertes de tableaux colorés, rassemblées dans une plaquette au titre énigmatique. Il l'avait brillamment présentée devant un conseil d'administration sous le charme, conquis par un mélange étrange d'objectifs chiffrés et de métaphores martiales.

« Je voudrais baptiser notre plan à cinq ans *Optimal Dynamics*, avait conclu Frost. Appliquée à la finance, la mécanique des fluides permet une allocation optimisée du capital entre nos activités. Objectif : le doublement de notre rentabilité en cinq ans. »

Cette novlangue parée de notions scientifiques dissimulait en fait un seul et même projet : utiliser les réserves de la Riverside pour investir dans des actifs financiers. Frost avait convaincu James et son conseil de s'engager à leur tour dans le développement accéléré de l'innovation financière, qui faisait merveille depuis le début des années deux mille. Quelques administrateurs avaient bien posé de rares et timides questions sur le niveau de risque. De sa voix la plus douce, le nouveau directeur général avait asséné qu'il était raisonnable et raisonné, d'autant que le dispositif de contrôle serait évidemment considérablement musclé. « Notre objectif, c'est le zéro défaut. Trois lignes de défense : d'abord, les traders eux-mêmes. Nous allons recruter les meilleurs, capables d'investir avec discernement. Ensuite, une direction des risques indépendante. Enfin, l'audit interne sera renforcé par une équipe spécialisée. Je suis scientifique de formation, j'ai commencé ma carrière dans l'industrie, dans une usine chimique. Nous appliquerons la même rigueur au contrôle de nos activités. »

Dans la foulée, Frost avait obtenu la mise en place d'un plan de stock-options à son avantage, ainsi qu'au bénéfice de quelques membres de l'état-major et des partners les plus importants de la banque d'affaires.

« Nous alignons ainsi les intérêts des actionnaires et ceux du management. Dans une équipe de rugby, tout le monde pousse en mêlée pour marquer l'essai. »

James Meriton n'avait pu s'empêcher de l'interrompre.

« Oui, mais enfin, Dominic, c'est vous qui avez introduit le ballon... »

Le Frost qui venait de faire son entrée, pas rasé et sans cravate, avait perdu de sa superbe. Il salua Meriton d'une voix défaite qui contrastait avec son physique de vieux rugbyman : cent kilos pour un mètre quatre-vingt-dix, des cheveux gris agrémentés d'une mèche qui lui tombait sur les yeux, surmontant un visage empâté, barré de lunettes à fine monture.

« Bonjour James. Vous voudrez bien excuser ma tenue, mais j'ai passé la nuit dans mon bureau. Je pensais repasser chez moi avant notre rendez-vous de ce matin. »

Meriton ne lui laissa pas le temps de s'asseoir.

« Dominic, nous faisons face à un problème supplémentaire. Le *Financial Times* est au courant de nos divergences avec les commissaires aux comptes. »

Frost se figea.

« Comment ça, au courant ?

— Bernard, voulez-vous répéter ce que vous venez de m'apprendre ? »

Le directeur général se mit à éructer.

« Il y a une taupe dans nos équipes, ou bien ce sont ces enfoirés d'auditeurs…

— Mais c'est maintenant un sujet sans importance, Dominic. Nous n'avons qu'un problème : que répondre au *FT* ? Je vous écoute. Et sur ce seul point.

— James, après dix heures de discussion non-stop avec la direction financière et les commissaires aux comptes, je pense qu'on tient quelque chose. Les commissaires sont d'accord pour lever leurs réserves. Mais sous certaines conditions : une augmentation importante des probabilités de défaut de nos expositions aux rehausseurs de crédit, ainsi qu'aux titrisations immobilières, et donc des provisions associées. Lancenet n'est pas d'accord et défend une vue à long terme des marchés. Selon lui, nous traversons une crise temporaire, mais les auditeurs ne veulent rien entendre. Il est vrai que le contexte de marché a radicalement changé au cours des dernières semaines, dans des proportions que nous ne pouvions pas anticiper. »

Meriton l'interrompit à nouveau.

« Combien ? »

Frost parut surpris.

« Comment cela, combien ?

— Oui, combien pour les provisions ?

— Nous sommes encore en train de préciser les chiffres. Mais nous disposons déjà d'une fourchette…

— Nous allons publier nos résultats dans une semaine et vous en êtes encore à établir des "fourchettes" ?

— La situation est extrêmement mouvante, James.

— C'est le moins qu'on puisse dire. Alors, cette fourchette ? »

Frost avala sa salive.

« Entre... disons entre 200 et 250 millions de livres. En totalité sur le compte propre. L'équipe de Lancenet. »

Meriton regarda fixement son directeur général, qui ne baissa pas les yeux.

« Vous vous moquez de moi ?

— Malheureusement non, James. Cela dit, ce montant ne représente pas notre perte nette. Ce sont les provisions sur nos actifs en compte propre. La banque d'affaires et la banque privée sont restées profitables cette année. Nous devrions en réalité afficher une perte de 100 à 150 millions de livres.

— Il y a une semaine, dans ce même bureau, vous m'annonciez un bénéfice de 50 millions !

— Je viens de vous le dire, nous vivons des circonstances exceptionnelles. Les conditions de marché se sont considérablement détériorées. Et ce ne sont que des provisions, une marque de prudence. Vous savez parfaitement que nous n'avons pas perdu cet argent. Pas vendu, pas perdu ! »

En vingt-cinq ans, depuis qu'il avait pris la tête de la Riverside, Lord Meriton s'enorgueillissait de n'avoir jamais cédé à l'énervement, élevé la voix ou esquissé un geste de violence. Pour la première fois, il abattit brutalement son poing sur sa table. Hammer sursauta et rentra involontairement la tête dans les épaules.

« Considérablement détériorées ? Mais pas à ce point, pas en une semaine, ce n'est pas possible ! Comment voulez-vous que je vous accorde ma confiance ? Jamais la Riverside n'a fait perdre d'argent à ses actionnaires, ne serait-ce qu'un seul malheureux shilling ! Vous m'entendez Monsieur Frost ? Jamais ! Même pendant la Seconde Guerre mondiale ! Et vous êtes en train de m'expliquer tranquillement que nous allons perdre en six mois ce que nous gagnons d'habitude en un an ? »

On frappa discrètement et Henry Meriton entra dans la pièce.

« Désolé de mon retard, mais je prenais le petit déjeuner avec un client. Je l'ai expédié aussi vite que j'ai pu. Vous vouliez me voir ? »

Dans les locaux de la banque, Henry s'adressait à son père sans nom ni prénom. « Père » était réservé au cercle familial, mais, même dans l'intimité, « Papa » était banni depuis longtemps et « James » réservé à des circonstances exceptionnelles.

Lord Meriton s'assit à son bureau en désignant Frost d'un grand geste du bras.

« Monsieur Frost, ici présent, vient de m'annoncer sans ciller que nous devrions essuyer une perte semestrielle de 100 à 150 millions de livres. J'ai d'abord cru à une erreur, ou à un moment de facétie, mais comme il nous l'a souvent expliqué, monsieur Frost est un ingénieur : un homme précis qui ne goûte en principe ni l'humour ni les approximations. Dans le travail du moins. »

Henry avait blêmi en entendant les chiffres. Il savait que la situation était délicate et les positions prises par la banque inquiétantes. À plusieurs reprises, depuis le début de l'année, il avait tenté d'alerter son père, qui l'avait chaque fois rassuré. À sa décharge, Henry consacrait tout son temps à la banque privée et avait abandonné à Frost la supervision d'ensemble. Le lundi précédent, lors du comité de direction générale, ce dernier avait certes évoqué des discussions tendues avec les commissaires aux comptes. Mais de là à imaginer un tel trou… Henry caressa son crâne dégarni. Sa taille moyenne, son léger embonpoint et une calvitie précoce lui conféraient un physique passe-partout parfaitement accordé à son parcours sans éclat dans la banque d'affaires. Réservé, il n'avait pas l'élégance naturelle de son père. Mais il avait fini par rencontrer sa vocation avec la banque privée, où son talent d'organisateur, sa pondération, son bon sens, toutes ces qualités qui faisaient autrefois le bon agent de change, trouvaient à s'employer utilement auprès de ses clients fortunés.

« Mais comment est-ce possible ? C'est une estimation sérieuse ? Dominic, n'êtes-vous pas en train de noircir excessivement le tableau après nous l'avoir dépeint en rose ?

— Henry, on ne s'en tirera pas à moins. »

Le quadragénaire se gratta le crâne avec une énergie renouvelée.

« C'est énorme. Près de 15 % des fonds propres en six mois.

— Frost ne vous dit pas tout. Bernard a reçu un coup de fil du *Financial Times*. Wilkins est au courant, il veut savoir si nous confirmons le refus des commissaires aux comptes. Voilà où nous en sommes. Mais notre ingénieur a certainement des propositions ? »

Henry, assis au bord du canapé, essayait de garder son sang-froid.

« Puis-je suggérer que nous avancions dans l'ordre ? Pour commencer, du café pour tout le monde, Gladys peut s'en charger. Ensuite, le *Financial Times* et notre stratégie de communication. Gardons l'analyse des résultats pour la fin. Après tout, nous avons encore une semaine. Il y a aussi des conséquences à moyen terme, mais cela peut attendre. »

Gladys servit le café dans une atmosphère éprouvante. Personne n'avait ouvert la bouche depuis que Henry avait esquissé un plan de bataille. Frost était comme tétanisé. Lord Meriton avait allumé un cigare et faisait les cent pas devant la baie vitrée. Son fils reprit la parole le premier.

« Bon. Voilà ce que je vous propose. Bernard rappelle Wilkins pour démentir et lui rappeler que nous publions nos résultats dans une semaine. D'ici là, aucune déclaration supplémentaire à la presse. Vous connaissez le topo. Nous publions ensuite, dès que possible, un avertissement sur résultats. »

Lord Meriton semblait affolé.

« Mais l'action va s'effondrer, Henry…

— Nous n'avons pas le choix. Nous détenons une information que le marché n'a pas, mais que le *FT* subodore et va finir par rendre publique. Information qui aura un impact très négatif sur le cours. Je parle sous le

contrôle de Bernard. Ne pas la divulguer est à mon avis un délit. Quand on nous demandera des comptes, comment nous défendre? Bernard?»
Hammer approuva.
«Henry a raison. Il faut un communiqué.»
Lord Meriton ne quittait pas Frost du regard.
«En somme, incompétents, mais pas malhonnêtes.»
Le directeur général haussa les épaules, Henry fit comme s'il n'avait rien entendu et Hammer enchaîna.
«Le plus tôt serait le mieux, il faut couper l'herbe sous le pied du *FT*. Dominic?»
Frost sortit de son silence.
«La meilleure défense, c'est l'attaque. Nous accélérons la publication de nos résultats. Demain à tout prix. Et nous demandons à Wilkins d'attendre en échange d'un entretien exclusif avec James.»
Lord Meriton se planta devant lui.
«Et que vais-je lui raconter, Monsieur l'ingénieur? Vous n'avez pas le début d'un commencement d'explication.»
Henry approuva.
«Avancer la publication serait très risqué. J'ai cru comprendre que les chiffres pouvaient encore bouger. Nous allons devoir les stabiliser, tout en essayant de comprendre ce qui se passe. On ne peut pas sortir comme ça, ce serait suicidaire. Non, je reste favorable à ma proposition. Bernard, pourriez-vous préparer un premier projet de communiqué avec la finance? Sur ce bureau dans dix minutes, OK? Pas de chiffres, juste un avertissement. Quelque chose comme "nous nous attendons à ce que

nos comptes soient fortement altérés par la dislocation en cours du marché". Dominic, pas d'objection ? »

Frost fit non de la tête. Hammer se leva.

« Henry, vous avez un projet dans dix minutes.

— Je viens avec vous, je repasserai chez moi après. »

Mais Lord Meriton les arrêta du bras.

« Dominic, votre douche attendra. Je voudrais aborder un autre point. »

James s'était rassis.

« Vous allez d'abord convoquer Lancenet et lui signifier qu'il ne fait plus partie des effectifs. À compter de ce matin, 9 heures. Faute lourde, pas une livre d'indemnités. Je tiens ce type pour responsable des pertes que nous allons subir. Je ne veux pas le voir une minute de plus dans nos locaux.

— James, Henry, nous avons besoin de lui. Plus que jamais. Personne ne connaît mieux que Paul les actifs du compte propre de la banque, il a construit toutes les positions, il peut nous aider à les déboucler si nous le décidons.

— Monsieur Frost, c'est le rôle de la direction des risques. J'imagine par ailleurs que vous avez à peu près les choses en tête ? Vous saurez vous débrouiller.

— Évidemment. Mais ce n'est pas pareil. Il nous faut un spécialiste.

— Vous parlez d'un spécialiste ! Spécialiste en catastrophes, oui ! »

Lord Meriton avait asséné un nouveau coup de poing à sa table.

« Je vous en prie, James. Je comprends votre frustration, mais vous étiez moins sévère l'an dernier, lorsque l'activité de Lancenet a dégagé 140 millions de profit brut.

— Ma frustration ? Nous sommes au bord de la faillite, Monsieur l'ingénieur, et vous pensez que je souffre d'une simple frustration ? Vous n'y êtes pas du tout. Au moins, en mettant Lancenet dehors, j'ai l'impression de faire quelque chose d'honorable pour la maison. Qu'en penses-tu, Henry ?

— Je crois que Dominic a raison. On n'y arrivera pas sans Lancenet, en tout cas dans un premier temps. Le remède serait pire que le mal. »

Lord Meriton écrasa son cigare.

« Comme vous voudrez. Mais, le moment venu, nous devrons être impitoyables avec les responsables de cette situation invraisemblable. »

Henry ne laissa pas à son père le loisir de poursuivre ses récriminations.

« Dominic, je vais demander à Lancenet et à l'équipe de la finance de monter dans la grande salle, celle du comité de direction générale. Je voudrais décortiquer les comptes avec eux. Et puis faire un point sur la situation de liquidité. Notre avertissement sur les résultats va susciter des questions, certaines de nos contreparties sur le marché interbancaire pourraient prendre peur et vouloir retirer leurs lignes. Vous nous rejoignez dès que vous rentrez de chez vous ? J'annule tous mes rendez-vous aujourd'hui. »

Il referma soigneusement la porte derrière Frost.

« Il va falloir que vous libériez vous aussi votre agenda, et pas seulement pour aujourd'hui, mais au moins jusqu'aux résultats. Les marchés sont épouvantables… Et cela ne va pas s'arranger. Lehman publiera ses trimestriels à l'ouverture à New York. Des pertes importantes.

— Comme nous, Henry…

— Non, beaucoup plus importantes, je le crains. Dans tous les cas, cela va alimenter la spéculation sur leur faillite possible. Les marchés vont encore dégringoler, et nous avec. Je ne voulais pas aborder le sujet devant Dominic, mais je ne sais pas si nous pourrons nous en sortir seuls.

— Que voulez-vous dire ? Que nous allons avoir besoin de lignes de financement supplémentaires ?

— Pour commencer. Mais pas seulement. Il nous faudra aussi du capital.

— Vous voulez lancer une augmentation de capital ?

— Dans des marchés pareils, je ne sais pas si c'est possible. Vous savez ce qu'on dit : "On n'attrape pas un couteau qui tombe." Et nous aurons besoin de beaucoup trop d'argent pour nos seuls moyens.

— Nous pouvons trouver des amis pour nous accompagner.

— Je n'en suis pas sûr… Pour l'instant, il faut nous mettre en ordre de bataille. Je pense que vous devriez mobiliser immédiatement les équipes de la banque d'affaires. Le partner spécialiste du secteur est Nicholas Riley, je crois. Avez-vous confiance en lui ?

— Oui. Il sert la maison depuis vingt-cinq ans. Expérimenté, compétent, fiable. C'est un fidèle.

— Je vous laisse l'appeler. Demandez-lui de passer me voir.

— Je le fais tout de suite.

— Peut-être devriez-vous prendre contact avec John Strathers. Nous allons avoir besoin d'avocats.

— Il dîne demain à la maison. Votre mère l'a invité avec quelques amis. Vous savez, ses dîners du jeudi…

— On ne peut pas attendre demain ! Il doit mobiliser ses troupes dès ce matin. Nous ne pouvons nous permettre de perdre un seul instant. »

Lord Meriton eut un geste d'agacement.

« D'accord, Henry… Je vais l'appeler lui aussi. »

Il marqua un bref temps d'arrêt.

« En deux siècles, la Riverside en a vu d'autres.

— Je ne crois pas. Si j'étais vous, j'annulerais ce dîner.

— Certainement pas. Pas question de donner l'impression que nous sommes aux abois.

— Vous voudrez bien m'excuser auprès de Mère… »

Lord Meriton saisit son fils par les épaules.

« Merci de prendre les choses en main comme vous le faites, Henry. Je suis désolé de nous avoir mis dans cette situation. J'ai cru que Dominic savait ce qu'il faisait…

— À partir de demain matin, nous compterons nos vrais amis. Appelez Emma Bareletti avant le communiqué de presse et vérifiez ses intentions. Avec 5 % du capital, elle va jouer un rôle déterminant. »

VII.

Paris, aéroport du Bourget, jeudi 11 septembre 2008

Une berline noire l'attendait devant l'un des terminaux réservés aux avions privés. Il était 9 heures, l'air était doux sous un ciel gris de septembre. La voix de Martha était vibrante d'excitation.

« Grigori, vous avez vu l'article du *Financial Times* sur la Riverside ? »

Il avait la une sous les yeux. Lehman Brothers et Riverside, banques sœurs dans le maelström des pertes de la crise financière, les arrogants traders américains et les élégants banquiers d'affaires de la City emportés par le même vent mauvais. Un portrait de Lord Meriton en smoking voisinait avec la photo de Dick Fuld, son immense sourire en bandoulière.

Martha continua sur sa lancée.

« Désormais, il est clair pour tous que la Riverside n'est plus maîtresse de son destin. La faillite est inéluctable si personne ne vient à son secours. Nous devons agir rapidement. Sécuriser les actionnaires avant que d'autres ne le fassent. À eux deux, Bareletti et Merrigan, avec son hedge fund Whitefield, détiennent 9 % du capital. Mais vous devez contacter Meriton en priorité.

— Vous avez raison. Lorsqu'il publiera ses résultats la semaine prochaine, il faut qu'il annonce en même temps le problème et la solution : des pertes abyssales, mais aussi l'arrivée d'un nouvel actionnaire.

— Mercredi matin, avant l'ouverture des marchés.

— Il nous reste six jours.

— C'est bien peu, Grigori.

— C'est plus qu'il n'en faut. Actualisez le plan d'action. Qui appeler, dans quel ordre, avec quels arguments. Détaillez chaque coup, et imaginez les variantes. Nous en parlons ce soir à mon retour et nous commençons demain matin. »

Grigori regardait la route défiler.

« Martha ? Où en est le débriefing de notre ami ?

— Toujours en cours. Ravi s'en occupe seul. J'ai pensé que c'était préférable. Ils sont entre spécialistes.

— Un premier retour ?

— Pas encore.

— C'est très important, Martha. Il nous faut une estimation aussi précise que possible des pertes du compte propre. Nous pourrons calibrer au plus juste l'augmentation de capital.

— Grigori, j'ai confiance en Ravi. »

Yurdine laissa passer un instant.

« Tout de même… Quelle humiliation pour les Meriton.

— Sept générations en train de se retourner dans leur caveau familial. Imaginez la farandole au cimetière de Kensal Green. »

Le ton de Yurdine se fit plus grave.

« Il va falloir témoigner d'autant plus de respect au vieux Lord. C'est notre seule chance de réussite. Ne jamais lui faire sentir qu'il n'a pas le choix. Nous lui proposons une alliance. Pas un rachat.

— Quelque chose qui a l'air d'une alliance ?

— Non, non, une véritable alliance. Au-delà des symboles. N'oubliez pas, j'aurai peu de temps et je pars avec un handicap. Lord Meriton doit immédiatement comprendre que j'agis en ami.

— D'accord, Grigori. Nous allons nous concentrer là-dessus. Bonne chance pour vos rendez-vous de ce matin.

— J'ai lu votre synthèse dans l'avion. Les Français semblent ne pas pouvoir se passer de moi pour leurs hauts-fourneaux. Et s'ils ont correctement préparé le terrain avec le Crédit agricole, la banque devrait être en mesure de décider. En tout cas je saurai à quoi m'en tenir. Merci pour tout, Martha.

— À ce soir, Grigori. »

Londres, siège de la Riverside, jeudi 11 septembre 2008

Lord Meriton, penché sur son bureau, tenait sa tête entre ses mains. Et si, en accentuant la pression de ses pouces sur ses tempes, il parvenait à chasser la migraine qui lui vrillait le crâne depuis le début de la matinée ? James était arrivé très tôt à la banque, après une nuit sans sommeil. La veille avait été un calvaire. L'avertissement avait été publié vers midi, juste avant la mise en ligne de l'article épouvantable du *FT*. Sous son titre factuel, « Les mauvais comptes de la Riverside », il sous-entendait que les commissaires aux comptes avaient dû taper du poing sur la table pour obtenir des provisions complémentaires. D'où cet avertissement sur résultats précipité que la banque avait publié « contrainte et forcée ». Comme prévu, le cours s'était effondré : une baisse de 27 % en quelques heures.

Le patriarche était resté enfermé une partie de la journée dans la grande salle du conseil. Entouré de son fils, de Frost, de Lancenet et des équipes de la direction financière, il s'acharnait à comprendre les chiffres du compte propre. Henry, de son côté, tentait de mesurer l'étendue des pertes, de percer les arcanes des produits concoctés par le Français et de cerner leur potentiel toxique. Nicholas Riley, en charge du groupe Institutions financières à la banque d'affaires, était venu leur prêter main-forte avec deux juniors de son secteur. James avait passé le reste de la journée pendu au téléphone, s'efforçant de rassurer clients inquiets et vénérables partners de la banque. À l'instigation d'Henry, il avait également appelé Sir Mervin King, le gouverneur de la Banque d'Angleterre. Devant les propos lénifiants de son ami de longue date, King s'était montré en verve : « Matt Ridley, le président de Northern

Rock, m'avait dit la même chose il y a un an, juste avant de mordre la poussière. James, Frost devrait avoir déjà pris contact avec Paul Tucker. Le vice-gouverneur attend une présentation détaillée, demain première heure. » Mais le pire était encore à venir avec l'appel cinglant de Jon Cunliffe, le « sherpa » du Premier Ministre Gordon Brown : « Le gouvernement n'a vraiment pas besoin de ça en ce moment. Je veux être informé heure par heure, Sir James. Comment préserver la confiance dans le système financier quand la plus vénérable banque du pays est au bord de la catastrophe ? »

L'action était encore en baisse le lendemain matin, mais seulement de 5 %. Comme à l'accoutumée, Lord Meriton avait trouvé la presse du jour, soigneusement empilée, sur le siège de la Bentley. Les Meriton faisaient la une de la plupart des quotidiens. Dans un long article intitulé « La fin d'une dynastie ? », le *Financial Times* doutait que la famille puisse apporter les fonds nécessaires et spéculait sur l'inévitable repreneur de « la vieille dame de la City ». Arrivé devant la banque, James demanda à son chauffeur de le déposer dans le parking souterrain, ainsi n'aurait-il pas à traverser le hall pour accéder aux ascenseurs. Il retrouva, éparpillés sur son bureau, les tableaux de la veille. Dans chacune des colonnes, il entrevoyait la probable faillite de la banque. À 70 ans, il serait celui par qui le scandale arrive. Il fut saisi brusquement d'un frisson incontrôlable.

La voix de Gladys résonna soudain dans la pièce.

« Sir James ? Emma Bareletti en ligne. Je vous la passe ?

— Oui, oui, donnez-moi une minute. »

James respira profondément, essayant de relâcher la tension, et tenta maladroitement de se caler dans son fauteuil.

« Emma, très chère ! Comment allez-vous ?

— Très bien, James. Mais c'est à vous que je devrais poser la question.

— Emma, je voulais vous prévenir hier de notre avertissement sur résultats.

— Difficile de le manquer. Que se passe-t-il exactement ?

— Un petit différend avec les commissaires aux comptes, qui tout à coup se drapent dans leur vertu. Nous allons devoir passer des provisions importantes, mais rien d'insurmontable.

— Le marché n'a pas l'air de penser la même chose.

— Le marché exagère. Dans le climat actuel, une mauvaise nouvelle prend des allures de catastrophe. Nous avons la situation bien en main, Emma, je vous le garantis.

— James, je l'ai dit et répété au conseil, cela figure dans tous les comptes rendus depuis le début de l'année, je n'ai jamais compris le rôle de ce Lancenet.

— Je sais, Emma.

— Si vous le savez, pourquoi n'avoir rien fait ? »

Meriton serra le combiné comme s'il voulait le briser.

« Emma, certains pourraient essayer de profiter de la situation.

— Que voulez-vous dire ?

— Que votre participation pourrait susciter bien des convoitises. Nous n'avons pas de pacte d'actionnaires. La parole d'Alberto me suffisait, et j'avais sa confiance. À sa mort, vous avez respecté sa volonté et rien n'a changé. Mais vous êtes libre de céder. »

Emma laissa passer quelques secondes.

« Qu'attendez-vous de moi ?

— J'aimerais que vous m'informiez si vous étiez contactée par un acheteur. Et avoir la possibilité de vous faire une offre équivalente.

— James, vous seriez bien sûr le premier informé.

— Ma chère Emma, nous allons devoir nous battre. Et nous ne vaincrons pas sans vous.

— Vous avez raison, nous devons nous battre pour nos familles. Chaque jour que Dieu fait. Bon courage. »

Lord Meriton repensa au visage concentré de son fils pendant la réunion d'hier. En bras de chemise, Henry avait demandé à Lancenet de sortir, ainsi qu'aux deux juniors de l'équipe de Riley. Puis il avait divisé le *paperboard* en deux colonnes, « capital » et « trésorerie », qu'il avait entrepris de remplir.

« L'impact pourrait être important, mais il me semble gérable. Dans notre scénario le plus défavorable, nous pourrions perdre jusqu'à 500 millions de livres cette année. 350 millions de plus que ce que nous annoncerons pour le premier semestre. »

Riley l'avait interrompu.

« Gérable, sans doute, Henry. Mais avec un apport de véritables fonds propres. Pas de Canada Dry ! Ces rustines qui ont la couleur du capital, le goût du capital… mais qui ne sont pas du capital. Donc, pour vous, une perte de valeur de vos parts, puisque vous devrez laisser entrer de nouveaux actionnaires à un prix cassé.

— Nous parlerons des solutions plus tard, Nicholas. Mettons-nous d'abord d'accord sur le diagnostic. Ce qui m'inquiète plus, c'est la trésorerie. »

Il ajouta quelques chiffres à la deuxième colonne.

« Lancenet finance son portefeuille de titrisations par des lignes courtes à trois mois. Cette transformation nous a permis de gagner des fortunes, mais a créé une contrainte. Jusqu'à présent, il a toujours réussi à renouveler les échéances. Jusqu'en juillet… En août, certaines de nos contreparties ne sont pas venues. Peu nombreuses, certes, mais c'était un premier indice. »

Mark Johnson, le directeur financier, demanda la parole.

« C'est vrai, Henry. Avec le recul, j'aurais dû y attacher plus d'importance. Mais je m'en étais ouvert à Dominic. »

Frost avait immédiatement réagi.

« En ajoutant aussitôt que vous n'étiez pas plus inquiet que cela !

— Dominic, Mark, je vous en prie. On réglera les comptes plus tard. Je reprends. D'habitude, à cette époque de l'année, nous trouvons sans peine les contreparties, mais le marché est de plus en plus tendu. Avec l'avertissement sur résultats, certains de nos partenaires habituels vont nous lâcher. Mark ?

— Dans le plus stressé des scénarios, celui que vous m'avez demandé, la moitié des échéances de septembre ne sont pas renouvelées. Nous aurons donc besoin de 3,5 milliards de livres fin octobre. Mais, je vous le répète,

Henry, je n'ai jamais rien vu de tel. Jamais, en trente ans de direction financière. Je pense qu'il s'agit d'une hypothèse très exagérée. »

Henry éleva légèrement la voix.

« Exagérée ? Atterrissez, Mark. Notre perte de ce semestre, 150 millions de livres, est-elle exagérée ? Et notre prévision de perte annuelle, 500 millions de livres, exagérée elle aussi ? Non, non ! C'est la triste réalité. Nous commettrions une grave erreur en continuant de minimiser les faits. Et je vais vous le dire, je trouve encore tout cela trop optimiste ! »

« Je suis d'accord avec Henry, avait laissé tomber Riley de sa voix traînante. Le marché est complètement dingue, tout peut arriver.

— Bref, avait conclu Henry en regardant son père, il va falloir faire le tour de la City pour trouver de l'argent frais. »

Paris, palais de l'Élysée, jeudi 11 septembre 2008

À midi pile, la Mercedes fit un arc de cercle dans la cour vide et se rangea le long du perron, devant un huissier en queue-de-pie, chaîne et gants blancs. En ouvrant la portière, il salua le passager d'un ton cérémonieux.

« Monsieur Yurdine ? Si vous voulez bien me suivre... »

Grigori se contenta de hocher la tête. Il ne connaissait que quelques mots de français, insuffisants pour soutenir une conversation. Un homme long et mince, vêtu d'un costume trois-pièces, l'attendait en haut des marches, devant les portes vitrées du vestibule, et lui tendit la main.

« Bienvenue au palais de l'Élysée, Monsieur Yurdine. Je suis Jean-Pierre Azvazadourian, le chef du protocole. Monsieur le secrétaire général aura quelques minutes de retard et vous prie de bien vouloir l'excuser. »

La syntaxe et l'accent trahissaient l'ancien élève d'Oxford.

« Merci de votre accueil.

— Le Président effectue un déplacement en Charente-Maritime, il devra quitter l'Élysée dans un peu plus d'une heure. »

Yurdine désigna Sergueï, debout en bas de l'escalier, un grand paquet enveloppé de papier kraft sous le bras.

« Mon garde du corps peut-il nous suivre ? J'ai apporté quelque chose pour le Président et son épouse. »

Le chef du protocole ne parut pas surpris.

« Mais bien entendu ! Je vous précède. »

Ils traversèrent silencieusement une antichambre, puis une autre, le bruit de leurs pas étouffé par les épais tapis recouvrant le parquet. Des gardes républicains en pantalon blanc, veste bleue, casque à houppette et plumet rouge, étaient alignés le long du couloir comme des platanes au bord d'une départementale.

L'huissier s'arrêta devant une grande double porte qui s'ouvrit en grinçant sur une immense salle tout en longueur. Yurdine entra devant le chef du protocole.

« Nous nous trouvons dans le salon Murat. Depuis 1969 et le président Pompidou, c'est ici que se tiennent les Conseils des ministres. Il n'est pas habituel de l'utiliser pour un déjeuner restreint, mais toutes les autres salles sont occupées. Le Saint-Père sera reçu par le Président demain et nous sommes en pleine répétition. Voilà pourquoi nous sommes entourés de gardes républicains. »

Yurdine acquiesça poliment à l'enthousiasme de son guide, qui poursuivit sur le même ton.

« C'est une visite historique ! Pour le Président comme pour tous les Français. Après tout, la France reste la fille aînée de l'Église ! »

Grigori ne se voyait pas enfiler les perles pendant plus de cinq minutes avec ce diplomate si bien élevé, et il espérait que le secrétaire général ne tarderait plus.

Un maître d'hôtel veillait sur une table dressée près des hautes portes-fenêtres qui donnaient sur le parc. Des rideaux filtraient la lumière du soleil, qui poudrait la nappe immaculée où deux couverts avaient été disposés. Avec ses dorures et ses candélabres, ses grandes toiles à la gloire du prince Murat, le monogramme de Napoléon au-dessus des portes, ce lieu solennel apparaissait hors du temps. Les glaces du fond de la salle le faisaient paraître plus vaste encore en le reflétant. On avait envie de parler à voix basse, comme dans une église.

« Monsieur Yurdine, quel plaisir de vous rencontrer enfin ! Mille mercis d'avoir répondu à mon invitation. »

Claude Guéant venait d'entrer dans la pièce d'un pas vif, suivi d'une jeune femme blonde à la mise discrète, chargée d'un lourd dossier. Le secrétaire général de l'Élysée affichait son masque officiel. Avec ses fines lunettes à monture dorée posées sur un visage lisse, ses pommettes hautes et légèrement colorées, il semblait avoir emprunté à un hiérarque vaticanais sa figure impassible. Le Cardinal, ainsi que l'avait surnommé la presse politique française, s'était affirmé comme le numéro deux du régime, davantage craint par les ministres que le premier d'entre eux. Il s'exprimait avec gourmandise dans les médias, contre tous les usages qui voulaient que le secrétaire général ne prenne la parole publiquement que pour annoncer la composition des gouvernements sur le perron de l'Élysée.

Drôle de destin pour cet ancien préfet, affable, courtois, serviteur passe-muraille et zélé de l'État que son entrée en Sarkozie, quelques années plus tôt, avait comme sublimé. « Monsieur Le Trouhadec saisi par le pouvoir », ironisait l'un des plus anciens compagnons de route du Président, qui avait observé attentivement l'irrésistible ascension du préfet Guéant. Cet homme au verbe sec et plat, qui affirmait la primauté de l'efficacité administrative sur toute autre considération, dissimulait les tourments que provoquait chez lui son amour immodéré du pouvoir. Il en goûtait à la fois les ors et sa face la plus sombre, les interventions radiophoniques comme les barbouzeries, les visites d'État comme les rencontres avec les intermédiaires louches, les voyages officiels comme les périples secrets au Moyen-Orient, dans un avion de la République, pour y jouer les émissaires du Président.

Guéant ne laissa pas à Yurdine le temps de lui répondre.

« Si mes renseignements sont exacts, vous ne parlez pas le français. Comme je ne parle pas le russe, et pas assez bien l'anglais, nous aurons recours à une interprète. Lydia Starck a accompagné le Président en Géorgie cet été. Êtes-vous d'accord ? »

Yurdine attendit la traduction, puis répondit en russe.

« Je suis très honoré de vous rencontrer, Monsieur le secrétaire général. Londres n'est pas si loin de Paris. Je tiens aussi à remercier madame Starck de son aide. »

Claude Guéant prit place devant la table.

« Commençons, voulez-vous ? Il est un peu tôt pour déjeuner, mais je sais que vous n'avez pas beaucoup de temps. Peut-on vous proposer un apéritif ?

— Je suis comme votre président, je ne bois pas d'alcool.

— Vous êtes un homme sage. Monsieur Yurdine, je veux vous remercier de votre aide extraordinairement précieuse. Personne ne croit possible la reprise des hauts-fourneaux de Badrange ! L'opposition se gausse des engagements non tenus du Président. Il est vrai qu'il s'est beaucoup exposé sur place, en promettant aux ouvriers que l'État trouverait une solution alors que nous n'avions aucune carte en main. La ministre des Finances, le ministre de l'Industrie, sans parler de l'administration, tous ont baissé les bras. Le Président s'est donc emparé du dossier. Grâce à vous, il va remporter une victoire sociale capitale. »

Le secrétaire général s'interrompait toutes les deux ou trois phrases pour laisser à l'interprète, assise entre les deux hommes qui se faisaient face, le soin de traduire.

« Je suis heureux de pouvoir aider le président Sarkozy. Vous savez cependant que je ne suis pas guidé par le seul plaisir de vous rendre service. J'agis ainsi parce que c'est mon intérêt. Et d'abord parce que c'est mon intérêt. »

Guéant ne parut pas surpris.

« Cela va de soi. Je voudrais profiter de notre rencontre pour vérifier que nous sommes bien d'accord. Le Président veut pouvoir annoncer une bonne nouvelle très vite.

— Je suis à votre disposition. »

Le secrétaire général s'éclaircit la voix.

« Monsieur Yurdine, je suis en mesure de vous confirmer que nous avons accédé à votre demande d'un coussin de sécurité. Si vous investissez 40 millions dans la production d'aciers très spéciaux à Badrange, vous recevrez une subvention de 15 millions. Nos experts sont formels : cela ne devrait pas soulever de problèmes avec les autorités de la concurrence. Ce sont bien là vos demandes ?

— Très exactement. Nous sommes donc d'accord, Monsieur le secrétaire général.

— Avez-vous conscience de bénéficier d'un traitement très exceptionnel ?

— À vrai dire non. Je crois plutôt que c'est le dossier qui est très exceptionnel.

— Vous avez probablement raison. On m'a informé que votre rendez-vous de ce matin au Crédit agricole s'était bien passé ?

— Très bien, en effet. Votre intervention a été décisive. La direction générale de la banque est aujourd'hui prête à nous soutenir, en dépit de la crise financière. Badrange n'est pas mon seul projet d'acquisition.

— Rien ne s'oppose donc à ce que nous rendions notre accord public ?

— Rien sur le principe. Mais je préférerais que tout soit auparavant rédigé et vérifié par nos équipes respectives. Cela ne devrait prendre que quelques jours. Guère plus d'une semaine.

— Je vais en parler avec le Président. Il se pourrait qu'il soit plus pressé. »

Une fois les affaires réglées, les deux hommes expédièrent foie gras et volaille à la truffe en devisant tranquillement. Le service était silencieux et déférent. Guéant essaya d'interroger Yurdine sur la situation en Géorgie, mais son invité se contenta d'affirmer un soutien de principe à Poutine avant d'aborder la crise financière. Guéant était convaincu de sa gravité et du caractère inéluctable de l'intervention de l'État. Il était en train d'expliquer que le Président appelait de ses vœux une intervention coordonnée des gouvernements européens lorsqu'il fut interrompu par la sonnerie de son portable.

« C'est justement le Président. Voulez-vous m'excuser un instant ? »

Guéant se leva et s'éloigna de la table.

« Oui, Monsieur le Président.

— Quoi de neuf, Claude ?

— J'ai l'accord de Yurdine pour Badrange.

— Parfait. Quand peut-on communiquer ?

— Dans une semaine, le temps de rédiger la documentation.

— Claude, c'est beaucoup trop long. C'est une bonne nouvelle, on n'en a pas tant que ça.
— Je vais essayer de le convaincre.
— Vous êtes avec lui ?
— Nous déjeunons au salon Murat.
— J'ai dix minutes avant le départ pour La Rochelle. Je vous rejoins.
— Très bien, Monsieur le Président. »
Le secrétaire général se retourna vers Yurdine en souriant. « Le Président veut vous voir. Il arrive. »
Deux minutes plus tard, Nicolas Sarkozy entrait derrière un huissier. Il s'avança rapidement, un dossier sous le bras, d'une démarche saccadée, bougeant la tête et les épaules en une gestuelle que Grigori reconnut. Un taureau pénétrant dans l'arène. Guéant et Yurdine se levèrent à l'unisson.
« Je vous en prie, restez assis. Monsieur Yurdine, je suis très heureux de faire votre connaissance. »
La poignée de main était franche.
« Claude vient de m'apprendre que vous étiez d'accord pour Badrange ? Vous savez que Claude, c'est comme moi ? Vous parlez avec lui, vous parlez avec moi. »
La traductrice était passée à la traduction simultanée et chuchotait à l'oreille du Russe.
« Je suis également très heureux de vous rencontrer, Monsieur le Président. Oui, nous sommes d'accord.
— Merci pour ce que vous faites, vraiment. Je ne fais pas cela pour moi, vous imaginez bien. Mais si vous aviez vu les ouvriers, là-bas, ils avaient perdu tout espoir. On

m'avait dit de ne pas y aller, que je prenais trop de risques. La vérité, Monsieur Yurdine, c'est qu'on ne prend jamais assez de risques quand il s'agit du malheur des gens. Il faut sauver l'industrie. L'industrie, c'est les emplois des Français qui se lèvent tôt, des Français qui ne demandent rien à personne, qui veulent seulement travailler. Vous comprenez ?

— Je crois, oui. Mon père était ouvrier. »

Le Président donnait l'impression de ne pas écouter les réponses.

« Quand je pense que pas un seul entrepreneur français ne veut reprendre cette usine. Nous n'avons plus de gens de votre trempe. Vous ne trouvez pas, Claude ? Franchement ! »

Il saisit le bras de Yurdine.

« Je suis prêt à vous aider avec Poutine. Il est dur, mais on peut discuter. Je lui dirai qu'il y a des patrons russes qui n'ont pas froid aux yeux. »

Yurdine tenta d'imaginer la scène.

« Merci, Monsieur le Président, ce n'est pas la peine.

— Il m'écoute, vous savez. Et il a besoin de moi. Vous avez vu comment on a réglé les affaires géorgiennes ? Mais finissez votre café, Monsieur Yurdine. On vous a proposé des chocolats ? Non ? »

Il fit un geste énervé de la main, comme pour chasser le maître d'hôtel de la pièce.

« Allez chercher des chocolats pour notre invité, mais si c'est trop vous demander, je peux y aller moi-même. »

Le maître d'hôtel, qui s'était précipité vers la porte, ne put entendre le « merci beaucoup » lancé par le Président. Ce dernier continua dans un grand sourire, en regardant son interlocuteur droit dans les yeux.

« Bon, Monsieur Yurdine, question communication, il faut aller plus vite. On ne va pas attendre une semaine. Comme vous êtes très riche, vous allez augmenter un peu vos avocats pour qu'ils pondent leurs papiers plus rapidement. Je sais ce que c'est, j'ai été avocat. Il ne faut pas me raconter d'histoires. Nous sommes d'accord ? »

Yurdine comprit qu'il était inutile de résister. Il craignait que cette annonce n'interfère avec Roosevelt, mais, après tout, c'était peut-être une heureuse initiative. Un accord avec l'État français était un gage de respectabilité.

« Si c'est mieux pour vous, bien sûr, Monsieur le Président. Que diriez-vous de lundi ? Le communiqué initial pourrait émaner de l'Élysée, et nous en publierions un de notre côté.

— Claude ? C'est bien comme ça, non ?

— C'est parfait, Monsieur le Président.

— J'étais très content de vous voir, Monsieur Yurdine. Vraiment. J'aime bien discuter avec vous. Il faudra qu'on refasse des affaires ensemble. En tout cas, vous êtes le bienvenu dans notre pays. »

Yurdine serra la main tendue.

« C'était un honneur, Monsieur le Président. Je sais que vous êtes pressé, mais je voulais vous remettre un cadeau, pour vous et votre épouse. »

Le Président regarda son secrétaire général.

« Claude ! Vous ne m'aviez pas dit que Monsieur Yurdine voulait m'offrir quelque chose en plus des hauts-fourneaux ! »

Grigori récupéra le paquet, qui avait été déposé sur la console entre les deux fenêtres.

« Voilà, Monsieur le Président. C'est un dessin original d'Alex Katz, un artiste américain que j'apprécie beaucoup. Il me semble qu'il existe une ressemblance entre ce portrait et le visage de votre épouse. »

Le dessin, un fusain sur papier crème, représentait une femme de profil, aux cheveux longs, qui avait effectivement un faux air de Carla Bruni.

« Carlita va adorer ! Écoutez, elle était à New York, mais elle revient pour la visite du Saint-Père. Je l'appelle pour la prévenir, elle n'est pas encore dans l'avion, je viens de l'avoir. »

Nicolas Sarkozy colla son portable à son oreille.

« Carlita, ma chérie, je te passe Monsieur Yurdine, un entrepreneur russe que j'aime beaucoup et qui t'offre le dessin d'un grand artiste, on dirait que c'est toi. »

Londres, Fleet Street, jeudi 11 septembre 2008

Fabio Tersi avait passé une bonne partie de l'après-midi les yeux rivés sur son Bloomberg. Il le consulta une dernière fois, sans vraiment croire à ce qu'il voyait. Le marché allait bientôt fermer et l'action Riverside perdait 45 %, à

2,23 livres… Une véritable descente aux enfers! Il vérifia sur son écran : la banque avait terminé l'année 2008 à 7,74 livres. Une différence de plus des deux tiers! En publiant un avertissement sur résultats, mais sans préciser le montant des pertes attendues, les dirigeants de la Riverside avaient ouvert la voie à une baisse illimitée. Les investisseurs envisageaient le pire, il n'y avait pratiquement pas d'acheteurs, d'autant que les nouvelles de Wall Street étaient plus que mauvaises. L'agence Moody's, volant comme d'habitude au secours de la défaite, avait menacé de dégrader la note de Lehman Brothers si « tout ou partie de la société n'était pas vendu ». Dans l'après-midi, Fabio avait trouvé une Emma Bareletti au bord de l'affolement.

« Tu as vu l'effondrement de Riverside ? Tretz ne voudra jamais honorer sa promesse! Tu te rends compte, nous avons dealé à près du triple de sa valeur. Et je n'ai aucun papier, rien… J'ai été complètement inconsciente. »

Fabio avait pris un ton rassurant.

« Emma, il a besoin de ton bloc. Et il a pris un engagement ferme, j'étais là. Il a une réputation à tenir.

— Tu parles… il se vantera de m'avoir roulée dans la farine.

— Aucun danger. Il doit absolument éviter que les Meriton aient vent de ce qu'il trame. Tu sais, j'ai eu les avocats vers midi, ils finalisent la documentation, la signature est toujours prévue lundi. Aucun contrordre de DexLife.

— Fabio, il faut que tu appelles Tretz. Je préfère que ce soit toi.

— Je m'en occupe juste après la clôture, pour avoir le dernier cours. Je te tiens au courant. »

Tretz décrocha tout de suite.

« Monsieur Tersi ! J'étais surpris de ne pas avoir de vos nouvelles ! On s'inquiète ?

— Charles, nous ne nous sommes pas parlé depuis Cernobbio et...

— Vous pouvez dire à Emma que j'exécuterai ma promesse à la lettre. C'est bien pour cela que vous m'appelez ? »

Fabio éclata de rire.

« En grande partie... mais pas uniquement. Je me disais que vous devriez commencer à ramasser des titres.

— Voilà qui ne s'encombre pas de détours, Monsieur Tersi. Ne vous inquiétez pas pour moi. Le cours va encore tomber. Avec ce qui se déroule à New York, le désastre est inéluctable. Attendez seulement lundi. Nous nous voyons pour la signature chez les avocats, je crois ? À très bientôt, donc. »

Fabio avait rappelé Emma pour la rassurer, mais qu'allait-il se passer de si important, lundi, aux États-Unis ?

VIII.

Londres, Holland Park, jeudi 11 septembre 2008

La soirée n'était pas assez douce pour se tenir sur la terrasse, comme aux dernières heures des journées de plein été, lorsqu'on retardait le moment de passer à table pour profiter le plus longtemps possible de la fraîcheur du jardin. Lady et Lord Meriton recevaient tous les mardis et jeudis soir dans leur maison de Holland Park, tradition établie depuis leur mariage, maintenue sans faillir pendant trente-cinq ans, interrompue seulement par la naissance de leurs enfants, les vacances à Corfou et leurs voyages professionnels.

Elizabeth Meriton ne portait pas le moindre intérêt aux affaires de son mari. Fille d'un pair du Royaume qui lui avait enseigné très tôt le goût de l'indépendance, elle avait conduit une brillante carrière universitaire consacrée à la chimie des polymères. Esprit original, curieuse de tout, extrêmement sociable, Liz adorait nouer des relations nouvelles et suscitait des amitiés fidèles. Elle était une hôtesse acueillante et chaleureuse, prêtait aux autres la même ouverture d'esprit que la sienne, était souvent déçue mais n'aurait renoncé pour rien au monde à mêler aux relations d'affaires de son mari artistes, universitaires, journalistes et politiques.

Lord Meriton consulta la liste dictée par Liz à son assistante. Douze convives, y compris les partners. Son ami et avocat de toujours, John Strathers et son épouse. Deux clients, patrons en vue de grandes entreprises qui ne connaissaient rien à la finance et se montreraient aussi peu curieux que leurs épouses. Aravind Adiga, jeune prodige de la littérature indienne, encensé par la presse et favori du Booker Prize, qui devait se contrefoutre de la banque. James, qui n'avait aucune idée de ce qu'il écrivait, s'en remettait entièrement à Liz à son sujet. Venait ensuite une journaliste économique de la BBC, Peggy Debonhams, ancienne correspondante aux États-Unis, reconvertie en géopoliticienne, qui livrait désormais des chroniques stratosphériques dans lesquelles pas un banquier n'aurait reconnu ses sujets d'angoisse ; l'ambassadeur de France au Royaume-Uni, un certain Gourdault-Montagne, ne présentait guère plus de danger. Les diplomates ne se départissent jamais de leur onctueuse politesse et ne craignent rien tant que les impairs. Un seul nom le fit frémir : Monsieur et Madame Donegal. Doug dirigeait une société de gestion d'actifs de la City et, si ses souvenirs étaient exacts, l'un de ses fonds était un actionnaire non négligeable de la Riverside. En vérité, ce type ne s'intéressait qu'à son argent et aux moyens d'en gagner plus. Ce n'était heureusement pas le cas de l'invité d'honneur, le docteur Miller, directeur du Victoria and Albert Museum. Miller ! C'était le jeune conservateur qui avait eu l'idée d'une exposition sur les jeux d'échecs lors d'un dîner chez les Meriton, après avoir passé tout l'apéritif avec James, qui lui faisait les honneurs de sa collection. Ces pièces exceptionnelles représentaient l'essentiel de l'exposition qui serait inaugurée lundi. Quel triste concours de circonstances, pensa Sir James, qui rêvait de ce jour triomphal où le plus grand musée d'Arts décoratifs au monde exposerait le véritable aboutissement de son existence.

Il ajusta son nœud de cravate. Quelques minutes encore avant de descendre. Face à la glace, il lisait sur son visage la tension nerveuse et le manque de sommeil. Pourtant, d'une certaine manière, la journée avait été fructueuse. Henry avait installé l'équipe de crise à l'étage de direction, envahissant toutes les salles, et avait distribué les tâches. À Frost et Johnson la trésorerie, à Riley et au juridique les options de recapitalisation. Hammer centralisait les contacts avec les médias. La consigne donnée par Henry était des plus simples : interdiction de répondre à la presse, aucun commentaire à l'extérieur. Ce qui avait tiré à Hammer cette repartie pince-sans-rire : « Je devrais y arriver. Je vais plutôt me concentrer sur la préparation des communiqués pour les résultats. »

Lancenet parvenait à se rendre utile en donnant plus de détails qu'il ne l'avait jamais fait sur chacune de ses transactions, avec l'air de porter tout le malheur du monde sur ses épaules. Pour la bonne forme, Henry sollicitait l'avis de Dominic, mais il était évident pour tous que l'héritier avait pris les commandes. James le découvrait sous un jour nouveau. Sans jamais manifester d'impatience ou d'inquiétude, son fils était de toutes les réunions, débusquant le chiffre approximatif ou l'affirmation péremptoire. Le contraste avec Frost, abattu et renfrogné, était saisissant, sans qu'on sache si ce qui le contrariait le plus était la situation désespérée de la banque ou la place prise par Henry.

Meriton avait appelé à la rescousse son avocat. Au fil des ans, John Strathers était devenu un confident avec qui il partageait les réussites comme les décisions difficiles.

« John ? Je dois te parler le plus vite possible. Non, pas au téléphone. Je t'attends. »

Pendant deux heures, Meriton avait résumé la situation devant un Strathers attentif et silencieux, qui tirait sur son cigare, sourcils froncés. James connaissait trop son ami pour confondre un signe de concentration avec une manifestation de mécontentement. Il avait terminé son exposé en levant vers lui un regard interrogatif et plein d'espoir, comme si Strathers allait avoir l'idée qui lui avait manqué jusqu'alors, la solution miracle à tous ses malheurs.

« Voilà. Tu sais tout. Qu'en penses-tu ?

— Que la maison brûle et que tu ne pourras pas éteindre l'incendie tout seul. Je connais ton patrimoine, James, il est pour l'essentiel dans la banque. Ce que tu possèdes en dehors ne suffira pas. Et tu risquerais de tout perdre. Tu vas devoir demander de l'aide, mais en position de faiblesse. Ne négocie qu'avec de grandes institutions financières, trois ou quatre, pas plus. D'autant qu'il y en a beaucoup qui ne vont pas bien fort en ce moment. Un financement en actions de préférence, donc sans droits de vote, mais avec un dividende privilégié. De quoi renforcer les fonds propres, pour faire revenir la confiance. Mais pas de droits de vote, tu comprends ? Il sera toujours temps de discuter de la gouvernance, et ce ne doit pas être le premier sujet.

— Qui en priorité ?

— Je pense à Trench, le type de Providence. Nous nous connaissons bien, je pourrai l'appeler avant ton coup de fil.

— C'est une bonne idée. Je ne suis pas sûr que nous l'intéresserons, il n'a jamais voulu investir dans la banque. Mais il est fiable.

— Et pourquoi pas Tretz, le Français de DexLife ?

— Tu crois ? Franchement, ce personnage ne m'inspire aucune sympathie. Je l'ai croisé à plusieurs reprises, et il m'est toujours apparu comme un fat insupportable.

— Je partage ton avis. Mais DexLife semble tenir le choc de la crise. Tretz a la crédibilité et les moyens. Écoute, demande son avis à Henry. S'il est contre, on laisse tomber. D'accord ? »

Un début de plan s'était fait jour jeudi en fin d'après-midi. Henry et Riley avaient accouché de deux documents. Le premier faisait un point de situation pour la Banque d'Angleterre : résultats semestriels, plan de trésorerie, projections de fonds propres. Une réunion avec le sous-gouverneur Tucker avait été fixée le lendemain aux aurores. Son chargé de mission avait appelé Frost d'un ton las : « Demain matin, 7 heures précises. C'est le seul créneau que j'ai pu trouver si vite. Vous aurez une heure. Bienvenue aux urgences, Monsieur Frost. »

Le second document ne faisait pas partie du dossier envoyé à Tucker et résumait les options de recapitalisation. Afin d'éviter les fuites, le nom de chacun des cinq destinataires figurait en filigrane et en lettres capitales sur chaque page de leur exemplaire. Henry l'avait présenté à son père, flanqué de Frost, de Riley et de Strathers.

« Nous avons pris le parti d'envisager toutes les possibilités, y compris les plus désagréables. »

L'ironie de Lord Meriton n'avait pas épargné son fils.

« C'est le moins qu'on puisse dire. Dans la dernière option, mais peut-être ai-je mal compris, nous ne détenons plus que 16 % de la Riverside, après une augmentation de capital réservée à un investisseur, au prix violemment décoté d'une livre par action. Vous êtes trop bons, Messieurs. »

Strathers avait tiré une bouffée de son éternel cigare.

« James, Henry a raison. Ce n'est pas notre option préférée, tu t'en doutes, mais je te rappelle que nous sommes à la recherche de 500 millions de livres. Pour une banque qui n'en vaut ce soir que 625, ça n'a rien d'une bagatelle !

— John, nous disposons d'un milliard de fonds propres ! »

En bon banquier d'affaires, Nicholas Riley était venu à la rescousse de Strathers.

« Cette valorisation est loin d'être absurde. Dans notre scénario stressé, nous passons pour l'année 500 millions de provisions sur ce que j'appellerai par commodité les "crédits Lancenet". Soit 500 millions à soustraire des fonds propres. Ce qui réduit ces derniers à 500 millions. Pas loin de ce que dit le marché. »

Henry avait renchéri.

« Les investisseurs regardent devant, et devant se dessine une crise financière mondiale. L'action Riverside n'est sans doute pas au bout de sa course... Pour casser cette spirale infernale, il nous faut un apport d'argent frais. Mais c'est insuffisant. En même temps que nos résultats, nous devrons annoncer la semaine prochaine que nous avons engagé les démarches pour trouver un partenaire stratégique... Nous nous battons sur deux fronts : le capital, et la trésorerie. Le plus urgent, c'est la trésorerie. »

On avait confié à John Strathers la douloureuse tâche d'exposer le plan de bataille au vieux Lord.

« Je mets les pieds dans le plat ?

— C'est déjà fait, John. »

Lord Meriton avait pris un air désabusé.

« James, Henry, vous allez devoir partager le pouvoir. Quels qu'ils soient, nos partenaires exigeront un droit de regard sur votre gestion. Ou un contrôle partagé. Ou bien le contrôle tout court. »

Henry eut une réaction agacée.

« Nous en avons déjà parlé, John. Nous verrons bien, ne partons pas battus. Je propose dans un premier temps une entrée sans droits de vote sous la forme d'actions, avec un dividende prioritaire. Objectif : préserver le contrôle. Pour maintenir notre participation au-dessus de 35 %, nous devrons réinvestir 50 millions de livres. C'est tout à fait possible. »

John Strathers leva les mains en signe de résignation.

« Je me rends, Henry. Démarrons ainsi, vous avez raison.

— Merci, John. Voici la liste des premiers contacts envisagés. Pas de banques, ce sont nos concurrents. Uniquement des compagnies d'assurances et des fonds d'investissement qui acceptent d'intervenir en minoritaires. Peu nombreux, pour des raisons de confidentialité. Nos critères de choix : la solidité financière, l'expertise sur le secteur et, dans la mesure du possible, une bonne connaissance des interlocuteurs. Rendez-vous demain chez DexLife, Providence, Arms Capital et Hoare Investments. Tretz veut voir mon père seul à seul. Je m'occupe de Providence et d'Arms Capital avec Nicholas. »

Henry regarda James.

« Et si John vous accompagnait chez Hoare ?

— Nous sommes d'accord. À quelle heure la réunion chez DexLife ?

— 17 heures.

— Très bien, j'y serai. »

Entre Paris et Londres, dans l'avion de Perama

Yurdine se tenait à l'arrière du Falcon, où il avait fait installer une table de travail et quatre confortables fauteuils en cuir. Sergueï, assis près du cockpit, s'était approché.

« Grigori Piotrovitch, la livraison a été confimée.

— Parfait. »

La partie était bel et bien lancée. Le deuxième coup devait maintenant être joué rapidement. Martha répondit immédiatement.

« Martha, tout s'est passé comme prévu. Nous devons simplement accélérer la communication, à la demande du Président lui-même. Ce sera lundi, avant l'ouverture du marché. Vous vous en occupez avec l'Élysée.

— D'accord, Grigori.

— Du nouveau de votre côté?

— Oui. Pour Ravi, 600 millions de livres devraient suffire.

— Ce ne serait pas cher payé.

— Paradoxalement, nous sommes aidés par le marché. Les investisseurs ne savent pas où en est la Riverside, ils prennent peur et surestiment les pertes. Le silence de la banque ne les rassure pas.

— Je suis sûr que les Meriton n'en savent pas beaucoup plus.

— Donc on y va?

— C'est parti. »

Grigori avait à peine eu le temps de raccrocher que le téléphone sonna de nouveau. C'était sa sœur Lena.

« Grisha, j'imagine que je te dérange. »

Elle parlait d'une petite voix, qui rappelait à Grigori les conversations de leur enfance, lorsqu'elle venait se réfugier près de lui après une punition à l'école ou une dispute des parents.

« Je t'en prie, Lena. Mais je suis en avion. Si nous sommes coupés, je te rappelle aussitôt. »

Lena émit un léger sifflement. « J'oubliais que tu passes autant de temps dans ton jet. *So chic!* Si tu n'étais pas mon frère, tu figurerais en bonne place dans mon prochain livre.

— Épargne-moi cet honneur. Tu devrais d'ailleurs faire attention à ce que tu écris. Merci pour les épreuves de *La Promesse*. Il ne s'agit pas d'un roman mais de politique !

— C'est drôle. Mon éditrice pense également que c'est un brûlot et que j'ai de bonnes chances d'être publiée à l'étranger… Pour la version anglaise, nous sommes convenues que je m'occuperai moi-même de la traduction, ce sera plus sûr. Mais ce n'est pas pour cela que je t'appelais.

— Dis moi ?

— C'est idiot. Nous ne nous parlons pas souvent. Mais il n'y a personne en qui j'ai autant confiance. Grisha, j'ai besoin d'aide.

— Je t'écoute.

— C'est Ivan. La situation va de mal en pis depuis que j'ai évoqué notre séparation. Il faut que je quitte notre appartement. Mais je ne veux pas emmener Marina à l'hôtel. C'est déjà assez difficile comme cela pour une adolescente. Je me demandais si je pouvais m'installer dans ta villa de la Roubliovka. Juste pour quelques jours.

— Lena, aucun problème, évidemment, je m'en occupe dès mon arrivée. Alexandra est là-bas, elle t'accueillera avec plaisir. Et puis tu succomberas peut-être à la douceur de vivre de ce paisible quartier... Tu sais, cette nouvelle Russie que tu décries tant dans ton roman.

— N'y compte pas. Mais merci du fond du cœur, Grisha. Merci pour Marina. Je t'embrasse comme je t'aime, Grisha. »

Londres, Canary Wharf, jeudi 11 septembre 2008

L'accueil principal du rez-de-chaussée venait d'annoncer que Lancenet avait pris place dans l'ascenseur présidentiel. Il serait là dans quelques minutes, le temps d'arriver directement au quarante-deuxième étage. Aménagé par un jeune architecte d'intérieur à la mode, le bureau de Tretz, à la fois sobre et imposant, déclinait la gamme complète des gris et des blancs cassés.

« Bonjour, Paul. Comment vas-tu ? Tu as l'air en grande forme. »

Paul avait une mine de déterré.

« Mets-toi à l'aise. Un whisky ? »

Lancenet prit place sur le canapé, sans un regard pour les tours de Canary Wharf.

« Volontiers. »

Il le but d'un trait. Charles joignit les mains comme pour une prière.

« Paul, tu sais que je n'ai pas de secrets pour toi. En contrepartie, tu dois faire preuve d'une discrétion absolue. Et bien sûr continuer de m'informer de tout ce qui se passe à la Riverside. »

Charles avait adopté un ton de sergent-chef qui n'admettait aucune réplique.

« DexLife détiendra lundi soir plus de 5 % du capital de la banque. »

Paul eut un geste de surprise.

« Le bloc des Bareletti ?

— Non. Chaque chose en son temps. J'ai ramassé les titres dans le marché.

— Vu le volume de transactions, tu es sans doute le seul acheteur.

— Tant mieux ! Et je vais prendre le contrôle. Mais, avant de faire une offre aux Meriton, je vais continuer sur le marché.

— Tu connais aussi bien que moi les déclarations de franchissement de seuils.

— J'irai jusqu'à la limite. Je veux aussi acheter la participation de Whitefield. Tu connais le patron, Merrigan. Tu peux m'aider ?

— Téléphone-lui. Le type est désespéré. Pour faire face à ses appels de marge, il doit absolument liquider des positions. Il vendra au premier acheteur.

— Je l'appellerai lundi. Le cours va encore baisser. La situation américaine est catastrophique. Je sais de source sûre que la Fed est en train d'opérer à cœur ouvert Merrill Lynch et Lehman Brothers. Mais tous ne pourront être sauvés. Si l'un doit y passer, ce sera Lehman. »

Lancenet se redressa brusquement, le visage défait.

« Tu plaisantes ? Laisser tomber Lehman ? Ce n'est pas possible. Ce serait le début du massacre ! Ils ne contrôleraient plus rien ! Ils ne savent pas ce qu'ils font…

— Les politiques sont partagés. Beaucoup de républicains défendent la loi du marché. D'autres pensent que le laisser-faire serait une folie.

— Charles, il faut que tu agisses sans délai. Sinon, la Riverside y passera aussi. Et moi avec. Tu m'entends, Charles ? Moi avec !

— Calme-toi, Paul. La cavalerie arrive toujours au dernier moment. Riverside ne fera pas faillite. Je laisserai peut-être un strapontin aux Meriton. Nous verrons. Je ne suis pas sûr qu'on ait besoin de ces incapables. Comment ça se passe là-bas ? »

Paul soupira.

« Frost a explosé en vol mais il continue de m'informer. Henry Meriton a pris les commandes. Plutôt bien, d'ailleurs, compte tenu des circonstances.

— Ils comprennent vraiment leur situation ?

— Oui, mais pas forcément ce qu'elle implique. Le père et le fils espèrent encore convaincre un investisseur, sur des actions sans droits de vote, et garder le contrôle.

— Ces nazes rêvent complètement. Décidément, il faudra s'en débarrasser au plus vite.
— Tu sais, ils pourraient t'aider.
— À quoi ? Ils sont déjà la risée de la City et n'ont plus aucune crédibilité. Je leur laisserai de quoi entretenir leurs jolies maisons. Assez parlé d'eux. Quelle est la situation de trésorerie ?
— De plus en plus tendue. L'avertissement sur résultats a eu l'effet d'une tornade et a balayé les bonnes intentions de nos contreparties. Ceux qui viennent ne le font que pour des durées très courtes, quelques jours tout au plus.
— Ne me dis pas que ces crétins seront à court de cash avant l'annonce des résultats ?
— Si ce que tu m'as annoncé se vérifie, on n'aura plus personne. Tu sais ce qui serait malin ? »

Charles fit une moue dubitative.
« Dis toujours ?
— Tu devrais nous faire une ligne à un mois. Pour toi, c'est sans risque, puisque tu vas prendre le contrôle. Juste de quoi nous permettre de garder la tête hors de l'eau. »

Charles resta silencieux quelques secondes, puis partit d'un grand éclat de rire.
« Un dernier petit bol d'air pour les Meriton avant de leur botter les fesses ! Tu es génial, parfois. Dangereux, mais génial. Tu sais quoi ? Tu me mets sur un bout de papier tout ce dont vous avez besoin, et je vois avec notre

trésorerie dans la soirée. Je te ressers un whisky ? Tu l'as bien mérité ! »

Londres, Holland Park, jeudi 11 septembre 2008

La grande salle à manger était éclairée par une lumière chaude. Partout, des tableaux de maîtres. Les Meriton étaient mécènes par tradition, chaque génération avait apporté sa contribution et les parents de James avaient été des collectionneurs émérites. De chaque côté de la porte qui ouvrait sur le salon, un grand Balthus, dont un magnifique portrait de la grand-mère de Lord Meriton, peint à la fin des années 1930. De nombreux artistes anglais des XVIIIe et XIXe siècles, dont plusieurs marines de Turner, des portraits de Gainsborough et des paysages de Whistler. Il se dégageait de l'ensemble une étonnante impression d'harmonie, en dépit du mélange des styles et des périodes.

Dans le vestibule et le salon, mais aussi dans la bibliothèque où l'on s'installait l'hiver après le dîner pour boire une liqueur ou fumer un cigare, ainsi que dans une pièce tout entière réservée à la collection de James, des vitrines offraient au regard des échiquiers de tous âges et de tous styles. Une fraction seulement de la collection était visible. James en possédait près de cinq cents, dont la plupart avaient migré dans leur propriété du Surrey. Quand il était de bonne humeur, Lord Meriton aimait faire découvrir à ses invités les pièces les plus curieuses.

Mais ce soir, il avait préféré couper court aux préliminaires, ne rejoignant le petit groupe qu'au début du dîner.

Lady Meriton était venue au secours de son mari dès l'apéritif : interdiction de parler de la crise financière, on l'assommait avec ces péripéties presque chaque soir, elle priait chacun, non, elle exigeait qu'on se cantonne à d'autres sujets de conversation. Fort heureusement, Tristram Miller se montra intarissable sur l'exposition à venir, louant longuement la générosité de Lord Meriton, son goût si assuré, la qualité exceptionnelle de la collection. Il trouva également le moyen d'expliquer qu'il avait été appelé Tristram en hommage au *Shandy* de Sterne. Donegal, qui buvait sec, enchaînant les verres de petrus comme si sa vie en dépendait, déclara qu'il ne savait pas que l'inventeur du *shandy*, cette boisson panachée, s'appelait Sterne, ni même d'ailleurs que quelqu'un avait inventé le *shandy*. La conversation s'interrompit un instant, Liz finit par se tourner vers son écrivain de voisin pour lui témoigner son admiration. Elle était certaine que *White Tiger* serait élu par le Booker, même si elle n'avait pas lu les ouvrages des autres candidats. Adiga lui répondit avec émotion : son texte décrivait la quête de liberté à New Delhi d'un jeune homme issu d'un milieu défavorisé, son ascension sociale, de l'extrême pauvreté à l'extrême richesse, et la corruption généralisée de la société indienne contemporaine. James entendait sans comprendre, écrasé par l'angoisse. Que dire à Tretz le lendemain, jusqu'où dissimuler la gravité de la situation, à moins, au contraire, de jouer cartes sur table ?

Il sursauta. Penché sur sa chaise, Donegal s'adressait à lui d'une voix étouffée.

« James, il faudra que vous m'expliquiez ce qui se passe à la Riverside. Désolé de me montrer brutal, mais j'ai déjà perdu 20 millions de livres sur ma position.

— Doug, une passe difficile, nous en avons connu d'autres. Nous publions nos résultats la semaine prochaine. Je serai dans votre bureau dès le lendemain. Mon assistante va régler la question avec la vôtre.

— Mon cher James, je souhaite que vous m'annonciez de bonnes nouvelles. Souvenez-vous que c'est sur votre conseil que je me suis renforcé à la fin de l'année dernière. »

Lord Meriton fit signe au maître d'hôtel de resservir Donegal.

« Ayez confiance, Doug, vous n'aurez pas à regretter votre investissement. »

On était passé aux attentats du 11 Septembre. Comment éviter le sujet en ce jour anniversaire ? Chacun se souvenait de l'endroit où il était quand les attaques s'étaient produites, mais les discussions restaient superficielles. On se désolait que la *Sky Line* de New York soit toujours édentée, quelqu'un fit état d'un sondage selon lequel la moitié de l'humanité adulte attribuait la responsabilité des attentats à d'autres qu'à Al-Qaïda, et notamment aux États-Unis. Gourdault-Montagne, décidément plus Gourdault que Montagne, selon le mot d'un journal satirique français, osa une comparaison malencontreuse, assimilant les subprimes aux avions des pirates de l'air, et les tours jumelles aux économies occidentales, l'Europe et l'Amérique, pour une fois unies, dans la crise financière. Liz le réprimanda gentiment.

« Monsieur l'Ambassadeur, la crise financière est ce soir un sujet tabou. Parlez-nous plutôt de votre président. Nous avons beaucoup apprécié le petit chapeau de Carla lors de sa visite à la reine, en mars dernier. »

James Meriton brusqua son épouse en donnant raison au Français. Il s'imaginait debout dans son bureau, regardant sans un geste un Airbus fondre sur lui. Avec aux commandes un Lancenet au visage fermé, qui s'apprêtait à percuter l'immeuble à pleine vitesse.

La porte se referma sur le dernier invité. Devant l'épuisement de James, Liz avait donné le signal du départ plus tôt qu'à l'accoutumée.

« Merci d'être resté jusqu'au bout. Je sais que vous n'en aviez aucune envie. Et vous avez donné le change malgré vos soucis. »

Elle lui caressa la joue du bout des doigts. James sourit sans rien dire, posa sa tête sur l'épaule de sa femme, et ferma les yeux quelques secondes.

« Je ne suis pas fâché que cela soit terminé.
— Allons nous coucher, James. »

Liz était déjà dans le grand escalier quand elle lui désigna un paquet posé sur l'une des consoles du vestibule.

« Il est arrivé pour vous en fin d'après-midi. J'ai oublié de vous en parler avant le dîner. Au vu du format, je parierai pour un nouveau jeu d'échecs. Je suis certaine que vous n'attendrez pas demain pour l'ouvrir. »

James soupesa l'objet avec curiosité. Il était soigneusement enveloppé dans un papier noir qui brillait doucement.

« Un cadeau serait le bienvenu dans cette semaine de tourments. »

La boîte ancienne en acajou contenait un échiquier et une lithographie de Napoléon à Sainte-Hélène engagé dans une partie d'échecs avec l'un de ses compagnons d'exil. James lut la légende à voix haute : « Le roi tombé à terre. » Incroyable ! C'est le jeu que j'ai raté chez Christie's cette semaine. Le prix s'était emballé.

— Ouvrez l'enveloppe, ce doit être la carte de votre bienfaiteur. »

James Meriton découvrit un bristol sans en-tête, couvert de quelques phrases écrites à l'encre noire.

« Cher Lord Meriton, j'ai pensé que ce jeu qui a appartenu à Napoléon vous serait précieux, même si l'un des pions a disparu. Peut-être connaissez-vous ce mot qu'on attribue à mon compatriote Kasparov ? "Ce ne sont pas tant les règles que les exceptions qui sont importantes." D'un modeste amateur à un grand collectionneur.

Grigori Piotrovitch Yurdine. »

IX.

Londres, Canary Wharf, vendredi 12 septembre 2008

« Lord Meriton est arrivé. »
« 17 heures pile : le vieux est d'une ponctualité horlogère », se dit Tretz.
« James, quel plaisir de vous revoir ! »
Sa jovialité était forcée. Charles connaissait à la livre près, mieux que Meriton lui-même, l'état des finances de la Riverside en cet instant. Les informations communiquées par Lancenet, croisées avec ce que savaient par ailleurs ses équipes financières, très actives dans le marché, lui donnaient une idée précise de la vitesse à laquelle le sol se dérobait sous les pieds des Meriton. Les deux hommes s'installèrent dans de grands fauteuils couleur taupe, devant un thé prêt à être servi.
« Cela fait bien longtemps que je ne vous ai vu à Canary Wharf, James. En y pensant, je me demande même si je vous y ai jamais vu ? »
Meriton ne releva pas l'ironie.

« Charles, vous savez que la Riverside traverse un moment difficile.

— Je l'ai entendu dire. C'est pourquoi j'ai souhaité que notre réunion se tienne rapidement. Rien que vous et moi. Comme cela, pas d'effets de manche. Prendrez-vous une tasse de thé ? Je vais bientôt être plus anglais que le plus anglais des Anglais.

— Volontiers. »

Lord Meriton poursuivit d'une voix atone.

« Charles, j'ai besoin de votre aide.

— Mon aide vous est acquise, James. Dans la limite de mes moyens, évidemment. Mais je ferai tout ce qui est en mon pouvoir pour vous sortir d'une mauvaise passe.

— Vous savez que le marché interbancaire se ferme chaque jour un peu plus. Début septembre, nous trouvions encore à nous financer à trois mois. Aujourd'hui, après notre avertissement sur résultats et les signaux alarmants qui nous parviennent des États-Unis, ce n'est plus qu'à quelques jours. »

La moue de Tretz exprimait tout à la fois la compassion et la commisération.

« Mais alors, vous aussi, mon cher James ! C'est une véritable épidémie ! À vrai dire, je ne croyais pas que votre situation était si tendue. De combien avez-vous besoin ? »

Il plissa benoîtement les yeux, ajoutant au supplice de Meriton. James déglutit avant de se jeter à l'eau.

« Il faut distinguer deux problèmes. Le financement de court terme, et un apport de fonds propres à long terme.

Je vais aller droit au but. Pouvez-vous envisager d'entrer au capital ? J'ai fait préparer une synthèse. »

Pendant sa lecture, Charles ne leva pas une seule fois les yeux sur le vieil homme. Le Français, qui ne faisait rien pour dissiper son malaise, reposa le document. La proposition de Paul d'une ligne de trésorerie à court terme attendrait que James soit à point.

« Franchement, James, je n'imaginais pas qu'une banque de la taille de la Riverside puisse être si exposée. Si l'enjeu avait été moindre, bien moindre, je vous aurais apporté sans faillir notre concours temporaire, quitte à batailler ferme avec nos équipes de risques, chaque jour plus timorées. Et je ne parle que de la trésorerie. Tout cela me paraît hors de portée. Mais vous savez l'estime que je vous porte, je vais donc faire étudier votre note en détails. Je n'ai pas beaucoup d'espoir, mais on ne sait jamais. Pour le reste… »

Il marqua un temps d'arrêt.

« Pour le reste ?

— Tout investisseur exigera de souscrire à une augmentation de capital en bonne et due forme, pas à des titres qui ne confèrent aucun droit de vote. Je suis désolé, James, sincèrement désolé. »

Le vieux Lord se redressa lentement. Il aurait accepté une fin de non-recevoir exprimée avec sincérité. Mais le plaisir que Tretz prenait à cette comédie était une humiliation inutile.

« Charles, je ne vous dérange pas plus longtemps. Je sais combien votre temps est précieux. Je n'oublierai pas l'exquise courtoisie avec laquelle vous m'avez reçu. »

Il jeta un dernier regard au carton d'invitation adressé quelques semaines plus tôt à quelques centaines de privilégiés, posé bien en évidence sur une étagère, comme pour le narguer.

VICTORIA AND ALBERT MUSEUM
Vernissage le lundi 15 septembre à 18 heures
En présence d'Andrew Murray Burnham, secrétaire d'État
à la culture, aux médias et aux sports

JEUX D'ÉCHECS
SPLENDEURS DE LA COLLECTION MERITON

De retour dans son bureau, après avoir raccompagné le banquier jusqu'à l'ascenseur, Tretz s'étira avec satisfaction. L'affaire se présentait au mieux. Si, comme il le croyait, Lehman ne passait pas le week-end, lundi serait le moment idéal pour passer à l'attaque et prendre le contrôle de la Riverside en un temps record. Pendant que, sidéré, le monde entier aurait les yeux tournés vers New York, il aurait le champ libre à Londres. La Banque d'Angleterre serait trop heureuse de le voir arriver en sauveur pour laisser le choix aux Meriton. Il prendrait la présidence du conseil d'administration et confierait la direction générale à un jeune partner ambitieux de la banque d'affaires. Lancenet serait exfiltré, un chèque suffirait. Décidément, c'était un drôle de monde que celui de la finance. Un monde où les fauteurs de troubles partaient avec l'argent, sinon avec les honneurs, sans jamais rendre de comptes. Après tout, Paul n'était pas le seul responsable de cette déconfiture. Pour avoir laissé faire sans chercher à comprendre, les Meriton méritaient leur sort mais resteraient largement impunis. Ils perdraient certes l'influence et le pouvoir, qu'il valait mieux placer entre des mains plus expertes, mais préserveraient leur mirifique train de vie. Charles attrapa l'élégant bristol du musée, l'air pensif. Cela lui donnait peut-être une idée, à condition d'achever les préparatifs pour lundi.

Son secrétaire général guettait manifestement son appel.

«Peter? Merci de convoquer pour lundi à 15 heures un conseil d'administration extraordinaire. Un seul sujet à l'ordre du jour: "Projet d'acquisition." J'appellerai quelques administrateurs ce week-end pour les briefer.

— Très bien, Monsieur le Président.

— Autre chose. Vous me représenterez lundi à 18 heures pour la transaction Bareletti. Vous préparez le pouvoir, je le signerai lundi matin. J'ai plus important à faire. Et Emma ne sera pas là. Tout est prêt?

— La documentation est finalisée, les avocats pinaillent, mais rien qui vaille la peine que je vous ennuie.

— Parfait. Dernière chose: réunion dimanche à 17 heures avec l'équipe du deal. Chez moi, aucune envie de passer le week-end ici. Vous organisez?»

Charles de Tretz raccrocha.

«Tu pourras garder tes précieux échiquiers, mon cher James.»

Londres, siège de la Riverside, vendredi 12 septembre 2008

Paul Lancenet avait passé l'essentiel de sa journée au téléphone, essayant d'accrocher des financements. Il avait épluché son carnet d'adresses, jusqu'aux relations délaissées depuis dix ans. Son bilan était maigre, mais il avait tout de même obtenu quelques tickets dont Mark Johnson l'avait vaguement remercié, d'un grognement indistinct. Le directeur financier voyait s'accroître dangereusement son besoin de financement au jour le jour, au fur et à mesure du non-renouvellement des échéances de la semaine. Tout au long de la journée, il n'avait cessé de répéter la même rengaine : « Dieu merci, nous sommes vendredi ! Deux jours de répit ! J'étrangle le prochain qui prononce devant moi le mot "cash" ! »

Entre deux appels, Paul essayait de prendre la température de New York. Pas une minute sans penser au sombre pronostic de Tretz. Lancenet avait sondé chacun de ses contacts à Wall Street, sans rien glaner de précis, sinon que les autorités cherchaient un repreneur. On parlait de Bank of America, ou encore des Britanniques de Barclays. Sur la table, les dossiers de Merrill Lynch et de l'assureur AIG accentuaient encore la panique. Une de ses anciennes petites amies, banquière d'affaires chez Lehman, acheva de le dessoûler. Le cours continuait de baisser après l'effondrement de la veille.

« Cela sent le sapin. Tel que c'est parti, je n'aurai plus de boulot à la fin du week-end. Figure-toi que j'ai réussi à vendre mes actions pour trois fois rien au patron du Trading. Ce vieux schnock y croit encore. »

Et lui, quel inconditionnel de la Riverside lui rachèterait ses actions ?

Londres, Lower Thames Street, vendredi 12 septembre 2008

« Il s'est montré tout à fait odieux. »

La Bentley longeait la Tour de Londres, sinistre même sous un soleil d'automne.

« Henry, je n'attends rien de Tretz. Mais je n'ai pas eu beaucoup plus de succès chez Providence. Au moins Trench s'est-il montré attentif. Je l'ai pourtant senti très préoccupé. Selon lui, AIG rencontre de graves difficultés. Or AIG est engagé auprès de nombreuses institutions européennes. Henry ?

— Je suis là.

— Lundi, Trench nous fera 50 millions à une semaine. Informe Johnson. Et de votre côté ?

— Le dossier intéresse. Surtout Arms Capital. Ils étaient cinq pour nous recevoir, ils ont signé l'accord de confidentialité. Retour promis pour la semaine prochaine. Ils pourraient intervenir très vite.

— Ce n'est pas si mal.

— Ne vous emballez pas. Nous n'en sommes qu'aux manifestations d'intérêt, rien de plus.

— Comment réagissent-ils à l'idée des actions sans droits de vote ?

— Dans les circonstances présentes, le contrôle semble un impératif. Nos hôtes de Hoare ont été les plus francs. Pour eux, il s'agit bien d'un sauvetage, pas d'un simple coup de main. Et il n'a d'intérêt que s'ils peuvent racheter la totalité de notre participation, et lancer ensuite une offre sur le reste du capital.

— Tretz était du même avis. J'arrive dans quelques minutes.

— D'accord. Je serai au téléphone avec Merrigan. »

Londres, siège de la Riverside, vendredi 12 septembre 2008

Les hurlements brooklyniens du patron de Whitefield résonnaient si violemment dans le bureau que Henry et Lancenet se tenaient à distance du haut-parleur.

« Vous comprenez ce que je vous dis ? C'est sauve-qui-peut, ici ! Et vous m'appelez la bouche en cul de poule pour savoir ce que je vais faire de vos titres ! »

Henry fit signe à son père de s'asseoir.

« Il ne nous entend pas, nous sommes sur silencieux. C'est comme ça depuis cinq minutes. »

Merrigan continuait son soliloque.

«J'essaie de les bazarder, vos titres, comme le reste. Mais vous voyez, personne n'en veut. Et moi, j'ai mes banquiers aux fesses. Donc je vends au premier venu. C'est clair ?»

Henry déverrouilla le haut-parleur.

«Très clair, John.

— Paul m'avait convaincu d'en prendre quand il est arrivé chez vous. La moindre des choses, ce serait de me les racheter. Je vous écoute.

— Je crains que cela ne me soit impossible, John.»

Merrigan imitait à merveille l'accent d'Eton.

«Je crains que cela ne me soit impossible, John... Allez vous faire foutre, Meriton, vous et votre banque de merde. Je ne crois pas que vous vous rendiez bien compte de ce qui se passe ici. C'est un tsunami, il ne restera rien, et surtout pas votre banquette d'Anglais à la gomme. Rappelez-moi quand vous aurez quelque chose de précis à me dire.»

Merrigan raccrocha brutalement. Henry regarda son père en haussant les épaules. Lancenet crut bon d'intervenir.

«Il est identique à lui-même, pas d'inquiétude. L'important, c'est qu'il dira oui au premier acheteur que nous lui présenterons.»

James Meriton n'eut pas un regard pour Paul.

«J'ai un mot à vous dire, Henry. Monsieur Lancenet ne nous est pas indispensable.»

X.

Londres, Cornhill Street, samedi 13 septembre 2008

« Alexandra voudrait vous parler, Grigori. »

Il prit le portable que lui tendait Martha et s'éloigna dans un coin de la pièce.

« Tu m'obliges à mendier ton attention... »

Le ton était lourd de reproches. Sa femme avait sa voix des mauvais jours.

« Je t'ai dit que je travaillais sur un dossier important, j'ai besoin de me concentrer.

— Tu as toujours quelque chose d'important ! Tu n'es pas assez riche comme ça ? En tout cas, je vois bien où sont tes priorités, et ni les enfants ni moi n'en faisons partie. Je suis tout juste bonne à servir de nounou à ta sœur.

— Si tout va bien, je serai à Moscou le week-end prochain.

— Tu te moques de moi ? Tout n'ira pas bien, comme d'habitude. Cette fois-ci, je te rejoins à Londres. »

Leurs disputes, de plus en plus fréquentes, se déroulaient toujours de la même façon. Sa femme élevait la voix, s'agaçait du calme de son mari et finissait immanquablement par le traiter de monstre d'indifférence.

« Comme tu veux.

— Tu t'en fiches complètement.

— Je serai très heureux de te voir, mais je n'aurai pas beaucoup de temps.

— Je te dérange dans tes affaires ? Ou bien dans autre chose ?

— Je te rappelle tout à l'heure. »

Prolonger cette conversation était inutile. Chaque éclat de voix l'éloignait davantage d'Alexandra. Il n'avait plus envie d'essayer de comprendre. Yurdine raccrocha et tendit son téléphone à Martha en reprenant sa place autour de la grande table, où régnait un désordre de papiers et de tasses de café.

« Je suis désolé. Martha, ne décrochez pas la prochaine fois. Bon, on reprend. Où en sommes-nous sur Fischer et Kasparov ? Ravi ? »

Il était presque midi. Les principaux collaborateurs de Yurdine étaient réunis au siège depuis le début de la matinée. Les fenêtres avaient été entrouvertes pour laisser passer l'air léger d'un début de week-end ensoleillé. L'atmosphère était studieuse, sans fébrilité ni tension. Grigori avait habitué son équipe à son calme un peu distant. Il parlait peu, sans jamais élever la voix, mais sans chaleur non plus. Il avait écouté les rumeurs glanées la veille par Martha et Ravi, alors que Wall Street clôturait une autre journée de folie. On disait que Barclays étudiait le rachat de Lehman, sous le regard inquiet du chancelier de l'Échiquier. Pendant ce temps, à Manhattan, des cohortes de SUV noirs en provenance de Midtown déposaient banquiers et avocats en manque de sommeil devant le 33 Liberty Street, siège de la Réserve fédérale, où s'enchaînaient les réunions de crise.

« Je vous donne des nouvelles de Bobby et de Gary ? »

L'ambiance commando enchantait Ravi, presque autant que la complexité des opérations dont il était chargé.

« Si vous voulez bien, Ravi.

— Nos deux bébés se portent à merveille. Attendus lundi soir, deux gros paquets d'actions de Riverside, pesant 2,5 % du capital chacun. Les mères porteuses, Natixis et Deutsche Bank, sont en pleine forme et ont contribué à la rédaction des faire-part. Détail très important : les mamans ne se connaissent pas, bien sûr. Chacune croit qu'elle est seule à porter un petit Riverside. »

Yurdine esquissa un très léger sourire.

« En langage non crypté, ça donne quoi ? »

Le jeune analyste prit un air navré.

« Un Russe qui n'aime pas la poésie ? »

Martha intervint sèchement.

« Ravi, nous sommes pressés.

— Pardon. Retour à la prose bancaire. Natixis et Deutsche Bank nous rembourseront lundi, en actions Riverside, les contrats souscrits auprès d'elles début juillet. Voilà pour Fischer et Kasparov. Je passe sur les détails techniques, mais Perama a réussi à construire secrètement une position de 5 % dans la Riverside, que nous révélerons mercredi soir au marché. »

Martha enchaîna.

«C'est juridiquement régulier. Plus exactement, la réglementation ne dit rien à ce sujet. Disons que nous exploitons une faille. Évidemment, pour l'instant, les opérations sont perdantes : nous serons remboursés avec des titres dévalués.

— Certes. Mais si nous réussissons, le cours remontera, parce que le marché reprendra confiance. Il remontera d'ailleurs quel que soit le vainqueur. Notre risque est en réalité limité.»

Yurdine s'était levé.

«On ne nous attend pas. L'effet de surprise sera total. Nous nous occuperons ensuite de sécuriser les titres de Whitefield.»

Il commença à faire les cent pas, mains dans les poches.

«Il nous faut encore trancher quand et comment nous nous dévoilerons à Riverside. Nous sommes tous d'accord, cela doit avoir lieu demain. Mais qui pour le faire? Martha et l'avocat des Meriton? Ou votre serviteur face au vieux Lord? Martha?

— La première option, sans hésitation. Vous devez vous préserver. Et cela nous permettra d'ajuster le tir avant la rencontre au sommet.

— Ravi, vous partagez ce point de vue?

— Oui. Ne brûlons pas nos vaisseaux. Inutile et dangereux.»

Yurdine désigna le téléphone.

«À vous l'honneur!»

Londres, quartier de Mayfair, samedi 13 septembre 2008

Comme tous les week-ends depuis les premières alertes, Paul Lancenet passait la fin de la semaine seul dans son appartement. Son esprit était occupé tout entier par la succession des événements et sa solitude ne lui pesait même plus. Pouvait-il faire confiance à ce raider au sang-froid, toujours si courtois, ne laissant aucune place au hasard ? Cette question le hantait depuis qu'il avait décidé de trahir les Meriton pour faciliter une reprise, au mépris des règles de loyauté les plus élémentaires. Lui avait été épargné en guise d'entrée en matière l'expression de mépris qu'il redoutait. À cet égard, il avait découvert qu'ils partageaient un même pragmatisme, affaire de formation autant que de caractère. Mieux valait être traité comme un allié que comme une balance. Certes, les apparences plaidaient pour lui, sa réussite évidente, sa détermination tranquille. Ses intentions étaient claires, le projet tenait debout, il saurait convaincre, il avait du talent. Mais pouvait-il lui faire confiance ? Ou bien trahirait-il, comme il l'avait vu si souvent dans sa vie professionnelle ? Il était en position de force, il pourrait en abuser.

Pendant quelques heures, Lancenet avait espéré être invité à la campagne. Déjeuner familial, promenade, travail, dîner amical, cette pause l'aurait rasséréné. Mais ils s'étaient retrouvés, sans autre participant, dans un immense appartement silencieux, décoré de toiles qu'il découvrait. Il n'avait pas osé demander qui était le peintre, toujours ce complexe, cette crainte de dévoiler qu'il n'était qu'un imposteur devenu un raté. En revanche, il avait immédiatement deviné qui était la jeune femme dont les photos encadrées, seule ou avec des enfants, envahissaient les espaces de travail. Il appréciait le même genre de tableaux, il était séduit par le même genre de femme, mais devenait-on des amis pour cela ? Et, sans même parler d'amitié, cette communauté de goûts suffirait-elle à nouer un pacte à long terme ?

La séduisante épouse du financier avait-elle la moindre idée de ce qui se préparait contre Lehman ? Sûrement pas. Son mari, lui, était toujours très bien informé. En dépit des rumeurs de rachat, la faillite restait une possibilité plus que sérieuse. On murmurait que Hank Paulson, parce qu'il était un ancien de Goldman Sachs, « la » banque, voulait mettre à genoux Dick Fuld, qui avait osé défier Goldman en son empire. Peu importaient les risques, Fuld devait mordre la poussière. Ces imbéciles s'imaginaient que le marché serait secoué pendant deux ou trois jours, pas plus, avant de se reprendre. Quel aveuglement ! Paul n'avait aucun doute sur la suite. La descente aux enfers. Plus personne n'aurait confiance en personne. Si Lehman, le grand Lehman, pouvait tomber, alors tous étaient menacés. Plus personne ne prêterait d'argent à personne. La Riverside tomberait comme une pierre. Et lui avec. Mais lui, ce serait comme une merde.

Son portable indiquait midi passé. Il fallait avaler quelque chose. Puis passer à la banque afin de préparer son rendez-vous de l'après-midi. Charles lui avait interdit les entretiens téléphoniques, trop risqués. Contacts directs obligés. Décidément, il boirait le calice jusqu'à la lie.

Londres, Holland Park, samedi 13 septembre 2008

Exceptionnellement, Lord Meriton était resté à Londres. La propriété du Surrey où il passait des week-ends prolongés, le plus souvent du vendredi matin jusqu'au lundi, lui manquait infiniment. Il regarda avec regret la photo d'Hampton Wood posée sur son bureau. Elle avait été prise en avril, depuis la colline qui faisait face au manoir. La grande bâtisse se découpait sur un ciel sans nuages, avec ses jardins en terrasses, où Liz devait se tenir en ce moment, devant ses hortensias et ses dahlias en fleurs. Mais James qui avait mal dormi, d'un sommeil peuplé de rêves de déchéance, ne pouvait laisser Henry se battre seul.

Son fils l'avait dispensé des réunions du matin. Arms Capital avait organisé un nouveau rendez-vous, on ne savait pas si leur intérêt était sérieux, Henry s'y rendrait donc avec Riley et le tiendrait informé. De son côté, il s'était essayé à rédiger le texte destiné au personnel qui accompagnait traditionnellement la publication des résultats. James avait relu celui du début d'année, paru sous la forme d'un dialogue avec Frost. Une idée de Hammer, qui avait tenu à illustrer le texte par une photographie des deux hommes discutant autour d'une table. L'image sentait très fort la mise en scène et le texte était indigent. Il s'y déclarait « prudemment optimiste pour l'année 2008, fort de la solidité des résultats engrangés l'année précédente ». Quelle *vista* !

La sonnerie de son portable le fit sursauter. John Strathers... Il n'avait pas le courage de répondre mais écouta le message laissé par son ami : « James, John à l'appareil. Je viens de recevoir un drôle de coup de téléphone. Une certaine Martha Ardiessen, qui travaille pour le propriétaire de Swire Bank, un Russe. Elle veut me voir demain, ils ont quelque chose à nous proposer. Très bizarre. Rappelle-moi dès que tu peux. »

Londres, Notting Hill, samedi 13 septembre 2008

Fabio émergea d'un sommeil comateux. Le bruit de la douche, le lit encore chaud à ses côtés lui rappelèrent que la soirée s'était terminée très tard et qu'il n'était pas rentré seul. Comment s'appelait-elle ? Sarah ? Oui, Sarah. Il revit un visage attrayant et un corps habile et caressant. Il avait beaucoup bu... Il ramassa son portable au pied du lit, parvint à composer son code. Il se souvenait d'une tâche à accomplir, mais laquelle ?

« Réveillé ? »

Une jeune femme enveloppée dans une serviette le regardait en souriant.

« Oui… Bien dormi ?

— Très bien, joli Fabio. J'aimerais rester mais je vais filer, j'ai un rendez-vous à 14 heures. Je t'offre un café ?

— Tu trouveras tout ce qu'il faut dans le salon, juste à côté. Je te laisse faire ? »

Fabio finit par accéder à son agenda après quelques manipulations malheureuses. Mince… Lui aussi avait un rendez-vous, la conférence téléphonique de Bleenweek avec les partners de la banque pour un « point de situation ». Heureusement, il lui suffirait d'écouter.

« Tu n'as pas l'air très frais… »

Sarah était entrée avec un *espresso*.

« Je te vois et je me sens déjà mieux. Tu es très belle, sais-tu ?

— Merci ! »

Sarah s'assit au bord du lit.

« Tu es drôlement zen pour un banquier. En ce moment surtout…

— Pourquoi s'en faire ? Je gagne à tous les coups, Sarah. Quand l'économie va bien, je fais des emplettes pour des entreprises en bonne santé. Quand elle va mal, je restructure des entreprises malades. Je m'y retrouve toujours. »

Fabio s'était levé pour faire son petit discours, tout en se dirigeant vers la salle de bains.

« Au fond, tu n'es qu'un vieux banquier cynique.

— Pourquoi "vieux" ? »

Fabio lui envoya un baiser du bout des doigts et éclata de rire. Sarah avait remplacé Annabella, qui avait disparu en Grèce cet été, partie avec des amis mais sans lui, pour des vacances dont elle n'était revenue au bout de trois semaines que pour récupérer quelques affaires personnelles.

« Tu savais bien que ce n'était pas pour la vie, non ? »

Fabio s'était rendu compte que Sarah ressemblait à Annabella, qui ressemblait à la précédente.

La douche glacée lui remit les idées en place. La jeune femme, déjà prête, l'embrassa sur la joue pendant qu'il se rasait.

« *Ti chiamo, va bene ?* »

Un jour, elle s'en irait sans crier gare, elle aussi. Il se connecta quelques minutes plus tard à la petite réunion. Juste à temps pour le discours du patron, qui expliquait d'une voix nasillarde que la banque sortirait renforcée de cette crise sans précédent, parce qu'il avait su anticiper mieux que ses concurrents les mouvements du marché. Il n'écoutait déjà plus ce long satisfecit quand il reçut un texto de Yurdine.

« Rappelle-moi. »

D'accord Grisha. Dès que Bleenweek aura terminé. Fabio ferma les yeux et repensa à Sarah.

Londres, Holland Park, samedi 13 septembre 2008

Henry dînait chez son père après une journée épuisante passée à échafauder des solutions de sauvetage. Il avait trouvé James assoupi dans un fauteuil, la tête en arrière et la bouche ouverte, sur le ventre un dossier dont la moitié s'était répandue sur le tapis. Le léger grincement de la porte réveilla le vieil homme.

« Je crois que je me suis endormi… »

Pendant que son fils se servait un Martini, il essaya de remettre un peu d'ordre dans sa mise, ramassa les documents étalés à terre.

« Décidément je ne suis plus bon à rien. Comment s'est passée votre journée ?

— Jane Austen l'aurait intitulée *Désordres et déceptions*. Rien ne s'est déroulé comme prévu. »

Henry avait l'air chiffonné d'un représentant de commerce au terme d'une tournée infructueuse. Le plan de trésorerie virait au rouge sang depuis mercredi. Et la piste Arms Capital était tombée à l'eau. Leur comité d'investissement avait renoncé. « Pas assez de visibilité. Nous connaissons bien la banque privée, nous aimons la banque d'affaires, mais le reste nous inquiète. » Bref, le bla-bla habituel. Hoare était désormais la dernière piste sérieuse. Avec Riley, ils avaient cherché d'autres idées d'investisseurs à contacter à partir de lundi. La liste n'était pas très longue.

« John m'a parlé de ce Yurdine. Vous le connaissez ?

— Pas vraiment. Il possède Swire Bank depuis deux ans. Nous nous croisons parfois à la Fédération bancaire. »

Lord Meriton ne parla pas de l'échiquier, ce cadeau bien trop coûteux pour être innocent.

« Je ne sais pas ce qu'en pense vraiment Strathers. J'imagine que pour lui, ce n'est qu'un de ces Russes très riches qui ont fait fortune grâce à l'effondrement du communisme...

— Cela s'appelle un oligarque.

— Quel vilain mot... Henry, imaginez-vous les Meriton alliés à un oligarque ?

— Swire Bank va beaucoup mieux depuis qu'il l'a rachetée. Ils nous ont même pris quelques clients. Et nous ne sommes pas en situation de l'envoyer promener. »

Lord Meriton secoua la tête.

« Je sais, Henry. J'ai demandé à John d'accepter le rendez-vous. Je voulais simplement vérifier que vous seriez d'accord. Je crois aussi qu'il faut laisser Frost en dehors de cette histoire-là. »

Le père et le fils dînèrent en tête-à-tête, ne brisant le silence qu'en de rares occasions. Il ne fut plus question de la banque.

Londres, Notting Hill, samedi 13 septembre 2008

« Tu n'étais pas pressé de me rappeler, dis-moi !

— J'étais au lit avec une des plus jolies femmes de Londres, Grisha. Que puis-je faire pour toi ?

— Tu me confirmes la transaction Bareletti sur la Riverside ?

— L'annonce aura lieu lundi soir après la clôture du marché. Décidément, cette banque te passionne...

— Elle m'intéresse. Quelles prévisions sur Lehman ?

— Ils n'en réchapperont pas. Attache ta ceinture, Grisha !
— Pas besoin. Mes affaires sont en ordre.
— Tu ne me surprends pas. Tu n'oublies pas mon déjeuner ?
— Pas cette semaine, Fabio, je suis désolé.
— Tu me diras ce que tu prépares ?
— J'ai commencé une partie serrée. Il faut réussir l'ouverture pour que le milieu soit jouable. Les pièces sont développées, les positions équilibrées. Je prépare le final. Semaine prochaine, sans faute. »

Fabio raccrocha en se disant qu'il n'aimerait pas jouer contre son ami. Yurdine prenait les affaires avec le même sérieux que les échecs.

XI.

Londres, sur le Strand, dimanche 14 septembre 2008

« 68, Cornhill Street, s'il vous plaît. »
Martha poussa un soupir de soulagement en s'installant dans le taxi qui l'attendait depuis deux heures. Ce rendez-vous aurait pu tourner court mais elle avait pu défendre leur plan industriel et l'union avec Swire Bank, qui permettrait de créer un ensemble plus important, donc plus efficace, dans la banque privée. John Strathers l'avait écoutée attentivement, son cigare à la main, ne réagissant qu'à l'apparition surprise de Fischer et Kasparov, puis concentrant ses questions sur la régularité juridique des swaps. Martha avait été jusqu'à prétendre que l'odeur ne la gênait pas, supportant stoïquement le parfum de tabac froid qui l'avait saisie en pénétrant dans le bureau de l'avocat.

Elle se ravisa brusquement, marcher un peu lui ferait du bien et dissiperait les relents de fumée qui collaient à ses vêtements. Rendu philosophe par un pourboire plus que généreux, le chauffeur arrêta sa voiture sur le Strand, devant l'église Sainte-Marie. Il faisait encore bon dans la City déserte de cette fin de dimanche après-midi, et la demi-heure de marche pour rejoindre Cornhill lui laissait largement le temps d'appeler Grigori.

« Martha. Je vous écoute. »

Toujours la même égalité de ton, la même patience, et ce fort accent russe auquel elle avait fini par s'habituer.

« Il m'a gardée deux heures. J'ai pu développer le projet jusqu'à son terme. Il a compris que nous connaissions très bien la situation et a pris beaucoup de notes. Mais pas le plus agréable des rendez-vous. Il n'a rien fait pour me mettre à l'aise.

— Comment a-t-il réagi devant Fischer et Kasparov ?

— Il a trouvé que c'était osé. C'est le mot qu'il a utilisé. Je lui ai répondu que cela témoignait avant tout de notre sérieux. Et que le montage ne soulevait aucune difficulté juridique.

— Parfait. Quelles autres questions ?

— Je vous passe les demandes d'éclaircissements sur la partie industrielle, ce n'est pas le plus important et ce n'est manifestement pas son rayon. En fait, il n'y a que deux sujets qui l'intéressent vraiment.

— Allez-y.

— D'abord, bien sûr, le montant de l'augmentation de capital, son prix, votre pourcentage. Il a été très clair : voulons-nous prendre le contrôle de la Riverside pour une poignée de roubles en profitant de la crise ? Je résume.

— Rien que de très attendu.

— En effet. J'ai répondu ce dont nous étions convenus. Que je n'avais pas de mandat pour aborder ces sujets. Que vous souhaitiez en parler directement à Lord Meriton si notre proposition industrielle retenait son attention.
— Conclusion ?
— Il a dû trouver ma réponse un peu courte. Mais il n'a pas insisté.
— Et l'autre sujet ? »
Yurdine ne fut pas surpris par la réponse.
« Vous, Grigori. Votre présence à Londres. Perama, l'organisation de vos affaires. Vos liens avec le pouvoir russe. Vos motivations réelles pour intervenir dans ce dossier. Cela a occupé la moitié du temps. Il avait l'air sceptique. J'ai répondu sur Perama, j'ai dit que nous avions le soutien de banques internationales de premier rang. Je lui ai mentionné notre accord avec les autorités françaises, que vous aviez négocié la reprise de Badrange avec Nicolas Sarkozy en personne. J'ai esquivé les questions personnelles autant que possible.
— Autre chose ? »
Martha eut du mal à cacher sa déception. Alors qu'elle sentait encore la tension de la confrontation avec Strathers, elle aurait aimé un peu plus de chaleur de la part de Grigori.
« Je pense avoir fait le tour. Vraiment. Aussi bien que possible, en tout cas. La balle est dans leur camp.
— Merci, Martha. Je ne suis plus au bureau. Je vous y retrouve demain matin. Passez une bonne soirée. »

Londres, Holland Park, dimanche 14 septembre 2008

Strathers venait de terminer son exposé. Lord Meriton et son fils l'avaient écouté sans l'interrompre. Henry prenait des notes dans le cahier à spirale à couverture noire qui ne le quittait plus depuis une semaine. « Mon carnet de crise », avait-il expliqué à son père. On s'était réuni à l'heure du thé dans la grande demeure de Holland Park. Tous s'étaient retrouvés spontanément en costume et cravate, pas de tenue de week-end, comme si chacun, en s'habillant le matin, avait voulu faire de ce dimanche, y compris dans ses aspects les plus frivoles, une journée de dur labeur. L'avocat se leva.

« Pardon, James, mais j'ai besoin de me dégourdir les jambes. Un dernier point. Selon Martha Ardiessen, son patron tient de source sûre que Lehman Brothers va faire faillite. L'information tombera ce soir aux États-Unis. »

Henry se voulut rassurant.

« John, nous sommes parfaitement conscients que c'est une possibilité. Lancenet m'en a parlé samedi matin. Il y a beaucoup de rumeurs.

— Martha Ardiessen était catégorique, Henry. Nous devons nous préparer.

— Nous nous sommes préparés, John, aussi bien que possible. Une faillite entraînerait des répercussions énormes. Je ne sais pas si nous pourrons tenir... À l'inverse, si les Américains trouvent une solution, le marché va s'envoler.

— Assez conjecturé ! Nous serons bientôt fixés. John, que penses-tu de Yurdine ?

— Henry, ce sont d'indiscutables professionnels. La jeune madame Ardiessen connaît son affaire. Ils ont littéralement disséqué la Riverside. Je retiens surtout que notre Russe n'a pas hésité à construire sa position dans la banque au prix fort. Il a acheté avant l'effondrement du cours de cette semaine. C'est une marque de confiance dans l'avenir. »

Henry s'était levé à son tour.

« L'apport de Swire Bank, puis sa fusion avec la banque privée, sont des projets astucieux. Et leurs chiffres de synergies sont réalistes. Créer au sein de la banque d'affaires un département spécialisé dans les petits deals, en liaison avec la banque privée, est également une idée excellente. »

Il marqua une pause.

« Reste le problème Lancenet.

— Pour Miss Ardiessen, c'est très simple : on arrête tout. Pour elle, la Riverside n'aurait jamais dû se lancer dans ces opérations. Mais elle a défendu une sortie progressive. Pas de vente au pire moment. Ce qui implique une augmentation de capital, l'entrée de nouveaux actionnaires pour rassurer les investisseurs. Il s'agit d'un projet de développement, pas d'une opération de la dernière chance.

— J'aime bien cette manière de raisonner », dit Henry.

Strathers se rassit.

« Ne vous emballez pas. Il reste bien des inconnues. Notre interlocutrice est restée muette sur leurs *desiderata* : quelle part du capital, et à quel prix ? Elle ne m'a remis aucun document, rien, pas le moindre bout de papier.

— Je sais bien, John. Je voulais simplement dire que j'appréciais la méthode consistant à parler d'abord des activités de la banque, de ce qu'on veut en faire, avant de traiter de la manière d'opérer le malade.

— Peut-être. Mais on ignore à peu près tout de ce Russe. S'il a fait fortune dans les privatisations truquées, et c'est certainement le cas, ce ne doit pas être un enfant de chœur. Nous ignorons aussi quelles banques les soutiennent. "Ce n'est pas le moment de vous fournir ces précisions, Monsieur Strathers." Tu parles ! Et si c'étaient des établissements russes de second rang, peut-être même détenus par Yurdine ? Bien le genre à faire les choses en famille. »

Lord Meriton leva les yeux au ciel.

« Mon cher John… C'est toi qui t'emballes ! Ayons au moins l'honnêteté de reconnaître que les Russes ne sont pas les seuls à travailler en famille.

— Malgré son professionnalisme, ce type ne me dit rien qui vaille. L'une de nos plus anciennes dynasties bancaires peut-elle s'acoquiner avec des gens douteux ? »

Henry sortit de son carnet plusieurs feuilles pliées en quatre qu'il tendit à l'avocat.

« Kroll a travaillé pour nous ce week-end. Vous m'accorderez que j'ai fait appel aux meilleurs. »

Strathers ironisa.

« Des barbouzes au service de la Riverside ?

— Des enquêteurs privés! Pourquoi pas? Et puis, peu importe. Leur patron à Londres, Tom Everett, est membre de mon club. Je lui ai commandé un rapport express sur Yurdine. John, rassurez-vous : il a été rédigé sur la base de données publiques. Pour l'essentiel au moins. »

Lord Meriton désigna la note d'un mouvement de la tête.

« Si vous nous résumiez les investigations de votre agent secret...

— On trouve peu d'informations sur notre homme. Né à Perm en 1968, marié à la fille d'un diplomate qui a travaillé pour Eltsine, deux enfants. Il n'a pas le profil de l'oligarque de tabloïd. Pas de club de foot, pas de média à la gloire du pouvoir, pas de procès contre ses semblables. Sa femme n'est pas une starlette de 20 ans et il n'a jamais donné d'interview à la presse, pas même en Russie. Perama n'est pas coté, donc peu de chiffres à analyser. Eh oui, John, il doit sa fortune aux privatisations. Incidemment, c'est un joueur d'échecs classé. »

Strathers n'avait pas renoncé.

« Combien pèse-t-il?

— D'après Kroll, Perama vaudrait 5 à 6 milliards de livres.

— Si l'on sortait des conditionnels?

— John! Je viens de vous dire que Perama n'est pas coté.

— J'essaie de rester objectif, Henry, se défendit Strathers. Le papier de Kroll ne nous apprend rien.

— Pas exactement. Il ne comporte rien de négatif. Je le répète, pas de scandales privés ou publics, pas d'affaires sordides, de liens avec la mafia, pas de proximité excessive avec Poutine. Yurdine semble *clean*.

— Votre naïveté m'inquiète, Henry ! Quand on est un milliardaire russe, qu'on s'est enrichi grâce au démantèlement de l'économie soviétique et installé à Londres pour des raisons fiscales, non, on n'est pas propre. En revanche, on est… on est… »

Strathers cherchait ses mots. Il claqua des doigts avec un air satisfait.

« On est louche, Henry, on est nécessairement louche. »

Lord Meriton poussa un long soupir.

« Permettez-moi de résumer la situation. »

Sa voix était inhabituellement ferme.

« Nous avons désespérément besoin d'argent frais. À l'heure où je vous parle, un fonds d'investissement britannique, Hoare Capital, a témoigné oralement son intérêt. De même qu'un Russe "louche", mais qui a déjà investi chez nous quelques dizaines de millions de livres… La seule question qui vaille est la suivante : avons-nous les moyens de refuser, si elles se confirment, l'une ou l'autre de ces propositions ? »

Henry grilla la politesse à Strathers.

« Vous avez raison, nous sommes coincés. Il faut discuter avec les deux prétendants. »

Lord Meriton se tourna vers l'avocat.

« John ? Vous êtes d'accord ?

— James, je t'en conjure, ne te jette pas dans les bras de n'importe qui. Sois prudent. »

Il saisit doucement le bras de Lord Meriton.

« Mais ton vieux conseil te suivra, bien sûr qu'il te suivra. Quoi que tu décides.

— Merci, John. Henry, organisons dès demain un rendez-vous avec Yurdine et un autre avec Hoare. Je ne crois pas que nous puissions faire quoi que ce soit de plus d'ici là. Et je vous mets dehors. La Terre n'a pas porté depuis la Genèse une créature plus épuisée... »

Lord Meriton raccompagna ses visiteurs sur le perron. Le jour tombait, un vent frais s'était levé, qui les fit frissonner. Henry renvoya son chauffeur et se mit en marche, serrant son pardessus contre lui. Il appellerait Riley une fois à la maison. Il n'entrevoyait pas clairement la solution, les pistes étaient encore bien vagues, mais se dessinait peut-être ce que Churchill aurait appelé « la fin du commencement ». Une chose l'avait réconforté, tout à l'heure : pour la première fois depuis une semaine, son père avait réaffirmé son autorité. Il accéléra le pas. Il ne fallait pas perdre de temps, chaque minute comptait. Quoi qu'il arrive, à partir de demain, rien ne serait plus pareil.

XII.

*Londres, salle des marchés de Goldman Sachs,
lundi 15 septembre 2008*

Chaque lundi matin, quand il était à Londres, Fabio Tersi prenait un café avec le responsable des marchés d'actions. L'individu n'était pas très sympathique, mais Fabio n'attendait pas de Bill Boorman sa dose de réconfort. Plutôt un sentiment sur le marché, les chiffres de la semaine, quelques phrases que le banquier d'affaires pourrait ensuite répéter à ses clients pour se faire mousser utilement. Une demi-heure qu'il payait en complicité factice, ce dont Boorman faisait mine de ne pas s'apercevoir, trop heureux d'avoir un public acquis au compte rendu salace de ses exploits sexuels du week-end. Boorman trônait dans un coin de l'immense salle des marchés. Son bureau aux parois de verre lui permettait d'avoir sous les yeux toute son équipe de trading. Sur le floor, une centaine de jeunes gens, en majorité des hommes, travaillaient dans une ambiance bruyamment survoltée, souvent proche de l'hystérie. Le regard collé à leur mur d'écrans, parfois pas moins de six moniteurs répartis sur deux rangées, un casque sur les oreilles, ils géraient les positions propres de la banque. Avec l'espoir de lui faire gagner beaucoup d'argent et d'encaisser en fin d'année des bonus qui pouvaient atteindre sept chiffres. Comme s'il n'y avait pas assez d'écrans, des télévisions accrochées aux murs et au plafond diffusaient en permanence, sur les chaînes financières, le fil ininterrompu des nouvelles du monde, toutes susceptibles d'influencer les marchés.

Fabio n'entendit rien d'autre en entrant dans la salle que le ronronnement des ordinateurs. Depuis qu'il accomplissait son rituel du lundi, jamais le silence n'avait régné dans le temple des marchés. Chacun pourtant était à son poste, mais retenant son souffle, dans la contemplation de la chute, sidéré par le flot des brèves, les chiffres rouges qui scintillaient et les courbes descendantes venues d'Asie, là où les marchés étaient ouverts. Lehman en faillite, Merrill Lynch sauvé par Bank of America, l'assureur AIG en grande difficulté : un à un, les dieux réputés invincibles chutaient de l'Olympe, balayés par le vent violent, devenu ouragan, des crédits pourris. Qui serait le suivant dans l'ordre protocolaire de la chute ? Et les plus rapides, ou les moins nostalgiques, pianotaient déjà sur leurs claviers à la recherche des valeurs à vendre en priorité. On avait coupé le son des télévisions qui repassaient en boucle les images des employés de Lehman. Licenciés minute dès le dimanche soir, ils quittaient la banque les bras chargés de cartons trop petits, d'où dépassaient photos de famille ou diplômes sous verre. Fabio se demanda si les traders londoniens ressentaient pour leurs coreligionnaires newyorkais de l'empathie, un sentiment sans aucun doute nouveau pour eux. Cet instant de grâce, volé à l'avidité des marchés et des hommes, ne dura pas. Boorman craignait confusément que ce silence, s'il se prolongeait, ne finisse par saper son autorité ou même, pourquoi pas, par dérégler les ressorts profonds de la création de richesse de la banque. Il surgit de sa boîte en hurlant. On n'était pas là pour regarder la télé, mais pour faire du fric, les frères Lehman n'avaient que ce qu'ils méritaient, du goudron et des plumes et, si cela ne les dérangeait pas, tous autant qu'ils étaient, ils étaient priés de s'arracher les doigts et de se mettre au boulot.

Londres, siège de la Riverside, lundi 15 septembre 2008

« Mon fonds va peut-être exploser, Lancenet, mais à la place de ta banque, il ne restera qu'une grosse flaque. Non, qu'est-ce que je dis, une toute petite flaque. La prochaine fois que tu m'appelles, c'est parce que tu as un acheteur. C'est toi qui m'as mis dans cette galère. »

Paul n'entendit plus qu'un bip prolongé. Merrigan avait raccroché. Il était 3 heures, à New York. Le Français avait réuni son équipe au petit matin. Dix paires d'yeux rougis par le manque de sommeil le regardaient comme s'il détenait LA solution. Il avait tenté le coup du discours mobilisateur, mais n'avait pu aligner que quelques mots désespérés. Tout le monde sur le pont, on n'est pas encore morts, on vend à la première contrepartie, on ne sait jamais, on trouvera peut-être quelqu'un d'assez cinglé pour acheter, des questions? Non, pas de questions, juste le silence, le rire nerveux d'un trader, puis tous s'étaient levés sans un mot pour regagner leurs desks.

Son portable sonna. Johnson, le directeur financier, n'avait pas l'air dans son assiette.

« Paul, on ne trouve rien à la trésorerie. Rien de rien. Sur le marché interbancaire, les gars sont tétanisés. Ils ne prêtent à personne. Trop risqué.

— Des titres à mobiliser à la Banque d'Angleterre?

— C'est déjà fait, tu me prends pour qui? Tout ce qui peut être refinancé est à la Banque d'Angleterre. J'ai encore besoin de 150 millions pour la journée. Et de 400 pour la semaine si nous n'arrivons pas à renouveler les tombées. On met en place des comptes de dépôts rémunérés et on appelle les clients de la banque privée, nous en avons parlé ce week-end avec Henry. Mais cela ne nous donnera rien à court terme. Il faut que tu actives tes contacts.

— Mark, déjà fait aussi.

— Eh bien réessaie. Après tout…

— Après tout quoi?

— Non, rien.

— Comment ça, rien? Tu allais dire quelque chose.

— Rien, je te dis.

— Allez, lâche-toi, Mark. Tu penses que je suis responsable de ce bordel, c'est ça?

— Écoute, ne t'énerve pas.

— Je ne vois pas pourquoi je m'énerverais. Tu as parfaitement raison. »

Johnson reprit plus doucement.

« Paul, tu repars à l'assaut de tes contacts. S'il te plaît. Rappelle-moi si tu trouves quelque chose. »

Charles de Tretz avait pris Paul « entre deux réunions ».

« Je ne ferai rien sur un mois. Une semaine, 200 millions, et 150 millions pour la journée, renouvelable bien sûr. Mais j'attends un peu, non ? Il faut qu'ils sentent le vent du boulet, nos amis Meriton. »

Paul tâcha de surmonter l'énervement qu'il sentait monter.

« Vers midi ? Ce serait bien. Qu'en penses-tu ?

— Si tu veux. J'appellerai moi-même le vieux Meriton pour le prévenir. Toi, tu restes muet.

— Ne t'inquiète pas. Je ne dirai rien.

— Je vois le vieux en personne, ce soir, à l'inauguration de sa collection de jouets. Deux ou trois choses à lui dire qui devraient lui gâcher sa petite fête.

— Charles, je dois retrouver les équipes.

— Je te libère ! À très vite. »

Lord Meriton était seul dans son bureau. Il avait annulé tous ses rendez-vous du début de la semaine. Rien en fait de vraiment important. Des clients, un comité de la Fédération bancaire, quelques points en interne. « C'est donc à ces futilités que j'occupe mes journées. » Tout avait été reporté sans difficulté, sauf le conseil destiné à statuer sur les comptes. Celui-là, il faudrait malheureusement le maintenir. Il s'était entretenu avec quelques administrateurs, tentant de les rassurer, sentant bien qu'ils n'étaient pas dupes. Son cousin Nathan, qui avait gardé son siège après lui avoir vendu tous ses titres lors de l'entrée des Bareletti, n'avait pu s'empêcher de lui faire la leçon.

« Je n'ai jamais eu confiance dans l'activité bancaire et j'avais raison ! Un château de cartes ! Des illusions ! Rien de solide, au fond. Dis-moi, la responsabilité des administrateurs peut-elle être invoquée en cas de faillite ? Ce serait quand même incroyable, nous t'avons toujours laissé libre d'agir à ta guise. »

D'autres avaient proposé leur aide en espérant qu'elle serait inutile. Il regrettait aujourd'hui d'avoir composé ce conseil à sa main. Un aréopage d'ectoplasmes. Il faudrait recruter de fortes têtes si, par miracle, on s'en sortait.

La Banque d'Angleterre avait convoqué les « chefs de maison », c'était l'expression officielle, pour le début de l'après-midi. Le week-end avait été mouvementé. Barclays, dûment cornaquée par le gouvernement britannique, avait finalement renoncé à Lehman, et de grandes banques donnaient des signes de faiblesse, comme la Royal Bank of Scotland. James repensait à Fred Goodwin, son arrogant patron, qui voulait bâtir le plus grand établissement du monde et le précipiterait peut-être dans la plus retentissante faillite de l'histoire bancaire. On murmurait que l'État devrait intervenir, nationaliser le secteur. Dans ce cas, sa famille perdrait tout. Il n'osait pas croire à une éventualité pareille, mais Henry était plus inquiet.

« Monsieur Yurdine au téléphone. »

Lord Meriton s'éclaircit la voix, la main posée sur le combiné, avant de prendre son ton le plus cordial.

« Merci de me rappeler.

— C'est bien le moins, Lord Meriton. »

La voix posée était celle d'un homme jeune, et son accent russe à couper au couteau. Mon Dieu, dans quel guêpier allait-il se fourrer ? Il prit sa respiration.

« Je suis d'accord pour vous rencontrer, Monsieur Yurdine.

— J'en suis très heureux.

— Le plus tôt sera le mieux.

— Demain matin. 11 heures. Dans nos bureaux, si cela vous convient. Nous avons besoin de discrétion. »

Lord Meriton hésitait. Il avait espéré un rendez-vous plus rapide, mais son interlocuteur apaisa son impatience.

« Nous devons laisser passer cette journée. Le temps d'analyser les conséquences des événements de New York. Vous comme moi. »

Lord Meriton comprit qu'il ne servirait à rien d'insister. Le ton était sans appel.

« Très bien. À demain, donc. Encore une chose, Monsieur Yurdine.

— Je vous en prie.

— Merci pour votre envoi de jeudi soir. C'est une pièce magnifique. Mais je ne peux accepter, vraiment pas.

— Lord Meriton, un refus de votre part me mettrait dans un grand embarras.

— Alors soyez mon invité ce soir, pour le vernissage de l'exposition consacrée à ma collection. C'est au Victoria and Albert Museum, à 18 heures. Nous en discuterons ensemble.

— Avec plaisir. Après tout, nous sommes des amis communs de Garry Kasparov et de Bobby Fischer. »

Londres, Cornhill Street, lundi 15 septembre 2008

Ravi esquissa un salut : « Demain, chez Perama, en exclusivité mondiale, Lord Meriton, chevalier commandeur de l'Empire britannique, grand maître de l'ordre bancaire, nominé à l'Oscar des difficultés financières dans la catégorie Produits toxiques ! Le spectacle affiche malheureusement complet. »

Yurdine, qui venait de raccrocher, regarda le jeune Indien virevolter autour de Martha.

« Martha, nous devons finaliser notre offre : prix, pourcentage du capital, gouvernance.

— La Riverside continue de dévisser. Un peu plus que le marché. Toutes les valeurs du Footsie 100 sont dans le rouge, sans exception. On va finir en dessous de 2 livres l'action.

— Ravi, j'attends votre proposition. Quand vous aurez fini de danser.

— Si nous procédons à une augmentation de capital de 300 millions de livres, à 1,5 livre par titre, et que nous apportons 200 millions d'actions sans droit de vote mais

avec un dividende prioritaire, votre participation s'élèvera à 42 %, et à 26 % pour la famille. Puisque vous aurez le contrôle, vous devrez proposer aux autres actionnaires de racheter leurs titres. Si vous ramassez le tout, cela représentera un investissement complémentaire de 230 millions.
— Est-ce acceptable pour les Meriton ? »
Martha resta silencieuse un moment.
« Difficile à dire. Je ne crois pas qu'ils soient vraiment en situation de négocier.
— Mais il ne faut pas les écraser. Nous devons présenter un schéma plus équilibré, même si j'ai l'air d'y laisser des plumes. Sans eux, la Riverside risque une hémorragie de clients effrayés. Pensez, un Russe tout juste sorti de sa toundra ! On en reparle ce soir. »

Londres, Canary Wharf, lundi 15 septembre 2008

« Mon cher James, vous m'accorderez que j'avais vu juste. Le système n'a pas fini d'être secoué. Et Riverside de souffrir en bourse. Moins de 2 livres par action. Mon Dieu, quelle injustice. Cela dit, DexLife baisse aussi, comme tout le marché.
— Charles, vous ne m'appelez pas pour commenter le marché ?
— Je vous appelle parce que nous pouvons vous prêter 200 millions à une semaine. Plus 150 au jour le jour. Si vous en avez encore besoin, bien sûr.

— Merci, Charles. J'aimerais bien refuser, mais je ne peux pas.

— James, c'est dans les moments difficiles qu'on reconnaît ses vrais amis. Mon trésorier va appeler le vôtre pour les détails. Il nous faut des actifs en garantie, bien sûr. DexLife acceptera des titres non éligibles au refinancement de la Banque d'Angleterre.

— Nous ferons le nécessaire.

— Merci, James, à bientôt. »

Il était fier, le futur retraité. Mais il avait un genou à terre. Et, ce soir, ce serait les deux. Allez, sans rancune, Lord Meriton.

New York, Manhattan, siège de Whitefield,
lundi 15 septembre 2008

Merrigan aboyait au téléphone.

« Lancenet, ton acheteur en veut combien ?

— Cours de bourse de maintenant, 1,9 livre par titre, 20 millions pour ta participation.

— Négociable ?

— Tu as mieux ?

— OK. Vu le tour que ça prend, je ne vais pas mégoter. Lehman en faillite, Fuld au tribunal… Jamais je n'aurais cru voir ça. Mais après tout, on s'en fout. On traite hors marché. Quand ?

— Avant la clôture de Londres. Il te reste trois heures. Tu as les documents sur ton mail. Il n'y a plus qu'à signer en bas.

— Je signe. Je ne te remercie pas. Lancenet, ton acheteur est fou à lier.

— Je ne crois pas, non. Le deal doit être bouclé avant 17 heures. Et pas d'annonce dans le marché, inutile. »

*Londres, Victoria and Albert Museum,
lundi 15 septembre 2008*

Tristram Miller et la générosité de Lord Meriton avaient bien fait les choses. De savants jeux d'ombre et de lumière avaient transformé la voûte majestueuse du Dôme du Victoria and Albert Museum en un immense jeu d'échecs. Au centre de ce trompe-l'œil, le lustre monumental ressemblait à une reine en verre soufflé, suspendue la tête en bas. Ses bourgeons et ses tentacules fluorescents, bleus, jaunes et verts, enveloppaient d'un halo discret le guichet circulaire au centre du hall, transformé en bar. Partout, des bouquets de roses blanches et rouge sombre, tirant sur le noir, rappelaient le thème de l'exposition. Pour faire honneur aux échiquiers de Meriton, Miller avait réussi à rassembler des toiles de Klee, de Braque et de Picasso, des photos aussi, comme celle d'Eve Babitz, 20 ans et complètement nue, en train de jouer contre Marcel Duchamp, octogénaire en costume. Dans un moment d'exaltation, Miller avait proposé que l'image servît d'affiche, se heurtant à un refus catégorique.

« Mon cher Tristram, on va penser que je m'intéresse autant aux nymphettes qu'aux échecs. Que dirait Liz ? »

Et c'est un cavalier sculpté par Giacometti qui avait été retenu. Pour les *happy few*, la soirée devait se conclure par un dîner servi dans l'immense salle abritant les Raphaël.

« James, vous allez m'expliquer que ces célèbres cartons n'ont aucun rapport avec notre exposition, et en effet les apôtres n'y jouent pas aux échecs, mais quel lieu extraordinaire ! »

Trois longues tables avaient été dressées, chacune pouvant accueillir cent convives. Tout à l'heure, juste avant le début du service, on disposerait sur les nappes, en un long ruban, les mêmes roses blanches et pourpres. Et derrière les dîneurs seraient projetées en ombres chinoises, entre les chefs-d'œuvre du maître italien, les silhouettes monumentales d'un roi et d'une reine, comme pour une dernière partie avant la nuit.

Dans la voiture qui le conduisait à la soirée, le secrétaire d'État à la culture avait fait remarquer à son attachée de presse qu'il n'était guère judicieux de célébrer un banquier en ce jour où le système financier mondial venait de s'écrouler.

« Monsieur le Ministre, vous êtes invité par Tristram Miller, le directeur du Victoria and Albert Museum. Cette soirée s'inscrit parfaitement dans le cadre de vos fonctions.

— Peut-être, mais je ne veux pas qu'on me voie avec Meriton. Banquier, Lord et failli. Nos électeurs vont adorer. Je suis obligé d'arriver par la grande porte ?
— Il y a une entrée plus discrète sur Exhibition Road. »
Le secrétaire d'État fit signe à son chauffeur.
« John, vous prendrez par Exhibition Road. Et pas question de rester pour le dîner. Vous prétexterez une réunion extraordinaire du cabinet.
— Vous ne pensez pas que nous allons vexer nos hôtes ?
— Cadet de mes soucis. J'appartiens à un gouvernement travailliste, au cas où vous l'auriez oublié. »
Ils roulèrent en silence pendant que le ministre relisait son discours.
« Vous croyez que je dois faire une allusion à la crise ? Ou bien je fais semblant de ne pas voir l'éléphant en smoking trônant au milieu de la salle ? »

Liz et James Meriton avaient choisi d'accueillir leurs invités au bas des marches qui menaient à la coupole. Tristram Miller vibrionnait à leurs côtés, en organisateur affairé. Une file d'attente s'était formée devant le couple, comme à des funérailles, lorsqu'on patiente pour présenter ses condoléances à la famille. Liz arborait son plus beau sourire face aux mines contrites. Mais son mari était au supplice, peinant à serrer les mains d'un air affable, comme si sa banque n'était pas au bord de la faillite et que le faste déployé était approprié aux circonstances.
Liz Meriton avait salué Tretz avec chaleur, James se contenta d'un signe de tête.

« Merci, Liz. Quel décor grandiose ! James, pourrais-je vous dire un mot tout à l'heure ? »

Liz accéléra la cadence, le discours du ministre était prévu à 18 heures précises.

« Comment allez-vous ? »

Un homme d'une quarantaine d'années à la silhouette sportive venait d'effleurer de ses lèvres la main de Lady Meriton.

« Grigori Yurdine. Je suis très heureux de vous rencontrer. »

James serra la main tendue.

« Liz, c'est à Monsieur Yurdine que nous devons l'échiquier de Napoléon. »

Elle s'inclina légèrement.

« Vous êtes un homme très attentionné. C'est donc contre vous que mon mari a raté cette pièce aux enchères.

— Madame, je tenais à adresser un signe à votre mari. Les temps sont difficiles, il a besoin d'alliés. Et je suis de son côté. »

Liz répondit sur le ton de la plaisanterie.

« Êtes-vous toujours aussi diplomate, Monsieur Yurdine ? James pourra vous confirmer que je ne connais rien à ses affaires. Ne perdez donc pas votre temps avec moi. Passez une bonne soirée. »

Miller, qui avait disparu depuis quelques minutes, réapparut soudain, très ému.

« Il est là ! Le ministre est là ! Il est passé par-derrière, il est déjà à son pupitre, pour son discours. Après vous, ma chère Liz. »

Burnham avait l'air pressé d'en finir. Il lisait son papier sans conviction, comme si quelque chose de beaucoup plus important requérait son attention. Il termina par un couplet sur les bienfaits de l'association entre fonds publics et privés pour le développement culturel, vantant le professionnalisme du Victoria and Albert Museum et le mécénat éclairé des Meriton.

« Chère Lady Meriton ! Lord Meriton ! Impossible de rester pour le dîner, j'en suis confus. Une réunion urgente du cabinet, au 10. Le Premier Ministre est inquiet. Il rassemble les troupes ! »

Lord Meriton ne put cacher sa contrariété.

« Quel dommage ! Vous étiez notre invité d'honneur. Prenez au moins une coupe de champagne. »

À l'évocation de cette boisson festive, le ministre se figea.

« Je crains que non. J'ai à peine le temps de rejoindre Downing Street. Je suis tellement désolé de vous abandonner ainsi. »

Tristram Miller s'était approché avec son photographe.

« Monsieur le ministre, une photo pour le magazine du musée. »

Impossible d'y couper.

« Mais bien entendu.

— Avec Lady et Lord Meriton d'abord, puis avec moi, si vous le permettez ?

— Non, non, tous les quatre, tout de suite, avec plaisir. »

Sur la photo, Tristram Miller avait l'air heureux des hommes comblés.

Grigori ne connaissait pratiquement personne. Pour passer le temps, il feuilletait le catalogue de l'exposition tout en observant le savoir-faire des Meriton, qui ne cessaient d'aller d'un petit groupe à l'autre. Charles de Tretz venait de s'approcher du vieux banquier. Les deux hommes s'écartèrent de quelques mètres. Tout à coup, Meriton lâcha brutalement le bras du Français. Sa voix s'éleva d'un ton. Yurdine s'était approché. Meriton bégayait, sous le coup d'une émotion intense.

« Ce n'est pas acceptable, vous m'entendez ? pas acceptable ! Comment osez-vous ? »

Le président de DexLife, qui souriait toujours, se pencha vers son interlocuteur en prononçant quelques mots indistincts. James, hébété, le regarda s'éloigner. Yurdine s'approcha encore.

« Lord Meriton ? »

Le banquier salua machinalement.

« Très réussi, n'est-ce pas ? J'espère que l'exposition vous a plu.

— Lord Meriton, je suis Grigori Yurdine, nous avons échangé quelques mots tout à l'heure. »

Le vieil homme le regarda plus attentivement, et sembla se reprendre.

« Pardonnez-moi. Avec tout ce monde, tout ce bruit, vous comprenez...

— Je devine ce que Charles de Tretz vient de vous apprendre. Qu'il avait racheté la participation d'Emma Bareletti. Je sais aussi que c'est DexLife qui vous a maintenu à flot ce matin. Il recommencera demain, mais il mettra un prix à son soutien.

— Monsieur Yurdine…

— Laissez-moi terminer, je vous en prie. Il vous demandera de lui céder le contrôle total de la banque. Demain matin, il déposera une offre, à bas prix, mais vous n'aurez aucune place dans cette nouvelle Riverside. Nous avions prévu de nous rencontrer demain matin, je suis prêt à vous voir ce soir, quand vous le souhaitez. Nous avons toute la nuit devant nous. Je suis prêt à vous aider, et mes conditions ne seront pas les siennes. »

Meriton le regarda, interloqué.

« Comment êtes-vous au courant de tout cela ? Comment pouvez-vous savoir ? À moins que vous n'agissiez de concert ! C'est cela ! Vous avez partie liée avec DexLife !

— J'agis seul, pour mon propre compte. Le moment est bien mal choisi, vous vous devez à vos invités. Réfléchissez. Vous pouvez m'appeler quand vous le voulez. »

Yurdine lui glissa dans la main une carte de visite.

« À ce numéro. »

XIII.

Londres, Victoria and Albert Museum,
lundi 15 septembre 2008

La trahison d'Emma Bareletti était une plaie ouverte, comme si Alberto venait de mourir une seconde fois. Quant à Tretz, son ton doucereux et ce sourire suffisant…

« Je suis prêt à ce que vous restiez au conseil d'administration, vous serez nommé président d'honneur. Mais vous comprendrez que, dans ces circonstances dramatiques, le contrôle des opérations doive changer de mains. »

Sans parler de ce Russe trop bien informé…

Son fils était sur répondeur. James finit par le retrouver devant *Le Grand Échiquier* de Paul Klee. Stupéfait, Henry semblait douter du récit de son père, répétant les mêmes questions sans réponses. Les traits défaits de Lord Meriton ne l'aidaient pas à faire preuve de lucidité.

« Strathers et Frost sont encore dans le musée. Trouvons un endroit pour nous parler discrètement. »

La conférence improvisée se tint dans le vestiaire, à l'abri des regards, entre imperméables et sacs à main. Lord Meriton raconta son algarade avec Tretz, mais ne dit pas un mot de Yurdine. Frost se laissa aller à un soulagement sans nuances.

« James, c'est inespéré ! DexLife est une compagnie solide. Avec Tretz, la banque est sauvée. Ne vous arrêtez pas à des formulations hasardeuses. Je suis certain qu'il a pour vous un profond respect. »

Lord Meriton le contempla, incrédule.

« Pensez-vous vraiment ce que vous venez de dire ? »

Frost était à bout.

« Regardez pour une fois les choses en face ! Nous ne finirons pas la semaine. La faillite de Lehman a gelé le marché. Les banques ont cessé de se prêter entre elles, notre trésorerie est plus sèche que la mer d'Aral.

— Pas si fort, Dominic, on va vous entendre.

— Laisse, John ! Monsieur l'ingénieur est tout au bonheur de sauver ses fesses. Après nous avoir mis dans ce pétrin par son incompétence crasse ! »

Personne ne se risqua à contester. Et Frost pas plus que les autres. Lord Meriton se tourna vers son avocat.

« John, Tretz ne nous fera aucun cadeau. Il m'a expliqué sans ambiguïté que les Meriton avaient fait leur temps. Président d'honneur... Il va nous foutre dehors. Il m'a parlé d'une augmentation de capital "conséquente". Il a simplement oublié d'en préciser le montant et le prix. Prenons les paris. Ce sera beaucoup, à un prix misérable, et nous serons massivement dilués. Monsieur l'ingénieur s'en contrefiche, bien sûr ! »

L'avocat tenta d'apaiser son ami.

«James, les circonstances sont difficiles, je comprends ton amertume. Attendons d'en savoir plus. Nous pourrons certainement négocier des conditions de sortie plus favorables. Moi aussi, je connais Tretz. Je sais qu'il mettra de l'eau dans son vin.»

Le portable d'Henry émit un bip discret.

«Une notification de Reuters... Le communiqué de DexLife. Notre ami n'a pas perdu de temps! Je vous le lis? Ce n'est pas très long. "DexLife annonce détenir à ce jour 5,1 % du capital de Riverside Bank, suite à l'acquisition de la participation de Industria Holding, contrôlée par la famille Bareletti. Réuni dans l'après-midi du 15 septembre, le conseil d'administration a approuvé à l'unanimité le plan de son président et directeur général, Charles de Tretz. DexLife poursuivra ses achats sur le marché et souhaite nouer avec la famille Meriton, actionnaire de contrôle de Riverside Bank, un partenariat stratégique. DexLife proposera de souscrire une augmentation de capital de 600 millions de livres au prix d'une livre par titre, ainsi que le rachat au même prix de l'intégralité des titres non détenus par la famille Meriton. Le conseil d'administration de DexLife espère que le conseil de Riverside Bank examinera favorablement cette proposition amicale." La suite est du pur bla-bla. Pour l'instant, John, pas la moindre petite goutte de baume pour couper le vinaigre de monsieur Tretz.»

Henry s'interrompit un instant, puis reprit plus doucement, comme pour lui-même.

« C'est un massacre. Cela nous laisserait moins de 15 % du capital et à DexLife plus des deux tiers. Sans que, évidemment, nous soyons admis à la gestion. »

Le silence s'imposa pendant quelques secondes. On n'entendait plus que les rumeurs du cocktail, les conversations entremêlées, des mots indistincts, soudain un rire de gorge presque voluptueux, puis les éclats d'un verre brisé. Henry secoua la tête.

« John, Dominic, vous devez retourner immédiatement à la banque. Prévenez Nicholas. Il faut évaluer toutes les options. Et prévoir une réunion du conseil pour demain matin. Êtes-vous d'accord ? »

Lord Meriton opina.

« Tu as raison. Nous devons faire connaître notre réaction au marché. Monsieur Frost va préparer les convocations. 10 heures demain matin.

— Mon père et moi sommes coincés ici. J'essaierai de m'éclipser discrètement avant la fin du dîner. J'espère vous rejoindre vers 22 h 30. »

Londres, Canary Wharf, lundi 15 septembre 2008

Dans son taxi, Frost tapotait depuis plusieurs minutes l'écran de son téléphone. Mais, après tout, qu'avait-il à perdre ?

« Charles de Tretz.

— Monsieur le Président. Dominic Frost, directeur général de la Riverside.
— Monsieur Frost ! Est-ce le bon vent des offres publiques qui vous pousse vers moi ?
— Monsieur le Président, vous pouvez compter sur moi. Votre projet est le seul qui peut sauver la Riverside. Et même si notre banque est modeste à l'échelle de DexLife, elle peut vous apporter de solides compétences. »
Pas de réponse. Frost n'avait plus le choix.
« Le conseil d'administration se réunira demain à 10 heures.
— Meriton n'a pas perdu de temps.
— Que peut-il faire d'autre ?
— Comment réagit-il ?
— Il a compris qu'il perdrait le contrôle d'une banque qui appartient à sa famille depuis des générations et se montre très abattu. Je n'ai pas de conseil à vous donner, Monsieur le Président, mais permettez-moi une respectueuse suggestion : lâchez un peu de lest. De quoi lui permettre de sortir la tête haute.
— Rassurez-vous, c'est prévu. J'adoucirai les conditions. Mais je veux contrôler la banque, sans contestations. Plus de la moitié du capital et des droits de vote, la main sur la nomination des dirigeants.
— Monsieur le Président, puis-je faire part de notre discussion à Lord Meriton ?
— Oui, sans hésitation. Merci pour votre démarche. Vous êtes un homme responsable. Je saurai m'en souvenir. À bientôt, cher Monsieur. »

Charles de Tretz pensa en raccrochant qu'il faudrait se débarrasser de ce Frost le plus vite possible. Son empressement à s'agenouiller devant le nouveau maître trahissait le domestique surpayé, simplement anxieux de voir se briser la corne d'abondance. De toute façon, il n'avait jamais fait partie de ses projets. Tretz se dit en souriant que son chèque de départ serait moins important que prévu.

Tout se passait selon ses plans. Comme à la parade. Il avait eu le temps d'informer la Banque d'Angleterre et Downing Street juste avant la publication du communiqué. L'attention avait plu et ses interlocuteurs lui avaient paru soulagés. Il les débarrassait d'un problème qu'ils n'avaient pas le temps de traiter alors que le système faisait eau de toutes parts. «Une banque de moins à nationaliser, les contribuables britanniques vous dresseront une petite statue», lui avait glissé le conseiller de Gordon Brown, qu'il avait réussi à coincer entre deux réunions de crise.

Il lui restait maintenant à s'occuper des médias. Il parcourut la liste préparée par son service de presse et les éléments de langage rédigés par son directeur de la communication. Comme s'il en avait besoin! Tretz trouvait les journalistes paresseux, ou trop bousculés, les rédactions se dépeuplaient au rythme de la désaffection pour la presse écrite, ils avaient besoin d'aide pour écrire leurs papiers. Et Charles avait son conte de fées bien en bouche, quelques formules chocs en réserve. La Riverside était une belle endormie qui, dans son sommeil, s'était égarée sur les terres dangereuses de la finance de marché. L'offre de DexLife était une main tendue aux actionnaires, et d'abord à la famille Meriton. DexLife apportait sa solidité financière et ses capacités de gestion, notamment la maîtrise des risques. Le prix était ajusté aux circonstances extraordinairement difficiles. C'était l'émouvant récit qu'il servirait personnellement à chacun de ses correspondants, toujours flattés par ces contacts directs avec le grand patron.

*Londres, Victoria and Albert Museum,
lundi 15 septembre 2008*

« Henry ? Que dois-je faire avec ça ? »
Lord Meriton tenait entre ses doigts le bristol que Yurdine lui avait remis un peu plus tôt.
« Appelez-le. Je ne sais pas si on peut lui faire confiance. Mais il faut essayer. »
Tristram Miller les avait rejoints.
« Cher Tristram, mon père me disait justement combien il était ravi de cette soirée. Vous avez remarquablement fait les choses. Voulez-vous me raconter l'histoire de ce tableau ? James nous rejoindra dans quelques minutes, il doit passer un coup de téléphone. Les affaires sont un sacerdoce. »
Henry prit Miller sous le bras pour l'entraîner résolument vers une toile de Picasso, un jeu d'échecs cubiste qui était l'un des clous de l'exposition. Le conservateur, disert et empressé, se livrait à un commentaire érudit, quand Lord Meriton revint glisser quelques mots à l'oreille de son fils.

« À 23 h 30, à son bureau, ce sera plus discret. 68, Cornhill Street. Nous deux, personne d'autre. »

Il enchaîna à voix haute.

« Savez-vous que, sans la grande amitié de Tristram avec le directeur du MET, nous n'aurions pu exposer cette pièce exceptionnelle ? Non, bien sûr, il ne vous a rien dit… Vous êtes trop modeste, mon cher Tristram. »

Londres, siège de la Riverside, lundi 15 septembre 2008

Paul Lancenet était sorti quelques instants. Il avait besoin d'air frais, loin de la sinistre figure du directeur financier et des yeux cernés de son équipe. La journée, passée à boucler la trésorerie avec Johnson, avait été épouvantable. Il avait miraculeusement trouvé quelques tickets supplémentaires, du jour le jour, mais, sans l'apport de Tretz, il aurait coulé. Le siège était presque vide quand l'annonce de DexLife était tombée, l'état-major au grand complet dégustait des petits-fours avec James, les autres étaient rentrés chez eux. Il était à peine 20 heures, et déjà plus un seul banquier d'affaires junior au travail, parce qu'il n'y avait plus personne pour leur demander quoi que ce soit. Les livreurs de sandwichs et de salades qui, d'habitude, passaient le soir approvisionner les forçats de la banque avaient eux aussi déserté la place.

Il avait reçu le texto de Tretz alors qu'il passait la porte tournante.

« Tu as vu le communiqué ? »

Paul répondit d'un « oui » lapidaire, qu'il trouva trop sec. Mais Tretz réagit immédiatement, coupant court à ses hésitations.

« Tu as sécurisé la participation de Merrigan ? »

Paul confirma aussitôt, sans autres commentaires.

« Merci. Je suis avec les journalistes. L'offre est très bien accueillie. »

Paul se contenta d'un « c'est bien, à très vite ». Cela clôturait aimablement la conversation, tout en laissant ouverte la possibilité d'une suite. Charles était la dernière personne avec qui il avait envie de parler en ce moment.

Frost descendit de sa voiture alors que Lancenet arrivait en bas des marches.

« Paul, vous ne partez pas, j'espère ? On a besoin de vous ici ce soir.

— Je vais juste me dégourdir les jambes. »

Frost eut un mouvement de menton satisfait.

« L'offre de DexLife est ce qui pouvait nous arriver de mieux. Inespéré ! »

Son interlocuteur émit un vague grognement d'approbation, puis s'éloigna sans un mot.

Londres, Victoria and Albert Museum,
lundi 15 septembre 2008

« Très réussie, la dernière fête des Meriton ! »

Henry se retourna pour découvrir une jeune femme vêtue d'un élégant tailleur-pantalon, les cheveux à la garçonne, qui lui souriait d'un air amusé.

« Nelly Higgins. Je suis journaliste économique au *Guardian*. Vous avez bien fait de m'inviter. Moi, au moins, je ne crains pas de vous parler en face. »

Elle désigna les invités qui les entouraient.

« Eux vous pilonnent derrière votre dos. Les échecs, l'art... Pfuitt! Envolés. Le seul sujet de la soirée est votre... comment dire? Votre déconvenue? On dit que vos pertes vont dépasser les 300 millions de livres au premier semestre. Vous confirmez? Promis, je ne vous citerai pas. Mais je dois écrire un papier ce soir. »

Elle le gratifia d'un large sourire.

Henry botta en touche.

« Aucun commentaire.

— J'attendais mieux de votre part.

— Je ne vous confirmerai pas le montant des pertes. Mais je peux vous dire que notre conseil se réunira demain matin pour statuer sur l'offre de DexLife. »

Nelly Higgins lui tendit la main.

« Vous êtes en train de perdre le contrôle de votre banque. La huitième génération des Meriton ne dirigera pas la Riverside, mais elle boira du champagne jusqu'à la débâcle. À bientôt, Henry Meriton. »

Henry retint un instant la main de la jeune femme.

« Nous n'avons peut-être pas dit notre dernier mot.

— S'agit-il d'une information? Un chevalier blanc? Une bataille boursière?

— Vous verrez. Ne vous y trompez pas. Nous travaillons d'arrache-pied. »

Il esquissa un baise-main.

« Au revoir, Nelly. Heureux que l'exposition vous ait plu. »

Elle lui tendit sa carte de visite.

« Si c'est vous, je décrocherai même au milieu de la nuit. »

Il s'éloigna rapidement. Les invités interrompaient leur conversation dès qu'il s'approchait. « Quelle magnifique exposition ! Vous nous gâtez. Cette journée restera dans les annales ! » L'homme semblait très satisfait de sa phrase à double sens. Il y eut quelques sourires gênés, des raclements de gorge. Henry serra les dents. Il fallait tenir. Tout à l'heure, sa mère l'avait embrassé sur la joue. « Ce soir, les Meriton se doivent à leurs invités. Faisons comme si ce maudit Français n'existait pas et comme si la banque se portait comme un charme. Au diable les voyeurs ! »

Londres, Cornhill Street, lundi 15 septembre 2008

Yurdine avait pris le temps de passer chez lui pour se changer. Comme à chaque grande occasion, il étrennait des vêtements neufs, du costume bleu sombre jusqu'aux chaussures noires. Puis il était retourné chez Perama, où il avait retrouvé Martha et Ravi.

« Notre proposition doit tenir en une page. Je veux quelque chose de très simple. »

À cette heure avancée, les gardiens de nuit avaient remplacé les hôtesses d'accueil, mais Grigori avait confié à Ravi le soin d'introduire les visiteurs.

Depuis quelques minutes, Yurdine se tenait devant la fenêtre, observant la rue. La partie se jouerait dans quelques instants. Calme et serein, il se rappelait qu'en Russie, autrefois, il l'avait trop souvent emporté à l'intimidation et au nombre de gros bras. Il n'enfreignait aucune règle, puisqu'il n'y en avait plus. Toutes s'étaient évanouies avec l'effondrement de l'ordre ancien, et l'ordre nouveau n'était pas encore apparu. Il suffisait d'être le plus courageux pour oser prendre ce que le destin plaçait sur votre chemin, le plus rapide et le plus organisé. Ce soir, cependant, il ne lui faudrait pas menacer, mais convaincre. La partie était moins dangereuse, mais plus subtile qu'à l'époque Eltsine, ses adversaires moins effrayants mais bien plus sophistiqués. Avec la Riverside, c'en serait enfin terminé de rejouer sans cesse sa mise. À chaque nouvelle rencontre, à chaque nouveau deal, il lui fallait revenir sur ses origines, retracer son ascension, justifier sa fortune. C'était la dernière fois, ce soir, qu'il répondrait à ces questions.

Bizarrement, il repensa à Lena. Elle tournait à la *pasionaria*. À ses yeux, son roman était une critique impitoyable du nouveau pouvoir russe. Il l'avait parcouru rapidement, sans comprendre l'intérêt de prendre le risque de se mettre à dos le régime et ses partisans. Il s'était vite rassuré en se disant que la prose de Lena resterait confidentielle : qui pourrait bien s'intéresser à ses lubies d'opposante en chambre ? Il avait renoncé à la raisonner. Et puis, cela créait un dérivatif à sa petite sœur, empêtrée dans son divorce.

À 23 h 30, il vit l'imposante limousine de Lord Meriton se garer devant le 68. Il alluma la lampe posée sur son bureau, avant d'éteindre les lampadaires qui éclairaient la pièce. Une atmosphère propice aux confidences, pensa-t-il, en accord avec l'heure tardive.

Un coup discret frappé à la porte et Lord Meriton entra, suivi de son fils et de Ravi, légèrement en retrait, qui referma la porte derrière eux en quittant la pièce.

« Bienvenue, Messieurs. Merci d'avoir accepté mon invitation. Je vous en prie, prenez place. »

Yurdine désigna le canapé et les fauteuils.

Lord Meriton et Henry s'assirent côte à côte. Le vieil homme prit la parole d'une voix tendue et marquée par la fatigue.

« Je me demande si nous avons bien fait de venir. »

Grigori prit place en face de ses visiteurs.

« Je comprends vos doutes. La situation est... particulière. »

Il avait répété la scène plusieurs fois, connaissait son texte par cœur, mais ne voulait pas apparaître comme trop sûr de lui.

« Mais dites-vous simplement que tout est particulier en ces jours sombres. Le monde est sens dessus dessous. Il est donc normal d'accomplir des choses anormales. Je vais le formuler de façon plus positive : des opportunités sans précédent s'ouvrent aux esprits lucides. Voilà pourquoi vous êtes chez moi cette nuit. »

Yurdine se leva.

« Je suis un hôte déplorable. Je ne vous ai rien proposé à boire. Vous prendrez quelque chose ? Pas même un verre d'eau ? Comme vous voudrez. Pour ma part, si vous le permettez, je boirai un Perrier. »

Il apporta trois petites bouteilles, puis trois verres qu'il posa sur la table basse.

« Si jamais vous changez d'avis… »

Il était resté debout.

« Je vais tenter de résumer la situation. Un : en l'absence de toute intervention extérieure, la Riverside déposera son bilan à la fin de la semaine. L'opprobre. Deux : l'offre de DexLife permettra à la banque d'éviter la faillite, mais au prix de votre éviction définitive. L'humiliation. Trois : je peux vous proposer une solution, qui vous permettrait de sauver la banque, tout en vous maintenant significativement à son capital et en vous associant à sa gestion. »

Il marqua un temps d'arrêt.

« M'accorderez-vous les deux premiers points ? »

Ce fut Henry qui répondit.

« Nous n'avons encore rien négocié avec DexLife. Nous pouvons obtenir mieux que sa proposition d'entrée. Sur le prix, sur notre participation au capital, sur notre rôle opérationnel.

— À la marge, oui, bien sûr. Mais seulement à la marge. Tretz n'a pas besoin de vous. Londres est déjà à ses pieds et DexLife est une institution. Je suis par ailleurs certain qu'il ne tiendra pas le peu qu'il vous promettra. Il trouvera un prétexte. Par exemple que la Banque d'Angleterre demande des têtes.»

Lord Meriton se tourna vers son fils.

«Tretz ne m'a pas caché qu'il voulait marquer une rupture avec ce qu'il a appelé la "gestion actuelle", ou quelque chose comme cela. Vous le savez, Henry, la seule chose qu'il m'a promise, c'est la présidence d'honneur du conseil d'administration.

— Ce qui veut dire, ajouta Yurdine d'un ton neutre, que vous ne serez peut-être même pas administrateur. Tretz se sent en position de force. La Banque d'Angleterre a tellement de problèmes que son Gouverneur vous sommera d'accepter sans barguigner. Plus le temps. Et il le sait.»

Henry s'étonna d'être si paisible.

«Que nous proposez-vous?»

Grigori se rassit, ouvrit le dossier devant lui. Il contenait le document préparé par Ravi, une page recto verso, dont il remit une copie à chacun des deux hommes.

«Voici mon offre. Je la parcours avec vous?»

Il attendit que Lord Meriton ait chaussé ses lunettes.

«Je suis parti de la fin. Non que le chemin pour y arriver ne soit pas important. Mais l'objectif est primordial. À la fin, nous contrôlerons ensemble la Riverside, que nous sortirons de la bourse, via une société créée ensemble. Vous en détiendrez 50 %, plus une action, et Perama 50 %, moins une action. Notre pacte d'actionnaires sera des plus classiques : si vous vendez, je peux acheter en priorité, ou décider de vendre avec vous ; si je vends, vous avez les mêmes droits. Lord Meriton, vous continuerez de présider le conseil d'administration de Riverside. J'en deviendrai le vice-président, en charge de la stratégie. »

Lord Meriton regarda Yurdine par-dessus ses lunettes.

« Vous pourriez vous contenter de renchérir sur Tretz. Pourquoi nous laisser le contrôle ?

— Il existe une grande différence entre Tretz et moi. Vous ne lui apportez rien qu'il n'ait déjà. Mais vous avez devant vous quelqu'un à qui vous offrez votre réseau, vos contacts, votre entregent au sein de l'establishment. Avec vous, les clients de la Riverside resteront en terrain connu. En contrepartie, vous aurez tout l'argent dont vous avez besoin.

— Je comprends. Mais vous prenez un risque important.

— Un risque calculé. Je crois que la banque est fondamentalement en bonne santé. Elle ne souffre que d'un problème : l'activité montée par Lancenet. Mais il ne s'agit pas d'un cancer qui aurait métastasé. Plutôt d'une verrue qu'on peut exciser délicatement, en prenant notre temps. Laissons le marché retrouver ses esprits. Nous perdrons un peu, mais pas tant que cela. J'ai dans mon équipe un spécialiste de ces activités. Il a estimé les pertes dans différentes hypothèses. La priorité, c'est le capital, pour rassurer le superviseur. Ce capital, je vous l'apporte. Pour le reste, les activités de conseil sont excellentes. La banque privée profitera de l'apport de Swire Bank. Sans compter que…

— Sans compter que...

— ... que vous ferez un excellent directeur général, Henry. Je n'entends que des éloges à votre égard. Vous avez remarquablement pris les choses en main depuis quelques semaines. Au point d'avoir déjà, dans les faits, remplacé Frost. Eh bien, officialisons cela.

— Vous êtes décidément au courant de tout. Comme pour Tretz et Emma ! »

Prononcer le nom d'Emma Bareletti était à l'évidence un supplice pour Lord Meriton.

« Je vous ai déjà demandé qui étaient vos informateurs. Je ne gâcherai pas notre temps en vous reposant la question, vous ne me répondrez pas. Mais pourquoi ne pas nous en avoir informés ?

— Le moment n'était pas venu. J'ai attendu d'avoir assez de cartes en main.

— Je pourrais vous rétorquer que vous avez attendu que nous soyons au bord du gouffre...

— Non, que vous soyez obligés de m'écouter. »

Lord Meriton eut un petit rire amer.

« Cela a le mérite de la franchise... »

Yurdine ne releva pas.

« Si je calcule bien, le nouveau capital proposé par DexLife, compte tenu de son prix, et à supposer qu'il lui soit réservé en totalité, permettra à Tretz de contrôler plus de 70 % de la Riverside. Il devrait vous rester 15 %. Je ne sais pas si ce calcul a le mérite de la franchise, il a en tout cas celui de la clarté. Henry, partagez-vous ces conclusions ?

— Oui. Sans conteste. »

Il s'adressa à son père.

« Riley a refait ses calculs pour l'augmentation de capital : à 1,5 livre par titre, donc moitié plus que la proposition initiale, DexLife passe à 64 % et nous à 19 %. Cela ne change pas grand-chose ! Il faudrait que Tretz modifie radicalement sa position pour que nous progressions significativement, et nous ne dépasserions même pas le tiers du capital. »

Yurdine se rapprochait du but. Il retourna la feuille.

« Ce que je vous propose est très différent. Il y a 600 millions de livres de *new money*, comme dans le projet DexLife. Un plan aussi solide, mais structuré différemment, pour vous permettre de garder le contrôle. 300 millions d'actions sans droits de vote, que Perama souscrit en totalité. 300 millions de capital, sous la forme de 150 millions de titres nouveaux à 2 livres par titre. Je veux que vous apportiez 50 millions de cash, je me charge du solde, soit 250 millions. Compte tenu des 9 % que j'ai achetés dans le marché, nous serons à égalité après toutes ces opérations. Et, bien sûr, mon offre est entièrement financée. Je tiens à votre disposition les lettres de support des banques internationales de premier rang prêtes à me soutenir. »

Henry fixait le document préparé par l'homme d'affaires, mais sans le lire.

« Ce sont beaucoup d'informations en même temps. Nous avons besoin de travailler, et de réfléchir. De combien de temps disposons-nous ?

— L'offre de Tretz est sur la table. La mienne ne le sera que si j'ai votre accord, Lord Meriton. Car elle ne saurait être qu'amicale. Nous avons jusqu'à demain matin, avant l'ouverture des marchés, pour nous décider. Mes équipes et moi-même sommes bien sûr à votre disposition. Toute cette nuit. En cas d'accord, nous le soumettrons ensemble au conseil d'administration de la Riverside, puis aux marchés. Dans le cas contraire, je me contenterai d'indiquer que j'ai pris une participation minoritaire dans la Riverside et je m'arrêterai là. »

Il devança le reproche qu'il voyait poindre dans les yeux de Lord Meriton.

« Cela n'est pas un ultimatum. C'est la juste estimation du rapport de force établi par Tretz. Je ne peux pas gagner la partie sans vous. Je vous le répète, sans vous je n'essaierai même pas de la mener plus avant. »

La voiture était plongée dans le silence. Lord Meriton avait fermé les yeux. Henry savait qu'il ne dormait pas, mais réfléchissait intensément. Lui-même ressentait une grande confusion. La raison commandait d'accepter l'offre du Français. Une puissante compagnie d'assurances prenait le contrôle de la banque, la Riverside était sauvée. La famille conservait une participation minoritaire, elle vivrait de ses dividendes. Mais son avenir personnel? Il était exclu qu'il continue de travailler aux côtés du Français. Charles fixant sa rémunération et commentant ses résultats avant son bonus annuel. Horrible perspective... Il lui faudrait trouver autre chose, loin de la tutelle de Tretz. Fonder un nouvel établissement ? Cela aurait de l'allure. Il imaginait la une du *Financial Times* : « Meriton & Co dame le pion à la Riverside. » Il lâcha un soupir. Il faudrait vingt ans de dur labeur avant d'arriver à ce résultat... Aurait-il l'énergie nécessaire ? Il repensa à Yurdine. L'homme était manifestement intelligent. Beaucoup de détermination et d'audace, une organisation à toute épreuve derrière lui. La séduction n'était pas son fort. Il était resté factuel tout au long de la discussion. Sans véritable chaleur. Au fond, Henry préférait cette sobriété à des manifestations d'amitié factices. Au moins savait-on à quoi s'en tenir. Le Russe n'avait rien dissimulé. Il s'offrait une respectabilité. Et, selon lui, une bonne affaire. Il avait dû faire fortune dans des conditions douteuses. Que leur demanderait-il de couvrir ensuite ? Mais cet homme raisonnait juste. Henry partageait la même analyse. Il fallait injecter du capital pour acheter le temps nécessaire à la liquidation ordonnée des positions de Lancenet. Le reste des activités était parfaitement sain. Il soupira et regarda sa montre : ils étaient restés une bonne heure chez leur nouvel ami.

« Henry ? »

Son père avait ouvert les yeux alors que le chauffeur engageait la Bentley sur la rampe d'accès au garage souterrain de la Riverside.

« Je vous attends dans un quart d'heure avec Riley. Je dois voir Strathers avant. »

Londres, siège de la Riverside, mardi 16 septembre 2008

Strathers alluma un énième cigare.
« Ce n'est plus de notre âge, James... Tu as vu l'heure ? Dieu sait que j'ai eu mon compte de négociations interminables et de nuits blanches. Il sait aussi que je suis prêt à tout, ou presque, pour t'être agréable, mais l'idée de discuter jusqu'au matin ne me dit rien, mais alors, rien du tout. »
Il s'effondra sur le canapé.
« Il va falloir te forcer un peu, John, parce que je ne crois pas qu'on ait le choix. »
Puis il exposa les termes de l'alternative, d'un côté « la Tretz », de l'autre « la Yurdine », comme il les avait baptisées, le plus calmement et le plus simplement possible.
« Alors, qu'en penses-tu ? Essaye de te mettre à ma place, John. Je ne veux pas d'un conseil paresseux.
— Tu connais très précisément les termes du problème, James. Je peux les résumer, mais seulement pour te faire plaisir, parce que je ne crois pas que cela nous avance beaucoup. Tretz représente la sécurité, mais tu ne seras plus maître chez toi. Yurdine incarne l'aventure et réclame un acte de foi. Au fond, ce type peut te rouler dans la farine après t'avoir fait miroiter le contrôle de la banque. »
Il tira sur son cigare.
« Voilà tes options brillamment résumées. Avec Tretz, la paix, assortie d'une retraite anticipée. Avec Yurdine,

quelque chose d'autre, mais sûrement pas la paix. Et tout ton crédit sur la table, puisque tu fais du Russe ton associé. Tapis. »

Strathers se leva et saisit les deux mains de son ami.

« James, si j'étais toi, je suivrais Tretz, parce que c'est le choix le plus raisonnable. Puis-je ajouter encore une chose ? Henry doit prendre part à la décision. Après tout, il est l'avenir de la famille. »

L'avocat s'interrompit. On avait discrètement toqué à la porte, et la tête de Frost apparut.

« Je vous dérange ? J'aurais besoin de vous dire un mot... »

Le visage hostile de Lord Meriton ne le découragea pas.

« C'est important !

— Allez-y, mais vite.

— Charles de Tretz m'a appelé. Il est prêt à modifier les termes de son offre. »

Lord Meriton faillit s'étouffer.

« Il vous a appelé ? Vous ? »

Strathers intervint.

« James, laisse-le parler, je t'en prie...

— Mais enfin, ce type n'en rate pas une ! C'est incroyable ! Pourquoi ne pas m'appeler moi, ou toi, John ? »

Le ton se fit suspicieux.

« Savez-vous ce que je pense, Dominic ? C'est vous qui lui avez passé un coup de fil.

— Jamais de la vie ! Mais vous devez discuter avec lui, demain matin, première heure, avant le conseil. »

Strathers regarda Frost, puis se tourna vers James Meriton.

« Pour une fois, il me semble qu'il a raison. Je peux me charger de monter le rendez-vous. Demain 8 heures ? Quoi que tu décides avec Henry, il a mis une offre sur la table.

— Solliciter ce rendez-vous, c'est aller à l'abattoir.

— Explique-lui que tu veux éclairer tes administrateurs. C'est plausible. Il comprendra. Et tu sauras s'il est vraiment prêt à bouger.

— John, tu as gagné ! Dominic, puisque vous entretenez des rapports privilégiés avec notre repreneur présumé, vous allez vous en occuper. Recontactez-le, discutez. Poussez-le dans ses retranchements. Et soyez gentil : préparez-moi une note. Je ne vous retiens pas : j'attends Henry et Riley. »

Londres, Cornhill Street, mardi 16 septembre 2008

Martha partageait sushis et sashimis avec Ravi dans son bureau. Yurdine leur fit un compte rendu rapide de son entrevue avec les Meriton. Le jeune banquier battit des mains.

« Un Meriton al dente, comme je les aime. Tout le monde sait que cela cuit mieux pendant la nuit, ces petites bêtes ! »

Martha le reprit sèchement.

« Rien n'est fait, Ravi. Franchement, ce que vous pouvez être gamin, parfois... Grigori, je crois que je vais appeler Strathers, leur avocat. Nous devons avancer. Il faudra signer un *memorandum of understanding*, avec les grands termes de l'accord : les conditions financières et les règles de gouvernance.

— Martha, laissons-les revenir vers nous. Il leur faut juste un peu de temps. Comme cela, vous pourrez finir tranquillement votre poisson cru. Où est passé le reste de l'équipe ?

— Je les ai envoyés prendre l'air. Ils ont besoin de se détendre un peu. Une demi-heure, pas plus.

— Parfait. On se retrouve dans mon bureau à 3 heures. »

Le portable de Martha sonna alors que Yurdine s'éloignait. Il ne se retourna pas. Il avait vu juste. La nuit serait longue.

Londres, siège de la Riverside, mardi 16 septembre 2008

Riley et Lord Meriton travaillaient dans le bureau d'Henry. Riley avait établi la liste des questions toujours pendantes, avec Tretz comme avec Yurdine. C'était un banquier d'affaires méticuleux, dont l'efficacité sarcastique était appréciée des clients. Il avait commencé trente ans plus tôt à la Riverside et en était devenu l'un des plus grands apporteurs d'affaires. Il avait gagné avec les années une liberté d'action presque totale et, fidèle parmi les fidèles, il n'aurait pour rien au monde quitté les Meriton, assez intelligents pour comprendre qu'il n'était jamais si redoutable que lorsqu'on lui laissait la bride sur le cou. Les quartiers de noblesse de sa famille n'avaient rien à envier à ceux de ses patrons, son port aristocratique non plus. James l'avait toujours traité en égal, sans lui faire sentir qu'il n'était qu'un de ses collaborateurs.

« Merci Nicholas. »

Lord Meriton s'étira, dans une vaine tentative de chasser la fatigue.

« Très clair. Même à cette heure absurde. »

Il se versa une nouvelle tasse de café.

« Nicholas, j'ai tenu Frost à l'écart du projet Yurdine. Je lui ai demandé de me préparer un mémo avant un entretien éventuel avec Charles, qui pourrait se tenir demain avant le conseil. »

Riley sourit.

« J'avais compris, James. J'ai constitué deux équipes séparées. Chacune ignore tout de la feuille de route de sa concurrente. Les jeunes raffolent de cette atmosphère de complot. Très propice à la créativité.

— Parfait. »

Lord Meriton sembla hésiter un instant. Riley le devança.

« Je ne vous ai pas encore dit ce que je pensais vraiment. Mais puisque vous me le demandez…

— Vous savez très bien l'importance que j'attache à votre avis, Nicholas. Strathers considère que Tretz offre la seule voie de sortie raisonnable. »

Riley étendit ses grandes jambes sous la table basse.

«James, je soutiendrais volontiers que la liberté vaut une mésalliance. Plus exactement que cette simple promesse vaut de prendre le risque... Bref, l'aventure avec le Russe plutôt que le joug pesant du Français.»

Il marqua une pause, comme pour donner plus de force à ce qui allait suivre.

«Nous blanchirons peut-être des privatisations pourries de l'ère post-soviétique! Et alors? Vous serez toujours un Meriton. Vos ancêtres ont certainement fait bien pire pour préserver leur contrôle et jamais on ne les a exclus du Jockey.»

Henry approuva.

«Notre enquête sur Yurdine n'a rien révélé d'illégal. Et ce ne sera pas la première fois que Russes et Anglais s'associent pour défaire les Français!»

Riley poursuivit.

«Pour parler technique, après tout je suis payé pour ça, j'ajouterai que Yurdine, avec Swire Bank, contrôle déjà une banque anglaise. Ce qui veut dire que notre bien-aimé protecteur, le gouverneur de la Banque d'Angleterre, a dû trouver quelques qualités morales à notre prétendant. Ou en tout cas qu'il ne voit rien de mal à quelques bons billets de Russie! Cela pourrait vous aider si vous décidez de les appeler pour leur annoncer que vous fricotez avec un oligarque, James.»

Il se leva, dépliant son élégante silhouette.

«Je vous laisse. Nous avons tous beaucoup à faire. Puis-je terminer sur une note plus personnelle?

— Nicholas !
— Je continuerai de travailler avec vous et le Russe. Mais pas avec Tretz. Avec lui, ce ne serait que pour l'argent, et je n'en ai pas vraiment besoin.
— Vous êtes un véritable ami, Nicholas. »
Riley allait refermer la porte derrière lui quand il se retourna.
« Ne vous faites pas trop d'illusions. La majorité de nos partners se rangeront sans état d'âme derrière le Français. J'ai reçu beaucoup d'appels depuis le communiqué de DexLife. Certains ont déjà dû envoyer à Tretz des messages énamourés.
— Ils suivront le vainqueur, Nicholas.
— Dieu vous entende, mon cher James. Dieu vous entende... »

XIV.

Londres, siège de la Riverside, mardi 16 septembre 2008

James Meriton regardait le soleil matinal sur les bouleaux du square. Leurs troncs blancs, marqués de rares taches noires, lui semblaient un étrange échiquier et brillaient comme des promesses d'espoir. Lui qui ne supportait pas l'inexactitude était arrivé avec trois minutes de retard. Gladys avait murmuré que Charles de Tretz patientait dans la petite pièce attenante à son bureau qui servait de salon d'attente. Il y avait tant à faire… Il n'avait pas dormi de la nuit, était passé chez lui en coup de vent pour prendre une douche et se changer. Liz buvait au lit son premier thé du matin, avant de descendre pour le petit déjeuner.

« Plein milieu de la tempête, ma chérie… On y a passé la nuit, pas sûr qu'on y voie plus clair. Je file retrouver Tretz. Je vous raconterai tout. Puis-je vous demander une faveur bien tardive ? Annuler le dîner de ce soir. Je n'en aurai pas la force… »

Tretz se tenait debout devant la baie vitrée. Il avait peu dormi. Deux heures, mais cela avait suffi. Les discussions avec Frost s'étaient prolongées jusqu'à 4 heures, mais ils avaient finalement trouvé un terrain d'entente. Réveil à 6 h 15 pour une heure d'exercice avec sa coach italienne, comme chaque mardi. Laura l'avait félicité. «Vous êtes très tonique ce matin, Monsieur Charles.» Il se sentait bien. La presse était excellente. Il faisait la une du *Financial Times*, très bonne photo de surcroît. Il avait l'honneur de la *Lex Column*, en dernière page, là où sont distingués ceux qui font l'actualité du jour. Le chroniqueur avait titré «Un sauvetage et une bonne affaire» : «La vieille dame de la City est malade de positions spéculatives qui ne sont pas son genre. Mais elle possède de beaux restes que l'avisé Charles de Tretz acquiert au rabais. Circonstances obligent. Après tout, dans ce marché disloqué, la famille Meriton connaîtrait sans DexLife le sort des frères Lehman : la faillite, et peut-être même le déshonneur.»

La seule contrariété de ce début de matinée, Tretz la devait à Lancenet. Paul l'avait appelé très tôt, Merrigan ne voulait plus vendre.

«Il pense qu'après ton offre, le cours va se reprendre.

— Paul, tu es en dessous de tout. Pas plus tard qu'hier soir, tu m'as assuré que la transaction était sécurisée.»

Paul avait bredouillé quelques mots, lâché qu'il ne s'agissait que d'un accord moral.

«Tu te moques de moi. Merrigan ignore jusqu'au mot de "morale". Sinon, il ne gérerait pas un hedge fund. Au fond, ce n'est pas très grave, je n'en ai pas besoin pour détenir le contrôle. Mais je comprends mieux tes difficultés, mon petit Paul.»

Cette fois-ci, Charles avait lesté sa phrase de tout le mépris dont il était capable.

Dominic Frost l'avait accueilli dans le grand hall du rez-de-chaussée. Les huissiers s'étaient montrés particulièrement déférents, comme il convient face au nouveau maître. Après un «bienvenue chez vous» que Charles lui-même avait trouvé déplacé, Frost lui avait rappelé le programme de la journée.

«La cotation reprendra après le communiqué qui suivra le conseil et annoncera l'opération. Nous commençons à 9 h 30, tout devrait être bouclé vers midi, au plus tard. Nous présenterons nos résultats, qui ne sont pas brillants.

— Je suis au courant, Monsieur le directeur général. C'est parce qu'ils ne sont pas brillants que je suis ici ce matin.»

Douché, monsieur le directeur général était resté silencieux dans l'ascenseur.

«Cher ami, je suis confus de vous avoir fait attendre. Je commence bien mal notre collaboration.»

Le vieux Lord avait l'air épuisé. Élégant et souriant, comme toujours. Mais le teint cireux. Bizarrement, il portait des lunettes aux verres fumés, Charles trouva qu'elles accentuaient sa mine défaite.

«Charles, je vais être très franc. Je vais présenter votre offre au conseil, cela va de soi. Dominic m'a transmis vos dernières propositions. Mais je ne pourrais défendre votre plan que si vous améliorez encore vos conditions. Sur le prix de l'augmentation de capital, et donc sur notre niveau de participation. »

Tretz l'interrompit d'une voix très douce.

« Dominic nous a été très précieux hier soir, et encore tôt ce matin. Un interlocuteur toujours disponible et précis. »

Il s'interrompit quelques instants.

« Mais, avant de revenir aux chiffres, je voudrais vous témoigner mon immense admiration. Vous avez poursuivi et consolidé l'œuvre de la dynastie Meriton. En dépit des quelques erreurs récentes, qu'il faut prendre très au sérieux. Vous savez que tout peut arriver dans les marchés actuels. »

Le regard de James s'obscurcit.

« Merci de ces mots si chaleureux, Charles. Ils me touchent infiniment. Mais, dans ces circonstances si pénibles, vous comprendrez que je leur trouve aussi un goût amer.

— Je vous en conjure, James, gardons-nous du pathos... Mon admiration est sincère. Et si nous devenons partenaires, comme je l'espère et le crois, c'est dans cet esprit que je veux que nous travaillions ensemble. Main dans la main, pour poursuivre l'aventure qui a débuté il y a deux siècles.

— Votre admiration irait-elle jusqu'à nous laisser le contrôle de la banque ? Votre aventure ressemble à une fin de partie pour notre famille.

— James, je dispose d'un mandat de mon conseil d'administration. Je peux améliorer mon offre, mais sans outrepasser ce mandat. Qui prévoit que nous prenions le contrôle. DexLife a été formel à ce sujet. La crise est profonde. Notre groupe est prêt à engager toutes ses capacités derrière vous. Mais, pour vous faire bénéficier de notre force de frappe, nous devons être majoritaires. Les avancées de Frost représentent une amélioration significative. 1,5 livre par titre et 20 % du capital.

— Certes. Mais nous ne serons plus le premier actionnaire.

— Je suis désolé, je ne peux pas aller au-delà. Mais je souhaite, et je n'en avais pas avisé Dominic, que vous restiez président du conseil d'administration. De ce point de vue, rien ne changera.

— Aussi longtemps que vous le jugerez utile.

— L'intérêt de DexLife est de vous garder à nos côtés.

— L'intérêt de DexLife est-il aussi de garder Henry ? Il est unanimement respecté au sein de la banque et serait un excellent directeur général.

— Mais Frost ?

— Nous savons tous les deux qu'il porte une lourde responsabilité dans ce qui est arrivé. Il est l'initiateur du compte propre.

— Je ne connais pas Henry, mais vous avez certainement raison.

— Vous engagez-vous à le nommer ?

— Eh bien, je soutiendrai sa candidature devant le conseil de la Riverside. »

Un silence pesant s'installa.

« Êtes-vous sûr de ne pouvoir aller au-delà de vos dernières propositions ? »
Tretz fit non de la tête.
« James, grâce au soutien de DexLife, la Riverside sera plus puissante. Nous ferons de grandes choses ensemble. »
Lord Meriton se leva, Tretz l'imitant aussitôt.
« Charles, je présenterai donc votre offre révisée au conseil. Avec ses codicilles sur la présidence et la direction générale. Avons-nous autre chose à examiner ?
— Souhaitez-vous ma présence au conseil ? J'y suis évidemment disposé. Je pense même que ce serait très positif.
— Ne m'en veuillez pas mais, pour cette dernière séance, je préfère que l'on reste entre nous. En famille, en quelque sorte. Avant d'accueillir notre nouveau partenaire. »
Charles tâcha d'avaler sa rancœur. Lord Meriton passa son bras autour de l'épaule du Français.
« Je vous raccompagne. Savez-vous que vous êtes le héros de la presse du matin ? Que d'éloges pour le sauveur de notre pauvre Riverside ! »

Le conseil s'était ouvert laborieusement. James avait expliqué que la réunion se tiendrait sans la présence du directeur général.
« Je ferai venir monsieur Frost pour la présentation des résultats, mais tout ce qui précède ne concerne que la famille et les actionnaires. En revanche, j'ai demandé à Henry d'être parmi nous, de même que Nicholas Riley, notre conseil, que vous connaissez tous. Emma Bareletti,

qui n'est plus actionnaire, n'a pas souhaité nous rejoindre. À ma connaissance, elle n'a pas donné de pouvoir. »
Quelques murmures, mais aucune protestation. Comme si l'on était flatté de faire partie des *happy few* qui décideraient de l'avenir de la société.

La voix désagréablement traînante de Nathan Meriton rompit l'unanimité. Le cousin de Lord Meriton, grincheux notoire et snob de concours, semblait avoir avalé un parapluie plus large que d'ordinaire.

« James, Emma m'a envoyé ce bout de papier. Elle explique avoir conservé ses actions d'administratrice et me donne sa voix. Cela ressemble à un pouvoir en bonne et due forme, ou je n'y connais rien. John, c'est vous le juriste ici, voulez-vous y jetez un coup d'œil ? »

Tretz avait dû gagner Nathan à la cause de DexLife. Entre les deux hommes, la tension était montée d'un cran lorsque James avait demandé à chacun de laisser son téléphone portable à l'extérieur de la salle.

« C'est impératif. Nous avons besoin d'une confidentialité absolue. »

Nathan avait protesté contre cette défiance inacceptable. Il avait fallu toute l'autorité bonhomme de Strathers pour qu'il s'y résigne. L'avocat siégeait au conseil depuis que son ami James Meriton dirigeait la banque.

« Cela sera bientôt une pratique courante, en tout cas lorsque la réunion est importante. Elle évite les tentations. Quand la *Financial Services Authority* mènera sa petite enquête, aucun de nous n'aura à répondre de messages échangés pendant ce conseil ! Parce qu'il y aura une enquête : nous sommes une société cotée et d'importants échanges de titres ont déjà eu lieu. »

La vénérable douairière assise à côté de Lord Meriton avait détendu l'atmosphère en expliquant que, pour une fois, grâce à cette mesure radicale, ces messieurs, y compris son cher frère, n'auraient pas tout le temps le nez baissé sur leur écran. Caroline Ashes-Wikes n'avait jamais pris la vie au sérieux, et certainement pas les réunions du conseil d'administration de la Riverside. Mais elle faisait une confiance aveugle à son frère cadet. C'est pourquoi Lord Meriton l'avait choisie pour y représenter la famille à ses côtés.

Il avait fallu ensuite entrer dans le vif du sujet. James Meriton avait adopté un ton solennel. Il n'avait rien concerté, cette solennité s'était imposée naturellement, à la hauteur de l'enjeu. Sa voix tremblait sous l'effet de la fatigue accumulée et de l'émotion.

« Nous allons engager aujourd'hui l'avenir de notre société pour de longues années. L'avenir de notre famille aussi. Nous avons reçu deux offres. Vous connaissez la première, annoncée hier par DexLife. La seconde, arrivée plus tardivement, provient d'un investisseur étranger. Nicholas va vous exposer les deux. »

La mention d'une proposition supplémentaire avait suscité dans l'assemblée un brouhaha inhabituel, couvert par la voix forte de Robert Callington, administrateur indépendant, président d'une grande société pétrolière.

« Un peu de compétition ! Voilà qui ne peut nous faire que du bien. Peut-on connaître le nom de cet investisseur ? »

Nathan Meriton n'avait pas eu à forcer son naturel après la réponse de son cousin.

«Mais qui sont ces gens, James? Cela ne semble pas bien sérieux.»

Riley avait été parfait. Sa voix de basse et sa carrure refrénaient les interruptions intempestives. Évacuant toute dimension affective, il avait banni sympathie et antipathie pour se limiter aux faits et aux chiffres, en une comparaison scrupuleuse. William Sadkwin, un banquier retraité qui siégeait comme administrateur indépendant, avait réclamé quelques éclaircissements sur des points techniques, puis la voix haut perchée de Caroline Ashes-Wikes avait pris l'avantage.

«Tout cela est fort bien présenté, Monsieur Riley, je crois même avoir compris, c'est dire. Mais j'attends maintenant vos recommandations.»

D'un signe de la main, James Meriton avait invité son banquier à répondre.

«Elles seront très simples, Madame. L'offre de Perama est mieux-disante pour les actionnaires, qu'il s'agisse de la famille ou des minoritaires.»

«Mon nom est Grigori Yurdine.»

Lady Caroline se trémoussa sur sa chaise en se penchant vers son voisin.

«Grâce à vous, mon cher frère, je joue mon premier rôle dans un James Bond. Je ne sais pas si ce Russe est un bon banquier, mais il est beau comme un dieu. J'adore.»

Elle avait parlé assez fort pour être entendue de toute l'assemblée.

« Perama est une holding diversifiée qui contrôle des sociétés industrielles et financières, principalement en Russie, mais aussi en Grande-Bretagne. Son actif net s'élève aujourd'hui à 6 milliards de livres et elle emploie 20 000 personnes. Le résultat de notre groupe s'est établi à 980 millions en 2007. Je suis accompagné de Martha Ardiessen, qui dirige nos activités en Angleterre, et de Ravi Ruparel, qui a suivi ce dossier. »

James jeta un regard à la ronde et refit ses calculs : assis à côté de Caroline, son cousin Nathan. Puis John Strathers, qui lui adressa un sourire d'encouragement. Enfin Sadkwin et Callington, les deux autres administrateurs indépendants. En l'absence d'Emma Bareletti, le sort de la Riverside et de la famille Meriton dépendait de ces cinq personnes. Caroline et John le soutiendraient. Avec le pouvoir d'Emma, Nathan avait deux voix : elles seraient pour Tretz. Il lui fallait donc convaincre Callington et Sadkwin.

Yurdine acheva sa présentation dans un silence absolu. Martha et Ravi, assis à ses côtés, scrutaient le visage des administrateurs. Ils n'avaient pas eu besoin d'intervenir tant Yurdine maîtrisait parfaitement les termes de l'offre. Grigori avait fait preuve d'une franchise totale sur ses motivations.

« J'ai passé toute ma jeunesse à Perm, que peu de gens savent placer sur une carte. Quels que soient mes efforts, j'ai conscience de passer pour un parvenu infréquentable qui sent l'argent sale. On me tolère, sans m'accepter vraiment. Le métier de la banque repose sur la confiance. Je ne peux réussir sans la légitimité ancestrale de Lord Meriton, le concours de sa famille et de votre conseil. C'est la raison pour laquelle je ne souhaite pas contrôler la Riverside. Ni maintenant, ni plus tard. Bien sûr, la banque est aujourd'hui fragile et secouée par des circonstances exceptionnelles. Mais j'ai les moyens financiers de la relever. Et avec l'apport de Swire Bank, nous construirons un ensemble puissant. Je vous remercie pour votre attention et suis maintenant prêt à répondre à toutes vos questions.»

Pendant une heure, Grigori se prêta à l'exercice avec la même simplicité et sans l'ombre d'un sourire, y compris quand Caroline Ashes-Wilkes lui demanda où était située Perm.

«Mon cher James, je suis séduite.»
Caroline avait été la première à prendre la parole après le départ de Yurdine et de ses collaborateurs.
«Pareil chevalier blanc, c'est une chance inespérée! Il a ma voix.»
Nathan Meriton brûla la politesse à James.
«Ma chère Caroline, le charme n'est pas ici une condition nécessaire et suffisante. Cet homme est un aventurier dont nous ignorons presque tout. Qui se cache sous cette surface policée? James, dois-je vous rappeler que nous sommes plusieurs ici à porter le nom glorieux de Meriton? Mais serais-je le seul à vouloir lui éviter d'être sali? De toute façon, nous ne pouvons pas nous prononcer sans avoir entendu le dirigeant de DexLife. John, je

m'étonne que vous apportiez votre caution à de tels manquements ! On nous demande de laisser nos portables à l'entrée mais on trouve normal, alors qu'il y a deux offres, de n'entendre que l'une d'entre elles ? Ce serait pour le coup un vrai sujet d'intérêt pour la *Financial Services Authority*. Je demande donc officiellement l'audition de Charles de Tretz.

— Nathan, il faut maintenant que le conseil se prononce de toute urgence. Les médias ne nous lâchent pas. Et monsieur de Tretz est-il prêt à nous rejoindre toutes affaires cessantes ?

— Je crois que Charles de Tretz n'a rien de plus important que la Riverside aujourd'hui. Appelez-le, vous verrez, il sera là en un rien de temps. »

Charles et Nathan avaient soigneusement préparé leur coup.

Les administrateurs étaient mal à l'aise, évitant de regarder le vieux Lord. Robert Callington rompit le premier le silence.

« James, Nathan a raison. La situation est trop grave pour que nous ne fassions pas les choses *by the book*. Nous avons tous conscience du calendrier mais nous ne pouvons interdire de parole Charles de Tretz. »

Restait à mettre la main sur le patron de DexLife. Pendant l'interruption de séance, les administrateurs avaient été invités à rester dans la salle.

« Mon Dieu, mais c'est une véritable prise d'otages, James. Je n'imaginais pas qu'à notre âge, nous pourrions vivre une situation aussi divertissante. »

Caroline, qui servait des tasses de thé à la ronde, donnait l'impression de s'amuser follement. Pour tenter d'alléger l'atmosphère, elle enchaînait souvenirs et anecdotes sans discontinuer.

« Savez-vous, Robert, que Bernie Hammer a réussi à convaincre James de maintenir à l'identique la salle du conseil ? Nous avons conservé les boiseries en chêne et les portraits de famille empruntés à notre ancien siège. Bernie adore la faire visiter aux clients ! Il y met tant de vénération, c'est d'un drôle ! »

Strathers adressa un léger sourire à Caroline Ashes-Wikes, il appréciait ses efforts.

Chacun retrouva sa place à l'arrivée de Tretz, qui boucla rapidement sa présentation, reprenant sans y prendre garde les formules déjà abondamment servies à la presse. Il n'y avait là rien de bien nouveau, rien que l'assurance désinvolte du promis à la victoire. Sans surprise non plus, Nathan posa la première question.

« Monsieur de Tretz, imaginons qu'une offre concurrente ait été déposée au cours des dernières heures. Imaginons que cette offre concurrente laisse le contrôle à la famille Meriton. Seriez-vous prêt à revoir vos conditions en conséquence ? »

L'avertissement de Nathan fut perdu pour Tretz, qui émit un petit rire.

« Je vais vous décevoir. Dans les circonstances actuelles, personne, je dis bien "personne", en tout cas aucun investisseur sérieux, ne vous fera une telle offre. Chaque heure qui passe, la Riverside est étranglée un peu plus par son manque de trésorerie. Depuis des jours, je répète les mêmes évidences aux dirigeants de la banque, mais je veux bien les répéter une dernière fois. Pour restaurer la confiance des clients, des investisseurs et du superviseur, la famille doit s'effacer. C'est le mandat que m'a confié mon conseil et il n'y aura pas de meilleur deal sur la table. L'argent ne suffit pas. Vous avez besoin de légitimité, vous avez besoin de respectabilité, vous avez besoin de puissance. Vous n'avez pas d'autre solution que DexLife. »

Tretz venait de quitter la salle. Caroline Ashes-Wikes ne fit pas mentir sa réputation.
« Connaissez-vous l'adage : "Ne jugez pas un livre à sa couverture"? La bonne éducation n'est pas là où on aurait pu l'attendre. Ce Tretz est plein de suffisance. Un Napoléon à la petite semaine! Le Russe sort de Perm, donc de nulle part, mais quelle... »
« Caroline, il ne s'agit pas d'un concours de mondanités, mais de l'avenir de la banque. Ce n'est pas parce que Tretz nous dit des choses déplaisantes qu'il n'est pas dans le vrai. »
James se redressa d'un coup, prêt à en découdre. Mais William Sadkwin fut plus rapide.
« Nathan, je vous prends au mot. Avec Tretz, l'histoire des Meriton s'arrête là. Avec Yurdine, la banque a un avenir. James, vous avez mon soutien. »
Callington, dont le rêve était de rejoindre la chambre des Lords et qui en avait adopté par anticipation les habitudes, lança un tonitruant *« Hear, hear! »*.

Londres, Canary Wharf, mardi 16 septembre 2008

Blême, Charles de Tretz regardait défiler le fil d'information de Bloomberg, qui confirmait en boucle la victoire de Yurdine. Il avait claqué la porte de son bureau au nez de son directeur de la communication.

« Il faut que je vous le dise en quelle langue ? Pas de commentaires. Voilà mes instructions ! Ce n'est quand même pas compliqué à comprendre ! »

Mais comment avait-il pu se laisser balader ainsi ? À aucun moment il n'avait vu venir le Russe. Ce dernier devait pourtant préparer son affaire depuis des mois... Le nom de Paul Lancenet s'afficha sur son portable. Il ne manquait plus que lui !

« Qu'est-ce que tu veux ?

— Tu dois être déçu.

— Tu sais, ce sera oublié demain. Pour nous, c'était un petit projet. Pour toi, en revanche, ça ne sent pas bon. Tu vas te faire virer vite fait, mon ami.

— On verra bien.

— C'est tout vu. Et ne compte pas sur moi pour te retrouver quelque chose. Quand je pense que tu n'as même pas été foutu de contrôler Merrigan !

— Détrompe-toi.

— Comment ça ?

— Merrigan a bien vendu ses actions. Pas à toi, bien sûr. À Yurdine.
— Mais quand ?
— Lundi. Comme prévu.
— Je ne comprends pas.
— Grigori Yurdine m'a contacté il y a deux semaines. Il m'a présenté son projet. L'homme m'a plu, j'ai décidé de l'aider. En aidant Yurdine, j'aidais les Meriton. Je leur devais bien ça. Avec toi, je ne faisais que les trahir.
— Tu es vraiment le dernier des salauds !
— Mais qu'est-ce que tu crois ? Tu me fais signe après des années de silence et tu penses que tu vas pouvoir me mettre à ta botte ? Charles, pour quelqu'un qui se prétend mon ami, tu me connais mal. En fait, tu n'as pas changé. Parce que tu descends d'une vieille famille française, tu penses que tout t'est dû : que le petit Lancenet d'Alençon va accourir à ton appel, que des aristocrates anglais en difficulté préféreront se jeter dans tes bras plutôt que dans ceux d'un oligarque russe. Tu te souviens d'une partie d'échecs que nous avions jouée chez tes parents ? Je t'avais battu avec le mat de Reti. Je suis sûr que tu n'as pas oublié : utiliser les pièces de l'ennemi pour bloquer la fuite du roi sur quatre des cases qui l'entourent. J'étais ton fou, et ce fou t'a empêché de bouger. Pendant ce temps, Yurdine pouvait avancer ses pièces, et tu viens de te faire mettre mat. Tu as raison, DexLife va s'en remettre. Il paraît que le ridicule ne tue pas, tu devrais donc t'en remettre, toi aussi. Mais un conseil, Charles : remets-toi aux échecs. Comme Grigori Yurdine. »

Londres, à deux pas de chez Christie's,
mardi 16 septembre 2008

Enfoncé dans le siège arrière de sa voiture, les yeux fermés, Grigori compta le nombre de sonneries. Trois. Kathryn Walton avait décroché au bout de trois sonneries.
« Monsieur Yurdine, vous n'aimez plus votre échiquier napoléonien ? Ou cherchez-vous d'autres pièces ? Si j'en crois la presse, vous avez été très occupé ces derniers jours.
— Mrs. Walton, j'ai besoin de vous.
— Dites-moi.
— Voilà. J'ai acquis des meubles dessinés par François-Xavier Lalanne dans les années 1970. Une table en acier avec un plateau en marbre, six chaises en acier et cuir. Je songe à m'en défaire et je voudrais que vous les expertisiez.
— Peut-être devriez-vous attendre avant de vous en séparer. C'est une valeur montante, on parle d'une grande exposition à Paris. En tout cas, j'adore François-Xavier Lalanne. Et Claude aussi. Ce sont même deux de mes artistes préférés.
— Je sais. Depuis notre rencontre à la salle des ventes, je crois avoir lu tous vos travaux, des articles aux préfaces. Sans parler des vidéos. Vous êtes la meilleure dans votre domaine.
— Je suis flattée. »

Quelques secondes de silence.

« Vous voulez donc une expertise. Et moi qui croyais que vous alliez m'inviter à déjeuner, comme vous me l'aviez promis après les enchères !

— J'aurais dû commencer par là, Mrs. Walton. Mais j'ai pensé que cela faisait trop russe, et pas assez anglais. Maintenant ? »

Kathryn éclata de rire.

« Maintenant ?

— Cette estimation est en fait très urgente, Kathryn. J'ai fait faire des photos, je les ai avec moi, je voudrais vous les montrer. Avant que vous ne décidiez que c'est impossible, laissez-moi vous dire qu'aujourd'hui est une journée particulière pour moi. Et qu'avec vous, elle deviendrait exceptionnelle.

— Hum. Quelles vidéos avez-vous regardées ?

— Toutes.

— Je crains le pire...

— Je les ai toutes adorées. Vraiment.

— Vous allez me dire que vous me préférez en vrai ?

— Comment avez-vous deviné ?

— Nous pourrions déjeuner sur la table de Lalanne.

— Le temps de la faire venir de Moscou... Le Ritz n'a qu'un avantage sur les Lalanne, il est à côté de votre bureau. J'y serai dans un quart d'heure.

— Pour partager un déjeuner et cette journée si particulière ?

— Un déjeuner léger. La journée ne fera que commencer.

— Je veux bien partager le déjeuner. Nous serons quatre : Claude et François-Xavier, vous et moi. Je vous parlerai de moi, vous de vos Lalanne. Prenez une table près de la plus grande fenêtre, la lumière y est très belle à la fin de l'été. À tout de suite, Grigori Yurdine. »

TROISIÈME PARTIE

Le sacrifice de la Reine

Frank James Marshall
(1877, New-York - 1944, Jersey City)

Certains amateurs d'échecs affirment que le plus beau coup de tous les temps fut joué par Frank James Marshall contre Stepan Levitsky, lors de la sixième ronde du tournoi de Breslau, en juillet 1912.
Le sacrifice final de sa Dame aurait tellement ému les spectateurs qu'ils auraient recouvert l'échiquier de pièces d'or.
Les historiens débattent encore de la réalité de cet épisode.

I.

Cotswolds, Walton Hall, mercredi 1ᵉʳ janvier 2020

Grigori Yurdine avança son fou en H5 et attendit que les deux têtes blondes assises en face de lui aient décidé de leur prochain mouvement. Tandis que ses fils se chuchotaient à l'oreille d'improbables stratégies, Grigori se rappelait les parties où, allié à sa sœur Lena, il essayait de battre Nikolaï Makarov. Il avait 11 ans la première fois qu'il avait gagné contre son père adoptif.

Il laissa son regard glisser sur le parc. La lumière rasante d'une fin d'après-midi ensoleillée et froide concluait cette journée de Nouvel An 2020. Grigori aimait se retrouver en famille dans leur propriété des Cotswolds. Il avait adopté ce coin de campagne anglaise dont Kathryn raffolait. La vaste demeure des Walton, un manoir du XVIIIᵉ siècle, était en piteux état lorsque sa femme en avait hérité. Yurdine avait rénové le domaine et saisi toutes les occasions de l'agrandir. On grinçait dans la région que le prix du foncier avait été multiplié par dix depuis son installation dans le village de Chipping Campden. La propriété, qui s'étendait désormais sur une centaine d'acres, comptait, outre le parc, des vergers et des fermes, ainsi qu'un court de tennis, une piscine et un terrain de golf. On aurait condamné cette ostentation nouveau riche sans l'arbre généalogique de Kathryn et son rôle au sein du National Trust, association dédiée depuis plus d'un siècle à la conservation du patrimoine. À deux heures de Londres, Grigori, Kathryn et les jumeaux passaient ainsi à Walton Hall l'essentiel de leurs week-ends lorsque l'homme d'affaires était en Angleterre.

Les boiseries de chêne de la bibliothèque avaient longtemps amusé les garçons, car on pouvait y découvrir de minuscules abeilles dissimulées dans l'entrelacs des feuilles. Lorsqu'elle y travaillait, Kathryn se surprenait encore à les rechercher.

« Tu avances, ma chérie ? »

Kathryn leva la tête de son ordinateur et sourit affectueusement à son mari. Installée dans un fauteuil club face à la cheminée, elle préparait le prochain conseil d'administration de Perama, dont elle avait été nommée vice-présidente en 2018.

Quand Kathryn avait quitté sa maison de vente aux enchères, Yurdine lui avait proposé la direction de la fondation d'art contemporain qu'il avait créée pour son groupe. La rétrospective Alex Katz, organisée pour l'inauguration des nouveaux bureaux londoniens de Perama, avait été un franc succès. Le *Times* lui avait consacré toute une page, expliquant que Katz était pour les Américains ce que Hockney représentait pour les Britanniques. Le *New Yorker* avait d'ailleurs écrit un article dithyrambique, quant au *Burlington Magazine* il avait salué l'exposition comme la plus complète jamais consacrée à l'artiste en Europe. Kathryn avait fait la preuve qu'elle savait gérer et développer une activité. Yurdine lui avait alors confié des missions de plus en plus nombreuses pour Perama. D'abord de petites acquisitions, puis des dossiers plus importants. Depuis un an, elle s'occupait avec Martha Ardiessen de l'achat de Sunrise Alliance, une chaîne américaine d'hôtels de luxe qui possédait des établissements dans le monde entier.

Kathryn répondit en souriant à son mari.

« Je voudrais revoir le plan d'affaires de Sunrise pour le conseil. Il faut donner plus de détails sur la rentabilité en Europe. Les performances espagnoles et italiennes sont très différentes. Si on les agrège dans le même ensemble "Europe du Sud", on passe à côté. »

Lorsque leurs parents discutaient de Perama, Alexander et Nicholas savaient qu'ils ne devaient pas les déranger. Ils savaient aussi que leur mère, quand elle travaillait le week-end, négligeait souvent les devoirs supplémentaires qu'elle avait l'habitude de leur imposer. Âgés de 9 ans, les jumeaux, dont les prénoms étaient un hommage à leurs grands-pères, étaient scolarisés à Thomas's, le même établissement londonien que le prince George. Poussés par Kathryn et par le précepteur qu'elle avait engagé en plus de leurs professeurs, ils se préparaient déjà aux examens d'entrée dans les *boarding schools*, celles où l'élite anglaise éduque ses enfants et les dote d'un réseau inoxydable. Kathryn visait en priorité Eton, mais Marlborough et Rugby lui semblaient dignes d'intérêt. Elle avait en tout cas demandé à son frère aîné, ancien d'Eton et membre de son conseil d'administration, de veiller sur la candidature des enfants. Et parce que lui non plus ne laissait rien au hasard, Grigori contribuait généreusement aux bourses attribuées par ces différents établissements aux élèves modestes mais méritants.

«Tu as raison pour l'Espagne et l'Italie. Prévois aussi un focus sur le Portugal. Leur nouveau concept de Boutique Hôtel génère des marges intéressantes.

— Martha m'a remis une note sur le sujet. Je crois l'avoir laissée dans ton bureau. Cela t'ennuierait de me l'apporter, mon chéri?»

Grigori sourit, s'approcha du fauteuil club pour déposer un léger baiser sur les cheveux de sa femme, et quitta la bibliothèque pour récupérer le document.

À 52 ans, il était loin de faire son âge. Seuls quelques fils argentés venaient éclairer ses cheveux bruns. Sportif, guère amateur d'alcool ou de bonne chère, il se sentait en pleine forme. Grigori demeurait un homme secret et peu expansif, mais il découvrait, auprès de sa femme et de ses garçons, une sérénité inconnue. Son mariage était heureux. Intelligente et positive, Kathryn lui avait ouvert avec le concours de Lord Meriton les portes de la bonne société, si difficile à pénétrer. Ainsi le Riders, ce club si fermé dont Charles de Tretz lui avait bloqué l'accès en

2008, l'avait accepté comme membre. Son indéboulonnable président, Sir Ansquith Peel Vanguard, était devenu un fervent partisan de Yurdine, surtout depuis que ce dernier l'invitait pour d'agréables croisières en Méditerranée à bord du *Koroleva*. Grigori avait conscience de rester un animal exotique pour l'aristocratie britannique. Son accent russe, qui avait résisté à ses années à Londres, sa fortune, sur l'origine de laquelle il restait discret, son évidente discipline, appliquée à ses affaires comme à sa vie privée, tout cela en faisait un personnage mystérieux. « Si cette chère Kathryn est heureuse ! Et puis, elle n'est pas la première à épouser de la *new money* », rappelait aimablement l'une de ses camarades de pensionnat à une amie intransigeante, dont le grand-père avait pourtant trouvé dans l'entre-deux-guerres une héritière américaine pour entretenir son château en Écosse.

Grigori était reconnaissant à Kathryn d'avoir su nouer des relations harmonieuses avec Vladimir et Piotr. Les deux aînés avaient 19 et 17 ans. La séparation d'avec leur mère avait été difficile. Même s'ils s'étaient éloignés l'un de l'autre, Alexandra se sentait encore humiliée d'avoir été quittée pour une jeune aristocrate anglaise. Le règlement du divorce lui avait assuré la garde de ses enfants ainsi qu'un train de vie confortable, mais sa rancœur demeurait tenace. Les premières années, les garçons, prenant fait et cause pour leur mère, avaient refusé de voir Grigori. C'était Kathryn, à la naissance d'Alexander et Nicholas, qui les avait convaincus de faire la connaissance des jumeaux. De nouveaux liens s'étaient tissés. Il ne s'agissait pas d'une grande proximité. Grigori était trop réservé, trop absent aussi, pour qu'il puisse en être autrement. Mais les deux frères partageaient désormais leur vie entre l'Angleterre et la Russie, et passaient régulièrement des week-ends dans la propriété des Cotswolds, où Kathryn les accueillait avec leurs camarades.

Le mémo de Martha était dans son bureau : une grande pièce au premier étage, haute de plafond, un bow-window donnant sur le parc et des étagères pleines de livres. Trois ouvrages en russe étaient posés en évidence sur la table de travail. Quant à leurs traductions anglaises, *The Pledge*, *Russia of her dashed dreams*, *Cliff edge*, elles étaient rangées dans la bibliothèque la plus proche, en plusieurs exemplaires, car Kathryn aimait offrir les romans de sa belle-sœur Lena à leurs visiteurs. La télévision était restée allumée et Yurdine zappa distraitement. Une chaîne chinoise en anglais retint un instant son attention. Elle reprenait une information du *China Daily*, journal contrôlé par le parti communiste : « Le marché aux fruits de mer de Wuhan a été fermé en raison de plusieurs cas de pneumonie d'origine virale. Les vingt-sept personnes infectées ont été placées en quarantaine pendant que les autorités recherchent les causes de l'infection. » Le présentateur passa à autre chose, Yurdine éteignit la télévision, ses fils l'appelaient pour terminer leur partie d'échecs.

II.

Moscou, Kitaï Gorod, jeudi 9 janvier 2020

« Lena, mon amour, ferme la fenêtre de la cuisine, on gèle ! Et tu nous manques. »
La voix de Viktor Galvastny peinait à s'élever au-dessus du brouhaha qui régnait dans son petit appartement.
« Bien sûr. Et j'arrive ! »
Lena avait deux bouteilles de vodka dans une main et, dans l'autre, un plateau de *zakouskis* : toasts aux œufs de saumon, caviar d'aubergine et concombres marinés. Quelques minutes d'aération n'avaient pas réussi à dissiper la fumée des cigarettes. Mais la douzaine de convives serrés sur le canapé, sur les chaises et sur les poufs du salon n'en avaient cure. La réunion politique, commencée autour du déjeuner, s'était prolongée tard dans l'après-midi.
« Viktor, tu es sûr que le 1er février est la meilleure date pour la manifestation ? »
Viktor Galvastny passa ses doigts dans sa chevelure en bataille, des cheveux gris, très drus, qu'il n'avait

jamais voulu discipliner. Sa silhouette efflanquée, les longs favoris qui lui mangeaient le visage et le serpent tatoué sur l'un de ses avant-bras lui donnaient un air d'adolescent. Cette impression de jeunesse était encore accentuée par son jean usé et son pull à col roulé noir. Reporter pour le journal indépendant *Novaïa Gazeta*, il militait au sein du Peuple de Russie. Ce petit parti avait soutenu Alexeï Navalny en 2019, afin que les candidats d'opposition puissent concourir aux élections locales. C'est là que Viktor et Lena s'étaient rencontrés deux ans auparavant.

« Écoute, Aliocha, on ne peut rien décider avant le discours de Poutine. Dès qu'on connaîtra la date du référendum sur la Constitution, on prendra une décision. Mais il faudra aller vite. Ah Lena, ma douce, encore des munitions. Tu es merveilleuse ! »

Et Viktor remplit d'un geste ample les verres de vodka vides.

« Vous savez que le dernier roman de Lena vient d'être traduit en français ? Je suis si fier de toi, ma chérie.
— Lena, c'est fantastique ! Combien en as-tu vendu ? »
Lena éclata de rire.

« Je te rassure, pas plus de 5 000 exemplaires en Russie. On ne peut pas dire que ce soit un best-seller. »

Viktor la corrigea gentiment :

« Lena est toujours trop modeste. Chacun de ses trois romans a reçu un prix. Tous sont publiés à l'étranger par des éditeurs prestigieux. Elle est invitée dans des émissions de premier plan au Royaume-Uni et aux États-Unis !

Tenez, regardez, voici la critique du *Précipice*, parue dans *Le Monde*, un des grands quotidiens français... »

Viktor, brandissant la coupure de presse que Lena essayait de lui reprendre des mains, traduisit aisément, ayant appris ces quelques lignes par cœur.

« Un livre qu'il faut lire pour comprendre la Russie contemporaine. Lena Makarova n'en est pas à son coup d'essai. Distinguée par le prestigieux prix Andreï Bely, l'auteur nous offre avec ce troisième roman un voyage sans concession dans la Russie contemporaine. Une saga moscovite, avec pour toile de fond le délitement politique et social du pays. Il ne faut pas se méprendre sur le ton satirique de Makarova, c'est souvent la mélancolie qui prime sur...

— Mon cœur, arrête ! »

Lena avait réussi à lui arracher le papier des mains.

« Tu ne te sens jamais menacée ? »

La jeune femme qui accompagnait Aliocha et participait pour la première fois à ces agapes politiques la contemplait avec admiration.

Lena sourit.

« Tu sais, aucun de mes romans ne m'a jamais attiré d'ennuis. Le pouvoir se fout de la littérature. "La littérature, combien de divisions ?" Bien trop peu !

— Mais tu as été arrêtée l'été dernier !

— Ça, c'était un cadeau de mon amoureux, plaisanta Lena en se serrant contre son compagnon.

— Ne dis pas cela, ma chérie, même pour rire. Cela me fait mal.

— Que s'est-il passé ? »

La nouvelle amie d'Aliocha était intarissable.

Lena caressa tendrement les épais cheveux de Viktor en répondant.

« Un jour, je suis arrivée à la conclusion qu'écrire et commenter ne suffisaient pas. Il fallait agir. J'ai donc rejoint le Peuple de Russie et rencontré Viktor. Avec des centaines de camarades, j'ai été interpellée après notre première manifestation contre la réforme de la Constitution. Mes livres m'ayant donné une petite notoriété, *Dojd* m'a interviewée après ma libération. Comme je pouvais m'y attendre, au petit matin de la troisième manifestation, les flics ont débarqué pour m'arrêter. Mais Viktor avait eu le temps de prévenir *Dojd* et une équipe a pu tout filmer. C'est ainsi que mon arrestation a fait le tour des médias occidentaux. J'ai été condamnée à trente jours de prison mais cela en valait la peine. »

L'air joyeux de Viktor avait disparu.

« Depuis cette date, Lena est régulièrement menacée de mort. J'essaye de la convaincre de s'installer ici. Au moins je pourrais veiller sur elle. Mais elle ne veut pas quitter son appartement. »

Lena éclata de rire.

« Que ferais-tu d'une vieille femme comme moi à la maison, mon chéri ? »

Elle se tourna vers sa jeune interlocutrice.

« Et puis, j'ai oublié de te dire que j'ai une grande fille. Elle vit de son côté, mais elle m'en voudrait de quitter notre appartement. Elle aime savoir que je suis là et qu'elle peut toujours revenir quand ça lui chante. »

Lena emprunta un ton rieur.

« Je suggère que Viktor nous joue quelque chose. Il travaille en ce moment le premier mouvement du concerto en ré majeur de Tchaïkovski. La partie du soliste, une merveille ! »

Et sans attendre la réponse, sous les vivats des invités, elle courut chercher l'étui à violon dans la chambre.

Viktor était doué et chacun abandonna les certitudes du débat politique pour se laisser porter par la musique.

« Oh, mais il est tard ! s'exclama Aliocha. Les enfants vont s'imaginer que je les ai abandonnés ! »

Ce fut le signal du départ.

« Reste avec moi ce soir, s'il te plaît. Je ne veux pas passer la nuit sans toi », souffla Viktor tandis que Lena faisait mine de récupérer son manteau avec les autres invités.

Elle les laissa partir.

« Je dîne avec mon frère. Mais je vais te donner un coup de main pour ranger. C'est un désastre ! », sourit Lena en parcourant du regard le salon où assiettes, verres, bouteilles et cendriers traînaient en désordre.

Londres, siège de Perama, jeudi 9 janvier 2020

La grande salle de réunion était élégante mais froide, décorée de matériaux nobles, comme aiment à le préciser les revues spécialisées. Un équipement de téléprésence dernière génération offrait l'avantage sur la visioconférence d'abolir toute impression de distance physique. Posée sur une console, une collection de porcelaines peintes en bleu, des vases chinois de la période Wanli, étaient ornées de phénix traversant des nuages auspicieux. Ils avaient été choisis par Kathryn. Leur forme *meiping* évoquait des corps féminins stylisés.

« Tu as terminé ? Je peux appeler pour qu'on débarrasse ? », proposa Martha à Kathryn.

Les deux femmes venaient de déjeuner d'un plateau de sushis, suivi de fruits frais et arrosé d'eau minérale. Comme d'habitude, elles en avaient laissé la moitié. Elles se consacraient depuis le milieu de la matinée au dossier Sunrise Alliance, que, selon l'ingénieux système de codage de Martha, on avait rebaptisé South Dakota puisque aucun président américain ne portait un nom commençant par la lettre « S ».

« Oui, merci, Martha. »

Si Martha devait reconnaître les qualités de Kathryn, elle avait vu croître son influence au sein de Perama avec une certaine inquiétude. La loyale numéro 2 du groupe aurait eu du mal à l'avouer, mais elle ressentait de plus en plus la présence de la femme du patron comme une menace.

Au cours des dix dernières années, Yurdine n'avait cessé de faire grandir Perama. Efficacement secondé par Martha, il avait tiré parti des taux négatifs des banques centrales, empruntant pour financer son expansion. Désormais coté au London Stock Exchange, la bourse de Londres, le groupe tenait la 85ᵉ place de l'indice Footsie 100 et avait opéré une importante diversification. Toujours présent dans les matières premières, particulièrement en Russie, il avait développé une activité de services conséquente, composée notamment de nombreux *duty free* dans les aéroports, de chaînes d'hôtellerie et de location de voitures. Si Yurdine avait choisi de coter son groupe pour augmenter sa capacité d'action, il en détenait le contrôle avec 63 % des titres.

Martha se fit solennelle.

« Kathryn, ne te méprends pas, je tiens à South Dakota autant que Grigori et toi. Je suis pourtant inquiète du niveau de levier nécessaire au financement de cette acquisition. Nous sommes déjà très endettés. Les marchés sont au plus haut. Des sommets jamais atteints depuis la crise de 2008. Bien sûr, ils peuvent continuer à monter mais ne prend-on pas trop de risques ? Si la situation se retournait brusquement, tu sais comme moi que nous connaîtrions d'importantes difficultés. »

Kathryn émit un imperceptible soupir, à peine un souffle. Mais ceux qui connaissaient son extrême maîtrise auraient perçu son agacement. Ce n'était pas la première fois que les deux femmes avaient cette conversation et elle se lassait des prédictions alarmistes de Martha.

« Tu as raison, il faudra bien se désendetter un jour. Mais les taux d'intérêt ne sont pas près de remonter. Trump entretiendra le dynamisme de son économie jusqu'à la présidentielle, et Christine Lagarde prônera la prudence, comme tout nouveau dirigeant de la BCE.

Son fameux audit sur l'évolution de la politique monétaire confirme une règle : tant qu'on nous assomme de rapports, rien ne change à court terme. Sunrise est une opportunité unique, que nous surveillons depuis longtemps. Nous devons continuer à profiter de ces conditions exceptionnelles pour investir. Bon, il me reste quelques heures avant l'aéroport. Je voudrais revoir à nouveau un ou deux éléments. »

Martha comprit le signal : la séance était levée.

« Surtout, n'hésite pas si je peux t'aider en quoi que ce soit.

— Martha, je n'hésiterai pas. Je sais que je peux compter sur toi. »

Mégève, Mont d'Arbois, jeudi 9 janvier 2020

Charles de Tretz était ravi de sa journée de ski : un soleil sans nuage, des chutes de neige toute la nuit et des pistes libérées des familles qui les avaient envahies pour Noël. Ces week-ends prolongés étaient un plaisir qu'il s'était accordé sur le tard. Avec l'âge et les responsabilités, il s'était affranchi des contraintes de l'existence ordinaire. Et puis, les affaires ne sont jamais loin, songeait-il en se tournant vers Luigi Specci, le président d'une banque italienne qu'il avait invité avec sa compagne pour le week-end. Charles et Luigi déposèrent leur matériel dans le local à skis.

« Tu es sûr que les autres nous suivent ? Le chemin est quasiment invisible. De la piste, difficile d'imaginer un chalet derrière ces sapins. Comment as-tu trouvé cette merveille ?

— Je n'ai aucun mérite. Ma femme avait l'habitude de skier dans les Alpes et elle a voulu que nos enfants en profitent. Ce n'est qu'une vieille ferme mais nous y sommes très attachés. Et ne t'inquiète pas pour nos compagnons, mon guide est l'un des meilleurs de la région. Luca n'a jamais laissé personne derrière lui. »

Un chien des Pyrénées, échappé de la maison, sautait joyeusement autour d'eux. « Je laisse la chienne aux gardiens mais j'adore la retrouver », expliqua Charles au banquier transalpin tout en dispensant à l'animal de grandes tapes affectueuses. « Dans les Alpes, si tu ne prends pas un saint-bernard, c'est considéré comme une faute de goût. »

En fait de ferme, le vaste chalet avait eu les honneurs d'un magazine de décoration quelques années auparavant : du vieux bois à profusion, des tissus Arpin, de grandes photos noir et blanc de paysages enneigés au mur et des plaids en fourrure sur de larges canapés.

Charles s'assit sur l'un d'eux, face à la cheminée, et invita son hôte à faire de même. Il avait maintenant près de 60 ans mais portait toujours beau, avec son sourire aux dents éclatantes et l'absence du plus petit début de calvitie.

« On va nous apporter du vin chaud en attendant Luca. Au fait, nous serons rejoints ce soir par d'autres amis. Nicolas est conseiller de Macron. C'est un jeune camarade de l'Inspection que je coache à l'occasion. Sa femme est journaliste. »

Devant les yeux ronds du banquier, Charles s'empressa de le tranquilliser :

« Elle s'occupe de la rubrique Culture. On pourra parler tranquilles.

— Vous parvenez à venir régulièrement ?

— L'hiver, presque tous les week-ends. En avion privé depuis Londres. À mes frais, bien sûr. C'est moi qui ai dû vendre le jet de DexLife en 2009. Ce n'était plus l'air du temps, malheureusement. »

Le téléphone de Tretz sonna alors qu'on apportait les boissons. « Pardonne-moi, j'en ai pour un instant », sourit-il. À l'autre bout de la ligne, le directeur juridique de DexLife était accompagné du responsable de la communication.

« Charles, désolé de vous déranger mais on ne pouvait envoyer le dossier sans votre go. C'est trop sensible. »

Tretz soupira, la mine de Reda lui pourrissait la vie depuis cet accident survenu en Sibérie au mois d'octobre. La rupture d'un barrage construit en amont avait coûté la vie à quinze ouvriers. Tretz avait découvert à cette occasion que l'équipe en charge de la diversification avait pris le contrôle de ce petit gisement d'or, près de Krasnoïarsk. Les enquêteurs russes avaient provoqué un énorme scandale en révélant les nombreuses malfaçons qui avaient conduit à la catastrophe. Et quand il avait appris que cette mine avait été achetée à Perama, Charles avait commencé à nourrir pour Yurdine un ressentiment inextinguible. Après avoir échoué à racheter la Riverside pendant la crise financière, il retrouvait cet oligarque qui lui portait décidément la poisse. Le conseil d'administration prenait d'ailleurs l'affaire au sérieux. « Vous comprenez, cher ami, le risque réputationnel est significatif », lui avait susurré son président quelques jours plus tôt. Charles, plus par esprit de vengeance que par nécessité, avait licencié sans ménagement le responsable de l'équipe en charge de la diversification. Il avait ensuite repris en direct la défense de DexLife, qui consistait surtout en une série d'attaques contre Yurdine et Perama. Plusieurs actions en justice étaient en cours et un cabinet de lobbyistes essayait de susciter une polémique dans les médias russes.

« J'espère que le dossier est corsé. Vous avez parlé à Schmitt? Comment ça, il n'a rien? Je ne le paye pas pour qu'il se tourne les pouces. Je veux le voir à mon retour, toutes affaires cessantes. »

Tretz raccrocha abruptement, mais c'est avec son plus lumineux sourire qu'il retrouva son canapé, son banquier italien et son vin chaud.

Moscou, siège de Perama, jeudi 9 janvier 2020

Lena remercia d'un sourire le chauffeur de Yurdine, qui venait de lui ouvrir l'Aurus Senat. Grigori possédait l'un des premiers modèles de cette berline aux allures de Rolls-Royce qui venait d'être adoptée par Poutine lui-même comme symbole du renouveau automobile russe.

« Tu vas bien ? »

Son frère, fidèle à sa ponctualité, était déjà installé dans la voiture, prêt à quitter les bureaux moscovites de Perama pour dîner avec sa sœur, comme chaque jeudi soir quand il séjournait en Russie.

« Contente de te voir, Grisha. »

Elle émit un léger sifflement.

« Dis donc, comme tous ceux qui comptent en Russie, tu as réussi à te procurer la nouvelle limousine patriotique ! »

Grigori eut un geste d'impatience.

« Lena, tu attaques toutes griffes dehors avant même de me dire bonjour. C'est ton Viktor qui te rend aussi agressive ? »

Il fit signe au chauffeur de démarrer.

« Laisse Viktor tranquille. »

Ils roulèrent un moment sans se parler.

« Pour notre dîner à la villa, la cuisinière a préparé du *bortch*. Mais peut-être es-tu lassée de ces soirées à la maison ? Tu veux qu'on aille au restaurant ? »

Insensible à ces gestes d'apaisement, Lena regardait par la vitre.

« La villa, c'est très bien.

— Comment va Marina ? Voilà bien longtemps que je ne l'ai pas vue.

— Tu sais, elle est comme toutes les gamines de son âge : hyperoccupée et passant le plus clair de son temps avec ses amis. Je ne la croise que rarement depuis qu'elle a son appartement. »

Le silence s'installa à nouveau.

Yurdine passa tout à coup du russe à l'anglais, pour ne pas être compris du chauffeur.

«Lena, tu connais mon avis sur les articles de Viktor dans la *Novaïa Gazeta*. Comme ses activités au sein du Peuple de Russie, ils ne peuvent lui attirer que des ennuis. À toi aussi, d'ailleurs. Tu as l'intention de participer aux prochaines manifestations?»

Lena eut une moue ironique.

«Je ne répondrai qu'en présence de mon avocat. Oups, j'oubliais, nous sommes en Russie, on se passe donc d'avocats.

— Lena, je m'inquiète pour toi et pour ta fille.

— Tu t'inquiètes vraiment pour notre sécurité ou tu crains que je nuise à tes affaires? Tu vas devoir acheter beaucoup d'Aurus Senat pour compenser les ennuis que te cause ta sœur.

— Lena, arrête de te conduire comme à 15 ans. C'est ridicule. Je connais tes projets. Si c'est le cas, sois assurée que le FSB n'en ignore rien non plus. Tu te prends pour une opposante de premier plan? Tu trouves tes petits jeux grisants? As-tu seulement conscience du danger?»

Lena se pencha vers le chauffeur.

«Arrêtez-vous.»

L'homme regarda Yurdine dans le rétroviseur.

«Grisha, que ton chauffeur s'arrête tout de suite.»

La voix de Lena grimpait dans les aigus.

«Voilà. Comme la dernière fois, nous finirons la soirée par une dispute. Et cette fois avant même d'arriver au dessert. Je t'ordonne d'arrêter cette voiture!»

Yurdine, d'un signe de tête un peu las, indiqua au chauffeur d'obtempérer. À peine la berline fut-elle garée que Lena se précipita sur le trottoir.

L'homme était assis face à un petit ordinateur portable. Jeune, presque rasé, il était vêtu d'une tenue paramilitaire : un pantalon de camouflage, des bottes montantes en cuir, comme en portent les *Spetsnaz*, et une veste bleue de la police. Face à lui, sur un écran, des images en noir et blanc prises par une caméra infrarouge à vision nocturne montraient un passager sortant d'une voiture. Filmées par un drone suiveur à plus de trente mètres d'altitude, elles ne laissaient cependant aucun doute. Lena quitta le champ de vision du robot et la berline de Yurdine, toujours à l'écran, reprit sa route. Hésitant, le jeune homme tripota un instant son casque audio, puis attrapa l'un des trois téléphones portables posés face à lui. Un souffle répondit à l'autre bout de la ligne.

« Lambda vient de quitter le véhicule. La voiture a redémarré, Alpha seul à bord. Quelles sont vos instructions ?

— La voiture suit-elle le trajet prévu ?

— Oui, mon colonel. Elle sera bientôt sur le périphérique. »

Le silence se prolongea une vingtaine de secondes.

« Mon colonel ? Quelles sont vos instructions ? »

La voix lui répondit très calmement.

« Poursuivez sans changement. »

Le jeune homme hocha la tête, les yeux toujours rivés sur le toit de l'Aurus Senat, qui continuait sa route.

«À vos ordres, mon colonel.»

Il restait immobile. Le bruit d'une sirène de police, dans le lointain, troubla un instant le silence de la pièce plongée dans la pénombre. Seul le film muet du drone fournissait une source de lumière en défilant à l'écran.

Quelques minutes encore. La limousine traversait une zone industrielle, déserte à cette heure. L'homme saisit un autre portable. Des gouttes de sueur perlaient sur ses tempes. L'Aurus Senat ralentit à l'approche d'un feu rouge. À droite, trois voitures garées le long de la chaussée. Le jeune homme pressa une touche, le numéro sonna aussitôt. La lumière devint intense. L'explosion occupa la totalité de l'écran. Puis on put de nouveau distinguer la voiture de Yurdine, en feu, le toit éventré et deux corps gisant à plusieurs mètres. L'un avait la tête arrachée.

Le jeune homme revint au premier téléphone.

«C'est fait, mon colonel.

— Bien. Éloignez le drone. Démontez l'installation et appliquez strictement le protocole. C'est moi qui reprendrai contact avec vous.»

III.

*Moscou, hôpital militaire Bourdenko,
vendredi 10 janvier 2020*

Oleg Leto, devenu l'homme de confiance en Russie de son ami d'enfance, se redressa à l'arrivée du médecin militaire. Près de trente ans s'étaient écoulés depuis le porte-à-porte dans les rues enneigées de Perm pour y collecter ces fameux *vouchers*. Mais on reconnaissait sans peine les traits saillants de son visage brun, ses yeux inquiets et ses mains en perpétuel mouvement.

L'officier, un homme entre deux âges, dirigeait les soins intensifs.

« Monsieur Leto ? »

Oleg hocha la tête.

« Oui, mon colonel. Comment va-t-il ? »

La voix basse de Leto était pressante. Il n'était encore que 2 heures du matin mais il avait le sentiment que le temps s'était arrêté depuis cet appel de la police.

Le médecin, malgré la fatigue, exhiba un sourire rassurant.

« Il est en état de choc, bien sûr, avec de nombreuses brûlures au visage et aux mains, mais superficielles. On relève aussi des blessures provoquées par les éclats de verre mais rien de majeur non plus. Le scanner cérébral et les radios du thorax ne montrent pas de lésions graves. Pas de perforation des tympans, pas d'atteintes oculaires. Nous nous sommes contentés d'extraire les éclats de métal logées dans sa cuisse droite. Nous allons le garder quelques jours en observation et pratiquer des examens complémentaires. Votre ami a eu beaucoup de chance.

— Il a eu la chance que vous soyez de garde, mon colonel.

— Monsieur Leto, je n'ai fait que mon devoir et tous mes confrères auraient agi ainsi. Je dois maintenant rejoindre d'autres patients. J'ai confié la surveillance médicale de monsieur Yurdine à notre infirmière en chef et je repasserai demain matin. Mais je crois comprendre qu'il n'est pas homme à se contenter d'une infirmière », ajouta le médecin en désignant les policiers en faction devant la chambre et le géant blond qui, de l'autre côté du couloir, leur faisait face.

Leto s'approcha de ce dernier après le départ du médecin.

« Sergueï, s'il te plaît. »

Le garde du corps de Yurdine abandonna sa position à regret, sans quitter la porte des yeux.

« Grigori va bien. Je te laisse avec ses anges gardiens », murmura Oleg. Il posa la main sur le bras du géant.

« Je sais que tu t'en veux, Sergueï. Mais Grigori n'aurait pas dû te demander de l'attendre à la villa. Tout va s'arranger, je t'assure. Je vais appeler Kathryn et Lena, puis essayer d'en savoir plus sur l'accident. À tout à l'heure. »

Moscou, rue Molodograderskaia, vendredi 10 janvier 2020

On avait confié à deux policiers le soin de fermer la rue à la circulation. Ils battaient le pavé pour se réchauffer tout en observant la scène : les gyrophares dans la nuit, l'odeur âcre des voitures calcinées, d'incessantes allées et venues, des centaines de débris au sol.

« Dis donc, on a du beau linge ce soir. »

Le plus âgé indiqua à son compagnon la silhouette d'un homme dont le manteau tranchait sur le ballet des uniformes.

« C'est qui ?

— Tu ne connais pas Iouri Klivykov ? Une des stars du FSB. Si l'un des adjoints de Iouri Assinine est de sortie, c'est un dossier trois étoiles. Il paraît que Yurdine, l'oligarque, était dans la bagnole. »

Klivykov écouta sans l'interrompre le rapport de l'officier qui se tenait devant lui avec déférence.

« Attentat à la voiture piégée. Des traces de poudre blanche tout près d'un véhicule garé le long de la chaussée. Les premières analyses révèlent la présence de peroxyde d'hydrogène. Un des composants du TATP. Un assemblage assez basique, tout comme le shrapnel et ses pièces métalliques, conçus pour un maximum de dégâts. Heureusement qu'à l'heure de l'attentat, le quartier était désert. Nous avons évité un carnage.

— Vous avez retrouvé le système de mise à feu ?

— Nous venons de mettre la main sur une pièce en mauvais état mais qui y ressemble. »

Tandis que Klivykov restait silencieux, l'officier, heureux de briller, testait ses hypothèses sur son interlocuteur.

« Peut-être un règlement de compte entre oligarques ? Bien sûr, on ne peut exclure que Yurdine n'ait été qu'une victime collatérale. »

Klivykov accorda soudain toute son attention à l'officier, qui continuait à peaufiner ses scénarios.

« En effet, Lena Makarova, la sœur de Yurdine, semble avoir partagé le véhicule de son frère pendant un bref moment. Et nous avons appris de plusieurs témoins qu'ils devaient dîner ensemble. Comment Lena Marakova a-t-elle échappé à l'explosion ? »

L'officier continuait à pérorer. Il pointait maintenant, en souriant, le toit de l'Aurus Senat, projeté à plusieurs mètres.

« En tout cas, Yurdine semble avoir perdu ses protecteurs... »

L'officier, fier de son bon mot, s'interrompit devant l'expression fermée de Klivykov.

« Merci pour ce rapport, major. Je vous laisse poursuivre vos investigations. Voici ma carte. Je suis désormais votre seul interlocuteur. Le seul, c'est compris ? En attendant, dès que la police scientifique aura terminé ses relevés, dégagez-moi rapidement ces bouts de ferraille et bouclez-les. Pour l'instant, il s'agit d'un accident. Rien d'autre.»

New York, Upper East Side, jeudi 9 janvier 2020

Kathryn était penchée au-dessus du lavabo. Le miroir lui renvoyait une image floue : des paupières bouffies, un teint livide et quelques traces de mascara le long des joues. Dès qu'elle avait croisé le regard de l'hôtesse qui lui avait tendu le téléphone dans l'avion, elle avait pressenti le pire. Elle avait d'abord pensé aux enfants, même si, à cet instant, ils devaient dormir à poings fermés. Puis la voix d'Oleg, lointaine, hachée. Bien sûr, il s'agissait de Grigori. Elle s'accrochait à ses mots : « Grisha est OK maintenant. Parler un peu mais pas beaucoup. Pas réveillé longtemps. Médicaments font dormir. Kathryn, je veillons sur lui avec Serguei. Il est en sécurité. »

Kathryn n'avait aucun souvenir du trajet de l'aéroport jusqu'à leur maison new-yorkaise.

Elle s'essuya le visage et serra les dents. Il fallait appeler Martha au sujet de Perama. Prévenir les enfants à leur réveil pour qu'ils ne s'inquiètent pas. Appeler aussi Vladimir et Piotr, les aînés de Grigori, avant que les médias ne relaient la nouvelle. Elle n'avait pu encore parler à son mari. Oleg avait promis de la rappeler dès que possible. À l'évidence, cette nuit de cauchemar ne faisait que commencer.

« Martha, je sais que je te réveille. Il est arrivé quelque chose à Grisha. »

Elles avaient parlé longuement.

« Kathryn, rentre à Londres au plus vite. On annule avec les Américains. Cela n'a aucun sens de s'occuper de Sunrise dans ces conditions. Si tu es d'accord, on organise un call avec le conseil d'administration à 6 h 30, heure de Londres. On confirmera que tu es nommée présidente par intérim et que je peux assurer temporairement la direction générale. Je fais préparer le communiqué de presse, qui doit paraître avant l'ouverture des marchés et se montrer rassurant sur la santé de Grigori. »

Kathryn avait interrompu ce flot de paroles.

« Non, Martha, on ne change rien. Le meilleur moyen de rassurer, c'est encore de ne prendre aucune mesure exceptionnelle. Si Grisha va bien, et Oleg m'assure que c'est le cas, il n'y a pas lieu de modifier notre gouvernance. Je reste donc à New York pour la réunion. Les marchés doivent être assurés que je poursuis mes activités. C'est ce que voudrait Grigori, j'en suis sûre. Je vais téléphoner à Lord Hurt pour le prévenir. Je te rappelle ensuite. Ah, merci de trouver les coordonnées du chauffeur de Grigori. Je voudrais présenter mes condoléances à sa famille. »

Lord Hurt, l'administrateur le plus ancien, fut parfait, comme d'habitude. Sa longue carrière d'ambassadeur et de ministre lui avait appris à ne jamais contrarier son patron ou son épouse, surtout quand ils vous réveillent la nuit.

« Vous avez raison, ma chère. Ne changez rien à votre programme et insistez sur la bonne santé de Grigori. De mon côté, je vais téléphoner à quelques amis afin que les journaux télévisés du matin soient le plus rassurants possible. Oui, je me coordonne avec Martha et la communication de Perama. Je vous embrasse, Kathryn. Vous pouvez compter sur moi. »

Des appels à foison. Une nuit blanche, entrecoupée de cafés serrés qui lui tordaient l'estomac. Kathryn n'en avait jamais bu autant. 2 heures du matin à New York, 7 heures à Londres. Elle imaginait la nanny en train de réveiller les garçons. Elle inspira profondément avant de composer le numéro de la maison.

Communiqué de presse
Londres, vendredi 10 janvier 2020

Grigori Yurdine, fondateur et président-directeur général de Perama, a été victime d'un accident de voiture à Moscou, le jeudi 9 janvier. Immédiatement pris en charge, il regagnera son domicile dans les tout prochains jours, après une brève période d'observation.

Le conseil de Perama se joint à son épouse, Kathryn Walton, pour remercier les services de secours et les équipes hospitalières. Nos pensées vont à la famille de Iouri Alexandrievitch Astonov, collaborateur de Perama, décédé dans l'accident.

Contacts : Bernie Hammer, directeur de la communication, et John Harding, chargé des relations avec les investisseurs – 07987654321.

Mégève, Mont d'Arbois, vendredi 10 janvier 2020

Charles de Tretz était installé depuis 7 heures dans le petit bureau qu'il s'était fait aménager au chalet. Ses invités dormaient encore, conséquence habituelle des luxueuses soirées qu'il offrait dans le plus grand restaurant de la station. Des dîners qui faisaient partie de son fameux parcours initiatique. Charles interrompit la lecture de ses mails pour se consacrer à Bloomberg TV, dont le bandeau bleu *Breaking News* défilait en continu au bas de l'écran. Une demi-heure avant l'ouverture des marchés à Londres, la présentatrice annonça l'accident de Yurdine d'une voix nasillarde et pressée. Après avoir lu le communiqué de Perama, elle passa le relais au correspondant moscovite de Bloomberg. Celui-ci, filmé sous la neige, une chapka enfoncée sur les oreilles et le Kremlin en arrière-plan, annonça qu'une enquête était en cours et que des sources policières n'excluaient pas un attentat. Tretz attrapa son téléphone et ouvrit Telegram, la messagerie cryptée. Un message du directeur de la communication l'attendait déjà : « Que voulez-vous faire ? Peut-être surseoir, le temps d'y voir plus clair. » La réponse de Tretz fut catégorique.

« Certainement pas. *Full speed, please.* Accélérez. Quand a lieu mon rendez-vous avec Schmitt ?

— À 17 heures lundi. »

Le message suivant de Tretz était adressé directement à Schmitt : « Je veux du concret lundi. Le vent tourne. »

Puis il descendit en sifflotant rejoindre ses invités pour ce qui ne pourrait être qu'un excellent petit déjeuner.

Moscou, hôpital Bourdenko, vendredi 10 janvier 2020

Grigori se réveilla péniblement, le cerveau embrumé et la bouche pâteuse. Il n'arrivait pas à ouvrir les yeux et son corps, qui n'était qu'une immense brûlure, refusait de lui obéir. En essayant de se redresser, il arracha les électrodes fixées sur son torse, déclenchant une alarme. Yurdine cherchait à remettre de l'ordre dans ses pensées. Quelle heure pouvait-il être ? Il se souvenait d'être arrivé la veille à l'hôpital. Du trajet en ambulance, toutes sirènes hurlantes, puis des examens jusque tard dans la nuit. La porte s'entrouvrit, une infirmière entra, Oleg sur ses talons.

« Grisha, on a eu une de ces peurs ! Comment te sens-tu ?

— Pas terrible », parvint-il à articuler.

L'infirmière s'affaira autour du malade, vérifiant ses pansements, et remit les électrodes en place.

« Et Iouri ? », reprit faiblement Yurdine.

La voix d'Oleg se fit hésitante.

« Grisha, je suis désolé. Il est mort sur le coup. Sergueï est à la porte. Tu sais, il n'a pas bougé depuis ton arrivée, même si la police a chargé deux flics de monter la garde. Lena est passée pendant la nuit mais j'ai insisté pour qu'elle rentre chez elle. J'ai promis de l'appeler à ton réveil. Le médecin t'a rendu visite ce matin, tu étais

toujours lourdement sédaté. Tu sais, j'ai fait aussi le maximum pour rassurer Kathryn. Elle est restée à New York, elle gère Perama à distance avec Martha. Au début, le cours perdait 10 %, puis c'est allé mieux, on est à moins 3 %, ce n'est pas si mal.
— Trouve-moi un téléphone. Je voudrais l'appeler. »
Oleg marqua une pause.
« Grisha, tu dois savoir quelque chose. On n'est pas sûrs que ce soit un accident. L'enquête a été confiée au FSB. Elle est dirigée par un certain Klivykov. Un adjoint d'Assinine. Ça ne prédit rien de bon. »

La voix de Kathryn lui fit un bien fou.
« Mon amour, c'est si doux de t'entendre. J'ai passé la pire nuit de ma vie. Depuis qu'Oleg m'a appelée, je ne respire plus. Comment te sens-tu ? »
Tandis que Yurdine tentait de relater les événements de la nuit, la porte de sa chambre s'ouvrit à nouveau. L'homme était en civil, mais Yurdine n'eut aucun mal à reconnaître un agent du FSB, entre obséquiosité et morgue.
« Kathryn, je vais te rappeler… Moi aussi, ma chérie. »
Klivykov ne jugea pas utile de se présenter.
« Monsieur Yurdine, heureux de vous savoir en meilleure forme. Vous sentez-vous en état de répondre à quelques questions ? Votre médecin semble n'y voir aucune difficulté.
— Si vous croyez que c'est nécessaire.
— À ce stade, il s'agit pour nous d'un accident. Nous avons découvert que votre chauffeur prenait des

tranquillisants. Nous attendons les résultats de l'autopsie. Sinon, saviez-vous que son couple connaissait des problèmes ? »

Yurdine resta silencieux. Iouri était un professionnel de premier plan qu'il n'aurait pas gardé à son service pendant dix ans s'il avait eu la moindre dépendance à l'alcool ou à la drogue.

« Vous deviez dîner avec votre sœur hier ?

— Quel rapport avec l'accident ?

— Compte tenu des circonstances, notre enquête doit être la plus exhaustive possible. Que savez-vous des activités de Lena Makarova ?

— C'est-à-dire ?

— Allons, Monsieur Yurdine. »

La voix de Klivykov se fit insistante.

« Un homme aussi informé peut-il ignorer l'engagement de sa sœur ? Lena Makarova milite au Peuple de Russie. Elle est la compagne de Viktor Galvastny, activiste notoire. Savez-vous qu'ils sont engagés dans des actions violentes contre les institutions ? »

Yurdine ferma les yeux sous les élancements d'un violent mal de tête. En temps normal, il aurait renvoyé cet agent des Services d'une remarque cinglante. Mais les mots lui manquaient, l'énergie aussi. Il se sentait faible, désemparé, une impression jusqu'alors étrangère. L'homme lui remit sa carte.

« Monsieur Klivykov, c'est bien cela ? Je ne crois pas pouvoir vous aider aujourd'hui. Des vertiges et des céphalées. Mais peut-être pouvez-vous me parler à votre tour

de cet accident? Je devrais réussir à vous écouter quelques minutes.
— Je crois préférable de vous laisser vous reposer.»
Dès qu'il fut sorti, Yurdine referma les yeux, espérant que le sommeil lui ferait oublier son corps douloureux. Mais, à nouveau, la voix d'Oleg l'empêcha de sombrer.
«Grisha, pardonne-moi mais Lena appelle sans arrêt. Elle veut venir à l'hôpital.»
Yurdine répondit dans un souffle.
«Pas une bonne idée.
— Tu veux lui parler au téléphone?
— Pas une bonne idée non plus.»
Il fallait tendre l'oreille pour comprendre Yurdine.
«Dis-lui de s'installer chez moi, à la villa. Plus en sécurité.»
Et il referma les yeux.

Moscou, Loubianka, vendredi 10 janvier 2020

Iouri Klivykov franchit les portes vitrées de la Loubianka, qui ouvraient sur un vaste hall aux colonnades vert pâle. C'était un vestige du bâtiment d'origine, construit vingt ans avant la Révolution pour abriter une compagnie d'assurances. Alors que l'évocation de la Maison des horreurs suscitait toujours un frisson d'effroi chez ses concitoyens, Klivykov se sentait chez lui au siège du FSB. Dans le hall, le buste de Dzerjinski, fondateur de la Tchéka dont les Russes avaient pourtant déboulonné la statue en 1991, rappelait l'attachement du service à son passé. « Gloire aux Tchékistes, soldats de la Révolution » était-il proclamé à l'entrée. Un dévouement total à la patrie, voilà ce qu'on exigeait d'un agent. Et le FSB se confondait évidemment avec la patrie. Le pays n'était-il pas dirigé par l'un des leurs ?

Klivykov pressa le pas. Il n'était pas question d'arriver en retard chez Iouri Assinine, responsable du service de protection du système constitutionnel et de la lutte antiterroriste, même si Klivykov était repassé chez lui en coup de vent pour effacer les traces de sa nuit blanche. Il n'aurait pas imaginé se présenter devant son patron autrement que rasé de frais, dans un costume impeccable.

La secrétaire l'introduisit immédiatement.

« Alors, l'enquête ? »

Assinine ne s'embarrassait pas de politesses inutiles avec ses subordonnés. À bientôt 60 ans, sa carrure de lutteur, sa mâchoire proéminente, son visage aux traits épais, tout exprimait chez lui une détermination brutale. On murmurait que ses interrogatoires dans les caves de la Loubianka étaient parmi les plus durs. Troisième enfant d'une famille d'ouvriers, diplômé de la faculté de droit de Novossibirsk, il avait obtenu son mémoire sur « Le Principe de la nation la plus favorisée en droit international ». Puis il avait servi à Dresde, en RDA, au milieu des années 1980. Officiellement employé consulaire, il avait eu la chance de partager le bureau de Vladimir Poutine, en poste sous la même couverture. Tous deux cherchaient à l'époque à recruter des espions. Depuis, Assinine était resté proche du pouvoir. Froid, prudent, il ne laissait rien au hasard et était donné comme le possible successeur d'Alexandre Bortnikov, patron de la Maison.

Klivykov rendit compte succinctement des investigations de la nuit, de son entretien avec Yurdine et des différentes pistes.

« Bien, il faut aller vite. La presse ne nous lâchera pas. Je veux qu'on s'accroche à la thèse de l'accident jusqu'à nouvel ordre. Et on accentue la pression du côté de l'extrême droite. Je ne serai pas étonné qu'on ramène un mobile ou des exécutants. Vous pouvez y aller, Klivykov. »

New York, West Street, vendredi 10 janvier 2020

Fabio Tersi attendait Kathryn au pied de la banque. Une marque d'affection inhabituelle chez lui. Entré désormais dans sa dernière année de partnership, il envisageait la retraite avec inquiétude. Ses cheveux blancs lui étaient totalement indifférents. Ils vivaient avec eux depuis des années et ses conquêtes féminines n'y trouvaient rien à redire. Mais il redoutait d'être désœuvré. Fabio ne s'était jamais intéressé qu'aux affaires. Les deals, voilà ce qui le tenait en vie et ce qu'il savait faire. Toutes ses relations avaient un lien avec sa vie professionnelle. Au fond, un poste de *senior advisor* dans un établissement de moindre envergure serait peut-être un bon compromis.

La Mercedes noire se gara devant l'imposant gratte-ciel. Construite par Pei en 2009 sur West Street, au cœur du quartier de la finance à Manhattan, la tour de quarante-trois étages était un manifeste spectaculaire de la puissance de la banque. Et de son savoir-faire. L'installation de son nouveau siège social à proximité de *Ground Zero* avait ainsi permis d'obtenir de l'administration une réduction fiscale de 1,65 milliard de dollars. De quoi payer l'essentiel des travaux.

Kathryn émergea de la voiture avec élégance, enveloppée dans un manteau couleur camel. Seules ses lunettes noires à la Jacky O et une légère crispation au coin des lèvres trahissaient sa tension.

« Fabio, *amico mio*, comme c'est gentil de m'attendre. »
Elle lui effleura la joue d'un baiser.

« Hum, tu t'es mis toi aussi à la barbe de trois jours, comme tous tes jeunes rivaux. »

Il admira son calme et sa maîtrise. Des années de pensionnats britanniques et de dévotion silencieuse envers la famille royale avaient été nécessaires pour un tel résultat.

« Kathryn, je suis si heureux de te voir. Je n'imaginais pas que tu maintiendrais la réunion. Martha n'y était pas favorable. Mais Grigori va mieux, non ?

— Oui, Grisha va bien. Je lui ai parlé tout à l'heure. Nos amis américains sont arrivés ?

— Absolument. Tout est prêt. J'ai réservé la plus grande des salles de visioconférence pour que Martha puisse se joindre à nous à distance. »

Elle retira ses lunettes, découvrant un regard frais et reposé.

« Tu es magnifique.

— Fabio, tu es un incorrigible flatteur. Rien de tel qu'un bon blush pour se donner des couleurs. Allons-y. »

Les trois Américains se levèrent à son arrivée dans la salle de réunion. Gérants du fonds de private equity actionnaire de Sunrise, ils ne considéraient pas l'entreprise comme une priorité de désinvestissement : trop tôt dans le cycle du fonds. Mais l'intérêt de Perama avait retenu leur attention. On connaissait Yurdine. S'il cherchait à préempter la vente avant sa mise aux enchères, il saurait y mettre le prix.

« Mrs. Walton, nous sommes sensibles au fait que vous n'ayez pas décommandé. Vous voudrez bien transmettre tous nos vœux de rétablissement à votre époux.

— Merci, Messieurs. Grigori va bien. Les meilleurs médecins sont auprès de lui.

« Vous connaissez Martha Ardiessen, n'est-ce pas ? ajouta Kathryn en se tournant vers l'écran. Martha, tu nous entends ? »

Cette dernière répondit par un signe de la main.

« Thé, café, une eau minérale, plate ou pétillante ? »

Fabio s'affairait.

« Bien, si chacun est prêt, je propose que nous commencions. »

IV.

Moscou, hôtel Maxima Panorama,
dimanche 12 janvier 2020

Il faisait trop chaud dans la salle de réception. Cet hôtel quelconque du sud de Moscou n'avait qu'un seul mérite : entrer dans le budget de l'Amicale des retraités du Service fédéral de sécurité intérieure. Malgré la chaleur, on écoutait avec déférence la fin de l'allocution de Iouri Assinine, invité d'honneur de cette cérémonie des vœux. Juché sur une estrade, appuyé sur un pupitre en plexiglas, il contemplait l'assistance qui comptait beaucoup d'anciens collègues. On avait apporté des chaises aux plus âgés. D'autres, pour tromper la fatigue, s'appuyaient discrètement contre les mange-debout et les buffets déjà dressés, où le vin mousseux tiédissait dans des flûtes en plastique. Les tenues endimanchées des épouses piquaient de couleurs, çà et là, ce sous-sol sans âme, dont les tentures marron étaient assorties à la moquette. Assinine faisait chaque année l'amitié de sa présence à l'association et il en cultivait les réseaux. Certains avaient encore de l'influence. Surtout, on appréciait en haut lieu sa fidélité à la Maison, d'autant que ses discours se terminaient invariablement par un vibrant éloge du FSB et du plus glorieux de ses anciens, Vladimir Poutine.

« Vous le savez, je ne fais pas de politique, mes amis. Je laisse cela à plus talentueux que moi. Mais l'homme simple que je suis sait une chose : la réforme de la Constitution portée par notre président renforcera nos institutions et offrira à notre pays la stabilité dont il a besoin. Elle correspond pleinement aux valeurs de ce service, auxquelles vous êtes si attachés. Mais j'ai été trop long et Anton me fait de grands signes. Savez-vous qu'Anton Alexeïevitch a été mon premier patron ? »

Les vieux messieurs approuvèrent d'un sourire. Ils se délectaient de ces signes de déférence que les plus jeunes, au sommet de leur puissance, témoignaient à leurs aînés. Tant d'autres les ignoraient désormais. « Avoir été » était la conclusion cruelle de leurs vies consacrées à leur mission.

« Eh bien, parce que j'ai toujours fait ce qu'Anton m'a dit, je m'interromps là. Et avant que nous ne partagions ensemble le verre de l'amitié, je vous souhaite à tous, ainsi qu'à vos charmantes épouses et à ceux qui vous sont chers, une très belle année 2020 ! »

La « fourchette », comme le disent les Russes en utilisant le mot français, pouvait enfin commencer. Assinine circulait entre les tables rondes haut perchées, tandis que des serveuses tendaient leurs plateaux d'amuse-bouche durcis par l'attente qui avait suivi leur décongélation au micro-ondes. Il avait un mot aimable pour chacun et une manière bien à lui d'attraper ses interlocuteurs par les épaules ou le bras. On était en famille.

D'un coin de la salle, l'homme élégant qui, depuis près d'une heure, ne perdait rien de ses déambulations, s'ébranla et le suivit vers la sortie. Assinine fit signe à ses deux gardes du corps qu'ils pouvaient laisser approcher le nouveau venu. La cinquantaine sportive sanglée dans un costume au pli rectiligne, sa petite tête posée sur un corps bien trop grand, une fine moustache en V, l'homme gravit l'escalier à ses côtés.

« Je sais que tu as peu de temps, Iouri. »

Sans tourner la tête vers l'inconnu, Assinine souffla à voix basse :

« Surtout pour les fous furieux de ton espèce, Igor...

— Tu sais que j'ai raison. Cette vermine ploutocratique doit être éliminée. »

Assinine ne répondit pas. Les deux hommes marchaient maintenant dans un long couloir qui les ramenait au lobby de l'hôtel. Il fit signe à ses officiers de sécurité de s'éloigner et s'arrêta pour regarder son interlocuteur dans les yeux.

« Je ne sais pas de quoi tu parles. »

Igor Priekev eut un geste pour l'interrompre, mais Assinine l'en empêcha.

« Je n'aurai pas de missions pour toi pendant quelques mois. Consacre-toi à ta politique, écris tes articles, j'ai vu que tu en avais commis un autre dans *Zavtra*. Tu vires de plus en plus au militant monarchiste, fais attention, bientôt tu seras officiellement fiché comme opposant...

— J'avais confiance en Poutine avec la Crimée. Plus maintenant. Il ne va pas assez loin, il n'a pas fait la révolution espérée…

— Tu crois vraiment à ces sornettes, Igor ? Il faut que j'y aille. Non, toi, tu restes ici. Je vais sortir seul, je préfère. Adieu, camarade. Sois prudent surtout. »

Assinine planta là Priekev et, escorté de ses gardes du corps, traversa le hall, salua la réceptionniste d'un sourire d'homme pressé et disparut dans sa voiture de fonction.

Moscou, Roubliovka, dimanche 12 janvier 2020

Dès que le médecin-chef lui en avait donné l'autorisation, Grigori Yurdine avait rejoint sa villa, nichée à une dizaine de kilomètres à l'ouest de Moscou. C'était Alexandra, sa première femme, qui avait tenu à l'époque à ce qu'ils s'installent dans ce Beverly Hills russe où vivaient leurs concitoyens les plus riches, les plus célèbres et les plus influents. Sous l'Empire déjà, la noblesse y avait élu domicile, remplacée après la révolution par les *datchas* de Lénine, de Staline et des dignitaires du parti. Puis vint le tour des oligarques, à l'abri des hauts murs et sous la protection de vigiles qui arpentaient les allées avec leurs chiens. Yurdine n'aimait guère ce quartier, mais Kathryn avait rayé Moscou de la liste de ses villégiatures. C'est pourquoi il ne s'était pas donné la peine de chercher un autre pied-à-terre. Lena l'attendait à la villa.

« Comment vas-tu, Grisha ? J'ai eu tellement peur. »
Elle était pâle et l'inquiétude avait creusé ses traits.
« Ça va, Lena. »
Grigori se voulait rassurant mais il était très fatigué. Appuyé sur des béquilles pour épargner sa jambe blessée, il souffrait de maux de tête permanents et se sentait faible.
« Je vais rentrer à Londres. Viens avec moi, Lena, tu n'es pas en sécurité à Moscou.
— Je ne comprends pas. »
Grigori s'était installé dans un vaste fauteuil. Il gardait les yeux mi-clos pour se protéger de la lumière qui accentuait ses migraines.
« Lena, tes activités politiques te font courir trop de risques. L'autre soir, tu es passée tout près de la catastrophe.
— Mais je ne suis pour rien dans ton accident de voiture.
— Bon Dieu, ouvre les yeux ! »
Grigori ne perdait presque jamais le contrôle de ses émotions.
« C'est toi qui étais visée ! Le FSB continue d'affirmer qu'il s'agit d'un accident mais Oleg a une taupe dans le service. La bombe était de fabrication artisanale, du TATP. Elle n'est pas l'œuvre de professionnels. C'est pourquoi le FSB se concentre sur les groupuscules d'extrême droite. C'est un miracle que tu n'aies pas été dans la voiture.
— Grisha, ne sois pas naïf. Et si c'était à toi qu'ils en veulent ? Sinon, pourquoi soutenir la thèse de l'accident ? Pourquoi refuser de partager avec toi les premiers résultats ? Tu sais bien que ce pouvoir est capable de tout,

même de maquiller en bidouillage amateur une action de ses agents. Tu n'as pas assez prêté allégeance. Je te connais, ta liberté vaut plus que tout. Ils ne supportent pas que tu les ignores, que tu les négliges, que tu passes toujours plus de temps en Angleterre. Tu ne les connais donc toujours pas, toi qui les fréquentes pourtant bien plus que moi ?

— Lena, je m'envole pour Londres demain matin.

— Grisha, qu'irais-je faire à Londres ? Ma vie est ici, avec ma fille, avec Viktor et avec nos amis. La Russie est mon pays. Mais tu seras toujours mon grand frère protecteur, n'est-ce pas ? »

Elle l'embrassa et monta dans sa chambre.

Yurdine composa le numéro d'Oleg.

« Lena ne viendra pas. Nous devons être beaucoup plus vigilants. Renforce la sécurité autour d'elle. Et essaye d'en savoir plus. »

Moscou, Nekrassovka, dimanche 12 janvier 2020

Anatoly, en pantalon camouflage, bottes de cuir et veste bleue, portait la même tenue paramilitaire que le jour de l'attentat. Il dînait dans l'une de ces *stolovaya* qui lui rappelait la cantine de son ancien lycée. Pour la modique somme de 300 roubles, muni d'un plateau qu'on faisait glisser sur un rail en métal, on choisissait une entrée, un plat et un dessert. Ce n'était pas de la gastronomie, mais un repas complet qui vous tenait au corps.

Bien calé sur une chaise de plastique bleu, il finissait sans y penser une assiette de soupe accompagnée de pommes de terre bouillies, tout en jetant de fréquents coups d'œil à l'écran de son portable. Il s'apprêtait à avaler une tasse de café instantané quand l'appareil se mit à vibrer. La voix était toujours aussi calme :
« Sois au local dans deux heures.
— Compris, mon colonel. »
Anatoly avait à peine 18 ans lorsqu'il avait rencontré le colonel Priekev dans une réunion du Mouvement impérial, en 2018. C'est sur les réseaux sociaux qu'il avait découvert cette organisation fondée une quinzaine d'années plus tôt. Le retour de l'Empire, la défense de la chrétienté et des valeurs russes traditionnelles, voilà ce dont le pays avait besoin pour éviter l'effondrement et l'inévitable choc des civilisations. Les invectives antisémites et les injures homophobes se mêlaient dans les discours des dirigeants. Anatoly avait tout de suite été impressionné par Priekev, par l'assurance qui émanait de sa personne et par son expérience militaire. On murmurait qu'il était présent dans le Donbass en avril 2014, aux côtés du colonel Strelkov et des soldats qui avaient pris le contrôle de l'exécutif régional, puis pendant le siège de Slaviansk. Il s'exprimait avec clarté et autorité. Même sans micro, sa voix portait loin. Il jouissait d'une petite notoriété dans les milieux d'extrême droite pour quelques articles parus dans des revues confidentielles. Les oligarques étaient sa cible privilégiée, cette engeance corrompue qui avait fait main basse sur les richesses du pays et se vautrait dans le

luxe. Priekev, militaire, idéologue et activiste, avait pris sous son aile quelques jeunes gens, dont Anatoly.

« Anatoly, si tu veux être sélectionné un jour pour une opération, tu dois t'entraîner avec des professionnels. Je ne choisis que des hommes aguerris. C'est trop dangereux, sinon. »

Pour 20 000 roubles prélevés sur les enveloppes que lui allouait le FSB, Priekev lui avait offert une formation dans l'un des camps du Mouvement Partizan, à Saint-Pétersbourg. Le jeune militant avait adoré son séjour. Lui qui s'était toujours senti à l'écart, marginal, appartenait enfin à un groupe où il s'était fondu, adoubé par des frères d'armes. Il s'était révélé l'un des meilleurs tireurs de précision et un redoutable spécialiste des explosifs. Une fois rentré à Moscou, il avait dû apprendre à patienter, suppliant son mentor de lui confier un rôle, même mineur. Et puis, l'occasion s'était présentée.

« Que sais-tu de Lena Makarova ? », lui avait nonchalamment demandé le colonel Priekev à l'issue d'une réunion du Partizan.

« Pas beaucoup plus que ce que vous venez d'en dire dans votre intervention, mon colonel. Une traîtresse vendue aux Américains et à leurs alliés, qui crache sur la Russie et est prête à la livrer aux Juifs et aux races inférieures. »

Anatoly arriva au local deux heures plus tard, comme convenu. Il s'agissait de deux pièces au sous-sol d'une barre HLM désaffectée, à la périphérie de Moscou. Le garçon pénétra dans l'immeuble, puis descendit quelques marches. L'obscurité était presque totale et il avançait à tâtons, éclairé par la faible lumière de son smartphone.

« Colonel ?

— Entre, Anatoly, je suis là. »

La voix de Priekev, assis dans l'obscurité, le rassura.

« Colonel, je suis désolé. La cible s'en est sortie.

— Je suis fier de toi. »

Anatoly se sentit submergé de plaisir. C'était la première fois que Priekev lui parlait ainsi. Si les camarades du Partizan avaient pu entendre ! Anatoly s'approcha encore.

« Tu as été un bon soldat. »

Le colonel le serrait maintenant dans ses bras, en une étreinte virile. Et lui planta un couteau dans la nuque.

V.

Londres, Canary Wharf, lundi 13 janvier 2020

Tretz accueillit Jonathan Schmitt dans son bureau plus aimablement que ses messages lapidaires sur Telegram ne l'auraient laissé présager. Jeune quadragénaire, Schmitt dirigeait la European Agency for Strategic Intelligence (EASI), une société à laquelle Tretz avait fait appel pour l'aider contre Yurdine dans l'affaire de la mine de Reda. De taille moyenne et d'allure banale, Schmitt, né à Berlin d'un père allemand et d'une mère russe, avait été élevé aux États-Unis avant d'intégrer la prestigieuse Kennedy School de Harvard. Tretz recourait régulièrement à ses services.

«Vous n'avez pas changé vos habitudes avec la nouvelle année? Toujours un Coca Zéro?»

Tretz pensait que ces marques d'attention étaient appréciées de ses interlocuteurs. Il se souvenait de leur boisson préférée, envoyait des cartes de vœux, des sms pour les anniversaires et les décorations. Sa secrétaire avait dû mettre au point une méthode infaillible pour éviter les oublis.

Schmitt salua le Coca d'un sourire.

« Alors, que vous inspirent les malheurs de notre ami ? Pour le moins inattendu, n'est-ce pas ?

— La version officielle ne tient pas. C'est un attentat, pas un accident. »

Schmitt ne dévoilait jamais ses sources, mais Tretz savait qu'elles étaient fiables.

« Et les commanditaires ? »

Schmitt sourit à nouveau.

« Il faut prendre en compte plusieurs hypothèses. Yurdine était-il la cible ? N'était-ce pas plutôt sa sœur ? Lena Makarova est un écrivain en vue, elle est également une opposante déterminée, que l'extrême droite déteste. Quelques amis bien informés affirment qu'elle aurait dû partager la voiture de son frère ce soir-là. Il est vrai qu'on entend beaucoup de choses en ce moment. Reste qu'on ne s'en prend pas ainsi à un proche du régime sans un solide *nihil obstat*. »

Tretz n'avait pas cillé à l'évocation de Lena. Sa liaison moscovite n'était qu'un souvenir plaisant parmi les aventures qui avaient émaillé sa vie. Il se souvenait d'une jeune femme un peu excessive, et n'était pas étonné qu'elle ait tourné à l'excitée droit-de-l'hommiste.

« Yurdine serait moins protégé ? Une excellente nouvelle pour notre affaire.

— Difficile à dire, mais l'avancement de l'enquête semble le confirmer. Vous savez, nous ne nous sommes pas tourné les pouces. »

Tretz eut un geste de pacification devant cette allusion ironique à son impatience. Il allait devoir rappeler à son directeur juridique de ne pas répéter ses formules à des tiers sans autorisation.

«Oui, poursuivit Schmitt. Je suis content de nos progrès. J'ai réussi à entrer en contact avec Alexandra Gruchenkova, la première femme de Yurdine. Nous avons rendez-vous à Moscou. Son divorce a été avantageux financièrement et Yurdine ne lui a pas disputé la garde de leurs deux enfants. Mais il semble néanmoins qu'elle en veuille beaucoup à son ex-mari.

— Comment avez-vous décroché cette rencontre?»

Une fois n'était pas coutume, Schmitt accepta d'en dire un peu plus sur ses réseaux. Tretz était l'un de ses bons clients. Moyennant une commission annuelle, il l'informait régulièrement des petits secrets des grandes entreprises comme des allées du pouvoir. Charles savait aussi mettre la main à la poche pour des missions plus importantes, comme celle de Reda. Beaucoup de dirigeants se tenaient scrupuleusement à l'écart des agences telles que l'EASI. Et lorsqu'on les estimait nécessaires, on les cantonnait aux services juridiques ou aux directions de la conformité, qui leur confiaient la mise à jour de leurs dossiers clients. Mais Tretz, qui ne ratait pas une occasion de rappeler qu'il comptait des flibustiers parmi ses ancêtres, raffolait des informations de première main qu'on glanait dans les couloirs du MI6 et des ambassades. L'odeur de soufre ne le rebutait en rien.

« On peut s'avancer sans grands risques : Yurdine est moins en cour. Un de mes senior advisors est un ancien diplomate britannique. En poste à Moscou de 2002 à 2007, il est resté en contact avec Vladimir Grouchenkov, le père d'Alexandra. »

Tretz émit un sifflement difficile à interpréter. Ce n'était pas une surprise de découvrir que l'EASI s'appuyait sur d'anciens collaborateurs du Foreign Office. L'agence n'en faisait pas mystère et il était notoire que des diplomates à la retraite arrondissaient ainsi leurs fins de mois. Non, ce sifflement était un hommage au temps qui passe. Devant l'expression interrogative de Schmitt, Tretz ne se fit pas prier.

« Je me souviens très bien de lui. Je le croisais quelquefois dans des soirées à l'ambassade de France. Mon Dieu, il y a près de trente ans ! Comment est-il resté dans le circuit ?

— Grouchenkov est un proche de Lavrov. »

Tretz hocha la tête à l'évocation de l'indéboulonnable ministre des Affaires étrangères de la Fédération de Russie.

« Si Alexandra accepte aujourd'hui de me rencontrer, ce ne peut être qu'avec l'assentiment de son père, qui lui-même a dû prendre ses instructions.

— Je vois. »

Alors que Tretz raccompagnait Schmitt jusqu'à l'ascenseur, ce dernier pointa du doigt un exemplaire du *Financial Times* posé sur un bureau et ouvert à une page consacrée au nouveau virus.

« Vous avez lu cette histoire ? »
Tretz se fit rassurant.
« L'affaire de Wuhan ? L'OMS a déclaré hier qu'on ne disposait d'aucune preuve évidente de transmission interhumaine. »
Schmitt fit la moue.
« L'OMS se fonde sur les affirmations des autorités chinoises. Je pense qu'elles cachent la vérité, comme toujours. Un cas de décès a déjà été rendu public à Wuhan. On parle aussi d'un lanceur d'alerte. Dans un message à ses collègues, cet ophtalmologue décrit comment le virus s'attaque aux capacités respiratoires des patients, et il redoute une possible épidémie. Malgré la censure, son texte s'est répandu sur le Web. Demandez à vos équipes chinoises de surfer sur les réseaux sociaux, vous en apprendrez plus qu'avec les communiqués officiels de l'OMS. »
Tretz lui serra la main alors que les portes de l'ascenseur s'ouvraient.
« Après le SRAS, ces pauvres Chinois n'ont pas de chance. Enfin, bon voyage à Moscou. Et tenez-moi au courant. »

Londres, siège de Perama, mercredi 15 janvier 2020

C'était la première fois que Yurdine retrouvait ses bureaux londoniens depuis l'attentat. Il avait troqué les béquilles de l'hôpital contre une canne plus élégante. Ses collaborateurs n'avaient pas cessé de lui témoigner leur soulagement dans le hall ou les couloirs. Tous avaient aussi noté l'apparition d'une barbe de quelques jours. Si elle lui permettait de masquer en partie ses brûlures au visage, elle le vieillissait. Le patron avait l'air fatigué. On lui donnait ce jour-là plus que son âge. Kathryn, attentionnée et inquiète, ne le quittait pas des yeux. Elle savait que seuls les somnifères avaient permis à son mari de trouver un peu de repos au cours des derniers jours.

Si Grigori avait tenu à revenir au bureau sans attendre, c'était pour tenter de lever un obstacle sur le dossier Sunrise. Pour la première fois depuis qu'il travaillait avec Martha, il n'était pas de son avis. Après le voyage de Kathryn à New York, les Américains avaient répondu sans tarder être prêts à poursuivre la discussion. Dès le lundi, ils avaient envoyé une réponse favorable à l'offre non liante qu'elle leur avait remise. Depuis maintenant trois jours, les discussions allaient bon train au sein de l'équipe londonienne de Perama pour fixer les prochaines étapes. Martha, contre l'opération depuis le début, s'arc-boutait. Ses échanges avec Kathryn devenaient plus tendus. Yurdine, à qui ses médecins avaient recommandé de se reposer, était peu intervenu jusqu'alors. Mais il savait qu'il fallait maintenant siffler la fin de la partie. Personne ne devait s'imaginer que le désordre était en train de s'installer depuis l'accident de son fondateur.

Quand Martha entra dans la salle de réunion, il était assis à sa place habituelle. Kathryn, debout près de la desserte, se servait une tasse de thé au jasmin. Sans se retourner, elle lui proposa un thé vert.

En découvrant que la rencontre était prévue dans la grande salle de réunion, Martha comprit le message. Jusqu'à maintenant, comme Kathryn évidemment, elle faisait partie des rares personnes admises dans le saint des saints, le bureau de Grigori. C'était une manière de lui faire comprendre que, malgré ses années de proximité avec le chef, elle demeurait une collaboratrice. Cela ne l'empêcherait pas de faire valoir son point de vue, avec sincérité et conviction, comme elle l'avait toujours fait. Elle lui devait cela.

« Je suis tellement heureuse de vous retrouver. »

Martha avait eu l'occasion de parler à Yurdine à plusieurs reprises depuis l'attentat, mais c'était la première fois qu'elle le revoyait en chair et en os. Elle, qui le connaissait depuis si longtemps, nota également les traces de fatigue sur son visage.

« Martha, j'ai voulu qu'on se voie rapidement tous les trois pour arrêter notre position sur le dossier Sunrise. »

Martha s'engouffra dans la brèche.

« Je sais, Grigori, que Kathryn et vous-même me voyez comme un oiseau de mauvais augure. Mais, franchement, je crois que ce n'est pas le bon moment. Nous sommes très endettés, le prix demandé par Sunrise est trop élevé. Cette affaire va nous plonger dans une situation extrêmement tendue. »

Kathryn tenta de contrôler sa frustration.

« Martha, nous en avons déjà beaucoup parlé. Ce dossier est une chance pour notre pôle Services. Nous sommes trop concentrés aujourd'hui. Sunrise nous permet de nous développer sur plusieurs pays, ce que nos investisseurs apprécieront. Nous diversifions nos risques et nous montons en gamme. Nous augmentons ainsi notre empreinte dans l'hôtellerie de luxe, où les marges sont bonnes. C'est aussi un segment beaucoup moins sensible au cycle, compte tenu de la qualité de la clientèle. Bien sûr que le prix est en haut de fourchette. Sans cela, nous n'aurions jamais pu entrer dans une discussion préemptive avec les Américains, de gré à gré. Et puis, les financements sont là. Nous avons la confiance de notre pool bancaire. Ils nous suivent, et à des conditions très avantageuses. L'argent n'a jamais été aussi peu cher. »

Martha se tourna vers Yurdine.

« Grigori, il n'y a pas d'urgence. Cela peut attendre. Vous êtes fatigué. On le serait à moins après ce que vous venez de traverser. C'est vous qui m'avez appris que le calendrier était un élément essentiel de l'opération. Et là, le calendrier n'est pas bon. »

Il passa sa main sur ses joues, comme s'il ne s'habituait pas encore à sa barbe récente.

« Martha, je connais vos préventions. Mais nous allons faire cette opération et nous allons la faire maintenant, justement parce que le calendrier est crucial. Le marché s'inquiète. Il y a des rumeurs sur l'origine de mon accident. On se demande si j'ai perdu de mon influence. Une opération de cette envergure est une formidable réponse à ceux qui doutent. C'est pour cela qu'il faut agir sans délais. La guerre de mouvement a toujours été notre point fort. »

Elle baissa la tête. Maintenant que Grigori avait parlé, il n'était plus question de contester sa décision.

« Je comprends. Nous allons faire au mieux. »

VI.

Moscou, Hôtel National, jeudi 27 février 2020

Jonathan Schmitt était installé à une table isolée de l'Alexandrovsky bar, l'un des plus luxueux de Moscou. Une pâle lumière d'hiver filtrait à travers la verrière bleutée qui recouvrait la pièce. Alexandra Vladirimovna Gruchenkova, l'ex-femme de Yurdine, lui avait donné rendez-vous à l'heure du thé. Il achevait, en l'attendant, la lecture de *Vedomosti*, qui rendait compte d'un article de *Science*. Les nouvelles publiées par le quotidien russe n'étaient guère réjouissantes : la fenêtre pour contenir le virus baptisé Covid-19 était dépassée et sa diffusion inévitable. Schmitt se leva à l'arrivée d'Alexandra. Précédée d'un maître d'hôtel, la femme d'une cinquantaine d'années qui se tenait devant lui avait une certaine allure. Mais un examen plus attentif lui aurait été moins favorable. Son visage figé trahissait un recours excessif au Botox, sa silhouette fine évoquait des accès anorexiques, son maquillage était trop appuyé, tout comme le luxe de ses vêtements et de ses bijoux.

Schmitt ouvrit courtoisement la conversation en russe, qu'il parlait sans accent. Cherchant à s'épargner un échange de banalités sur le virus, il préféra se lancer dans un éloge de l'architecture classique de l'hôtel.

Alexandra commanda un Lapsang Souchong sans un regard pour la carte ou pour le serveur. Elle n'ignorait rien de l'histoire des lieux.

« Ce palais a été le siège du gouvernement bolchevique après la Révolution, le temps de reconstruire le Kremlin. Les objets et le mobilier proviennent de plusieurs résidences impériales, ainsi que de demeures aristocratiques. Il ne faisait pas bon s'opposer au régime à l'époque. De nos jours non plus, d'ailleurs. Mais vous n'attendez pas de moi une visite guidée. »

Les lèvres d'Alexandra s'étaient soudain crispées.

« Je vous comprends, cher Monsieur. Il est difficile de ne pas s'intéresser à monsieur Yurdine, c'est un homme exceptionnel. Une légende. Le self-made man de Perm, le champion d'échecs orphelin à qui tout réussit, le rigoureux Grigori dont la discipline de fer vient à bout de n'importe quel obstacle. C'est un homme difficile à cerner car il n'offre aucune prise. Son côté insaisissable fascine certains. La vérité est que cet homme est un opportuniste hors classe. Jamais il n'aurait pu s'élever ainsi sans les relations de mon père. S'il possède un talent inné, un seul, c'est bien de se servir des autres. Comme ma famille, j'en ai fait l'amère expérience. Il porte aux nues ceux qui peuvent l'emmener un peu plus loin, puis il les abandonne lorsqu'ils lui sont devenus inutiles. Depuis quelques années, il est animé par une obsession : devenir un aristocrate britannique. Je me demande où le conduira cette dévorante lubie. »

Schmitt tapota légèrement la table.

« Comme je vous l'avais indiqué au téléphone, Madame Gruchenkova, les gens qui m'emploient sont assez réservés à son sujet. Ils disposent de moyens importants et verraient avec intérêt la révélation d'une face plus sombre. Mais monsieur Yurdine est un homme dont il n'est pas facile de reconstituer la biographie. Perm et l'origine de sa fortune, par exemple.

— Quand j'ai rencontré mon mari, il était déjà installé à Moscou et n'a jamais été très prolixe sur son existence antérieure. Grigori cloisonne soigneusement les épisodes de sa vie. Depuis la mort de sa mère, à l'exception de sa sœur Lena et de son homme de main, Oleg Leto, peu de liens le rattachent encore à Perm.

— Excusez-moi, mais vous aviez pourtant évoqué une piste sérieuse. »

Schmitt espérait ne pas avoir entrepris ce voyage en vain et, dans sa voix, la déception le disputait à l'impatience. Mais Alexandra aimait tirer les ficelles et prenait son temps. Qu'est-ce que s'imaginait cet étranger, qu'elle ne voyait pas clair dans son jeu ? Il avait dû se faire valoir auprès de ses commanditaires : « Je suis entré en contact avec l'ex-femme rancunière. Elle est prête à nous aider. » Au bout de dix ans, cela ne manquait pas de sel… Mais si Alexandra ne dédaignait pas de s'amuser un peu, elle n'avait pas oublié sa récente conversation avec son père au sujet de Yurdine. Il lui avait fait comprendre qu'elle devait parler à l'homme de l'EASI.

« Monsieur Schmitt, ne soyez pas aussi inquiet. J'ai en effet quelque chose pour vous. Au début de notre mariage, Grigori se rendait régulièrement à Perm pour s'occuper d'une usine de câbles, sa première entreprise. Il en profitait pour rendre visite à ses parents, d'autant que son père était déjà en mauvaise santé. Il m'avait proposé de l'accompagner à chaque voyage. J'étais amoureuse, je n'ai pas hésité. Je n'y suis pas allée souvent, heureusement. Perm est une ville dénuée du moindre intérêt. Je passais le plus de temps possible hors du petit appartement de mes beaux-parents, que Grigori n'avait pas encore convaincus de déménager. Ma belle-mère faisait son maximum pour m'être agréable, mais nous n'avions pas grand-chose en commun. Je crois qu'elle aussi était soulagée quand je partais me promener. C'est au cours d'une de ces sorties qu'a eu lieu l'événement dont je voulais vous parler. Un matin, j'ai été abordée par une femme âgée, qui avait l'air un peu folle. Elle cherchait à m'agripper le bras tout en me suppliant d'intervenir auprès de Grigori. "Je vous en supplie, aidez-nous. Mon fils s'appelait Lemonov, il était comptable à l'usine. Depuis qu'il a disparu et que mon mari est mort d'un cancer, ma fille et moi peinons à survivre." Elle m'a suivie un moment en geignant et j'ai fini par m'en débarrasser. Le soir, Grigori m'a expliqué qu'il s'agissait d'une histoire sans importance. "Si on devait écouter toutes les *babouchkas* de Perm, on ne s'en sortirait pas." Mais mes beaux-parents faisaient une drôle de tête. »

Alexandra marqua une pause et fit signe au maître d'hôtel de s'approcher.

« Pouvez-vous m'apporter une autre théière ? L'eau de la première n'est plus assez chaude. »

Schmitt ne put s'empêcher d'admirer la netteté du geste avec lequel elle avait convoqué le malheureux.

« Cet incident me serait sorti de l'esprit si je ne l'avais évoqué à Moscou, peu après, avec Maxim Kazmanov. Maxim est un ami d'enfance de Grigori, qui travaillait avec lui à ses débuts. J'étais passée chercher mon mari à son bureau avant un dîner. Mais Grigori était en retard et Maxim m'avait tenu compagnie tout en me racontant à nouveau leur jeunesse à Perm. J'en avais profité pour évoquer la *babouchka*, mais Maxim m'avait semblé horriblement mal à l'aise. "Lemonov, non, cela ne me dit rien." Et il avait aussitôt changé de sujet.

— Vous savez où je peux trouver ce Maxim ?

— Franchement, je n'en sais rien. Grigori l'a rapatrié à Perm. Maxim était instable, alcoolique, sujet à des crises de dépression qui alternaient avec des accès maniaques pendant lesquels il ne connaissait plus aucune limite. C'est Oleg Leto, son autre ami de jeunesse, qui m'en a parlé. Mon mari, lui, ne m'en a jamais dit un mot. Mais j'avais compris qu'ils étaient toujours à son service. Je crois avoir fini et je ne doute pas que vous saurez en faire bon usage, Monsieur Schmitt. »

Alexandra s'était levée, tandis que le maître d'hôtel, surgi de nulle part, venait d'apparaître à ses côtés, prêt à lui tendre son manteau de fourrure.

Elle était à peine sortie du bar que Schmitt adressa un message encourageant à Tretz sur Telegram : « Entretien productif. Poursuite des investigations à Perm. Vous tiens au courant. » Il jeta un coup d'œil à sa montre : il avait largement le temps de se rendre à pied à son prochain rendez-vous. La neige, tombée sans discontinuer toute la matinée, s'était transformée en averses à l'heure du déjeuner, mais cela ne le dérangeait pas. Il lui faudrait moins de dix minutes. Après avoir suivi le passage Teatralniy, il tourna dans la Bolchaya Lubianka pour s'arrêter devant le siège du FSB.

Familier du hall vert pâle, il se dirigea sans hésiter vers l'hôtesse chargée des visiteurs et lui tendit son passeport avant qu'elle le lui réclame.

« Bonjour, je m'appelle Jonathan Schmitt et j'ai rendez-vous avec Iouri Assinine à 17 h 30. »

L'hôtesse, dont l'expression renfrognée et les gestes lents disaient assez qu'elle n'entendait pas être bousculée, examina plus attentivement cet étranger qui invoquait sans crainte le nom d'un dignitaire aussi puissant.

Schmitt entretenait des relations avec les Services de nombreux pays. C'était un élément essentiel à son métier. Il leur fournissait des informations, en recevait en retour et s'assurait, avant toute enquête, de l'accord tacite des autorités en place. Même pour un contrat aussi important que celui passé avec Tretz, il était hors de question de se brouiller avec les Russes. Schmitt connaissait Iouri Assinine depuis une dizaine d'années. Ils s'étaient rencontrés à Bruxelles dans un colloque consacré aux nouveaux fondamentalismes, organisé par le Center for European Policy Studies. Un think tank réputé qui pouvait offrir aux différents services secrets des occasions de prospection et de recrutement.

Assinine gardait de ses années en RDA une bonne maîtrise de l'allemand et il choisissait habituellement cette langue pour s'entretenir avec son visiteur.

« Cher Jonathan, je me languissais de vous. Heureusement que vous passez me voir de temps en temps. Je manque d'occasions de pratiquer la langue de Goethe. Je me rouille. »

Le large sourire du Russe ne parvenait pas à adoucir l'impression de dureté qui émanait de sa personne.

« Iouri, vous savez bien que je ne peux passer par Moscou sans vous présenter mes respects.

— Parlez-moi plutôt de la piste que vous avez suivie jusqu'ici. »

Le dirigeant de l'unité anti-terroriste invita Schmitt à s'asseoir dans l'un des fauteuils de cuir disposés près des fenêtres.

Le patron de l'EASI ne se faisait pas d'illusions. Il savait que le FSB était au courant de ses moindres faits et gestes depuis qu'il avait atterri. Mais il joua la partition attendue et n'omit aucun détail sur son enquête.

« Oui, la mine de Reda est une sacrée épine dans le pied de votre client. Sa compagnie d'assurances n'a pas très bonne presse en Russie en ce moment. À moins qu'il ne réussisse à prouver que Grigori Yurdine était au courant des malfaçons qui ont provoqué l'accident. »

Schmitt hocha la tête en silence. Certes, l'attentat contre Yurdine et les confidences d'Alexandra laissaient penser que l'oligarque avait perdu des soutiens. Mais on n'était jamais trop prudent avec le FSB. Il avait besoin d'assurer ses arrières.

Assinine était toujours affable.

« Je fais l'hypothèse que vous aimeriez vous rendre à Perm. »

Nouveau hochement de tête de Schmitt, qui scrutait les yeux de son interlocuteur.

« Ce n'est pas la meilleure saison pour découvrir l'endroit, mais je ne peux que vous souhaiter un agréable séjour. N'hésitez pas à repasser à votre retour. Vous savez que je suis toujours heureux de nos échanges de souvenirs. »

Schmitt sourit, et prit congé. Assinine lui avait apporté la réponse qu'il attendait. Il n'avait pas encore quitté le FSB que le patron de l'EASI avait déjà commandé à son équipe londonienne un dossier complet sur Maxim et Oleg.

« Tout ce que vous pourrez trouver : parcours, histoires personnelles, photos… Je veux tout, y compris les petites amies. »

Londres, siège de Perama, jeudi 27 février 2020

Les comités exécutifs de Perama, auxquels ne participaient que les proches collaborateurs du patron, se déroulaient selon un rituel immuable : dans la grande salle de téléprésence, de 15 heures à 16 h 30, deux jeudis par mois. Yurdine aimait que ces réunions aillent vite et faisait confiance à Martha pour les préparer et les animer. Il parlait peu, posant parfois quelques questions, jamais plus, avant de trancher. S'il hésitait sur un point, la décision était remise à un autre jour de la semaine, en dehors du comité. Depuis que, deux ans plus tôt, il s'était installé en compagnie de Kathryn autour de la table ronde en verre poli, sans faire aucun commentaire ni donner d'explication, sa femme participait également à ces réunions. C'était à peu près à cette période qu'était apparue sur la console de la grande salle la collection de vases chinois en porcelaine bleue.

Chacun des participants, dans la salle ou à distance, avait conscience que la réunion du jour, la première depuis l'attentat à se tenir en présence de Yurdine, sortait de l'ordinaire. Le contexte sanitaire ajoutait encore à cette atmosphère singulière. L'épidémie de Covid, qui se répandait à travers le monde, avait cessé d'être une affaire chinoise et pesait désormais sur les perspectives de Perama. En effet, l'acquisition de Sunrise avait été signée le 20 janvier. C'est-à-dire le jour où la Chine avait annoncé officiellement que le virus était transmissible entre humains et la veille du confinement des cinquante-six millions d'habitants de la région du Hubei.

Martha donna la parole à Mark Wei, qui dirigeait depuis Hong-Kong les activités du groupe en Asie.

L'Anglo-Chinois avait préparé un point complet. Il expliqua les mesures prises par les autorités et leur impact sur la vie quotidienne.

« On a dû tout réorganiser ! Les crèches et les écoles sont fermées depuis le 27 janvier, le télétravail est obligatoire pour les fonctionnaires, les centres de vacances sont transformés en zone de quarantaine pour les cas contacts et le port du masque est obligatoire. Nous-mêmes relayons largement auprès de nos collaborateurs les campagnes d'information sur les gestes barrières. »

À l'écran, on vit Mark Wei tousser dans son coude et faire le geste de se laver les mains. Martha s'agaça.

« Je crois qu'on a compris, Mark. Merci. »

Elle se tourna vers Grigori.

« Les investisseurs commencent à prendre peur, notamment devant la situation en Italie, en Corée et en Iran. Cette semaine, la baisse a été significative et notre propre titre a perdu 9 % depuis lundi. C'est plus que le marché, on nous fait payer notre exposition au secteur des services. »

Martha eut une imperceptible hésitation.

« On nous sanctionne en grande partie à cause de l'hôtellerie. L'équipe chargée des relations avec les investisseurs est bombardée de questions sur l'opération Sunrise. Dire qu'ils ne trouvent pas le calendrier opportun est un euphémisme. »

Le silence qui régnait dans la salle devint pesant. Chacun attendait la réaction de Yurdine, qui ne s'était pas exprimé depuis le début et qui intervint calmement.

« Il n'y pas lieu de s'alarmer outre mesure. Les autorités chinoises ont pris rapidement des mesures pour juguler l'épidémie. Merci de continuer à suivre de près l'évolution de la situation. Martha, sujet suivant ?

— Grigori, je n'en ai pas prévu d'autres. Il me semblait que cette crise était suffisamment importante pour toute la réunion. »

Yurdine attrapa sa canne et se leva.

« Dans ce cas, nous avons terminé. Bonne journée à tous. »

Kathryn lui emboîta le pas.

Perm, lounge d'Aeroflot, jeudi 5 mars 2020

Jonathan Schmitt avait choisi un fauteuil isolé pour se détendre avant le décollage de son vol de retour pour Moscou. Il était particulièrement satisfait de cette semaine dans l'Oural. Ses recherches sur les jeunes années de Yurdine avaient été fructueuses. Certes, il n'avait pas été facile de mettre la main sur des témoins prêts à lui parler dans la ville natale de l'oligarque. Quand il ne s'agissait pas d'obligés mais d'éléments hostiles, ils avaient peur. Cependant Schmitt avait réussi à retrouver la trace de Maxim Kazmanov, l'ami de jeunesse dont lui avait parlé Alexandra. Maxim vivait seul à Motovilikhinsky. Loin de ses origines ouvrières, c'était désormais une zone résidentielle, avec des rues larges et arborées et des cafés où l'on pouvait faire une pause familiale lors des promenades dominicales. Même en hiver, la vie à Motovilikhinsky paraissait moins sinistre que dans les autres quartiers de Perm. Jonathan avait longtemps sonné chez Maxim, sans réponse. Il avait repéré un homme âgé, qui l'observait derrière ses rideaux, et s'était résolu à frapper à sa porte, se faisant passer pour un huissier chargé de délivrer des documents en main propre à Kazmanov.

« Kazmanov ? Vous vous êtes déplacé pour rien. Il est absent depuis plusieurs semaines. Un homme gentil quand il est en forme mais plutôt dérangé le reste du temps. Les gens en ont peur. Enfin, c'est ce que vous dirait ma femme. Un soir, j'ai entendu des coups de fusil dans la maison. Évidemment, j'ai appelé la police. Ils sont venus, puis une ambulance, enfin une Mercedes noire. C'était l'une des voitures de notre fameuse usine de câbles. Ils sont les seuls à rouler dans ces berlines ici.

— Savez-vous où on peut trouver monsieur Kazmanov, désormais ?

— Si c'est comme la dernière fois, ils ont dû l'emmener au sanatorium. Il y a fait plusieurs séjours. »

Le vieillard était manifestement désireux de prolonger la conversation. Schmitt le remercia très aimablement et prit congé.

Sa visite au sanatorium fut un échec. Maxim y était à nouveau hospitalisé, aux frais de Yurdine, mais il avait refusé de le recevoir. Schmitt était alors revenu de nuit à Motovilikhinsky. Il avait aisément crocheté la serrure et, sans se presser, fouillé la maison. Toutes les pièces étaient tristes, sales, en désordre, meublées du strict nécessaire. Comme on pouvait s'y attendre, les papiers qui traînaient dans la cuisine étaient sans importance : des vieux journaux, des publicités, quelques factures.

En revanche, l'exploration de la chambre s'était révélée plus heureuse. À la lueur de son téléphone portable, Schmitt avait découvert dans la penderie, sous un tas de chaussures, une vieille boîte en carton. Y étaient empilés des documents sur la Permski Kabelny Zavod, des pages tapées à l'ordinateur, qui semblaient l'ébauche d'un texte littéraire, des chemises en plastique épais et translucide contenant des photographies et des feuilles cornées, jaunies. Il avait examiné les photos une à une. La plupart étaient dénuées d'intérêt, mais deux d'entre elles avaient retenu son attention. Sur la première, cinq jeunes gens, dont une femme, souriaient à l'appareil. Schmitt reconnut facilement Yurdine, qui avait peu changé. Il tenait par l'épaule la jeune femme, qui se blottissait contre lui. À ses côtés, Maxim et Oleg, qu'il identifia grâce aux informations envoyées de Londres. En revanche, l'identité du cinquième personnage, comme celle de la femme, lui demeuraient encore mystérieuses. À l'arrière-plan, sur le papier de mauvaise qualité aux couleurs passées prématurément, on distinguait un lac et une forêt. Au dos était inscrite une partie de la solution : une date, « 7 août 1991 », et cinq prénoms, « Grigori, Oleg, Maxim, Alexeï et Anastasia ». Sur l'autre cliché, il n'y avait plus que trois hommes, Maxim, Oleg et le même Alexeï, au buste barré d'une croix repassée plusieurs fois au stylo à bille.

Schmitt rangea les deux photos dans sa veste et s'attaqua aux autres papiers, parcourant chacun avec méthode. L'un d'eux lui arracha un sourire de victoire. Daté du 2 décembre 1992, ce message plié en quatre invitait Alexeï à le rejoindre devant un mystérieux endroit appelé l'Arbat. Il était signé Grigori. Schmitt remit la boîte en place et quitta la maison silencieusement.

Mais là où il s'était surpassé, songeait Schmitt en se resservant des chips, les seules victuailles proposées dans le salon Aeroflot, c'était lors de ses visites aux Lemonova. La mère et la fille vivaient dans l'une de ces barres HLM tristes dont les Soviétiques avaient le secret. Elles avaient d'abord refusé de lui ouvrir. Puis, inquiètes du qu'en-dira-t-on suscité par cet homme qui refusait de quitter leur palier, elles avaient fini par le recevoir.

Schmitt revoyait la petite cuisine où on l'avait invité à s'asseoir. Il n'avait eu besoin que de trois après-midi pour les amadouer, ce qui représentait tout de même un nombre important de tasses de thé noir. Le ménage était fait impeccablement, mais chaque détail disait le dénuement des locataires. La mère, qui devait avoir près de 75 ans, obèse, percluse d'arthrose et le cheveu rare, était restée dans son fauteuil sans bouger. Mais sa fille, Anastasia, était aux petits soins pour elle. Elle avait calé un coussin dans son dos pour éviter que la chaise en plastique ne la blesse, et n'avait cessé de lui resservir du thé dès que sa tasse était vide. Schmitt avait pensé qu'elle avait dû être jolie autrefois, mais que la vie n'avait pas été tendre avec elle. Il essayait de retrouver sur ses traits le charme de la jeune femme lovée contre Yurdine. Depuis, son apparence semblait à l'évidence le cadet de ses soucis, mais pas son travail à temps partiel dans une obscure administration de l'*oblast*. Son salaire et la petite pension de veuvage que touchait sa mère leur permettaient tout juste de ne pas mourir de faim.

Schmitt n'avait pas menti sur son identité. La vérité était souvent la solution la plus simple, même s'il n'avait pas révélé le nom de son commanditaire. Il leur avait affirmé qu'il pensait pouvoir éclaircir la disparition d'Alexeï.

« Je dispose de preuves solides, qui permettent de remonter jusqu'à Grigori Yurdine. Mais maintenant, j'ai besoin de votre appui pour qu'une procédure soit officiellement ouverte. »

La mère et la fille étaient terrifiées. Anastasia l'avait regardé comme s'il était fou.

« Vous nous demandez de nous en prendre à l'un des hommes les plus puissants du pays ? C'est impossible et dangereux. À l'époque déjà, nous n'avons rien pu faire. Les policiers qui avaient ouvert l'enquête n'avaient qu'une hâte, la clôturer sans histoire. »

Elle avait juste consenti à lui expliquer que l'Arbat était un club de boxe, où se retrouvaient Grigori et ses camarades.

Schmitt avait répondu avec douceur.

« Yurdine a perdu ses soutiens. Vous avez sans doute entendu parler de l'accident dont il a été victime ? C'était un attentat. Le signe, s'il en était besoin, que le pouvoir s'est détourné de lui. C'est l'occasion pour vous d'obtenir enfin réparation. Je sais que vous voulez connaître la vérité, n'est-ce pas? Les autorités ne verraient pas d'un mauvais œil un procès contre ce magnat désormais vulnérable. Je vous promets que vous ne risquez rien. Je vous protégerai. J'en ai les moyens.»

Schmitt avait longuement insisté avant qu'elles n'acceptent. Mais elles voulaient venger la mort d'Alexeï. La possibilité d'une vie meilleure, que Schmitt leur avait laissé entrevoir, avait achevé de les convaincre. Enfin, Anastasia ne pouvait dissimuler une animosité sourde à l'égard de Grigori, comme si elle lui en voulait encore de l'avoir quittée, trente ans plus tôt. «Imaginez ce qu'aurait été ma vie si nous étions restés ensemble?», avait-elle glissé à ce visiteur inattendu et si attentionné, avec un sourire désenchanté, pendant que sa mère s'était assoupie.

«Vous ne craignez pas de rester ici seules toutes les deux?», lui avait demandé Schmitt en la regardant rincer les tasses. Anastasia avait eu une nouvelle moue ironique. «Il n'y a pas grand-chose à voler… Et puis, je sais me défendre.» Elle avait entrouvert un tiroir où était rangé un 9 mm. Schmitt s'y connaissait assez pour deviner que le revolver n'était pas de première jeunesse, mais sans doute en parfait état de fonctionnement.

«Mon père nous entraînait les week-ends, mon frère et moi. Je ne suis pas une experte mais, s'il fallait agir…»

L'étranger avait émis un sifflement admiratif. Au soir de sa troisième visite, les deux femmes avaient accepté de signer le dossier de plainte. Schmitt, bien entendu, les avait assurées qu'il paierait les frais d'avocat. Avant de partir, il leur avait laissé une grosse liasse de billets.

«Je sais que les choses ne sont pas faciles en ce moment. Laissez-moi vous aider. J'y tiens.»

La mère Lemonova en avait eu les larmes aux yeux.

Oui, Jonathan Schmitt était content de lui. Il savourait par anticipation le coup de fil qu'il ne tarderait pas à passer à Tretz pour l'informer de ses progrès. Il lui rendrait visite dès son retour, après son escale moscovite. Car Schmitt connaissait les usages du FSB. Il devait à Assinine la primeur de ses informations s'il voulait continuer à travailler sereinement en Russie.

Le directeur du service de protection du système constitutionnel et de la lutte antiterroriste avait été jovial au téléphone.

«Alors, Schmitt, bonne pêche? Oui? Croyez que je suis content de l'entendre. Passez au bureau dès que vous aurez atterri. Nous débrieferons cela tous les deux, en détail.»

VII.

Londres, Canary Wharf, lundi 9 mars 2020

Les administrateurs de DexLife étaient assis à leurs places habituelles derrière l'immense table ovale en chêne brossé. Ils disposaient de leurs propres écrans afin de suivre plus facilement les documents de présentation. À côté des chevalets gravés à chaque nom et des micros, on avait posé des gobelets en cristal et des bouteilles d'eau en verre. Le plastique avait été banni deux ans plus tôt au titre des engagements de la maison en matière de développement durable. Charles de Tretz avait tiré d'une longue expérience que le confort était un élément clef de ces réunions. C'est pourquoi il s'assurait lui-même que le maître d'hôtel n'avait rien oublié. On trouvait donc à portée de main du thé et du café servis dans des tasses de fine porcelaine, des madeleines et des financiers préparés par le chef pâtissier, ainsi que des corbeilles de fruits frais pour les plus raisonnables. Le choix des fleurs coupées dans les vases de Baccarat s'harmonisait avec le coûteux tapis tissé spécialement, il y a dix ans, par la manufacture des Gobelins. C'était une petite provocation pour un siège londonien. Derrière les administrateurs se tenaient sagement assis les *backbenchers* du secrétariat général, préposés à la prise de notes, à la diffusion des documents et au bien-être des administrateurs.

Tretz n'était plus désormais que le directeur général de la compagnie. Après la crise de 2008, les autorités de supervision britanniques avaient demandé à DexLife, comme à ses concurrents, de distinguer présidence et direction générale, espérant que cette dissociation des fonctions apporterait de nouveaux contre-pouvoirs dans les institutions financières. Le président du conseil de DexLife, John Edwards, était un ancien banquier de 65 ans qui avait passé l'essentiel de sa carrière chez HSBC, dont de nombreuses années en Asie. Tretz et Edwards se connaissaient depuis longtemps et le premier avait fait entrer le second au conseil. Bien sûr, pour la bonne forme, la société étant cotée, on avait fait intervenir un chasseur de têtes. Mais ledit chasseur étant un homme bien élevé et DexLife son client le plus important, il n'avait pu qu'entériner le choix d'Edwards. C'est pourquoi, quand Tretz avait dû renoncer à présider le conseil, il avait à nouveau suggéré son nom.

La réunion du jour devait être consacrée aux comptes annuels, qui étaient excellents, ainsi qu'à un exposé sur l'épidémie de Covid-19 et ses éventuelles conséquences pour DexLife. Tretz en profita pour se livrer à un long numéro d'autosatisfaction. Puis il proposa de passer au rapport du comité des nominations sur le plan de succession du directeur général. Tretz souhaitait imposer son cabinet de chasseurs de têtes habituel, afin qu'il favorise des quadragénaires. Il faudrait bien sûr le temps de les préparer, ce qui lui offrait la possibilité d'un mandat supplémentaire. Le coup suivant serait pour lui de briguer la succession d'Edwards à la présidence du conseil.

La discussion qui suivit l'exposé du président du comité des nominations commença sous les meilleurs auspices. Un administrateur qui avait été coaché par Tretz fit l'éloge du chasseur de têtes bien connu. Un autre s'apprêtait à renchérir quand l'antique Lady Carlyle, dodelinant de sa tête de tortue, émergea de sa léthargie.

« Je me demande s'il ne conviendrait pas de faire appel à un autre cabinet. Certains pourraient commencer à douter de notre impartialité. Vous savez que c'est désormais un sujet sensible... »

Tretz n'en revenait pas. La vieille bique, qui n'avait jamais une idée et n'intervenait qu'entre deux siestes, venait justement de se réveiller. Il s'apprêtait à l'interrompre sèchement lorsque Edwards leva la main pour lui intimer le silence. Ce fut un tournant. Lady Carlyle avait ouvert la voie aux indépendantistes. Sa proposition fut retenue et un autre cabinet choisi : une maison avec laquelle Tretz n'avait jamais travaillé. Il avait oublié qu'il ne faut pas réveiller un vieux batracien qui ne dort que d'un œil.

La belle humeur du directeur général s'était envolée. Sa contrariété était manifeste quand il aborda le dernier sujet de la réunion, un point d'information sur la mine de Reda. Tretz savait qu'il était en difficulté et qu'il aurait dû avancer prudemment. Certains administrateurs, certes une minorité, l'auraient volontiers mis à la retraite après ses treize ans de règne, prenant prétexte de ce malheureux dossier. Voilà trop longtemps qu'il tenait Lady Carlyle comme quantité négligeable et la douairière s'était vexée. Elle n'avait jamais rien compris à l'assurance mais, ensommeillée et bougonne, était passée maîtresse dans l'art de la rétorsion. Tretz, visage fermé, informa froidement le conseil des poursuites qu'il avait engagées contre Perama et Yurdine devant un tribunal de Londres. Un silence général suivit sa déclaration. Le président Edwards semblait contrarié de découvrir ces décisions en même temps que les autres administrateurs.

« Des poursuites à titre personnel contre le dirigeant de Perama ? Charles, était-ce bien nécessaire ? Je crains que l'attaquer ainsi ne nous éloigne de nos usages. Et qu'en dit notre avocat ? »

Tretz était incapable de se calmer. Tout à son inimitié contre le Russe, il répondit trop sèchement.

« Notre avocat ignore tout de monsieur Yurdine. Moi, au contraire, je le connais bien. Ou plutôt, je connais ses méthodes. Les règles habituelles ne sauraient protéger ceux qui ne les respectent pas. Rien de ce qu'il se passe dans son groupe ne lui échappe. Il est évident qu'il a donné son accord, après une analyse approfondie revue par ses soins. N'oubliez pas que je l'ai vu à l'œuvre, il y a douze ans, dans l'affaire de la Riverside. Bon, sachez que nous avons prévu un communiqué de presse après la clôture de la bourse. C'est le timing parfait, les marchés sont épouvantables depuis ce matin pour Perama. »

Un silence glacial accueillit cette tirade. Mais Edwards paria sur l'apaisement.

« Comme vous voulez, Charles. Tout cela est bien entendu dans vos prérogatives. Mais vous pouvez parfois nous consulter, nous sommes aussi là pour cela. »

Londres, siège de la Riverside, lundi 9 mars 2020

Lord Meriton, qui siégeait toujours au conseil malgré ses 84 ans, se rendait chaque jour à la Riverside. Il avait laissé son grand bureau à Henry, pour en occuper un plus discret au même étage. C'était Lady Meriton qui avait choisi quelques beaux meubles anciens – un immense secrétaire, un canapé et des fauteuils – pour cette pièce très moderne. Sur un guéridon trônait le jeu d'échecs offert par Grigori lorsqu'il avait pris le contrôle de la banque. On pouvait aussi admirer un portrait du père de Lord Meriton et une grande vue de Londres au XIXe siècle, peinte par John Atkinson Grimshaw.

C'était bientôt l'heure de Yurdine. Celui-ci avait pris l'habitude de passer une fois par semaine, le lundi en fin d'après-midi, pour deviser avec Lord Meriton. Les deux hommes avaient fini par développer une estime mutuelle et des liens de confiance. Grigori parlait peu des affaires de la banque mais n'hésitait pas à solliciter la connaissance encyclopédique de la bonne société britannique dont témoignait le vieux Lord. Avec le temps, James Meriton avait pris conscience, non sans une pointe d'auto-ironie, qu'il appréciait l'homme. Il lui était toujours aussi reconnaissant du sauvetage de la Riverside et du rôle laissé à sa famille. Certes, les Meriton n'étaient plus seuls maîtres à bord, mais l'honneur était sauf. James ne pouvait que se féliciter de la stratégie déterminée par Yurdine et mise en œuvre par son fils. Le vieux Lord savait qu'entre Henry, un garçon solide sans être créatif, et Grigori, dont il admirait l'intelligence, les intuitions et la rapidité, la banque était en de bonnes mains. On avait arrêté toutes les activités de marché pour compte propre, avec l'aide de Lancenet qui avait peu après quitté la Riverside, consacré des moyens importants à la banque d'affaires et à la banque privée, et lancé un nouveau métier de capital-investissement en débauchant l'équipe londonienne d'un fonds américain de premier plan.

James s'était encore rapproché de son nouvel actionnaire lorsque Yurdine avait épousé Kathryn, qui avait définitivement conquis le cœur du vieil homme. Ce dernier appréciait son talent et sa générosité. Il pouvait parler peinture, musique et littérature avec la jeune femme, qui semblait ne jamais s'ennuyer quand il lui racontait l'histoire de ses échiquiers. Parfois, elle l'avait même accompagné dans ses recherches, mettant son talent d'ancienne commissaire-priseuse et de négociatrice au service de James. Le couple était accueilli avec grand plaisir par les Meriton dans leur propriété du Surrey. James, d'une courtoisie toujours exquise, avait avoué à Kathryn lors de sa première visite qu'il avait songé à la rebaptiser «Yurdineston».

«Vous comprenez, ma chère, si j'ai encore un semblant d'influence dans la City, c'est tout de même grâce à ce drôle de Russe dans les bras de qui je me suis follement jeté en 2008, un peu avant que vous ne fassiez exactement la même chose.»

Gladys frappa légèrement à la porte pour introduire son visiteur. L'assistante de Meriton aurait pu prendre sa retraite il y a fort longtemps mais, la seule fois où, dans un élan de conscience sociale, il le lui avait suggéré, elle avait éclaté en sanglots, redoutant qu'il ne soit plus satisfait de ses services. Ils convinrent donc que, tant qu'il viendrait à la banque, elle ferait de même. Ce n'était pas exactement un emploi à temps plein, mais chacun y trouvait son compte.

Yurdine entra dans la pièce en s'appuyant légèrement sur sa canne, qu'il posa contre le bras de son fauteuil.

«Cher ami, est-ce que votre jambe vous fait toujours mal?»

Yurdine sourit.

«Je pourrais désormais me passer de cette canne, mais Kathryn trouve qu'elle me donne une certaine allure. C'est pourquoi je la garde encore un peu.

— Vous avez raison. Surtout quand il s'agit de la charmante Kathryn.»

Lord Meriton venait de scruter sans en avoir l'air les traits marqués de l'homme assis en face de lui.

« Je vous demande de mettre mon indiscrétion sur le compte de mon affection, mais comment vous sentez-vous ? Vous avez l'air fatigué. »

Grigori avait repris sa canne dont il caressait sans y penser le pommeau d'argent.

« La vérité, James, est que je dors mal. »

Il eut une moue amère.

« Moi qui ai toujours détesté les médicaments, je prends des somnifères. Une idée des médecins, appuyée par Kathryn. Et même ainsi, ce sont de mauvaises nuits. Des nuits de cauchemar. Je préférais encore les insomnies. Mais cela rassure Kathryn de penser que je sommeille un peu. »

Meriton regardait Yurdine d'un air compatissant. C'était la première fois que le Russe s'épanchait ainsi auprès de lui.

Il n'en avait pas fini avec cette confession. Le regard plongé dans la toile de Grimshaw accrochée derrière Meriton, Grigori semblait la découvrir.

« L'aube est le moment le plus difficile. J'imagine le pire. Qu'on s'en prend à Kathryn, à mes enfants et, bien sûr, à Lena. Ma sœur ne veut rien entendre, elle refuse de nous rejoindre à Londres. Elle vit dans ses rêves, inconsciente des dangers. Elle a toujours été pleine d'enthousiasme et d'idéaux. J'ai fait renforcer sa sécurité à Moscou, mais si on veut l'atteindre, cela ne la protégera pas.

— Grigori, cessez de vous tourmenter, vous faites tout ce que vous pouvez. »

Yurdine se parlait désormais comme à lui-même.

« Ne croyez pas que Perama ne soit plus une préoccupation. Je ne suis pas certain que Sunrise était une idée de génie. La réalité est que le calendrier est difficile. Cette épidémie m'inquiète. C'est la première fois que nous sommes confrontés à pareille situation. Je n'ai rien vu venir. Ce qui ne m'était jamais arrivé. Et les marchés sont devenus très nerveux.

— Reposez-vous sur Kathryn. Elle a du bon sens, du courage, elle est votre meilleure alliée dans ces épreuves. »

Gladys frappa à la porte et tendit un document à Lord Meriton : « Je suis confuse de vous déranger. Bernie Hammer a insisté pour que je vous le remette sans délai. »

Meriton parcourut le papier et fronça les sourcils.

« Il ne nous manquait plus que cela : par voie de presse, DexLife annonce des poursuites contre Perama dans l'affaire de Reda. Et on vous attaque également à titre personnel, mon cher Grigori. Je ne savais pas les Français si rancuniers… »

Londres, Covent Garden, lundi 9 mars 2020

Yurdine n'aimait pas l'opéra, pas plus que les mondanités. Mais, ce soir-là, Kathryn avait insisté pour qu'ils assistent à la représentation de *Fidelio*. À Londres, où l'on en tenait pour l'immunité collective face au développement de l'épidémie, il n'était pas question de fermer les lieux de spectacles.

« Nous devons nous montrer. La presse de ce soir est mauvaise, elle relaie cette attaque absurde de Tretz. C'est toi qui m'as appris que, dans ces moments-là, il fallait faire front. Nous irons ensemble, mon amour. J'ai appelé Lord Meriton. Il m'a assurée qu'Elizabeth et lui seraient là. Ce sont des soutiens précieux. »

Yurdine avait accepté. Alors que la limousine les déposait devant l'entrée principale, Bernie Hammer, qui les attendait, se précipita à leur rencontre. Yurdine fronça légèrement les sourcils mais Kathryn l'accueillit aimablement.

« Cher Bernie, heureuse de vous voir. Votre smoking est du dernier chic ! »

Il la gratifia d'un sourire reconnaissant et se tourna vers son patron. Le Russe l'avait toujours mis mal à l'aise, il prit néanmoins son courage à deux mains.

« Grigori, Tretz est là ce soir. J'ai pensé que vous aimeriez le savoir. »

Kathryn répondit délicatement, tout en s'approchant de la grande entrée, qui donnait l'impression de pénétrer dans un temple grec.

« Cher Bernie, c'est très attentionné. Est-ce que les Meriton sont arrivés ? »

Mais elle n'entendit pas la réponse. La première sonnerie, annonçant le début du spectacle, retentissait dans le hall sans que les spectateurs s'en émeuvent. L'agitation commencerait avec la deuxième sonnerie. Yurdine sentit aux regards pressants et aux chuchotements que la ville devait bruisser de rumeurs. L'attentat, les déboires de Perama et, maintenant, ce procès intenté par DexLife alimentaient les conversations.

À son bras, Kathryn était remarquable de sérénité et d'élégance. Dans une robe noire échancrée dans le dos, ses cheveux ramassés en chignon sur la nuque, le visage à peine maquillé, elle fendait la foule sans relever l'intérêt qu'ils suscitaient, si ce n'était pour adresser un signe de la main ou un baiser aux connaissances qui s'approchaient.

À l'entracte, ils retrouvèrent les Meriton sous la magnifique verrière où les spectateurs se pressaient, à la recherche de rafraîchissements ou d'un repas léger. Kathryn, qui ne quittait pas la foule des yeux, pressa soudain le bras de son mari et proposa à Elizabeth Meriton une coupe de champagne. On la regarda avec étonnement car Kathryn, comme son mari, évitait l'alcool. Mais, déjà, elle s'élançait, entraînant Grigori et leurs chaperons dans son sillage. Ils comprirent aussitôt ce qui l'avait attirée vers le bar à champagne : Charles de Tretz y était accoudé avec Lady Carlyle, dont il tentait manifestement la reconquête. La vieille lady, dans une robe du soir en soie violette, semblait s'ennuyer ferme. Lord Meriton, impressionné par la détermination de Kathryn, pressa le pas. Tous les regards étaient désormais braqués sur eux. Tretz, de dos, ne les voyait pas tandis que l'ombre d'un sourire passait sur le visage fossilisé qui observait le petit groupe. James prit les devants : ignorant Tretz, il s'inclina devant Lady Carlyle.

« Ma chère, cela fait bien trop longtemps qu'on ne vous a pas vue à Hampton. Il faut absolument que vous reveniez avec le printemps. J'ai suivi votre conseil et tout modifié dans la roseraie. Vous allez adorer. »

Tandis qu'Elizabeth se joignait à la conversation, Meriton lui présenta Kathryn. Il n'avait pas eu un regard pour Charles.

« Je ne sais pas si vous connaissez déjà Kathryn Yurdine-Walton... »

La vieille lady semblait ravie.

« Mais bien sûr. J'aimais beaucoup votre mère, Kathryn. Vous ne devez pas vous en souvenir, mais je vous ai vue toute petite à l'occasion d'une réception chez vos parents. Et je suis avec attention tout ce que vous faites pour notre bien-aimé National Trust. Il est si important de prendre soin de ce magnifique patrimoine. »

Tandis que Tretz cherchait à se donner une contenance, Meriton poursuivit les présentations.

« Vous avez dû entendre parler de Grigori Yurdine, ma chère ».

Lady Carlyle inclina la tête et tendit la main.

« Je suis heureuse de faire votre connaissance, cher Monsieur. Il semble que certains préfèrent aujourd'hui une assignation à une bonne conversation. Question de culture, sans doute. »

Tretz avait battu en retraite tandis que les Yurdine et les Meriton poursuivaient leurs échanges avec la vieille dame. Kathryn, d'un signe de tête, acquiesça lorsque Bernie Hammer, accompagné d'un photographe du *Daily Telegraph*, s'approcha pour immortaliser la scène. La presse du lendemain aurait une bonne photo à se mettre sous la dent.

VIII.

Londres, siège de Perama, mardi 10 mars 2020

Martha se tenait au milieu de la pièce, happée par Bloomberg TV et par ses déroulants toujours efficaces. Par exemple : « Perama : fin de partie pour Grigori Yurdine ? » La présentatrice, une jeune femme blonde d'une trentaine d'années, interviewait Patrick Tomlinson, gérant de portefeuilles, sur cet effondrement. Quelques heures seulement après l'ouverture des marchés, le cours continuait à dévisser.

« C'est une chute de 40 % depuis début janvier. Patrick, pensez-vous que Perama peut s'en remettre ? »

Tomlinson, satisfait de jouer à l'expert, s'exprimait avec assurance :

« Disons que la situation est très sérieuse. Non seulement le groupe est fortement endetté, mais il a choisi d'investir encore davantage dans le tourisme. La pandémie menace les hôtels de luxe à travers le monde et le confinement général promulgué depuis ce matin en Italie terrorise les marchés. »

La présentatrice consultait ses notes tandis que, derrière elle, défilaient des photos, dont celle de la veille à Covent Garden.
« Au moins, pensa Martha, Grigori fait bonne figure. »
Mais Tomlinson conclut catégoriquement.
« Si vous voulez mon avis, Antonia, Grigori Yurdine a perdu la main. Pour couronner le tout, voici maintenant les poursuites de DexLife. Perama affirme être si sûr de son bon droit qu'il n'aurait pas provisionné le litige. Comme le dit l'adage, pas de fumée sans feu. Ou sans attentat ! Dieu seul sait quel était le sens de ce mystérieux accident à Moscou… »
« Mais quels cons ! »
Martha éteignit la télévision sans laisser à Antonia le temps de roucouler ses remerciements. Perama était en train de sombrer. La journée s'annonçait cauchemardesque, Yurdine était parti pour sa résidence des Cotswolds et c'est Kathryn qui s'était chargée de prévenir Martha. Comme d'habitude, sa collaboratrice s'interdit le moindre commentaire, mais c'était la première fois que Yurdine partait en week-end dès le mardi.

Il décrocha à la quatrième sonnerie.
« Grigori, je suis désolée de vous déranger, mais nous devons reparler de Sunrise. »
Martha décida que son silence était une invite à poursuivre.
« Nous n'avons plus les moyens de cette acquisition. C'est un échec, j'en ai conscience, mais nous obstiner

mettrait en péril le reste du groupe. J'ai fait analyser le contrat d'acquisition de Sunrise Alliance. Nous pourrions faire jouer la clause de force majeure. Nos avocats estiment que les circonstances ont suffisamment évolué. Bien sûr, il faudra indemniser les vendeurs, mais cela, nous pouvons nous le permettre. »

La voix de Grigori était lasse. Martha entendait autour de lui le bruit de la circulation. Il devait être en voiture.

« Martha, je vous ai entendue. Mais je ne souhaite pas revenir sur notre parole. Cela créerait un précédent fâcheux. Nous sommes un groupe encore jeune. Notre réputation est notre meilleur actif. »

Martha se mordit les lèvres. Elle était dans la peau d'un médecin qui doit expliquer à son patient qui ne veut pas l'entendre que sa maladie est au stade terminal. Elle allait devoir être plus explicite, même si elle sentait Yurdine fragile. Mais leur relation reposait sur la confiance. Elle lui avait toujours dit ce qu'elle pensait. Elle était l'une des seules à pouvoir le faire, et elle n'allait pas s'arrêter si près du but.

« Je comprends, mais la chute de notre cours nous oblige à répondre sans cesse aux appels de marge de nos créanciers. Nous sommes obligés d'augmenter le pourcentage de vos actions Perama mises en garantie des emprunts contractés. C'est désormais la moitié de vos actifs que nous utilisons auprès du pool bancaire ! Et vous connaissez ces grandes banques internationales. Dès que la situation se tend, leurs comités de crédit deviennent nerveux.

— Martha, vous savez gérer nos banquiers. Appelez-les ! »

Martha fit un effort pour dissimuler son exaspération. « Grigori, je ne fais que cela. Ils ne sont pas tendus, ils sont hypertendus. J'ai eu ce matin au téléphone le patron du Crédit agricole à Londres. Le type ne parle que de durcir nos clauses d'arrosage : au lieu d'une garantie en titres Perama d'une fois et demie notre position de crédit, il exige maintenant deux fois et demie. J'ai tenté de le raisonner, mais il était en mode panique à bord. Il a ajouté que le contentieux avec DexLife, un des grands institutionnels de la place, n'arrangeait rien. Bien sûr, j'ai répondu qu'il était hors de question de renforcer ces clauses, ce qui n'était d'ailleurs nullement prévu par nos contrats. »

La voix lasse de Yurdine essayait d'exhorter Martha au combat.

« Il faut rester ferme. C'est encore ce qu'ils comprennent le mieux. »

Martha serra les dents.

« Ils ne vont pas s'arrêter là. Je vais bientôt voir rappliquer tous les petits copains du Crédit agricole. Ils doivent se parler beaucoup au sein du pool bancaire.

— Je vais réfléchir, mais je ne veux pas être contraint de décider sous la pression. »

Martha ferma les yeux. Pourquoi était-ce à elle de le faire plier ?

« Nous avons très peu de temps. Dans les cordes, nous encaissons tous les coups et nous ne pouvons en rendre aucun. Vous devez jeter l'éponge. »

Moscou, Roubliovka, mardi 10 mars 2020

Iouri Assinine eut un frisson de gastronome en parcourant le menu posé près de son assiette : langoustines au caviar, turbot truffé et, pour le dessert, un millefeuille Napoléon. Oui, Alexeï Andrakov savait recevoir. Ses goûts culinaires étaient à l'image de sa villa, ostentatoires, comme les aimait Assinine. Le chef du service de la lutte antiterroriste était venu en voisin. Comment un haut fonctionnaire du FSB pouvait-il s'offrir une maison dans ce quartier ultrarésidentiel ? Andrakov, homme d'affaires proche du pouvoir depuis des années, avait son idée sur le sujet.

Pendant les langoustines, arrosées de vodka, la conversation était restée anodine. L'épidémie, la réforme constitutionnelle, un nouvel occupant de la Roubliovka… Andrakov savait qu'il lui faudrait attendre le dessert pour connaître l'objet de l'entrevue. Il n'était pas pressé. Leurs rencontres étaient toujours fructueuses. La cinquantaine passée, l'oligarque avait des cheveux châtains coupés court et des yeux bleu clair qui ne lâchaient pas son interlocuteur, comptant sans en avoir l'air les verres d'alcool qu'il avalait. On était arrivé au turbot quand Assinine évoqua le « problème » Yurdine.

« Tu le connais bien, je crois. Il t'avait vendu plusieurs de ses entreprises au prix fort, juste avant la crise financière. Tu y avais laissé quelques plumes. Comme tout Moscou en est informé, je supervise l'enquête. Seulement voilà : il n'est pas sûr qu'il ait été la cible. Sa sœur, Lena Makarova, aurait dû être dans la voiture. C'est pourquoi nous élargissons nos investigations à l'extrême droite, qui la hait. »

Assinine sembla se concentrer à nouveau sur son turbot.

« Qu'il ait été visé ou pas, Yurdine est aujourd'hui très affaibli. De vieux dossiers sur l'origine de sa fortune refont surface à la demande de la justice. Voilà ce qui nous préoccupe. Il vit plus à Londres qu'en Russie, il n'a pas choisi de coter son groupe ici, et il est marié à une Anglaise. Je crains qu'il délaisse ses entreprises russes. Oui, cela nous inquiète. »

Andrakov, qui n'en perdait pas un mot, nota le « nous ». Dans la langue du FSB, c'était une manière d'invoquer le Kremlin sans prononcer son nom.

« En fait, ses affaires à Londres ne vont guère mieux. Et si un jour, à la faveur d'une opération financière, Perama tombait entre des mains étrangères ? Ce serait fort préjudiciable. »

Andrakov connaissait les règles du jeu et savait ce qu'on attendait de lui.

« Inacceptable en effet. Perama est déjà durement touché par son cours de bourse. Les langues se délient, dans les banques russes notamment, qui conservent une part du financement du groupe. Tout n'est heureusement pas passé dans les mains de leurs concurrentes internationales.

On dit que Yurdine a gagé une partie de ses titres pour emprunter l'argent nécessaire à ses acquisitions. J'ignore pour quelle somme, mais je sais que les appels de marge vont progressivement l'étrangler. Une offre publique hostile n'est plus impossible. »

Le millefeuille Napoléon était servi.

« Alexeï, ce serait bien que tu partages tes analyses avec mon service. Nous sommes vraiment très préoccupés. »

Ce fut au café qu'Andrakov reçut le signal attendu. Assinine le contemplait de ses yeux froids, sans que son sourire de façade lui donne l'air amical.

« Si quelqu'un comme toi intervenait, en admettant que cette intervention soit possible, ton initiative serait très appréciée. Il faut protéger l'économie russe. »

IX.

Moscou, Loubianka, jeudi 12 mars 2020

Iouri Assinine effleura son téléphone portable pour jeter un coup d'œil sur l'heure. La photo où il posait avec son épouse, en tenue de soirée, dans le Palais à facettes du Kremlin, apparut en fond d'écran. Bientôt 12 h 30. La réunion durait maintenant depuis une heure et demie. Encore un peu et il serait en retard pour son déjeuner. Il faisait trop chaud dans la grande salle du FSB, d'autant que le comité de direction était au complet pour cette première séance avec le nouveau procureur général, Igor Krasnov, tout juste nommé par Vladimir Poutine. Krasnov venait de fêter ses 45 ans – « un gars qui avance vite », pensait Assinine – mais avec son visage empâté aux joues flasques, qui n'exprimait rien, on lui en donnait dix de plus. Alexandre Bastrykine, depuis dix ans le puissant patron du comité d'enquête de la Fédération de Russie, était là également. Jusqu'à une date récente, Krasnov travaillait sous ses ordres.

Alexandre Bortnikov, directeur général du FSB, rassembla les papiers posés devant lui. La réunion touchait à sa fin. « Toi aussi, tu as besoin de déjeuner », songea Assinine en le regardant. Les participants commençaient à s'agiter sur leurs chaises quand le procureur redemanda la parole. « Maladroit, mon gars, s'amusa intérieurement Assinine, tu n'hésites pas à retarder Bortnikov alors que tu débutes à peine dans le job. » Mais le procureur s'était lancé.

« Je vous demande encore quelques minutes pour évoquer un dossier dont nous venons d'être saisis. Je l'ai gardé pour la fin car il n'y a pas lieu d'y passer trop de temps. Tous ceux qui ont à en connaître ont déjà été informés. Toutefois, pour la bonne administration de nos travaux, il convient que nous l'évoquions ici. Comme le sait le directeur général, cette affaire a donné lieu à des conversations au plus haut niveau, compte tenu de son caractère particulier. »

Le procureur se racla la gorge avant de poursuivre.

« La *Prokuratura* de Perm a été saisie d'une plainte contre Grigori Yurdine et contre deux individus qui travaillent dans ses entreprises. Il s'agit d'une plainte pour assassinat. »

Il marqua un temps d'arrêt, conscient qu'avec cette dernière phrase, il avait capté l'attention de son auditoire. Seuls Assinine, que Jonathan Schmitt avait informé à son retour de Perm, et Bortnikov, immédiatement prévenu, ne paraissaient pas surpris. Le président du comité d'enquête demeurait lui aussi impassible. Le procureur continua.

« Plus précisément, Yurdine est accusé d'avoir commandité en 1992 le meurtre d'un comptable qui travaillait pour la Permski Kabelny Zavod, un dénommé Lemonov. La Permski Kabelny Zavod avait été privatisée cette année-là au profit de l'ingénieur en chef de l'usine, qui s'était associé pour l'occasion à Grigori Yurdine. La mère et la sœur de Lemonov, qui portent plainte, sont assistées par un cabinet moscovite bien connu sur la place. Les plaintes sont étayées et les faits suffisamment graves pour que nous ouvrions le dossier. »

Krasnov se tourna vers Bastrykine, avec déférence.

« Monsieur le président du comité d'enquête, peut-être voulez-vous poursuivre ?

— Oui, en effet. Le comité a décidé de lancer les investigations. Nous aurons besoin de la coopération du FSB. »

Il marqua une pause.

« Que le FSB travaille déjà sur un attentat contre Yurdine ne nous a bien entendu pas échappé. Le comité d'enquête a pris ces éléments en considération et arrêté sa décision, cela va de soi, en toute indépendance. »

Assinine, jusqu'alors silencieux, rendit un oracle.

« Certes. La justice est la même pour tous, les faibles comme les puissants. »

On échangea autour de la table des regards entendus. Bortnikov reprit la parole pour conclure.

« Nous vous apporterons l'aide du FSB. Le service de Iouri Assinine en sera directement responsable. »

« Voilà une affaire rondement menée », songea le héros du jour alors que, la réunion enfin terminée, il faisait un rapide tour de table pour serrer la main de ses collègues, qui le regardaient d'un air déférent.

Moscou, Kitaï Gorod, jeudi 12 mars 2020

Lena raccrocha son téléphone.
« Chéri, j'en ai un de plus !
— Parfait, avec cinq témoignages, on commence à avoir du solide.
— Là, c'est un médecin de l'hôpital Spassokoukotski. Il gardera l'anonymat mais son service est en première ligne. Ils sont en train de reconvertir une aile entière en lits de patients infectés. Jamais vu ça. Il confirme aussi la sous-estimation du nombre de malades atteints. »
Viktor Galvastny passa la main dans ses cheveux en bataille et sourit à Lena.
« On tient un papier qui va faire du bruit. Profitons-en pour déjeuner ? J'ai acheté des *kotlety* de poulet et de dinde chez le boucher hier. Avec une salade de lentilles, qu'en dis-tu ? »
Lena s'apprêtait à répondre quand son téléphone sonna.
Elle leva les yeux au ciel.
« Mon frère… Je le prendrai plus tard.

— Non, réponds, ma chérie. Il a sans doute besoin de toi en ce moment. Je m'occupe du repas. »

Lena prit l'appel à contrecœur. Grigori continuait à lui téléphoner régulièrement, malgré leur différend, mais les conversations étaient de plus en plus difficiles.

« Bonjour Grisha. Je suis en train de travailler avec Viktor à notre prochain article.

— Sur quel sujet cette fois ?

— Mais oui, de quoi parler en ce moment, mon cher Grisha ? Du Covid peut-être ? La situation est très bonne, le gouvernement à son meilleur et l'épidémie tellement invisible que nous n'avons plus rien à nous raconter.

— Lena, est-ce bien utile ?

— Grigori, des gens meurent d'un virus qui se propage à grande vitesse et que le pouvoir ignore. Mais toi, tu me demandes si mon travail est utile ? Est-ce que quelque chose t'intéresse en dehors de ton empire ? »

Grigori se fendit d'un petit rire ironique et Lena se calma.

« Pardonne-moi, Grisha, j'ai vu la presse. Comment vont Kathryn et les enfants ?

— Ils vont bien. Et ils seraient vraiment heureux de te voir à Londres.

— Grisha, tu connais la réponse. Ma vie est ici.

— Lena, grandis, bon Dieu ! Ce n'était pas un accident. C'était un attentat et il est très probable que tu en étais la cible.

— C'est ce que me répètent les agents du FSB…

— Pardon ?

— Oui, ils m'ont convoquée pour un nouvel entretien hier. Enfin, c'est ainsi qu'ils l'ont appelé. Car j'avais plutôt l'impression de subir un interrogatoire. Comme si j'étais la coupable. Le gars qui m'interrogeait, Klivykov, est un drôle de type et…

— Lena, nous ne devrions pas avoir cette conversation au téléphone. Nous en avons déjà parlé.

— Je connais déjà la tête de mes protecteurs et celle de leurs prisons. Cela ne me fait pas peur. »

Grigori soupira.

« Lena, je suis fatigué de me répéter. Ta vie est menacée. J'essaye de te protéger à Moscou mais ce serait tellement plus simple si tu acceptais de nous rejoindre. »

Viktor apparut sur le seuil du salon, une poêle fumante dans la main droite.

« Grisha, je vais devoir te laisser. Embrasse Kathryn et les jumeaux pour moi. »

Cotswolds, Walton Hall, lundi 16 mars 2020

Yurdine travaillait dans son bureau, au premier étage. Le bow-window offrait une vue du parc encore hivernale. La pelouse gorgée d'eau était d'un vert énergique. Peu de fleurs encore, à l'exception des bordures de bruyères et de roses d'hiver aux tons violets. Seul le jaune vif de quelques forsythias, le rouge léger d'un pommier du Japon et le rose tendre de magnolias précoces rappelaient que le printemps était proche et le parc bientôt en fleurs. Grigori était pourtant indifférent. Il examinait d'un regard vide les tableaux et les graphiques dont Martha l'inondait pour le convaincre.

La vibration de son téléphone interrompit ses réflexions. Il décrocha en voyant le nom de son avocat londonien, Alan Denton.

« Bonjour Alan, comment allez-vous ? »

À la voix blanche qui lui répondit, Yurdine comprit tout de suite que quelque chose n'allait pas.

« Grigori, la situation est grave. Mon collègue de Moscou est catégorique : une demande d'extradition vous concernant est en cours. Il tient cette information d'un membre du comité d'enquête de la Fédération de Russie. Oleg Leto et un certain Maxim Kazmanov viennent d'être arrêtés. Il s'agit d'une enquête criminelle : la disparition d'un comptable de votre usine de câbles. Mais qui est ce Maxim Kazmanov ? »

Yurdine demeura silencieux un long moment, avant de répondre par une autre question.

« Qui est chargé du dossier ?

— Le comité d'enquête de la Fédération de Russie, avec l'appui du FSB. Grigori, je vais faire préparer une liste des meilleurs pénalistes mobilisables à Londres et à Moscou.

— Y a-t-il des échos dans la presse ?

— Rien à ma connaissance, mais nous allons nous mettre en veille.

— Je veux qu'on s'occupe d'Oleg et de Maxim.

— Cela vous honore, Grigori, mais, en toutes hypothèses, vous ne devez pas avoir les mêmes avocats. Je vous propose que nous reparlions de tout cela très vite. »

Yurdine marcha jusqu'au bow-window. La lumière était douce et tendre, le ciel encore lumineux. Il appuya son front contre la vitre. Mais la fraîcheur du verre ne parvenait pas à détendre les muscles de son visage. Il ferma les yeux et respira profondément. La fatigue, compagne fréquente des derniers mois, le gagnait à nouveau après ce coup inattendu. Désormais, il en était certain, le pouvoir russe avait fomenté chacun des épisodes. La lutte était donc inégale. D'autres avant lui, pourtant plus puissants et plus riches, en avaient fait l'expérience. On frappa discrètement à la porte.

« Tu devrais éclairer, Grisha, on dirait une veillée mortuaire. »

Dans la pièce désormais baignée de lumière, Yurdine se redressa et esquissa un sourire.

« Tu as l'air soucieux, mon chéri. Que se passe-t-il ?

— Kathryn, ce ne sont pas de bonnes nouvelles. Je viens d'être appelé par Alan Denton. Une procédure judiciaire a été lancée contre moi en Russie et une demande d'extradition serait en cours. L'enquête a été confiée au FSB. Il s'agit en réalité d'une histoire ancienne. Mais ils ont décidé de me mettre sur le dos la disparition d'un comptable pendant la privatisation de la Permski Kabelny Zavod. »

Kathryn s'approcha de son mari, et l'enlaça, la tête posée contre sa poitrine.

« Je suis là. Je t'aime. On va se battre ensemble.

— Ce sera très dur, Kathryn. Cette fois, je ne suis pas certain qu'on puisse gagner. »

Ni Grigori ni sa femme ne souhaitaient rompre le silence qui s'était installé dans la pièce. Kathryn n'avait pas envie de poser de questions. Dans son for intérieur, sa confiance en son mari le disputait à la crainte de soulever des problèmes sans réponse. Il y avait tellement de choses qu'elle ignorait sur Grigori et son passé.

Cotswolds, Walton Hall, mercredi 18 mars 2020

Yurdine se retourna dans son très grand lit. Où était-il ? Londres, Moscou, les Cotswolds ? Sa main qui cherchait Kathryn lui rappela que la place à son côté était vide. Il remit de l'ordre dans ses pensées. Sa femme était rentrée à Londres car elle ne voulait pas laisser trop longtemps les enfants sous la seule surveillance de la gouvernante. Et puis, avait-elle insisté, il fallait se montrer au siège de Perama. Sinon, c'était abandonner les équipes à des doutes abyssaux. D'un geste toujours hésitant, Yurdine attrapa le réveil sur la table de nuit. Il avait réussi à franchir le cap des 4 heures, un luxe. Ce n'était pas la peine de tenter de se rendormir. Le somnifère du soir ne l'emmènerait pas plus loin. Allumant la lampe de chevet, il but à longs traits l'eau de la bouteille posée sur la table de nuit, puis se leva pour ouvrir la fenêtre, laissant le froid de la nuit le réveiller.

La journée avait encore apporté son lot de mauvaises nouvelles. Son avocat moscovite l'avait appelé au petit matin pour l'avertir de la publication d'un indiscret dans la *Komsolskaïa Pravda*, tabloïd proche du pouvoir. Deux heures plus tard, Alan Denton le prévenait de perquisitions en cours dans les bureaux moscovites de Perama. Grigori consulta son portable. Lena lui avait laissé plusieurs messages : SMS, WhatsApp, Signal, Telegram. Il soupira, il avait pourtant été clair. Il était impossible de parler au téléphone et il ne faisait confiance à aucun de ces réseaux qui vantaient leur cryptage pour les protéger du FSB. Il se contenta d'une réponse laconique.

« Lena, je veux que tu viennes à Londres. Nous pourrons parler quand tu seras là. »

Trois heures plus tard, les conversations allaient bon train : du maître d'hôtel à la cuisinière, en passant par les jardiniers, les femmes de ménage et la couturière, chacun y allait de son commentaire, une tasse de thé à la main, devant les journaux étalés sur la grande table de la cuisine. Ceux écrits en russe étaient aussitôt abandonnés car, à l'exception de Serguëi, le garde du corps de Grigori, personne n'était capable de les lire. Mais les autres rendaient largement compte de l'affaire. Le *Daily Mirror*, fidèle à ses fameux titres accrocheurs, affichait en une : « Dr Grigori ou Mr Yurdine ? Et si l'homme d'affaires avait du sang sur les mains ? » Il était question de la plainte pour assassinat et de l'enquête en cours. Quant à la demande d'extradition, elle s'appuyait sur plusieurs pages de témoignages, recueillis à Perm, et sur les méthodes mafieuses des hommes de main de Yurdine.

L'arrivée de Sergueï interrompit les conversations. Regroupant les journaux étalés sur la table, il se tourna vers le maître d'hôtel.

« Nous avons tous beaucoup de travail ce matin. »

Puis, désignant le *Daily Mirror*, il ajouta.

« Plus un exemplaire de ce torchon ne doit entrer ici. »

Londres, Canary Wharf, mercredi 18 mars 2020

Le chauffeur de Tretz indiqua d'une toux discrète qu'ils étaient arrivés devant la tour DexLife. Mais Charles, absorbé par sa lecture matinale de la presse, ignora le signal. Au contraire, il composa fébrilement le numéro de Jonathan Schmitt.

« Jonathan, je ne comprends pas très bien. J'ai l'impression que les résultats de votre enquête se trouvent déjà dans les papiers à scandale de Moscou et du monde entier. Détrompez-moi, voulez-vous ?

— Charles, je quitte la Russie ce soir et serai de retour à Londres en début de semaine prochaine. Je passerai vous voir sans faute, mais je ne peux poursuivre ici cette conversation téléphonique. »

Londres, siège de Perama, jeudi 19 mars 2020

Dans la journée, le cours de Perama, qui ne valait déjà plus que la moitié de sa valeur de début janvier, avait continué à plonger. C'était la pire dégringolade du Footsie. Au siège, les approches divergeaient : certains avaient coupé la télévision et les alertes média pour se concentrer et échapper aux commentaires incessants des analystes ; d'autres, au contraire, ne parvenaient pas à quitter des yeux les écrans qui se délectaient de leur prochaine mise à mort. BBC News était particulièrement en verve ce matin. Leur analyste Bourse précisait que cette chute était tout autant imputable à la crise sanitaire qu'aux rumeurs concernant son dirigeant. Sa conclusion, qui revenait implacablement toutes les trente minutes, insistait sur le fort endettement du groupe, source d'inquiétude pour ses créanciers.

Dans les couloirs, Martha, la fidèle, faisait semblant de ne pas remarquer qu'on baissait la voix sur son passage. Cela faisait près de vingt ans qu'elle travaillait avec Grigori. Elle lui devait sa très grande aisance financière, car Yurdine avait toujours bien rémunéré ses collaborateurs. Mais, surtout, elle appréciait l'homme, ses fulgurances et sa part de mystère. Leur descente aux enfers depuis le début février la plongeait dans une forme d'hébétude. Si elle arrivait à donner le change en public, elle était obligée d'admettre, livrée à elle-même, qu'elle ne voyait pas de solution. Elle lança la visioconférence sur son iPad depuis son bureau. Sa réunion avec Grigori, toujours dans les Cotswolds, allait commencer.

« Martha, bonjour, qu'est-ce que ça donne ? »

Elle lui présenta la situation sans fard, rendue intenable par les appels de marge.

« Mais il ne s'agit que de technique, Grigori, ce n'est pas le plus important. Au fond, plus personne n'a confiance en vous. Vous sentez le soufre.

— Martha, les banques ne peuvent se permettre de laisser tomber le groupe.

— Vous vous trompez. Le virus change tout. Les pays européens confinent les uns après les autres. Nos amis banquiers s'apprêtent à passer des provisions énormes et vous ne serez bientôt plus qu'une goutte d'eau dans un océan de créances impayées. Grigori, je vous l'ai déjà dit, il faut mettre fin immédiatement au contrat avec Sunrise. Il ne s'agit plus de respecter notre parole, mais de se battre pour notre survie. »

Grigori l'avait écoutée sans l'interrompre. Elle laissa le silence s'installer. Elle ne pouvait rien faire de plus. La balle était dans son camp.

« Martha, vous avez raison, j'ai trop tardé. Retrouvons-nous ce week-end dans les Cotswolds. Il me faut encore quelques heures pour y voir clair. D'ici là, faites en sorte qu'on ne me dérange pas. À samedi, sans faute. »

Yurdine mit fin à la communication alors que Martha allait tenter un nouveau plaidoyer.

« Samedi ? Et pour demain, Grigori, comment fait-on ? »

Elle parlait à un écran désespérément noir.

L'appel suivant de Yurdine fut pour sa femme.

« Ma chérie, tu seras bien là demain avec les jumeaux ? Serais-tu d'accord pour que James et Fabio nous rejoignent ? Je prévois un week-end studieux. Martha viendra également. Peux-tu organiser cela pour moi ? Ce serait formidable. Je t'aime. »

New York, West Street, vendredi 20 mars 2020

Fabio essayait depuis une demi-heure de joindre Grigori : Le banquier italien était allongé sur le canapé de son bureau new-yorkais. Fabio venait de recevoir un appel de Piotr Karmovich, l'une de ses anciennes connaissances moscovites et name partner d'un des grands cabinets d'avocats russes. La conversation avait commencé sur le mode jovial et volubile que Fabio adoptait naturellement.

« Piotr ! Piotr Karmovich ! Cela fait un bail. La dernière fois que nous nous sommes vus, tu étais sur le point de devenir associé grâce à un dossier que nous avions gagné ensemble, et que je t'avais apporté d'ailleurs. Tu as enfin l'intention de me payer ma commission ? Plus sérieusement, j'allais partir déjeuner. Rappelons-nous plus tard, si cela ne te dérange pas, je n'ai pas beaucoup de temps. »

Mais Karmovich répondit avec la froideur de celui qui pense les mondanités superfétatoires.

« Fabio, tu vas devoir en trouver un peu. Je représente le groupe Rostal et son actionnaire de contrôle, Alexeï Andrakov. Mon client te sait proche de Grigori Yurdine. Es-tu en mesure de lui faire passer un message personnel et confidentiel ? »

Ce message était simple : Andrakov était prêt à prendre le contrôle de Perama en rachetant tout ou partie de la participation de Yurdine, mais au moins 50 %. Il proposait une prime de 35 % par rapport au dernier cours de bourse, celui de la veille au soir.

« Piotr, Perama n'est pas à vendre.

— Perama n'est pas à vendre, mais dans une situation désespérée. Yurdine doit faire face à des appels de marge importants. Et sa situation personnelle inquiète : les banques russes se détournent de lui. Fabio, je les vois tous les jours. L'offre de mon client est une bouée de sauvetage. Précise bien à ton ami qu'elle est amicale.

— Amicale ? Il doit s'agir de ton légendaire sens de l'humour ?

— Tu sais bien que je n'en ai pas. Parlons plutôt d'une proposition non sollicitée, mais en aucun cas hostile. Le marché comprendra très bien que, dans la crise actuelle, une offre de rachat ne puisse être considérée comme telle. »

Karmovich expliqua à Fabio que cette offre ferait l'objet d'un mail officiel adressé à Yurdine dès qu'ils auraient raccroché.

« Ton client ne l'appellera pas ?
— Il considère que mon coup de téléphone suffit. »

Fabio l'interrogea sur le plan de communication. Il n'y en avait pas, mais une humiliation supplémentaire. Andrakov espérait « une approbation rapide au cours du week-end et donc une communication commune lundi matin, avant l'ouverture des marchés ».

La conversation n'avait duré qu'un quart d'heure, pas une minute de plus. Fabio avait bien essayé de comprendre les motivations d'Andrakov, mais Piotr était resté factuel. Le matin encore, Tersi était en FaceTime avec Kathryn, qui l'invitait dans les Cotswolds pour une réunion de crise avec Grigori, Martha et le vieux Meriton. Fabio avait refusé malgré son insistance.

« Tu n'y penses pas sérieusement, Kathryn ? Pas avec ce truc, là, le Covid, ce n'est pas possible. Je vous adore, vous savez que je ferais n'importe quoi pour vous, mais là, je ne peux pas. Je ne veux pas rester coincé en Angleterre. »

Kathryn lui avait proposé de mettre à sa disposition l'avion privé de Yurdine, mais l'Italien n'avait pas fléchi, promettant de suivre la réunion en visioconférence. Au moins, maintenant, ils sauraient tous de quoi parler…

Londres, Costwolds, M40, vendredi 20 mars 2020

Kathryn avait choisi la voiture plutôt que l'hélicoptère, plus pratique avec les enfants. Elle avait quitté Londres une demi-heure plus tôt et se trouvait désormais coincée dans les embouteillages de fin de semaine sur la M40. Les jumeaux, confortablement installés à l'arrière du SUV, en profitaient pour lui donner les dernières nouvelles de l'école. Deux élèves avaient été accusés d'avoir volé la cagnotte de la prochaine fête de Thomas's. « Maman, ils vont peut-être passer en conseil de discipline ! » Kathryn, assise à côté du chauffeur, les écoutait d'une oreille distraite. Tout à coup, le visage toujours légèrement rougeaud et barbu de Fabio apparut sur l'écran de son portable. D'un geste, elle demanda aux jumeaux de se taire.

« Fabio, tu as changé d'avis ?
— Non, Kathryn, je dois parler d'urgence à Grigori. Il ne décroche pas. C'est vraiment important.
— Il doit faire du sport avec Sergueï.
— Mais on se fout de son sport ! Je dois absolument lui parler. Il décroche quand c'est toi qui appelles ?
— D'habitude, oui. Je peux lui laisser un message, Fabio, et il te rappellera.
— Kathryn, je dois lui parler tout de suite ! »
Fabio raccrocha avec une brusquerie inhabituelle.

La sonnerie de son téléphone retentit. Yurdine le rappelait de sa salle de sport. Si, au début de la conversation, il faisait les cent pas pour reprendre son souffle, il s'était assis dès qu'il avait commencé à comprendre.

« Voilà, tu sais tout ce que je sais. Tu dois avoir un message sur ton portable, avec une proposition officielle.

— Je regarde.

— Grigori, je mets tout de suite une équipe sur le coup. Tes adversaires ont l'air déterminés et ce n'est pas improvisé.

— C'est ce que tu penses?

— J'ai d'abord cru que l'attentat et cette offre étaient deux choses différentes. Mais je faisais fausse route. Ils veulent ta peau. Ma banque est puissante et nos équipes les plus pointues au monde sur ce type de questions. Mais nos méthodes sont orthodoxes, pour l'essentiel. Les leurs ne le sont pas.

— En attendant, fais travailler tes gars. Et préviens nos avocats en leur demandant de se tenir prêts. Je te rappelle. »

X.

Cotswolds, Walton Hall,
samedi 21 et dimanche 22 mars 2020

Kathryn était descendue accueillir Martha sur le perron, et elle observait la progression de sa jaguar cabriolet le long de l'allée, tout en resserrant le châle jeté sur ses épaules. À 10 heures du matin, la température restait fraîche mais le temps, encore hésitant, semblait désormais prêt à une certaine clémence en ce premier jour du printemps.

« Martha, tu n'aurais pas dû conduire toi-même. Je suis certaine que tu n'as pas dormi la nuit dernière, en tout cas pas plus que les nuits précédentes. Grigori aurait pu t'envoyer l'hélicoptère. »

La jovialité de Kathryn était forcée. Elle voulait contrôler la situation mais Martha, qui la connaissait bien maintenant, la sentait tendue comme un arc.

« Merci Kathryn, mais conduire me détend. »

Martha avait passé la soirée et une partie de la nuit au bureau. La grande salle de réunion avait été transformée en cellule de crise. Ceux qui étaient en week-end avaient été rappelés, et les équipes londoniennes de Fabio réquisitionnées. De même qu'Alan Denton et ses avocats, rejoints par des spécialistes en communication, la mine affairée et les écouteurs vissés aux oreilles, que Bernie Hammer s'employait à cornaquer. C'était ainsi que Martha travaillait le mieux, quand elle avait « ses équipes » sous la main.

Elle avait organisé la riposte entre Londres et New York, ainsi qu'avec Moscou où la banque de Fabio et le cabinet d'Alan avaient des correspondants. Andrakov avait été passé au crible, sa lettre décortiquée, les options défensives rassemblées et le travail d'analyse réparti entre les équipes. Toutes les salles de visioconférence étaient au travail, celles de réunion se remplissaient au fur et à mesure. Les provisions de shortbreads, de cookies et de chocolats fins qui, d'habitude, servaient de trompe-la-faim aux collaborateurs, avaient été rapidement épuisées. On avait commandé des sandwichs, des salades, des sodas, et dressé un buffet improvisé, dans le ronronnement des machines à café. Il fallait préparer un conseil d'administration pour le dimanche en fin d'après-midi.

Martha remit ses clefs au majordome et Kathryn proposa de rejoindre Yurdine sans attendre. Sur le chemin, Martha parla sans discontinuer.

« Il faut que je vous briefe sur l'organisation, la valorisation et nos premières options. »

En retrouvant Grigori, Martha sentit son cœur se serrer. Il les attendait assis dans son fauteuil, impassible. Son visage, très pâle, trahissait sa fatigue et son inquiétude. Martha décida de commencer par la fin et lui mit le projet de communiqué sous les yeux.

« Pour faire court, on les envoie au bain : le prix est trop bas, Andrakov veut profiter de la sous-valorisation de Perama, la démarche est opportuniste, voire hostile, bref, l'offre n'est pas dans l'intérêt des actionnaires. »

Yurdine acquiesça en silence. Il n'était pas plus bavard en temps ordinaire mais, d'habitude, il s'ébrouait dans la pièce, les mains dans les poches. Cette fois, il était soudé à son fauteuil.

James Meriton et son épouse arrivèrent en fin d'après-midi, dans l'hélicoptère de Perama. Cela mit heureusement un terme à la première séance de travail, qui finissait par tourner en rond. Ils avaient enchaîné les conférences téléphoniques, leurs avocats ne leur avaient fait grâce d'aucune subtilité du droit des OPA, tandis que Fabio et ses équipes, après une nuit blanche, leur avaient présenté une version stabilisée de la valorisation du groupe et des options de défense.

Meriton prit Grigori par le bras.

« Cher ami, je me réjouis de vous retrouver. Emmenez-moi découvrir vos dernières plantations ! Il faut en profiter tant qu'on peut encore circuler. Nous ne sommes pas confinés mais je me demande combien de temps cela va durer. La reine et le prince Philip se sont enfermés à Windsor et notre secrétaire d'État à la santé a été dépistée positive. C'est extravagant ! »

Les jumeaux marchaient devant les deux hommes, profitant de cette occasion pour passer un moment avec leur père, qu'ils n'avaient fait qu'apercevoir jusqu'à présent.

L'atmosphère fut moins studieuse le temps du dîner. Yurdine demeurait silencieux, mais parvenait à sourire aux saillies de James, très en verve. Kathryn lui répondait avec brio, faussement enjouée. Après les liqueurs et les infusions, Meriton suggéra de prendre un peu de repos.

« Il sera bien temps de travailler demain. Et pas de réveil à l'aube, d'accord ? Vous savez que je ne suis dans la plénitude de mes moyens qu'après 11 heures du matin. Et si ce pauvre Fabio doit nous rejoindre à la télévision, que ce soit une heure décente pour lui. Je refuse de le voir en pyjama. »

La réunion commença à 11 heures. On s'était installé pour l'occasion dans le grand salon ouvert sur la terrasse qui dominait la campagne. Orientée vers le sud, la pièce était baignée de lumière. Fabio, dont c'était le premier jour de confinement chez lui, à Manhattan, les avait rejoints à l'écran. Alors que Martha s'apprêtait à résumer le dernier état de la situation, Yurdine l'interrompit de la main.

« Martha, ce n'est pas nécessaire. Nous savons tous où nous en sommes. La vérité, la voici : sans chevalier blanc, je vais subir une pression extrêmement forte. Perama est très fragile, je suis visé par une demande d'extradition, les banques vont prendre le parti d'Andrakov. L'alternative est donc la suivante : ou je négocie avec lui, en cherchant à garder une participation dans son groupe, mais je ne pourrai plus rien contrôler, ou je pars à la recherche d'un autre acheteur pour venir à mon secours. »

Kathryn, assise au côté de Grigori, étreignit la main de son mari. Fabio fut le premier à rompre le silence.

« On peut trouver des appuis. Le groupe a de très beaux actifs. Mais nous devons nous débarrasser d'urgence de Sunrise. »

Yurdine résuma alors son plan d'action en cinq points : « S'opposer à l'offre d'Andrakov, gagner du temps, dénoncer l'accord Sunrise, chercher un chevalier blanc, contre-attaquer sur le plan judiciaire et médiatique. On réunit le conseil d'administration en fin d'après-midi. »

La suite fut consacrée à peaufiner chacun des points, tandis que Martha et James Meriton se chargeaient d'appeler les membres du conseil.

XI.

Moscou, la Roubliovka, lundi 23 mars 2020

Alexeï Andrakov, confortablement installé dans son vaste salon, terminait sa conversation téléphonique avec le correspondant du *Financial Times* à Moscou. D'une main nonchalante, il piquait en même temps des framboises dans une coupe en cristal posée sur la table basse.

« Si c'est une offre hostile vis-à-vis de Perama ? Certainement pas. Non sollicitée, oui, mais pas hostile. Et vu le prix que nous sommes prêts à payer, ses actionnaires devraient se réjouir ! Bien sûr que vous pouvez me citer. Je vous en prie. »

Andrakov mit fin à la conversation. Il jubilait. Son offre et la réponse négative de Perama avaient provoqué un sacré tintamarre. Il se tourna vers Assinine, qui était resté assis face à lui, en silence, pendant la conversation avec le journaliste.

« Iouri, tu m'as entendu ? Tu as vu comme je parle bien le sabir des marchés ? Les avocats sont amusants. Ils m'ont suggéré "non sollicitée" plutôt que "hostile", alors qu'il n'y a rien de plus hostile que mon offre puisque je veux la peau de Yurdine! Au fait, le président m'a appelé ce matin! Je fais honneur à la Russie en rapatriant des éléments essentiels de notre patrimoine économique. Oui, c'est exactement ce qu'il a dit. »

Assinine sourit, le laissant savourer ce moment de gloire personnelle. Andrakov continuait à commenter la situation.

« Il va se débattre, bien sûr. C'est toujours ainsi. Comme un malade condamné, il va affronter une période de déni. Croire qu'un bienfaiteur est tout prêt à intervenir. Il ne trouvera personne. La pression des banques se fera de plus en plus forte. Mais, surtout, qu'aucun de nos amis ne bouge. Grigori Yurdine n'est plus qu'un paria. »

Londres, Canary Wharf, lundi 23 mars 2020

Jonathan Schmitt se cala dans son fauteuil, laissant à Charles de Tretz, qui l'avait convoqué à la tour DexLife, la possibilité de tonner tout son saoul. Il venait de lui expliquer qu'il ne pourrait lui remettre son rapport sur Yurdine et Perama, parce qu'il avait surestimé des éléments sans portée. Comme le lui avait expliqué Assinine avant son retour à Londres : « Vous avez fait chou blanc, rien de grave. » Schmitt avait tenté de discuter, mais son interlocuteur avait mis un terme à l'échange avec son sourire et sa promptitude habituels :

« Des difficultés, Jonathan ? Rien à côté de ce qui pourrait vous arriver si vous ne m'écoutez pas. »

Charles de Tretz avait compris d'entrée de jeu.

« Je vois. Je pense, Monsieur Schmitt, que vous avez un autre employeur.

— Charles, je ne vous demanderai que le dédommagement des frais encourus, rien de plus. Je renonce à la totalité de notre contrat.

— Mais nous vous avons déjà réglé plusieurs millions d'euros. Vous vous foutez de moi ? Vous savez que j'ai la capacité de ruiner votre réputation ? »

Schmitt sourit à cette menace, ce qui acheva de mettre Tretz hors de lui.

« Fichez-moi le camp ! Dehors ! »

Il sortit en évitant le regard de son ex-commanditaire. Dans son métier, il fallait savoir se tirer d'une situation inconfortable. C'était un art dans lequel Schmitt excellait. Comme de savoir choisir le moindre mal.

New York, Manhattan, lundi 23 mars 2020

Fabio avait réuni très tôt son équipe d'exécution new-yorkaise lors d'une conférence téléphonique. Il écourta la réunion d'un « bon, chacun sait ce qu'il a à faire ? » pour répondre à un appel FaceTime de son patron, l'indéboulonnable Bleenweek. L'homme était l'un des rares dirigeants de banque à avoir survécu à la crise de 2008. Son visage lisse d'Américain bien nourri s'afficha en grand sur l'écran du téléphone : toujours bon pied bon œil, le crâne rasé pour masquer la calvitie.

« Fabio, on est bien d'accord sur l'OPA contre ton copain russe ? Tu sais que "non" n'est pas une réponse ? Pour nos fees, je veux que tu ailles dans les trente millions, vu l'importance du deal. Pas question de descendre en dessous. Avec les à-côtés sur les opérations de marché, on devrait atteindre les cinquante au total. *Well done !* Cela tombe bien avec ce marché de dingue. Tu as carte blanche pour le reste. »

Bleenweek raccrocha. Le discours inspirant du patron était terminé.

Cotswolds, Walton Hall, lundi 30 mars 2020

Grigori Yurdine se sentait en meilleure forme. Il avait choisi de mener la contre-offensive depuis la campagne où sa famille était confinée depuis une semaine. Comme il le faisait maintenant chaque jour, il venait de téléphoner à Lord Meriton pour le tenir informé de l'avancement des opérations. Les banques lui demandaient de bien réfléchir. « Vu votre situation, la proposition d'Andrakov est une offre qui ne se refuse pas. » De fait, le marché misait sur Andrakov et le cours de Perama s'était aligné sur le prix proposé par l'assaillant.

Yurdine, qui se battait sur tous les fronts, avait retrouvé son énergie, déclinant méthodiquement le plan d'action présenté au conseil d'administration. Il avait ainsi engagé aux États-Unis un procès contre Sunrise, qui n'avait pas respecté ses obligations contractuelles en fermant l'ensemble de ses hôtels. La procédure avait été médiatisée, semant le trouble. Le vendeur avait quant à lui déclaré qu'il poursuivrait l'exécution du contrat par tous les moyens légaux à sa disposition.

La contre-attaque médiatique était également lancée, orchestrée par Martha et Bernie Hammer. Une plainte en diffamation avait été lancée contre le *Daily Mirror* et une procédure d'arbitrage sur la mine de Reda, que DexLife, aux termes du contrat d'acquisition, n'avait eu d'autre choix que d'accepter.

Lord Meriton n'était pas demeuré en reste.

« Mon ami, savez-vous ce que va titrer demain le *Financial Times* ?

— Aucune idée, James, mais s'ils pouvaient éviter de nous offrir une nouvelle fois la première page, cela nous ferait des vacances.

— Allons, Grigori, vous avez la dent dure pour cet excellent quotidien qui nous est parfois bien utile. Ils vont donc titrer : "La fin d'une époque : la succession de Charles de Tretz enclenchée chez DexLife" !

— James, vous êtes très fort.

— Je n'y suis pour rien. Notre chère amie, Lady Carlyle, a jugé opportun, après une conversation entre nous, de partager cette importante nouvelle avec le *FT*. »

Yurdine sourit.

«Voilà une journée qui commence bien. Du côté de Fabio, la pêche a été bonne également. Il a peut-être trouvé une piste avec Combret. Vous le connaissez, James?

— Non, pas personnellement. Je sais qu'il a fait fortune dans les transports en Amérique du Sud et qu'il a aussi quelques activités minières.

— 70 ans et une réputation de flibustier.

— Allons Grigori, ce n'est pas pour vous effrayer!

— Certes. Voici la fiche que m'a fait passer Fabio: "C'est un catholique pratiquant, proche des milieux conservateurs français, homme d'ordre, grand défenseur de l'enseignement privé, qui aime choquer ses pairs par des déclarations à l'emporte-pièce et des méthodes de gestion parfois brutales. Il s'est illustré au fil des ans par plusieurs raids hostiles, devenus sa marque de fabrique." Fabio pense que c'est un allié encombrant et peu fiable mais il dispose d'une véritable force de frappe et peut décider seul. Les collègues français de Fabio lui ont présenté le projet, il semble intéressé.

— Quelles sont ses motivations?

— La perspective d'une bonne affaire et d'un dossier médiatique. Bref, je crois que cela l'amuse, comme de se frotter au pouvoir russe. Nous allons être fixés rapidement: il devrait commencer à ramasser des titres et annoncer début avril qu'il détient 5 % du capital.

— Eh bien, cette fois ce cher Fabio n'aura pas volé ses success fees!»

Moscou, Krasnaïa Presnia, lundi 6 avril 2020

Lena marchait rapidement, enveloppée dans son grand manteau beige. Son sac à main trop lourd lui battait le flanc à chaque pas. Des kiosques affichaient les nouvelles du jour pour attirer le chaland. Des titres aux accents nationalistes s'indignaient de la menace de rachat de biens russes par l'étranger. La presse, alimentée par les équipes d'Andrakov, condamnait l'intervention du milliardaire français, qui avait franchi les 5 % du capital de Perama. Lena n'en avait cure. Elle devait absolument parler à Grigori, le plus vite possible. Sa fille, qu'elle avait laissée en pleurs dans son petit appartement, avait fini par lui avouer qu'elle avait reçu des menaces de mort. Marina avait d'abord gardé le silence pour ne pas l'inquiéter, mais elle avait trop peur désormais. La dernière datait du matin même. Sa porte avait été forcée et on avait étalé sur le sol des photos prises la veille, qui démontraient que chacun de ses faits et gestes était surveillé.

Lena lui avait demandé de rassembler quelques affaires et de s'installer tout de suite avec elle, chez Viktor. Elle y serait plus en sécurité. Mais ce ne serait pas suffisant. Elle en était sûre maintenant, elle devait quitter Moscou. Grigori avait raison. Rien ne les arrêterait. Viktor, malgré ses enthousiasmes et son courage, n'avait pas les moyens de les protéger. Il était lui-même menacé. Tant qu'elle avait eu le sentiment d'être la seule exposée, elle n'avait pas hésité à continuer. Mais elle ne pouvait risquer la vie de sa fille. Elle accéléra encore le pas. Sa décision était prise. Dès qu'elle serait chez Viktor, elle appellerait Grigori et préparerait avec lui leur départ pour Londres.

XII.

Moscou et Cotswolds, mardi 7 avril 2020

La visioconférence avait été organisée à l'initiative des avocats d'Andrakov. Ils avaient bien précisé que ce devait être un tête-à-tête : Yurdine et Andrakov seul à seul, sans collaborateurs, avocats ou banquiers. Une discussion entre numéros un. Grigori avait repris confiance depuis son alliance avec Combret. Il écoutait donc sans ciller son adversaire lui expliquer que s'il acceptait son offre, cela permettrait peut-être d'arranger sa situation judiciaire ; à l'inverse, toute surenchère lancée par Combret ne ferait que compliquer les choses. Andrakov pérorait.

« Le sacrifice de la reine. Vous qui jouez aux échecs, Grigori, vous comprenez ce que je veux dire. Qu'importe de sacrifier une pièce importante, même la plus importante, si l'on sauve la partie. »

Yurdine avait esquissé une moue méprisante.

« Vous êtes décidément bien classique, Alexeï. Prévisible, "vieux jeu", dirait mon nouvel ami français.

— Bien, je constate que nous nous sommes tout dit et je sais que votre agenda est aussi chargé que le mien, Grigori. Au fait, comment va votre sœur ? On me dit qu'elle va quitter Moscou. C'est une sage initiative, beaucoup de gens ici ne l'apprécient pas. »

Yurdine encaissa le coup sans rien laisser paraître et mit fin à la visioconférence. Bien sûr, ils savaient déjà. Ils savent tout, de toute façon… Lena lui avait demandé une semaine supplémentaire avant de quitter Moscou. Encore une semaine avec Viktor !

Moscou, la Loubianka, jeudi 9 avril 2020

Cette fois, Andrakov s'était déplacé, ce qui traduisait assez sa nervosité. Il arpentait de long en large le bureau du directeur du service de protection du système constitutionnel et de la lutte antiterroriste, sous son regard attentif.

« Iouri, qu'as-tu pensé de leur conférence de presse ? »

Yurdine et Combret venaient de se livrer à une rencontre virtuelle avec des journalistes du monde entier et le Français avait surenchéri sur l'offre d'Andrakov. Les deux hommes avaient expliqué que cette opération serait plus attractive pour les actionnaires et qu'ils contrôleraient ainsi l'un et l'autre Perama. Certes, Yurdine ne serait plus majoritaire, mais il sauvait les meubles.

« Alexeï, c'était l'événement de la matinée. Difficile de passer à côté.

— Iouri, je me suis lancé dans cette opération à ta demande ! »

L'oligarque se reprit immédiatement quand l'homme du FSB haussa les sourcils.

« Convenons au moins que tu m'y as encouragé. Je peux faire un peu mieux que le Français, je l'avais prévu, mais l'histoire doit s'arrêter ensuite. Nous n'avons d'autre choix que de gagner. »

Londres, Canary Wharf, dimanche 12 avril 2020

John Edwards, président du conseil de DexLife, avait demandé à Tretz de passer à son bureau. Un dimanche matin, c'était pour le moins inhabituel. L'impression de malaise se confirma quand Tretz entra dans la pièce. Edwards ne prit même pas la peine de se lever pour l'accueillir. Il consultait ostensiblement un document dont Tretz reconnut aisément la présentation. C'était un rapport de l'Inspection générale du groupe.

« John, qu'avez-vous de si important à me dire que nous ne puissions en parler au téléphone ? Vous conviendrez que c'est un peu particulier.

— Charles, il y a quelques jours j'ai reçu une lettre anonyme sur une officine de barbouzes qui vous prêterait main-forte, sans parler des sommes engagées. J'ai donné ordre à l'inspecteur général de vérifier ces accusations en lui demandant d'être le seul destinataire de ses conclusions. Hélas, j'ai bien fait. Votre absurde rivalité avec ce Russe vous aveugle. Cette lettre anonyme est en tous points exacte. Vous avez rétribué des espions et payé des commissions en Russie avec l'argent de DexLife, au mépris du code de conduite et de toutes les procédures du groupe. Je ne vois qu'une solution : vous présenterez votre démission pour raisons personnelles en indiquant qu'elle sera effective au début de l'été. »

Tretz accusa le coup.

« John, le monde entre dans la pire crise que nous ayons connue depuis très longtemps. DexLife ne peut se payer le luxe d'un scandale qui fragiliserait l'entreprise. Ce serait une très mauvaise décision que de devancer le calendrier établi avec le conseil pour ma succession. D'autant que, grâce aux indiscrétions de nos administrateurs, il est désormais connu du marché. C'est vraiment le bal des faux-culs. On ne fait pas tomber un directeur général, après treize ans de bons et loyaux services, pour ce genre de peccadille. Ce rapport n'est qu'un prétexte. Craignez-vous que le conseil ne me choisisse pour vous succéder ? Ou voulez-vous un directeur général plus docile, qui vous devra sa nomination ? En fait, vous rêvez de diriger DexLife. Dire que je vous ai fait entrer au conseil, puis que j'ai manœuvré pour que vous en preniez la tête. Gardez-moi de mes amis ! »

Edwards n'avait trahi aucune émotion.

« Charles, préférez-vous démissionner pour convenance personnelle ou voir le cas porté devant le conseil, au risque que le rapport ne devienne public ? »

Moscou, Kitaï Gorod, dimanche 12 avril 2020

On approchait de midi et la température était douce. Il avait plu sur Moscou pendant la nuit. Lena avait écouté les gouttes s'écraser sur les vitres, lovée contre Viktor. Une dernière grasse matinée ensemble. Un de ces matins sereins où l'on ne comptait pas les minutes. On s'étirait avant d'aller chercher une tasse de thé, qu'on savourerait au lit. Mais pas tout de suite, tout à l'heure. Quand se retrouveraient-ils ? L'épidémie, avec ses restrictions et ses quarantaines, rendait les voyages difficiles. En attendant, Lena ne voulait penser ni au lendemain ni à leur séparation. Seuls comptaient la chaleur et l'odeur familière de leurs corps sous les draps, les bruits de l'immeuble et de ses canalisations, la lumière du jour qui déplaçait les ombres le long des photographies accrochées au mur. Elle aimait tout particulièrement l'une d'elles, un portrait de Faye Dunaway à la fin des années 1970, au lendemain de son oscar pour *Network*. L'actrice était belle, sereine, un peu lasse, allongée au bord d'une piscine, et les journaux répandus au pied de sa chaise longue chantaient ses louanges. Lena essayait de graver dans sa mémoire chaque détail, en espérant qu'elle saurait les convoquer avec la même intensité, le même bonheur.

Puis vint le moment de rassembler ses affaires avant d'aller chercher Marina, qui avait choisi de passer sa dernière nuit moscovite chez son petit ami.

« Je t'aime tant. Ne descends pas, Viktor, mieux vaut se dire au revoir ici. »

Le taxi l'attendait au coin de la rue. Une rue déserte dans Moscou confinée. Pourquoi le chauffeur ne s'était-il pas garé au bas de l'immeuble, comme elle le lui avait demandé ? Lena poussa sa valise à roulettes. Son sac à main, encore plus lourd qu'à l'ordinaire, l'encombrait. Mais elle cherchait à faire bonne figure. Elle savait que son amoureux était à sa fenêtre, et se retourna pour lui envoyer un baiser. Heureusement qu'elle avait mis ses lunettes de soleil, elle sentait que les coins de ses paupières étaient humides.

Il y eut un bruit sourd et Lena s'écroula. Viktor se précipita dans l'escalier, un peu ridicule avec ses savates et son peignoir. Il arriva auprès d'elle en même temps que le chauffeur de taxi. Le sang qui coulait de sa tempe se répandait sur le trottoir et tachait son long manteau beige. Elle était morte. Mais comment la voiture de police qui venait de surgir avait-elle pu arriver aussi rapidement ? Des camions militaires bloquaient maintenant la rue. Viktor ne comprenait rien à ce ballet bruyant. Des hommes avec des oreillettes, armés et cagoulés. Lena gisait par terre mais personne ne semblait s'en préoccuper. Les Forces spéciales avaient déjà donné l'assaut à l'immeuble d'où le tir était parti. Quelques minutes encore, puis le bruit d'une fusillade. Un corps tomba du toit et s'écrasa non loin du cadavre de Lena. Un des hommes restés en bas le retourna du pied, puis attrapa son talkie-walkie.

« Il est bien amoché, mais c'est lui, patron. Aussi mort qu'on puisse l'être. »

Le visage du colonel Priekev, héros du Donbass et des mouvements d'extrême droite, tombé face contre terre, était pourtant difficile à reconnaître.

XIII.

Cotswolds, Walton Hall, dimanche 12 avril 2020

Yurdine s'était enfermé dans son bureau. La maison était silencieuse. On y marchait à pas feutrés. Même les jumeaux qui, d'ordinaire, couraient dans les couloirs, veillaient à ne pas faire de bruit. Grigori avait refusé le plateau-repas que Kathryn lui avait apporté à l'heure du déjeuner, et était resté sourd à ses tentatives de demeurer auprès de lui. La journée touchait à sa fin. Elle frappa de nouveau à sa porte et entra, sans attendre la réponse. Son mari était à sa table de travail, le regard perdu dans le vide, indifférent au spectacle du parc qui se déployait derrière le bow-window.

Kathryn s'assit près de lui.

«Grisha, parle-moi. Tu te souviens que nous nous sommes promis de tout nous dire, de tout partager.»

Lorsque Yurdine lui répondit enfin, sa voix était presque inaudible.

«C'est moi qui l'ai tuée.

— Arrête, c'est absurde! Ta sœur était menacée et elle le savait. Tu as tout fait pour la protéger. Comment peux-tu t'accuser ainsi!»

Kathryn se pencha pour prendre la main de son mari mais il l'éloigna.

«J'ai pensé que j'étais plus rapide, plus intelligent. Quelle erreur! Ils ont tué ma sœur quelques heures à peine avant qu'elle ne nous rejoigne. Tu ne comprends donc pas? Tant que je leur résisterai, ils frapperont, encore et toujours. Nos parents comptaient sur moi pour veiller sur Lena. Et je l'ai condamnée.»

Kathryn s'était rapprochée à nouveau et lui caressait le front.

«Mon chéri, les mois que nous venons de vivre ont été si durs. Tu devrais t'allonger, prendre un peu de repos.

— Il faut que je parte pour Perm. Je dois être là pour l'enterrement et m'occuper de Marina.»

Kathryn s'était figée.

«Ne t'inquiète pas. Je sais ce que je fais.»

Le portable de Yurdine se mit à vibrer. Indifférent, il détourna les yeux.

«Grisha, tu ne veux pas répondre à Combret?

— Ce n'est pas son premier message. Dans le précédent, il m'exprimait toutes ses condoléances, avant de conclure par cette phrase d'un homme qui ne doute de rien : "Cela ne change rien à nos projets, n'est-ce pas?" Laconique mais bien dans son style. Surtout, ne pas s'encombrer de détails. Il s'est rabattu sur Fabio, qui me harcèle également.

— Grigori, que vas-tu faire ? »
Yurdine lui répondit d'un sourire fugitif.

Moscou, Roubliovka, lundi 13 avril 2020

Alexeï Andrakov savourait son petit déjeuner en même temps que la presse du matin. Les journaux titraient sur la mort de Lena et sur l'efficacité du FSB, qui avait réussi à démanteler le réseau d'extrême droite responsable de son assassinat et de l'attentat contre Yurdine. Les photos de la jeune femme et de Priekev s'affichaient la plupart du temps côte à côte, en une. On rappelait la carrière littéraire de Lena, sa reconnaissance internationale et son engagement politique, ainsi que le parcours de Priekev, son passé militaire et sa radicalisation. L'éditorial de *Vremya Novostei*, qui louait la grandeur du pouvoir, capable de punir avec célérité ceux qui s'en prenaient pourtant à des opposants notoires du régime, était un petit bijou. Même la presse internationale en était réduite à réserver ses foudres aux fascistes russes.

Andrakov acheva de saucer avec volupté la crème de ses œufs bénédicte avant de composer le numéro d'Assinine. Le FSB était une maison bien tenue.

« Iouri, je viens de lire la presse. Du travail de professionnel. C'est tout à fait remarquable. D'une pierre deux coups. »

Le patron du service antiterroriste lui répondit sèchement.

« Mais il est regrettable que nous n'ayons pu prévenir l'assassinat d'une innocente.

— Certes, certes, gloussa Andrakov. La disparition de Lena Makarova est assurément une perte immense. »

Assinine soupira. Andrakov n'était vraiment pas le partenaire idéal. Trop content de lui et convaincu de sa bonne étoile. Cela le rendait imprudent. Mais c'était tout ce qu'ils avaient sous la main et il devait s'en contenter. À la moindre faute de carre, il saurait le remettre au pas.

« Cher Iouri, je ne te dérange pas plus longtemps. Je voulais juste te prévenir – nouveau gloussement – que Yurdine m'a appelé. Tu t'imagines, le grand Yurdine rend les armes ! Il demande en échange que la procédure contre lui soit abandonnée et il veut assister à l'enterrement de sa sœur. Je lui ai répondu que cela n'était pas de mon ressort mais que je m'engageais à faire passer le message…

— Tu as bien fait, Alexeï. Porte-toi bien, mon ami. »

Cotswolds, Walton Hall, mardi 14 avril 2020

Les membres du conseil d'administration étaient déjà connectés à la visioconférence et attendaient en silence et avec impatience que Grigori et Kathryn les rejoignent. Fabio Tersi et Lord Meriton étaient également présents,

Martha ayant pris soin de préciser en ouvrant la session que c'était à la demande de Yurdine.

Lord Hurt était mal à l'aise : un attentat contre le président de Perama et une procédure d'extradition à son encontre, l'assassinat de sa sœur, l'offre d'Andrakov, celle de Combret, la surenchère de l'oligarque, et maintenant cette réunion sans ordre du jour... Lorsqu'il avait accepté, quinze ans auparavant, de rejoindre le conseil, il savait qu'il devait donner du lustre à l'entreprise. Sa carrière prestigieuse, la renommée de sa famille, voilà ce que Yurdine recherchait et, jusqu'à présent, Hurt n'avait pas eu à s'en plaindre. Les jetons de présence servis aux administrateurs étaient parmi les plus généreux de la City et la quantité de travail exigée toute relative. Mais cela sentait décidément trop le soufre et Lord Hurt n'entendait pas être éclaboussé par ces tristes péripéties. Il s'agissait de se retirer sans faire de vagues. Pas aujourd'hui, bien sûr, cela aurait manqué d'allure, mais rapidement quand même. En attendant, en sa qualité de membre le plus ancien du conseil, il avait préparé une allocution pleine d'empathie sur la mort de Lena.

Le visage de Grigori apparut à l'écran.

« Merci de vous être réunis une fois encore à si brève échéance. J'ai conscience de vous avoir sollicités énormément ces derniers temps. Je sais que nombre d'entre vous n'avaient pas imaginé une telle masse de travail lorsque vous avez rejoint notre conseil. »

Lord Hurt, qui avait le sentiment d'être dans le collimateur de Yurdine, renonça à son allocution. Ce fut Lord Meriton qui prit la parole.

«Cher Grigori, sachez que nous sommes à vos côtés et que toutes nos pensées s'associent à celles de votre famille en ces heures douloureuses.

— Merci, James. Je vais être bref car nous n'avons pas beaucoup de temps. J'ai réuni notre conseil pour vous demander d'accepter la nouvelle offre d'Andrakov. Combret est informé. Je ne peux pas aller plus loin. Ma seule condition est de conserver la Riverside. Je démissionne ce jour de l'ensemble de mes mandats. Je propose que Kathryn me remplace à la présidence du conseil et Martha à la direction générale. Je sais qu'elles seront exemplaires jusqu'à la fin de l'offre. Fabio Tersi, ici présent, négociera les termes de notre accord.»

Sur les visages des administrateurs se lisaient la surprise et la consternation. Lord Hurt, à l'unisson du concert de protestations qui suivit, songea néanmoins que cette reddition lui offrait la sortie dont il avait besoin.

ÉPILOGUE

Perm, cimetière Bakharevski, vendredi 17 avril 2020

Grigori Yurdine se tenait face au cercueil de Lena, aux côtés de sa nièce Marina. Bientôt, on le descendrait dans la tombe des Makarov. Viktor était là également, un peu en retrait. Yurdine l'avait brièvement salué au début de la cérémonie, puis ignoré. À l'exception du prêtre et des employés des pompes funèbres, le cimetière de Perm était presque vide en cette fin de matinée. Même en Russie, où l'on avait dans un premier temps choisi de minimiser l'épidémie, le nombre de personnes pouvant assister à des obsèques avait été drastiquement limité.

À l'entrée, malgré l'interdiction de se réunir, une foule masquée et silencieuse avait convergé. Elle était maintenue à distance par des policiers débonnaires, à qui l'on avait demandé de ne pas faire de vagues. La présence de journalistes et de caméras du monde entier n'y était pas étrangère. Sans témoins, les forces de l'ordre se seraient sans doute montrées moins patientes face aux admirateurs de Lena. Beaucoup venaient de Moscou. Des rassemblements similaires avaient été organisés dans les grandes villes du pays, à l'initiative du Peuple de Russie. Mais ce petit parti n'avait pas une audience suffisante pour troubler le pouvoir en place. Quant au reste du monde, le décompte quotidien des morts du Covid-19 l'empêchait de s'intéresser durablement à autre chose qu'à la propagation de l'épidémie. L'émotion avait été vive, mais Lena Makarova serait bientôt oubliée.

Grigori Yurdine ne prêtait aucune attention à la foule massée à l'extérieur. La politique ne l'intéressait pas. La présence d'agents du FSB lui était également indifférente. « Ils sont là pour votre sécurité », lui avait-on aimablement indiqué lorsqu'il avait été pris en charge à l'aéroport. Il avait esquissé un sourire ironique, mais n'avait pas répondu. Il remonta le col de son manteau noir. Le printemps tardait cette année et il ne devait pas faire 5° C. Il n'écoutait pas la voix monocorde de l'officiant. Marina avait insisté pour un enterrement orthodoxe. C'était ce que sa mère aurait voulu, elle en était certaine. Grigori pensa qu'il n'avait jamais parlé de cela avec Lena. Tant de choses qu'ils ne s'étaient pas dites. Ils croyaient avoir le temps.

L'attention de Grigori s'était portée sur une femme entre deux âges. À quelques mètres, elle débarrassait une pierre tombale des mauvaises herbes et des traces de boue. Yurdine considérait avec mélancolie sa silhouette réconfortante et familière. Une de ces femmes prématurément vieillies, comme il en avait connu tant dans son enfance. Le fichu noir le ramena quarante-cinq ans en arrière. Un autre enterrement. C'était son père qui le quittait ce jour-là. Les Makarov étaient à ses côtés, Maria et Nikolaï. Et puis Lena, bien sûr, qui lui tenait la main. C'était à cette occasion qu'il avait vu pour la première fois Smirnov. Yurdine laissa son regard glisser de la femme qui nettoyait la tombe aux cheminées de la Permski Kabelny Zavod. Perm s'était développée ces dernières années mais on les distinguait toujours. Sa première usine, là où tout avait commencé. Bientôt, elle ne lui appartiendrait plus. Fabio et son armée de banquiers et d'avocats, sous la supervision de Kathryn et Martha, devaient en ce moment travailler d'arrache-pied pour achever la rédaction des contrats de cession de son groupe à Andrakov.

La femme au fichu noir priait. Anastasia Lemonova s'était en effet agenouillée devant la tombe de son père et implorait silencieusement son pardon. Comme tous ces hommes s'étaient moqués d'elle et de sa mère ! À commencer par cet étranger qui les avait incitées à porter plainte. Il avait, disait-il, des preuves contre Yurdine et il était certain qu'il serait condamné pour la disparition de son frère. Où était-il maintenant, ce Schmitt ? Disparu dans la nature. Sans oublier l'attention bienveillante qu'elle avait reçue dans un premier temps de la *Prokuratura*. On refusait désormais de répondre à ses appels. On s'était bien servi d'elles. Les médias avaient accepté une nouvelle version de l'histoire : Alexeï Lemonov avait été assassiné par Maxim Kazmanov.

L'homme, arrêté depuis plusieurs semaines, avait avoué son crime. Une dispute entre jeunes gens qui aurait mal tourné. Il avait même précisé l'endroit où il avait abandonné le corps, dans un puits de l'ancien Goulag. Des fouilles allaient être engagées. Anastasia eut une moue douloureuse. Elle connaissait Maxim, «l'ours de Grigori». Il était incapable de la moindre initiative et ne s'en serait jamais pris à son frère sans ordres de son patron. Les puissants s'en tiraient toujours et trouvaient un pauvre hère, qui n'avait plus tous ses esprits, pour porter le chapeau. La procédure contre Yurdine avait été abandonnée. Mais d'elle et de sa mère, personne n'avait cure. Elles et leurs vies gâchées retombaient dans l'oubli, comme Alexeï et tant d'autres. Anastasia demanda pardon à son père de n'avoir pas su mieux protéger la mémoire de son frère. Elle lui demanda pardon pour ce qu'elle allait faire. Quand elle avait appris deux jours plus tôt que Lena Makarova serait enterrée ici, en présence de Yurdine, elle y avait vu un signe. Elle se redressa, le poing serré sur le 9 mm qu'elle tenait dans sa poche. Comme elle l'avait dit fièrement à ce Schmitt, elle savait se servir de cette arme héritée de son père.

Grigori, qui regardait le cercueil descendre dans la tombe, se baissa pour ramasser la poignée de terre qu'il y jetterait ensuite. Il ne prêta pas attention à la silhouette qui s'approchait. C'est seulement en la voyant brandir son revolver et hurler «en souvenir des Lemonov!» qu'il prit conscience de sa présence. Mais il était trop tard. Le coup partit et il s'effondra. Des cris, de l'agitation autour de lui, des doigts fébriles qui lui tâtaient le pouls. Puis ce fut le silence. Il fallait penser à Kathryn et aux enfants. S'il parvenait à rester encore un peu avec eux, peut-être avait-il une chance. Mais eux aussi s'effaçaient. Lena, bien sûr, il allait rejoindre Lena. *Per ama.* Non, il n'était plus en terre lointaine, mais de retour chez lui, pour toujours. À cette dernière pensée, un léger sourire détendit ses traits tandis qu'il tenait encore, étroitement serrée entre ses doigts, la terre du cimetière de Perm.

REMERCIEMENTS

Elena B. Morozov remercie M.G. pour son soutien, ses relectures et ses conseils, tout au long de l'écriture de ce roman.

Cet ouvrage a été imprimé
par CPI Brodard & Taupin
pour le compte des éditions Grasset
à La Flèche (Sarthe)
en septembre 2022

Mise en pages Maury-Imprimeur

N° d'édition : 22617 – N° d'impression : 3049161
Dépôt légal : octobre 2022
Imprimé en France